Julia C. Werner
Tausend Millionen Sterne

AF177939

TINTE
&
FEDER

Das Buch

Maja lebt in Berlin, ihr Mann ist mit seinem Job verheiratet, die fast erwachsene Stieftochter geht plötzlich eigene Wege – sie braucht eine Auszeit. Beim spontanen Sommerurlaub auf Usedom landet sie dank ihrer Mutter Didi in einem Selbsterfahrungskurs. Ein Graus für Maja, doch es geht um die gute Frage: Welches Wunder wünscht sie sich?

Dass Majas Antwort mit dem smarten Kristof zu tun haben könnte, der ihren Weg kreuzt, kann sie sich nicht vorstellen. Ermutigt durch ihre unkonventionelle Mutter lässt sich Maja auf den Flirt ein. Dabei kommen nicht nur vergessene Gefühle, sondern auch eine unliebsame Wahrheit ans Licht …

Die Autorin

Julia C. Werner wurde 1971 in Baden-Württemberg geboren. Auf der antiken Schreibmaschine ihres Großvaters schrieb sie als Kind erste Geschichten. Sie ist Diplom-Soziologin und selbstständige Autorin.

Bevor ihr Kindle-Nr.1-Bestsellerroman »Wie eine Welle im Sand« bei Tinte & Feder erschien, veröffentlichte sie unter Pseudonym romantische Geschichten. Auch ihr zweiter Roman »Der leise Weg des Glücks« begeisterte zahlreiche Leser. Inspiration zum Schreiben holt sie sich bei Reisen durch die Welt, ein Lieblingsort ist die Kraftinsel Mallorca. Im Kern drehen sich ihre tiefgründigen und schicksalhaften Erzählungen immer um das Wundervollste im Leben: die Kraft der Liebe.

Seit vielen Jahren lebt die Autorin in ihrer Wahlheimat Berlin.

Julia C. Werner

Tausend Millionen Sterne

Roman

TINTE
&
FEDER

Deutsche Erstveröffentlichung bei
Tinte & Feder, Amazon Media EU S.à r.l.
38, avenue John F. Kennedy, L-1855 Luxembourg
April 2021
Copyright © der deutschsprachigen Ausgabe 2021
By Julia C. Werner

Umschlaggestaltung und Illustration: bürosüd⁰ München, www.buerosued.de
Entwicklungslektorat: Gisa Marehn
Lektorat: Verlag Lutz Garnies, Haar bei München, www.vlg.de
Gedruckt durch:
Amazon Distribution GmbH, Amazonstraße 1, 04347 Leipzig /
Canon Deutschland Business Services GmbH, Ferdinand-Jühlke-Straße 7,
99095 Erfurt /
CPI books GmbH, Birkstraße 10, 25917 Leck

ISBN 978-2-49670-714-4

www.tinte-feder.de

Für meine Leserinnen und Leser, die mir mit Lob und Kritik so viel zurückgeben! Ich danke allen, die sich erneut meinen Geschichten widmen, und wünsche denen, die zum ersten Mal an Bord sind, eine bewegende Reise durch die tiefen Gefühlswelten der Figuren.

KAPITEL 1

MAJA

Die Wellen rauschten heran und versickerten schäumend im kühlen Sand. Als würde das Meer atmen, so umströmte das Wasser ihre Füße. Nur wenige Spaziergänger waren schon unterwegs, nachts hatte es wieder geregnet. Möwen schrien und Majas Blick flog hoch in den Himmel. Drei Wochen im grenzenlosen Raum lagen vor ihr, umgeben von Wind, Dünen, salzigem Wasser und einem hoffentlich bald blitzblauen Horizont. Gutes Wetter hatte sich seit der Ankunft vor zwei Tagen nicht gezeigt, den Vögeln war es egal. Sie segelten elegant durch die Lüfte und erinnerten mit ihrem sehnsuchtsvollen Rufen an den letzten schönen Urlaub am Meer. Diesmal war Maja ohne ihre kleine Familie verreist – falls Gero und Lilly, die sie wie eine eigene Tochter liebte, überhaupt je *ihre* Familie gewesen waren. Ein bitterer Gedanke, der ihr neuerdings wie ein Schatten folgte. Jetzt bahnten sich erste wärmende Strahlen den Weg durch die Wolkendecke und Maja lächelte. Positiv gestimmt, entspannt und leicht gebräunt, so wollte sie nach Berlin zurückkehren. Mit neuen Perspektiven. Seit ihrer Hochzeit waren sie und Gero nie länger als ein paar Tage getrennt gewesen. Das waren inzwischen dreizehn Jahre und, wenn ihre Mutter ein wenig recht haben sollte, ein paar Jahre zu viel. Vielleicht war sie mit zwanzig wirklich zu jung zum Heiraten gewesen. Sie war sich nicht mehr sicher, vieles war plötzlich anders. Geros zwei Wenn-Sätze musste sie erst einmal verarbeiten: »Wenn es weiterhin nicht klappt, dann soll es nicht sein.« Die Ärztin hatte ihr den Prospekt einer Kinderwunschklinik mitgegeben, Gero hatte es nur kurz durchgeblättert. »Wenn du es auf diese Weise willst, haben wir ein Problem. Das meine ich ganz ernst. Für so ein Prozedere bin ich nicht der Typ. Tut mir wirklich leid.«

Maja richtete den Blick in die Ferne und kniff die Augen zusammen. Ein farbiger Punkt bewegte sich auf sie zu. Der Punkt wurde größer und zum malvenfarbenen Strandkleid kamen zwei nackte, braun gebrannte Beine und ein silberheller Haarschopf. Das könnte Didi sein, die von ihrem Morgenlauf zurückkehrte. Sie hatte eine ganz eigene Art, sich zu bewegen, egal ob als Punkt mit Beinen am Horizont oder in selbst geschneiderter Abendgarderobe. Auf dem Kopf wurde ein weiterer farbiger Punkt sichtbar, wahrscheinlich eine der unzähligen Blumen, die sie sich in ihrem Leben schon angesteckt hatte. Didi hob die Hand und winkte Maja zu. Sie hatte sie zuerst erkannt. Ihre Mutter hatte immer noch die schärferen Augen, sie war ein echtes Phänomen. Je älter Maja wurde, desto weniger verunsicherten sie die manchmal irritierten und fragenden Blicke anderer. *Deine Mutter?* Heute nickte sie dann eher stolz als verlegen.

Maja winkte zurück, erleichtert, dass sie sich heute besser fühlte, nachdem sie am Tag zuvor kaum aus Bett und Hängematte herausgekommen war. Geros Worte steckten wie ein lähmender Pfeil in ihr fest und Didi versuchte bisher vergebens, sie aufzumuntern. Oder zu provozieren. Wie früher hatte sie Maja liebevoll eine *störrische Eselin* genannt. Sich einfach nicht vom Fleck rühren – so reagierte Maja schon damals auf das Gefühl, nicht genug Raum für sich zu haben. Und heute? Sie hatte sich wohl auf ein Experiment eingelassen. Die meisten Apartments am Strand von Heringsdorf waren in diesem Sommer ausgebucht und die kurzfristig verfügbaren waren für ihre private Urlaubskasse zu teuer. Nun teilten sie sich eben doch den alten Bungalow und ein bisschen Nostalgie. Zu Fuß mal kurz zum Meer, das war ja gerade das Schöne. Geros Angebot, ihnen beiden etwas Luxuriöses in der ersten Reihe zu spendieren, hatte Maja dankend abgelehnt. Er spekulierte wohl darauf, sich ein bisschen von seinem schlechten Gewissen freikaufen zu können. Dabei ging es nicht nur um ihre unterschiedliche Meinung zum Kinderwunschthema. Gero hatte für nichts mehr Zeit, nicht mal für einen gemeinsamen Urlaub. Sie stritten viel, auch um Kleinigkeiten. Alles zusammen ergab keine besonders rosige Zukunft. Sie ahnten es beide, hatten es aber noch nicht ausgesprochen.

»Maja! Mein Goldstern!«, rief Didi ihr entgegen. »Habe ich es dir nicht gesagt? Ich bin die ganze Zeit an der frischen Luft und du kannst machen, was du willst. Du brauchst dich um mich gar nicht zu kümmern.« Bis jetzt stimmte das. Ihre Mutter war selbst bei kühler Witterung so lange draußen, bis alle außer ihr Eiszapfen waren. Nur wenn es zu unwirtlich wurde, machte sie drinnen weiter, bemalte Leinwände, nähte Klamotten, fädelte Perlenketten auf oder strickte vor dem Kamin Pullover. Irgendetwas fabrizierte sie immer und sie lebte davon, irgendwie. Früher hatte Maja ihr manchmal am Stand auf dem Kunsthandwerkermarkt geholfen. Viele schöne Erinnerungen kamen in diesen Tagen zurück. Ihre Mutter war ein kreatives Pulverfass, manche nannten es: hyperaktiv. Neben dem Versprechen, dass Maja im Urlaub schlafen konnte, so viel sie wollte, hatte sie mit ihr noch einen weiteren Deal geschlossen: Maja würde sich nicht für ihre wechselnden Stimmungen – von verhangen bis heiter, genau wie das Ostseewetter – rechtfertigen müssen. Sie brauchte mal Urlaub von sich selbst – zumindest von dem Teil, der sonst so ruhig und vernünftig war und manchmal auch viel zu sozial. Das jedenfalls hatte sie schon öfter über sich gehört.

Die Möwenrufe wurden zu einer Tirade aus Gegacker – von Lufthühnern. So hatte Maja die Meeresvögel als kleines Mädchen genannt. Plötzlich sehnte sie sich stark nach etwas, das sie nicht genau benennen konnte. Sie bekam eine Gänsehaut, gerade als sich die Sonne ganz durch die Wolkenlücken am morgenmilchblauen Himmel gekämpft hatte.

Didi schirmte die Augen mit einer Hand ab, während sie die letzten Schritte aufeinander zugingen. Ihre silbernen Haare leuchteten wie ein Strahlenkranz und mittendrin steckte eine Hibiskusblüte, farblich passend zum kniekurzen Kleid. Sie hatte auch für Maja eins genäht und in ihrer Lieblingsfarbe gebatikt: Tiefblau und mit weißen Kringeln, ein Himmel zum Anziehen.

»Kleines!« Didi war bei ihr und umarmte sie. Vertrauter Geruch: erdig-warm mit einem Hauch von blumigem Patschuli. Die Haut ihrer Mutter war vom Wind ganz kalt.

»Ohne Jacke gehst du so früh raus? Du bist bestimmt schon über eine Stunde unterwegs!«, sagte Maja.

Die Lachfältchen um Didis Augen machten ihren kleinen Tanz. »Vertauschte Rollen? Ich fühle mich großartig. Es gibt Menschen, die baden in Eiswasser und Schnee. Also, was soll schon sein?«

»Ja, klar.« Maja hakte sich unter. »Seit wann bist du wach? Ich habe dich vorhin gar nicht gehört.«

»Ich war leise wie eine Maus. Gehst du mit zurück?«

»Ja.«

Eine Weile liefen sie schweigend nebeneinander her. Möwen, Wind und Wellen bildeten die schönste Geräuschkulisse der Welt. Maja sah wieder auf ihre Füße, wie sie im Sand versanken und sich mit Schaumkrönchen verziert emporhoben. Laufen. Sich Schritt für Schritt den Kopf freipusten lassen. Mit klarem Kopf darüber nachdenken, was sie sich für die nächsten Jahre wünschte oder ob gerade ein Lebensabschnitt zu Ende ging. Die andere Option wäre gewesen, die Sommerferien in Berlin zu verbringen. Gero hatte es sich bis zu ihrem letzten Streit wohl so vorgestellt, dass sie abends mit einem Gläschen Prosecco am endlich fertiggestellten Pool darauf warten würde, dass er aus der Kanzlei zurückkam. Ihre besten Freundinnen waren mit ihren Familien und Kindern verreist. Wäre sie in der Stadt geblieben, hätte es so geendet wie immer. Sie wäre im Heim eingesprungen. Ihre Tätigkeit als Lehrkraft an der Fachhochschule für Pflegepädagogik war die eine halbe Stelle. Die andere halbe Stelle die als Stationsleiterin im Pflegeheim. Und sobald eine Kollegin oder ein Kollege sich krankgemeldet hätte, wäre Maja trotz Urlaub zur Stelle gewesen. Die Bilder der alten Menschen, die vor Einsamkeit gekrümmt in ihren Zimmern saßen, gingen ihr nur im Schlaf aus dem Kopf.

»Autsch.« Sie war in etwas Scharfkantiges getreten, gleichzeitig kniff Didi sie leicht in den Arm und flüsterte: »Schau mal, die beiden.«

»Was, wer?« Maja stützte sich mit einer Hand an Didi ab und hielt mit der anderen ihren Fuß, konnte aber zum Glück keine Verletzung entdecken. Wahrscheinlich war es ein spitzes Muschelstück gewesen, gut für einen kleinen Schreck. Im Augenwinkel nahm sie wahr, wie ein Blick aus braunen Augen sie streifte, flüchtig nur – und doch intensiv. Sie sah dem dunkelhaarigen Mann mit dem in der Sonne aufblitzenden Silberarmreif hinterher, der einen strohblonden Jungen an der Hand hielt. Der Junge erzählte etwas und gestikulierte. Der Vater – Maja nahm an, dass es der Vater war – lachte ihn von der Seite an. Sie boxten sich in die Rippen und rannten um die Wette.

»Was soll mit denen sein?«, fragte Maja, rieb ihre immer noch brennende Fußsohle und wollte weitergehen.

Doch nun war ihre Mutter zur Eselin geworden und bewegte sich nicht vom Fleck.

»Mama!«, rief Maja. »Der Mann dort ist in meinem Alter. Jetzt starr ihm doch nicht so hinterher.«

Didi blinzelte sie an. »In *deinem* Alter, genau.«

»Was soll das heißen?«

»Das hast *du* erwähnt, das mit dem Alter. Für mich ist er ganz bestimmt zu jung, da hast du recht.« Didi lächelte.

Maja nicht. »Ich bitte dich. Meine Ehe ist zwar gerade in einer Sackgasse und ich stehe wie vor einer großen, grauen Mauer. Aber deswegen will ich ja nicht sofort mit einem anderen durchbrennen.«

»Eine schöne bildliche Umschreibung. Ich würde dich gern mal wieder funkeln und leuchten sehen vor Lebenslust und Freude.«

Maja verdrehte die Augen, aber ihre Mutter hatte den wunden Punkt getroffen. Ihre Ansichten über eine Ehe standen immer wieder zur Debatte. Von Majas früher Hochzeit war Didi nie begeistert gewesen, obwohl sie Gero natürlich mochte. Auch ihre Stiefenkelin liebte sie über alles. Sie konnte herrlich mit Kindern umgehen und hatte die Fähigkeit, andere schnell für ihre Standpunkte zu begeistern. Maja hätte ihre Mutter gern auf ihrer Seite gewusst. »Rede du doch noch mal mit Gero«, sagte sie und griff damit nach dem heißen Eisen, das sie doch abkühlen lassen wollte.

»Das ist wirklich eure Sache«, antwortete Didi ernst. »Ich kann dir nur helfen, das Leben ein wenig anders zu betrachten. Im Moment steckst du in einem Dilemma. Geros Nein verletzt dich. Aber hat er nicht das gleiche Recht zu einem Nein wie du zu einem Ja?«

»Mmh«, brummte Maja.

»Jetzt …«, Didi streckte die Arme in den Himmel, »… musst du nur die Augen aufmachen. Das Leben beschenkt uns jeden Tag mit so viel Fülle und Möglichkeiten!« Sie blickte über die Schulter. »Eben, als wir an den beiden vorbeigegangen sind, hatte ich das Gefühl, als gäbe es einen ganz bestimmten Draht zwischen ihnen und uns.«

Maja wandte sich jetzt ebenfalls um. Auf dem Streifen des Strandes, wo Wasser und Sand glitzernd ineinanderflossen, lief der Mann immer noch mit seinem Jungen um die Wette. Ein fröhlicher Schrei wehte von der Brandung herüber. Majas Augen überflogen die nahe Umgebung, ob den beiden noch jemand folgte, aber da war niemand. Die ersten Urlauber bezogen ihre Strandkörbe, errichteten ihr Tageslager im Sand, trugen Kühltaschen und Picknickkörbe herbei. Und Didi hatte wohl schon jetzt zu viel Sonne und frische Luft abbekommen. Ein ganz bestimmter Draht? Maja wollte weiter. Sie konnte nichts damit anfangen, wenn ihre Mutter in übersinnlichen Rätseln sprach. Oder von universeller Liebe, die für alle im Überfluss vorhanden war. Ihr kam es gerade so vor, als würde alle Liebe von ihr abgezogen. Nicht nur von Gero. Auch von ihrer Stieftochter.

»Lilly hat sich immer noch nicht gemeldet«, murmelte sie. Sonst schrieben sie sich rege Nachrichten, doch nun herrschte Funkstille.

Didi schloss zu ihr auf. »Du hast Lilly mit all deiner Liebe großgezogen, darauf kannst du stolz sein. Es war nicht einfach. Kinder aber sollten nicht die Pflicht haben, ihre Eltern glücklich zu machen.«

»Die Mütter, die ich kenne, sind überwiegend sehr glücklich mit ihren Kindern.«

Didi schüttelte den Kopf. »Du siehst, was du sehen willst.«

»Du hast gut reden. Alle sollen so leben und denken wie du. Dann wäre die Welt in Ordnung, oder?«

Didi atmete laut aus. »So ein Unsinn.« Sie legte den Arm um sie. »Komm, wir machen uns einen richtig schönen Tag, das steht uns einfach zu.«

Sie kamen zu einer Stelle des breiten Strandes, wo ein kleiner Weg durch die Dünen zur grünen Strandpromenade führte, zu all den schmucken Sommerdomizilen der Urlauber und Gäste. Die längste Promenade Europas galt auch als eine der schönsten der Welt. Der Vergleich mit einer Perlenkette, mit dem der Küstenabschnitt beworben wurde, passte perfekt. Über zehn Kilometer erstreckte sich die Prachtstraße von den drei Kaiserbädern Bansin, Heringsdorf und Ahlbeck bis hin zur polnischen Hafenstadt Swinemünde, gesäumt von herrschaftlichen Häusern und Strandvillen aus Holz und Stein. Der berühmte Stilmix der Bäderarchitektur, verziert mit Ornamenten, Türmchen, Säulen, Balkonen und Balustraden, war insbesondere an der Ostsee vor hundert Jahren hochmodern. Dazwischen zeigten sich hier und da ein Hexenhäuschen mit Reetdach oder ein schlichter Neubau, was umso mehr den Abglanz mondäner Zeiten betonte, der um sie herum noch schimmerte. Jedes der drei Kaiserbäder besaß eine Seebrücke, an der die Schiffe anlegen konnten. Dort ballten sich Lokale, Cafés, Fischbuden und Restaurants zu quirligen kleinen Zentren. In der Sommersaison wimmelte es hier von früh bis spät von Flaneuren und Radfahrern. Wer die Promenade ein Stück entlangging, der fand unter den großen, schattenspendenden Bäumen jedoch immer irgendwo ein ruhiges Fleckchen. Auf wundersame Weise blieb an der Küste allen Lebewesen genug Raum zum Atmen und Sein. Zwischen Himmel und Strand war auf der Insel so viel Platz!

Sie bogen in eine ruhige Seitenstraße ein. Hier lag ihr Domizil und es war etwas ganz anderes als die feinen Häuser. Keine fünfhundert Meter vom Meer entfernt befand sich ein schlichter Bungalow, der einst das Gartenhaus der Villa von nebenan gewesen war. Heute stand er auf einem eigenen kleinen Grund und verströmte ein besonderes Flair. Das Häuschen gehörte einer von Didis vielen Freundinnen und sie besaß den Zweitschlüssel schon fast so lange, wie Maja auf der Welt war. Die ersten Ferien, an die sie sich erinnerte, waren wunderbare Kindertage am Meer, glücklicher kaum denkbar. Damals blätterte außen am Bungalow die Farbe ab und drinnen gab es auf dem Boden ein Matratzenlager statt des soliden, großen Doppelbetts. Heute erstrahlte das Häuschen frisch renoviert in makellosem Weiß und Blau. Dafür ächzten die alten Dielen beim Eintreten immer noch auf und in der Ecke stand wie früher das Radio mit den Drehknöpfen. Das Bad hatte eine Wanne bekommen und war zusammengeschrumpft, schon damals konnten sich darin nur Kinder mit ausgestreckten Armen um sich selbst drehen. In die neue Hängematte, die zwischen den beiden Obstbäumen neben der Terrasse einen tollen Platz gefunden hatte, passten locker zwei Personen und es gab einen Schaukelstuhl. Über der Terrasse war ein Gitternetz gespannt, das stellenweise so dicht mit Efeu bewachsen war, dass es ein uriges Dach bildete. Ein Windspiel baumelte herab und begleitete stürmische Inseltage mit melodischen Tönen. Die mannshohe Hecke schützte den kleinen Garten vor fremden Blicken. Im Blumengarten wuchsen Mohn, Rittersporn, Margeriten und wilde Rosenbüsche, außerdem gab es ein duftendes Kräuterbeet. Aus dem Bungalow von einst war ein Cottage wie aus dem Bilderbuch geworden. Angeblich waren für das Gartenhaus schon große Summen geboten worden, weil es so charmant war.

»Wir verkaufen unsere Werte nicht«, pflegte Didi zu sagen und meinte damit die Ansichten ihrer Generation – zumindest eines Ablegers davon. In den siebziger Jahren war sie als junge Frau auf den Spuren der Hippies durch die Welt gereist. Später zog sie in Berlin mit Gleichgesinnten zusammen, die Majas Meinung nach auf ähnliche Weise starrsinnig gewesen waren wie sogenannte normale Bürger. Maja wuchs nicht nur mit Pazifisten und Freaks, sondern auch mit begeisterten Anhängern der anfangs noch als revolutionär angesehenen *Grünen* und mit Hausbesetzern auf. Alle, die ihr Körnerbrot nicht selbst backten und lieber ins Büro gingen statt auf Demos, waren in den Augen der Kommunarden Spießer. »Komfort macht nicht glücklich. Im Gegenteil.« Auch das hatte Maja oft gehört. Als längst erwachsene Frau stimmte sie diesem Spruch sogar zu, allerdings mit einem kleinen Zusatz versehen: »… macht *auf Dauer* nicht glücklich«. Mit Gero hatte sie es sehr wohl genossen, in ein eigenes Haus zu ziehen und ein Zimmer ganz für sich allein zu haben. Der Pool hätte ihre neueste Krönung von Wohlstand und Glück sein sollen. Nun war er verwaist.

Didi öffnete das kleine Gartentor. »Hast du schon gefrühstückt?«

»Eine Tasse Kaffee.«

»Dann holen wir das jetzt nach. Ich werde uns was zaubern und habe dafür schon was eingeweicht. Aber nicht so wie früher, keine Angst!« Didi drehte sich zu ihr um und drückte besänftigend ihren Arm, als ahnte sie schon, dass Maja in dem Fall lieber in ein Café oder zur nächsten Fischbrötchenbude gegangen wäre. Sie ernährte sich nicht halb so gesund wie ihre Mutter, aber für sie war das immer noch bewusst genug.

Maja blieb bei dem großen Stein stehen, der dort am Wegrand lag, seit sie denken konnte. Sie bückte sich, hob ihn vorsichtig an und spähte darunter. Asseln und kleine Würmer wohnten dort. Beruhigend, dass es Dinge gab, die sich niemals änderten, wenn man sie in Ruhe ließ, während die ganze Welt in einem ständigen Wandel war. Krieg und Frieden wechselten sich mit Katastrophen und Glücksfällen ab wie Tag und Nacht. Ein kleines Sandkorn im Getriebe konnte das unbeschwerte Zusammenleben auf den Kontinenten fast zum Erliegen bringen. Und es gab Paare, die liebten sich heute abgöttisch und

16

hassten sich morgen. Genau deswegen hatte Maja geheiratet, um wenigstens in diesem Punkt ein wenig mehr Sicherheit zu haben. Nun war sie selbst dabei, alles infrage zu stellen.

Sie folgte Didi ins Haus und warf als Erstes einen Blick auf ihr Handy. Keine Nachricht von niemandem. Didi begann, in der Küche zu hantieren. Maja ging wieder vor die Tür und legte sich in die Hängematte. Wiegte sich hin und her, bis sie fast eindöste. Träumte. Tagträumte. Sie lachte. Lachte laut. Sie war glücklich, sie war am Meer, am Strand, sie umarmte die Welt, sie war nicht allein, jemand war noch da, jemand, mit dem sich das Leben herrlich leicht anfühlte …

»Liebes, kommst du?«

Leicht verschwitzt und benommen setzte sie sich auf und ihre Füße tasteten auf dem schwankenden Boden nach Halt.

Sie ächzte leise beim Aufstehen, sodass Didi mit einer Schüssel in der Hand im Türrahmen stehen blieb und verwundert fragte: »Schon wieder vertauschte Rollen? Tut dir etwas weh?«

Maja schüttelte nur den Kopf. Ihre Mutter machte diesen Scherz gern und oft und das durfte sie auch. Durch ihr diszipliniertes Leben war sie super in Form und so agil, dass sie jüngere Menschen schon mal in die Tasche steckte. »Soll ich beim Tischdecken helfen?«, fragte Maja.

»Nein, alles schon erledigt. Wir brauchen nur zwei Teller für den Brei und die stehen schon da.«

Ein kleiner Schauer durchlief Maja. Das also hatte ihre Mutter vorbereitet! *Etwas eingeweicht.* Es gab doch wieder diesen Brei. Innerlich schüttelte es sie. Linsen und Bohnen, grüne, braune und schwarze, die hatte es ständig gegeben in den alternativen Wohngemeinschaften, in denen sie groß geworden war. Neben Hülsenfrüchten in allen Variationen stand ein gesundes Frühstück hoch im Kurs: Selbst geschrotetes Getreide quoll über Nacht zu einer Masse, die wie Tapetenkleister schmeckte und noch auf dem Schulweg in den Zähnen klebte, während andere Kinder Rosinenbrötchen und dicke Wurstbrote essen durften. Die gesunde Gemeinschaftsküche war das Grauen ihrer Kindheit gewesen. »Ich glaube, ich habe gar keinen richtigen Hunger«, sagte sie, nahm Platz und blickte zum hundertsten Mal auf ihr Handy, das sie neben sich auf den Tisch gelegt hatte.

Ihre Mutter beobachtete sie. »Weil du dir alles viel zu sehr zu Herzen nimmst.« Sie stellte die Schüssel, die mit einem silbernen Topfdeckel abgedeckt war, auf den Tisch. »Warte nicht darauf, dass Lilly sich meldet. Lass ihr Zeit.«

»Was ist denn so schwer daran, kurz zu antworten? Wenigstens ein ›Ja, mir geht's gut‹. Nur ein kleines Lebenszeichen.«

Didi zog die Schürze aus und setzte sich zu Maja. »Du solltest das Ding einfach mal einen Tag lang ausmachen. Wirst sehen, das entspannt. Und ich habe noch eine Idee, nein, eine Überraschung für dich, die dir helfen könnte, neue Kraft und Zuversicht zu schöpfen.«

Maja stützte den Kopf auf die Hände. »Erst einen Brei und dann noch eine Überraschung? Oje«, sagte sie mit gespielter Ergebenheit und Didi lachte.

»Ich korrigiere mich«, antwortete sie. »So wie sich unser Bungalow zum Cottage gemausert hat, ist aus meinem Brei von damals ein leckeres Porridge geworden. Ich präsentiere dir meine europäisch-indische Variante. Die musst du einfach probieren.« Sie hob den Deckel und Maja beugte sich ein Stück vor. In der dampfenden Schüssel befand sich statt grauem Tapetenkleister eine sämige, duftende gelbe Masse. Darauf waren Beeren und Granatapfelkerne neben Pfefferminzblättern drapiert. Rundherum steckten hauchdünne Schokoladenherzen, deren Ränder durch die Wärme leicht geschmolzen waren. Es sah himmlisch aus.

»Wenn es nur annähernd so schmeckt, wie es aussieht, hast du was bei mir gut«, sagte sie und griff zu.

»Warte«, rief Didi, verschwand in der Küche und kam mit zwei Saftgläsern, gefüllt mit einer giftgrünen Flüssigkeit, wieder heraus. »Ich verrate dir nicht, was da alles drin ist. Aber es schmeckt garantiert.«

Maja ließ nichts übrig, weder in der Schale noch im Glas. Sonst frühstückte sie nur wenig und zu Hause in Berlin nahm sie sich manchmal gar keine Zeit dafür. Jetzt fühlte sie sich angenehm gesättigt und wohl. Sie wollte aufstehen und abräumen, doch Didi hielt sie zurück.

»Ich mache das. So wie damals, bei unserem ersten gemeinsamen Urlaub hier. Ich weiß noch, wie ich dich von vorne bis hinten verwöhnt habe. Ich will es gern noch mal tun.«

Amüsiert sah Maja zu, wie Didi den Tisch abräumte. Zwischen der schemenhaften Erinnerung an das Glück von damals und heute lagen dreißig Jahre. Sie musste etwa fünf gewesen sein, sinnierte sie. Nach der Wende hatte Didis Freundin den Bungalow in Besitz genommen und sie eingeladen, dort die Sommerfrische zu verbringen. Ein Jahr später kam Maja in die Schule und es war vorbei mit der ganz glücklichen Kindheit, mit der Rundum-Sorglosigkeit. Maja fühlte sich *anders* als die anderen Kinder, weil ihre Mutter *anders* war. Jenseits von Berlin trugen nur wenige Mütter Blumen im Haar oder selbst geschneiderte Kleidung. Die meisten Mütter hielten in den dünn besiedelten Gegenden, wo sie wohnten, auch keine Transparente hoch. Und wenn Maja endlich einmal eine Freundin in der Klasse gefunden hatte, zogen sie oft schon wieder um, einmal quer durchs ganze Land. Didi hatte keine Lust auf das Berlin nach der Wende gehabt und sich mit ihrem damaligen Partner und Maja auf die Suche nach der idealen Kommune gemacht. Majas leiblicher Vater hatte sich »in Luft aufgelöst«, so nannte es Didi. Sie nahm diese Sache ziemlich locker. Er hieß Michael, genannt Mike. Maja kannte Didis Reaktion auf »die Sache mit deinem Vater« auswendig wie ein Zitat, denn ihre Mutter erzählte stets das Gleiche: »Wir waren nur ein paar Wochen zusammen. Unsere Gemeinschaften waren groß, bunt und lebendig, wir kümmerten uns alle umeinander, wollten uns aber nicht aneinanderketten, wenn es nicht sein musste. Nur für die wirklich große Liebe hätte ich es getan. Ich wusste, ich kriege dich gut durch. Die Gemeinschaft war die Familie.«

»Was weißt du von ihm, wie war mein Vater?«, hatte Maja hundertmal gefragt. Sie konnte sich nicht satthören an den wenigen Details, die Didi ihr erzählte. Etwa, dass sie mit ihrer hellen Haut, dem rotblonden Haar und der großen Statur ihrem Vater ähnlicher sah als ihrer Mutter. Dass er seinen Lehrerjob hingeworfen hatte und auf eine lange Reise nach Asien aufbrechen wollte, vielleicht sogar ganz aussteigen aus der westlichen Welt und dass sich seine Spur deswegen verlor. Sie hatten ihre Liaison einvernehmlich beendet und er war per Anhalter losgezogen, ohne ein geplantes Rückkehrdatum. Postkarten hatten sie sich nie versprochen, Handys waren noch nicht üblich. Erst als er weg war, hatte ihre Mutter die Schwangerschaft festgestellt. Sie war da schon Mitte dreißig und sie hatten auch verhütet und doch war es passiert. »Du wolltest eben unbedingt zu mir kommen«, lauteten Didis zärtliche Worte über ihr »Wunderkind Maja«. So war Mike für Maja ein vom Mythos umwehter, ungreifbarer Vater geblieben, ein großer, rotblonder, abenteuerlustiger Mann, nach dem sie sich ihr Leben lang gesehnt hatte und sehnte – auch heute noch. Wie gern würde sie ihn einmal kennenlernen! Wie oft war er in ihrer Fantasie zu ihnen zurückgekehrt, hatte sie in den entlegensten Ortschaften aufgespürt, an die Tür geklopft und ihr einen Sack voll schöner Dinge mitgebracht. Aus Indien, Thailand oder Indonesien, aus Burma und Laos, oder vielleicht war er auch in einem ganz anderen Teil Asiens unterwegs, in Turkmenistan oder auf den Malediven. Dort führte er ein schönes Hotel oder lebte vom Fischfang in einem Strandhaus oder …

Während Didi in der Küche das Geschirr wusch und Maja auf ihre Hände blickte, die auf dem Tisch zusammengefaltet wie nutzlose Gegenstände herumlagen, überkam sie wieder tiefe Sehnsucht nach Lilly. Sie würde den Urlaub kaum genießen können, wenn sie sich nicht noch mal aussprachen. Lilly las zwar ihre Nachrichten, aber sie antwortete nicht. Maja wählte ihre Nummer.

Sie ging sogar gleich ran. »Was ist?«

»Wie wäre es mit einem Hallo?«, fragte Maja mit sanfter Nuance.

Schweigen.

»Wo bist du?«, fragte Maja und als wieder keine Antwort kam: »Wie geht es mit Papa, versteht ihr euch wieder besser? Ich wollte dich nicht verletzen, ich wollte nur Frieden stiften zwischen euch. Und meine Vorschläge wegen eines sozialen Jahres …«

»Maja, was willst du?«, fiel Lilly ihr ins Wort.

Etwas durchbohrte ihr Herz und es war schlimmer als Geros Pfeil. »Nennst du mich jetzt so?« Seit sie Lilly kannte, seit ihrem dritten Lebensjahr, war sie immer *Mama* gewesen. Noch nie hatte Lilly sie mit ihrem Vornamen angesprochen.

»Du bist nun mal nicht meine Mutter. Und du unterstützt mich nicht. Vielleicht ja deswegen, du hältst lieber zu Papa.«

Ende des Gesprächs. Eine Weile saß Maja still und erschüttert da, bis sie merkte, dass es auch im Bungalow fast still geworden war.

Didi kam heraus. Sie war sorgfältig geschminkt und hatte ihr Kleid gegen ein Sportoutfit eingetauscht, eine Leggings und ein passendes Oberteil. Heute war Lila-Tag, sie stimmte die Farben, die sie am Körper trug, – inklusive Lidschatten und Lippenstift – gern aufeinander ab und wirkte dadurch noch jünger. »Mach mit, zieh dich um!« Dann sah sie Majas unglückliches Gesicht und seufzte mitfühlend. »Du hast mit Lilly gesprochen?«

»Sie will nicht mehr Mama zu mir sagen.«

Didi sah sie nachdenklich an. »Es ist nicht leicht. Lass ihr die Zeit und den Raum. Ihr müsst euch gegenseitig loslassen. Als du gingst, war es auch schlimm für mich. Und du nennst mich doch auch beim Vornamen, wenn du Lust dazu hast.«

»Weil du es mir so beigebracht hast, weil das die anderen auch so machten. Mal so, mal so. Aber Lilly hat mich bisher nie so genannt. Das war Absicht. Ich hab dich damit nie verletzt.«

Didi schüttelte leicht den Kopf und machte ein paar Schritte auf die kleine Wiese. Sie begann, sich zu dehnen. Die Beine durchgestreckt kam sie mit den Händen locker auf den Boden. Wieder stieg eine fast vergessene Erinnerung in Maja hoch: Sie, ganz klein, lief um ihre Mutter herum und zwischen ihren Beinen hindurch, wenn sie ihre Übungen machte. »Ich habe etwas Schönes mit dir vor. Wirst gleich sehen ...«, sagte Didi, während sie mit dem Kopf nach unten hing.

Zu dieser Ich-will-nur-dein-Bestes-Diskussion hatte Maja nichts beizutragen. Sie ging ins Haus. Vielleicht war es normal zwischen Müttern und Töchtern. Lilly wollte von ihr ja auch keine Ratschläge hören. Im Badezimmer schloss sie die Tür hinter sich und sah in den Spiegel. Eine Frau im besten Alter, ungeschminkt und zutiefst unglücklich, blickte ihr entgegen. Eine Frau, deren Chancen, schwanger zu werden, mit jedem Jahr rapide abnahmen. Dann auch noch das: *Du bist nicht meine Mutter.* Wenn sie bei Gero blieb, würde sie vielleicht auch nie eine richtige Mutter werden. Sie griff nach der Zahnbürste, tat viel zu viel Zahnpasta darauf. Putzte. Putzte. Putzte. Ihr Mund schäumte. Hinter ihr öffnete sich die Tür einen Spalt breit und Didis silberheller Kopf erschien.

Maja spülte sich gründlich den Mund aus, während sie den Blick ihrer Mutter im Rücken wie ein stärkendes Streicheln spürte.

»Was willst du mit dem Tag denn anfangen?«, fragte Didi.

»Am liebsten gar nichts.« Sie standen sich gegenüber. »Oder besser: Ich weiß es nicht. Ich weiß gerade gar nichts«, sagte Maja. Das war immerhin die Wahrheit.

»Ich hab noch was für dich mitgebracht, extra für heute.« Ihre Mutter sprach mit dieser warmen Stimme, in die sie all ihre Gefühle legen konnte. Majas innere Barrikaden schmolzen dahin wie die Schokoherzen im heißen Frühstücksbrei. »Wieder gebatikt?«, fragte Maja. Es war eine schwache Gegenwehr gegen Didis Liebesoffensive.

Ihre Mutter brachte ein Paar Leggings.

Sie saßen wie angegossen und nun schlugen auf Majas Beinen ein paar blasslila Schmetterlinge mit ihren schimmernden Flügeln. Eine süße No-Age-Hose, die von Mädchen wie von Frauen getragen werden konnte.

»Falls sie dir nicht gefällt, ist sie für Lilly.«

»Doch, wunderschön. Danke«, erwiderte Maja. Nach kurzem Zögern fügte sie hinzu: »Von mir nimmt Lilly sowieso nichts.« Die Tränen stiegen auf. »Jahrelang hatte ich Angst, dass sie mich als Mutter zurückstößt. Warum jetzt?«

Didi bugsierte sie mit sanftem Druck zur Tür. »Zieh mal deine Schuhe und deine Jacke an.« Erst als sie abgeschlossen hatte, beantwortete sie die Frage nach dem Wohin. »Ein Workshop.« Den Schlüssel legte sie nicht wie sonst unter die Blumenschale, sondern steckte ihn in die Seitentasche ihrer Sportjacke, die sie sich um die Hüften geschlungen hatte. Richtig warm war die Luft immer noch nicht, es zogen sogar neue Regenwolken auf.

»Was?«, fragte Maja und blieb wie angewurzelt stehen. »Du weißt doch, dass ich so was nicht gern mache.«

»Es ist anders, als du denkst. Kein Gruppenzwang. Versprochen. Ich kenne zufällig die Veranstalterin des Kurses. Kurs, das klingt für dich besser als Workshop, oder? Es wird bestimmt wundervoll und heute ist erst einmal nur die Einführung.«

»Und dann?«

»Wir treffen uns etwa alle drei Tage …«

Maja lachte auf, doch es klang nicht froh. »Du liebe Güte! Alle drei Tage? Was für ein Kurs ist das genau?«

»Ein Workshop für Yoga und Wunder. Yoga, weil das bekanntermaßen gut ist für Körper, Geist und Seele zugleich. Entspannt und ausbalanciert sind wir danach bereit für neue Anregungen und Impulse. Für ein zufriedeneres Leben. Dank meiner Beziehungen habe ich noch zwei Plätze bekommen und ein wenig Rabatt.«

»Rabatt?«

»Ja, das war sehr entgegenkommend. Du brauchst keinen Cent zu investieren.«

»Hast du etwa schon bezahlt, auch für mich? Du hast doch kaum Geld!«

»Für Dinge, die wichtig sind, treibe ich immer Geld auf. Ich habe dich doch gut durchgekriegt, oder? Ich möchte dich gern dahin mitnehmen, aber das klappt nur, wenn ich dich überrasche. So wie jetzt.«

Maja stöhnte auf. Sie wollte ihre besondere Mutter für keine andere auf der Welt eintauschen, aber sie war auf besondere Weise anstrengend. Auch in ihrer Fürsorge.

»Du siehst toll aus. So sportlich!« Didi streckte Maja die Hand hin, damit sie endlich einschlug. »Komm, zeig dich.« Hinter der Hecke im Garten nebenan warf jemand den Rasenmäher an. »Siehst du«, sagte Didi und interpretierte den plötzlichen Krach wahrscheinlich als Hinweis, besser schnell weiterzugehen.

24

Maja hielt sich kurz die Ohren zu und dachte nach. Viel lieber hätte sie sich ein eigenes Quartier gesucht und dort in Ruhe ihre Wunden geleckt. Ein Pfeil von Gero ins Herz, ein Schlag von Lilly in die Magengrube und eine Mutter, die es schon am dritten Tag mit ihrem Versprechen, sie ganz und gar in Ruhe zu lassen, nicht mehr ernst meinte. Für ihren Vorsatz, entspannt und optimistisch aus dem Urlaub zurückzukehren, brauchte es jetzt vielleicht wirklich ein Wunder. Sie gab nach. »Na gut, ich schau es mir an«, sagte sie.

Als Dankeschön stellte sich Didi auf die Zehenspitzen und platzierte einen Abdruck ihres lila Lippenstifts auf Majas Stirn.

KAPITEL 2

KRISTOF

Ole war neben ihm eingeschlafen, er hatte sich beim Toben am Strand völlig verausgabt. Kristof löste sich von seinem Blondie, wie er seinen strohblonden Jungen gern nannte, trat ans Panoramafenster ihres vorübergehenden Zuhauses und blickte hinaus. Manche der heranrollenden Wellenkämme sahen aus wie Münder, die einen Moment lang ihre weißen Zähne fletschten und sich dann wieder schlossen. Als hätte das unruhige Meer unzählige kleine Mäuler, mit denen es nach dem Strand schnappte, um den Sand zu fressen und an den Füßen der Spaziergänger zu nagen. Endlich mal wieder ein gutes Fantasiebild! Seit sie in Heringsdorf angekommen waren, hatte sein irgendwie lahmgelegtes Gehirn nicht einen einzigen kreativen Gedanken hervorgebracht. Beruhigend zu wissen, dass es noch funktionierte. Aus dem Urlaub wollte er nicht nur Erholung, sondern auch findige Ideen für den nächsten Auftrag mit nach Hause bringen: Er sollte eine neue Dating-App entwickeln. Er, der mit dem Thema Dating im Netz noch nie etwas am Hut gehabt hatte. »Kein Problem«, hatte er angesichts des üppigen Honorars und der in Aussicht gestellten Provision getönt. Jetzt musste er liefern und hatte sich ein paar Accounts angelegt, um zu sehen, wie das bei den gängigen Portalen im

Internet so lief. Ganz nebenbei hatte er sich hunderte Fotos von Frauen angesehen, ohne dass ihm einmal in den Sinn gekommen wäre: Die könnte mir gefallen. Oder die vielleicht. Konnte so etwas … absterben? Er trat von einem Fuß auf den anderen, spürte Sand von vorhin zwischen den Zehen. Nach einem sonnigen Morgen waren erneut Wolken aufgezogen, aber für ausgiebiges Strandleben blieb noch genug Zeit. Von den satten dreieinhalb Wochen lagen noch drei vor ihnen. Nur er und Ole, Ole und er, endlich mal wieder eine richtig lange Zeit zusammen. Sie würden alles auskosten, was Usedom zu bieten hatte, von Beachlife über Radfahren, Picknicken, Bootstouren, Museumsbesuche, die vielen Seebrücken abklappern bis hin zu, ach, einfach allem. Er wollte so viel wie möglich mit Ole erleben. Kinder wurden viel zu schnell groß. Umso mehr bedauerte er, dass er von Oles Alltag kaum mehr etwas mitbekam und nur noch ein Wochenend- und Ferienpapa war. Es war ein bitterer Preis für seine Freiheit.

Kristof sah hinüber zu seinem Kingsize-Bett. Tagsüber war es zum Toben da, nachts schlief Ole im Zimmer nebenan. Das Ganze nannte sich Familiensuite. Svenja hatte ihn eindringlich darum gebeten, Ole abends wirklich ins eigene Bett zu bugsieren, *mit bitte nur ganz wenigen Ausnahmen, danke!* Meistens diktierte sie die Regeln, auch aus der Ferne. Sie wollte nicht, dass Ole unselbstständiger zurückkam, als er von ihr weggegangen war. Sie behauptete, als Trennungskind täte er sich schwer damit, alleine einzuschlafen, er sollte es auf keinen Fall wieder verlernen. Tatsächlich rief Ole im Halbschlaf manchmal, wenn er sich hinausschleichen wollte, noch mal nach ihm. Dabei war er schon fast zehn. Wenn Svenja mit der Trennung argumentierte, wurde Kristof meistens still. Es konnte sein, dass sie recht hatte. Es konnte aber auch sein, dass sie einfach nicht aufhören wollte, ihm ein schlechtes Gewissen zu machen, weil sie ihm diesen Vertrauensbruch, wie sie es nannte, nicht verzeihen konnte. Dabei hatte niemals eine andere Frau eine Rolle gespielt. Seine Liebe, nicht seine Treue, hatte vor zwei Jahren ihre feste Basis verloren und war zusammengebrochen wie eine morsche Brücke. Er argumentierte mit Bildern, Svenja mit Behauptungen. Vereinzelte Regentropfen fielen aus dem wilden Wolkenmeer über dem Wasser. Sie mussten sich gleich etwas anderes überlegen, als wie versprochen zum Strand zurückzukehren. Kristof setzte sich an den Tisch und nahm den Prospekt des Hotels in die Hand. Die Ausstattung der Zimmer, der Wellnessbereich und das Essen waren erstklassig. Mit den hauseigenen Freizeitaktivitäten hatte er sich noch gar nicht befasst. Da gab es Wasserball im Hallenbad, Spielnachmittage für Jung und Alt, Vorträge sowie andere Angebote und Kurse im Veranstaltungssaal. Autogenes Training etwa und zwar heute. Er selbst hatte gute Erfahrungen mit der Entspannungstechnik gemacht und las sich den Text durch. Damals in der Agentur half es, den Stresslevel zu kontrollieren. *Kurs auch für Kinder geeignet, Einstieg jederzeit möglich.* Wow! Langeweile stand bei keinem Wetter auf dem Programm dieses familienfreundlichen Hotels. Er gähnte und streckte sich, ließ den Blick durch das geräumige Zimmer und wieder nach draußen schweifen, zu Wolkenmeer und Wassermäulern. In diesem Urlaub wollte er Bilanz ziehen, was sein gegenwärtiges Leben betraf. Als selbstständiger IT-Entwickler erhielt er lukrative Aufträge, das war schön und gut. Für Ole war er der beste Papa der Welt. Er war fit und gesund, tat auch einiges dafür. Sein Haus in der Lüneburger Heide war groß und komfortabel, so toll hatte er noch nie gewohnt. Endlich hatte er auch einen Garten. Und es gab ein fast genauso riesiges Bett wie hier im Hotel, ganz für ihn allein. Nur Ole kannte bisher sein Schlafzimmer von innen, suche den Fehler …

Das Telefon vibrierte auf dem Tisch. Svenja. Für seinen Geschmack rief sie etwas zu oft an, um zu fragen, wie es ihnen ging. Natürlich wollte sie auch Oles Stimme hören und ihn fürsorglich ermahnen, dass er aufpassen müsse beim Schwimmen im Meer. Erst blieb Kristof reglos sitzen. Wie Svenja nun mal war, ließ sie es klingeln und klingeln. Vielleicht war es doch was Wichtiges? Er griff nach dem Handy. »Ja?«, meldete er sich leise.

»Hey, wie ist heute das Wetter bei euch?«

Es klang nicht dringend. Reingefallen. »Immer noch durchwachsen. Die Sonne hat kurz Hallo gesagt, jetzt ist sie wieder weg.«

»Eure Stimmung?«

»Die ist super.«

»Du klingst aber nicht so. Du redest so leise.«

»Ole schläft.«

»Er schläft morgens um elf?«

Grrr, machte Kristof innerlich. »Keine Angst, es ist alles in Ordnung.«

»Bist du sicher?«

Mit einem unterdrückten Seufzen ließ sich Kristof nach hinten sinken. »Ja-ha. Das Reizklima macht anfangs eben etwas müde, ist doch normal. Er bewegt sich hier hundertmal so viel wie in der Stadt.«

Natürlich war Svenja sofort gekränkt. »Warum tust du denn jetzt so?«

»Wie tue ich denn?«

»Als ob ich die unmöglichste Mutter der Welt bin, bloß weil ich gern wissen möchte, wie es euch geht.«

Kristof stand auf und ging ein paar Schritte auf und ab. Sie hatten noch keine Minute miteinander gesprochen und schon war er genervt. Am Abend zuvor, als Ole seine Mutter vermisste, hatte es wieder so einen klitzekleinen Moment gegeben, wo er sich fragte, ob sie nicht doch eine gemeinsame Chance gehabt hätten. Vielleicht mit einer Paartherapie oder anderweitiger Hilfe. Hatte er wirklich sein Bestes gegeben? Doch in

Momenten wie diesen wusste er, dass er alles richtig gemacht hatte. »Svenja, bitte!«, sagte er nur.

»Bitte? Bitte was?«

Er schwieg.

»Ole schläft also.« Leicht beleidigt führte sie das Gespräch fort. »Ich wollte euch beiden etwas sehr Wichtiges mitteilen. Nämlich dass ich … dass ich den Job in Toronto nun wahrscheinlich doch bekomme.«

Kristof blieb mitten im Zimmer stehen. Das Herz klopfte hart in seiner Brust, als wollte es herausspringen. In seinem Kopf dröhnte es, als säße er plötzlich unter einer großen Glocke und jemand schlug darauf ein. Ruhig bleiben. Ruhig bleiben. Ruhig bleiben. Am Anfang ihrer Beziehung hatte er die Beschwörungsformel noch scherzhaft gebraucht, weil Svenja ihn so wild gemacht hatte. Einmal zerriss er ihr Seidenhemd, weil es nicht schnell genug gehen konnte. Sie waren körperlich unglaublich aufeinander abgefahren. Er schloss die Augen und sah genau diese Szene vor sich. Ausgerechnet jetzt. Vielleicht, weil dieser Moment das endgültige Aus zwischen ihnen markierte. Auch das ihrer Freundschaft, wenn Svenja ihre beruflichen Pläne wirklich wahr machte. Etwas zwischen ihnen zerriss, das letzte dünne Band, auf dem sie in letzter Zeit balancierten. Auswandern! Ihr Plan war heftig. Sie war Schauspielerin und half neuerdings auch als Coach anderen Schauspielern, im Spiel besser und noch besser zu werden. Der Ruf nach Nordamerika war ihre Chance und sein Unglück. Um nicht laut loszuschreien, dachte er immer noch an das zerrissene Hemd und an ihren wilden Sex. Ein inneres Ablenkungsmanöver.

»Kristof?« Svenjas Stimme klang besorgt.

»Ja«, sagte er nur. Etliche Streitgespräche hatten sie zu diesem schwierigen Thema schon geführt und er wollte Ole nicht aufwecken. Die Lösung, Svenja mit dem Anwalt zu drohen, war leider keine Lösung. Die Dinge waren komplizierter.

»Es ist die größte Chance meines Lebens«, sagte Svenja nicht zum ersten Mal.

»Ich kann jetzt nicht sprechen.«

»Wenn es so weit ist, wäre ein wenig gemeinsame Zeit gut. Wann wollen wir Ole darauf vorbereiten?«

Gar nicht!, wollte Kristof schreien. »Wie sicher ist es?«

»Achtundneunzig Prozent.«

»Komm nicht her, wenn es nicht hundert Prozent sind. Lass Ole und mir bitte diesen Urlaub, in dem ich so tun kann, als wäre alles gut. Ich brauche das. Und er auch.« Durchs Telefon konnte er spüren, wie Svenja zusammenzuckte.

Dann aber war sie so fair, keinen weiteren Kommentar abzugeben. Stattdessen wurde auch sie traurig. »Wir sollten das Beste daraus machen, Kristof. Allein schon für Ole.«

»Ich weiß nicht, ob es das Beste ist. Und ob ich das kann.«

»Du kannst. Ich fliege mit ihm schließlich nicht zum Mars.«

»Tschau.« Kristof legte auf und starrte eine Weile ins Leere. *Du kannst.* Typisch Svenja. Auch das hatte er lange an ihr bewundert: ihr krasses Selbstvertrauen, ihr Durchsetzungsvermögen, ihre individuelle Schönheit. Je länger sie sich kannten, desto mehr gewannen jene Wesenszüge die Oberhand, die so etwas wie die ungeliebten Stiefgeschwister ihrer positiven Eigenschaften waren: Arroganz begleitete ihr umwerfendes Aussehen, Starrsinn ihr Durchsetzungsvermögen und Überdrehtheit ihr Selbstbewusstsein. Für Svenjas weitere berufliche Pläne in Amerika als Coach und Schauspielerin waren es hervorragende Begleiter.

»Papa.« Ole hatte sich halb aufgerichtet und sah zu ihm herüber. »Was ist? Hat Mama angerufen?« Die feinen Antennen der Kinder.

»Ja, hat sie. Sie gibt dir einen Kuss.«

Mehr wollte Ole gar nicht wissen, er schnappte sich ein Kissen und lachte. Sein Blondie lachte viel, von wegen geschädigtes

Trennungskind, was Svenja ihm einreden wollte. Das Einzige, was in seinen Augen nicht so gut lief, war die Tatsache, dass Ole ein Stubenhocker war. Er würde ihn gern öfter mit Freunden spielen sehen, aber bei ihm in der Lüneburger Heide hatte er keine und das war auch seine Schuld. Er hatte in der neuen Umgebung noch viel zu wenig Kontakte geknüpft. Und in der Hamburger Wohnung saß Svenja auf ihm wie eine Glucke. In Kanada würde alles anders werden, meinte sie.

Das Kissen traf ihn am Kopf und Kristof schüttelte den Rest der dunklen Gedanken ab, die ihn wie eine Flutwelle mit zähnefletschenden Mäulern zu überspülen drohten. Svenja, Svenja, Svenja. Seit zwei Jahren lebten sie strikt getrennt und doch war sie in seinem Leben noch viel zu präsent. Er wollte das dringend ändern. Vielleicht wäre ein kleiner Urlaubsflirt ein Anfang, einfach, um sich überhaupt mal wieder mit anderen weiblichen Wesen außer Verkäuferinnen in der Bäckerei und netten Nachbarinnen mit grau meliertem Haar in Kittelschürze auszutauschen. Vorhin waren ihm am Strand zwei Damen entgegengekommen, eine hübscher als die andere – ein Spruch aus dem vergangenen Jahrhundert, doch er passte. So oder so ähnlich hätte er die beiden am liebsten spontan und gut gelaunt gegrüßt. Vielleicht Mutter und Tochter? Die Jüngere, mit den rotblonden Haaren, war in seinem Alter gewesen. Eine lange Sekunde hatten sie sich in die Augen gesehen. Fast hatte er die Begegnung schon vergessen. Jetzt blitzte das Bild noch einmal vor ihm auf. Auch sie hatte sich nach ihm umgedreht, da war er sich sicher. Ein weiteres Kissen flog durchs Zimmer und verfehlte ihn knapp.

»He!«, rief Kristof und war mit einem Satz am Bett.

Ole kreischte in heller Vorfreude und ließ sich ausgiebig kitzeln, aber irgendwann schrie er: »Hör auf, hör auf!«

»Was krieg ich dafür? Was krieg ich, wenn ich aufhöre?« Kristof ließ sich von der fröhlichen Ausgelassenheit mitreißen.

»Alles, alles!«, japste Ole, wollte sich entwinden und schlug nach ihm, doch Kristof hielt ihn fest.

»Wenn ich aufhöre, bist du mir einen Gefallen schuldig, du Frechdachs.« Er lachte. Es konnte nie schaden, ein kleines Versprechen in Reserve zu haben. »In Ordnung?« Er ließ Ole los. »Indianerehrenwort?«

»Indianerehrenwort.« Ole hielt eine freie Hand zum Schwur hoch und sah ihn mit großen Augen an. »Was machen wir jetzt, Papa?«, fragte er atemlos. Schon war er beim nächsten Programmpunkt, nur welchem?

»Auf keinen Fall Trübsal blasen«, antwortete Kristof. Svenja durfte ihm die Zeit hier nicht verderben, nicht einen Tag, und ihm fiel etwas ein. Die Idee fügte sich zusammen aus dem aufwühlenden Telefonat und den Regentropfen, die an der Scheibe herunterliefen, sowie aus dem Prospekt auf dem Tisch und seiner nach ihm schnappenden Verzweiflung. Bis sich alles klärte, musste er sich innerlich stärken und vielleicht gefiel die Idee auch Ole. Er las nach, wo der Kurs genau stattfinden sollte, und sagte: »Lass uns sofort los, ich möchte etwas Besonderes mit dir ausprobieren.«

Beim sogenannten Multifunktionsraum angekommen, zögerte er. Sie waren einen Tick zu spät. Kristof horchte an der Tür und hörte leises Gemurmel.

Ole horchte ebenso. »Was machen wir da?«, fragte er ehrfürchtig. Kristof hatte ihn mit geheimnisvollem Gesicht hierherlocken können, nun war er ihm eine Erklärung schuldig. Er beugte sich ein Stück zu Ole hinunter. »Wir lernen, uns gut zu fühlen, und dafür müssen wir fast nichts tun.«

Natürlich sah Ole ihn misstrauisch an, für ihn war das nicht gerade eine einladende Erklärung. In den Ferien wollten Kinder lieber *viel* tun, nicht wenig. Er versteifte sich ein bisschen.

33

»Wenn du mitmachst, hast du wieder etwas bei mir gut«, sagte Kristof. »Es ist doch unser Spiel. Wir tun uns gegenseitig möglichst viele Gefallen. Wenn du es doof findest, gehen wir wieder und machen was anderes. Aber ausprobieren sollten wir es. Vertraust du mir?«

Ole zog die vorgestülpte Unterlippe wieder ein und nickte. »Wenn ich es nicht mag und trotzdem bleibe, dann habe ich doppelt was bei dir gut? Ich mache mit.«

Kristof kniff ihn in die Wange. »Prima verhandelt. Aus dir wird mal ein guter Geschäftsmann.«

Er klopfte an und sie betraten einen ganz besonderen Raum. Die runden Fenster des Saals sahen aus wie Bullaugen und waren ein Stück nach oben versetzt. Durch das große Oberlicht fiel die Helligkeit wie Regen auf den blank gewienerten Parkettboden. Tische und Stühle waren an die Seite gerückt. Alle Teilnehmer saßen ein gutes Stück voneinander entfernt auf Matten und Kissen in einem zweireihigen Halbkreis vor einer Frau, die ihnen freundlich zunickte. Ihre dunklen Haare waren von grauen Strähnen durchzogen, sie trug ein buntes Stirnband und um den Hals ein silbernes Amulett. Fehlte nur noch eine große Feder im Haar. Ein Dutzend Köpfe drehte sich zu ihnen, als sie verloren in der Tür standen.

»Entschuldigung«, sagte Kristof. »Wir sind etwas zu spät.«

»Gar kein Problem«, antwortete die Frau und machte eine einladende Geste mit der Hand. »Setzt euch bequem hin, wir fangen gerade erst an. Ich bin Lucia, die Kursleiterin.«

Sie sprach nicht weiter und wartete aufrecht sitzend, bis er für sich und Ole zwei Matten ausgerollt hatte. Kristof beeilte sich und legte sie eng nebeneinander. Ole stand mit leicht gesenktem Kopf daneben. Es war etwas unangenehm, dass alle im Raum zu ihnen sahen. Kristof blickte nach vorn und las, was auf der Flipchart-Tafel in großen Buchstaben geschrieben stand: Ihr seid hier, weil ihr ein Wunder wollt!

»Also, noch mal herzlich willkommen bei unserem Yoga-und-Wunder-Workshop.« Lucia nickte in die Runde und ihr Blick blieb an Ole hängen. »Ein Junge hat auch den Mut – oder die Lust auf Wunder? Damit habe ich nicht gerechnet. Aber wir schauen mal, ob das für dich passt.«

Kristof runzelte die Stirn. Autogenes Training hatte wenig mit einem Wunder zu tun, sondern war eine erprobte Methode der Autosuggestion, um Körper und Geist zu beruhigen, das innere Gleichgewicht herzustellen und Kraft zu tanken. Wieso überhaupt war Ole hier das einzige Kind, wo der Kurs doch für Kinder empfohlen wurde? Schade.

»Ich sage Wunder, denn Körper, Geist und Seele sollen in diesem Kurs über sich hinauswachsen, Grenzen überwinden, Neues erfahren, gewohnte Muster hinter sich lassen, euch überraschen. Früher hätte man wohl Selbsterfahrungsworkshop gesagt. Ihr sollt euch wunderbar erholen, wundersam fühlen, wundervolle Erfahrungen machen. Es gibt dafür verschiedene Methoden wie etwa Yoga, klar, das kennen fast alle. Aber wir werden uns auch viel austauschen, trommeln, Bogen schießen, ein Feuerritual machen.« Lucias kraftvolle Stimme erfüllte den großen Raum.

Es war toll, ihr zuzuhören. Nur konnte hier etwas nicht stimmen und Kristof hob eine Hand. »Entschuldigung«, sagte er, »was ist mit dem Autogenen Training?«

»Ach!« Lucia stieß das kleine Wort ehrlich bedauernd aus. »Jetzt verstehe ich. Dann wollt ihr gar nicht zu uns. Bei mir sind zwei Plätze frei geworden, ich dachte, ihr seid vielleicht Nachrücker. Tut mir leid, ich weiß, im Hotelprospekt stand das nur kleingedruckt. Autogenes Training findet regelmäßig in diesem Raum statt, aber heute nicht, deswegen sind wir reingeschlüpft. Das Kennenlernen der Teilnehmer sollte draußen am Strand stattfinden, aber nicht unbedingt im Regen. Wir sind heute im Ausweichquartier.«

»Ja dann ...« Kristof wollte schon aufstehen, da deutete Lucia lächelnd hinter sich auf den Satz, den sie aufgeschrieben hatte: Ihr seid hier, weil ihr ein Wunder wollt!

»Wenn ihr schon da seid, dann bleibt doch wenigstens bis zur Pause da. Oder ganz? Auf wundersame Weise habt ihr zu uns gefunden.«

Kristof zögerte, wenn auch eher aus Höflichkeit. Die einen glaubten an Wunder und Zufälle, andere nicht. Er selbst ging davon aus, dass das Leben in chaotischen Bahnen verlief und es nur eine menschliche Sehnsucht war, in den Wirren der Existenz einen Sinn und Gesetze zu erkennen. Kindgerecht erschien ihm der Kurs voller Erwachsener hier nicht. Yoga und Trommeln, och nee. Es wäre echte Zeitverschwendung hierzubleiben. Er sah nach links, von wo ihn jemand musterte. Nanu! Die Frau mit der Blume im silbrig-weißen Haar, die aufrecht auf der nächsten Matte saß, kam ihm bekannt vor. Sie strahlte ihn an und nickte ihm zu, als würden sie sich gut kennen.

»Sie sind hier goldrichtig«, flüsterte sie, kaum jemand konnte es hören. Sie bewegte fast nur die Lippen, trotzdem verstand er sie. Spontan lächelte er zurück. Die andere war auch da – die beiden Damen von heute Morgen! Die mit den rotblonden Locken saß auf der übernächsten Matte wie auf einer einsamen Insel. Sie lächelte kaum merklich und es war wie vorhin am Strand. Etwas Besonderes lag in ihrem Blick. Sie strich sich mit den Händen übers Haar und über die gekreuzten Beine, auf denen sich Schmetterlinge tummelten. Flirtete indirekt mit ihm, vielleicht sogar gänzlich unbewusst. Darüber hatte Kristof ausgiebig in den Portalen gelesen. Wenn sich Mann und Frau nicht sicher waren, ob es beim ersten Date gefunkt hatte, dann war die Deutung winziger Gesten und Signale wichtig. Sein Impuls, aufzustehen und sich mit einem freundlichen »Danke und viel Spaß« wieder zu verabschieden, verlief sich wie eine Welle im Sand.

Die Frau mit der Blume im Haar rutschte auf ihrer Matte ein Stück nach vorn und winkte Ole zu. »Na, junger Mann? Hast du Lust auf ganz viel Wunder und Überraschungen? Ganz viel Spaß und Lachen und Bewegung?«

»Ja«, sagte Ole. So verpackt klang das nach seinem Geschmack. Er nickte eifrig und einige im Raum schmunzelten.

Ein zarter, heller Klang ertönte und fing die Aufmerksamkeit aller ein, so fein und lieblich, dass er wirklich wie ein vertontes Wunder klang. Lucia hielt etwas in der Hand, ein Klanginstrument aus zwei Metallscheiben. »Das ist eine Zimbel. Wenn ihr sie hört, dann bitte ich euch, ruhig zu werden. Es ist eine der wenigen Regeln, die für unsere Treffen gelten.« Sie griff in den neben ihr stehenden Korb und holte eine Muschel heraus, ein handgroßes schillerndes Exemplar, das wie eine riesige Schnecke aussah. »Die andere Regel lautet: Zuhören, wenn andere sprechen.« Sie hielt sich die Muschel ans Ohr. »Und vor allem: Hört euch selbst zu. Ich lasse dieses schöne Stück, eine ganz besondere Perlmuttschnecke, herumgehen. Lauscht tief hinein und erzählt uns, was ihr über euch selbst in eurem Inneren hört. Eine kurze Vorstellungsrunde, ihr könnt ganz frei sprechen, egal, was euch in den Sinn kommt.«

Auch jetzt ließ Kristof die Gelegenheit, schnell aufzustehen, einfach verstreichen. Stattdessen dachte er: praktisch! Er würde gleich mehr über die Frau in der Schmetterlingshose erfahren. Er selbst war fein raus, er hatte sich heute mit Ole verirrt, war nur Zaungast und musste nicht groß mitspielen. Vorstellungsrunden fand er grässlich. Der Schmetterlingsfrau schien es ähnlich zu gehen. Sie runzelte die Stirn und warf Frau Blume-im-Haar einen nicht ganz glücklichen Blick zu.

»Wer will anfangen?« Kurze Stille. Ein Mann mit ergrautem Haar nahm das Schnecken-Hörrohr entgegen, drehte es in den Händen und sagte dann: »Ich erbarme mich.« Er hielt sich die Muschel ans Ohr, lauschte ein paar Sekunden und lachte auf.

»Ja, ich höre etwas über mich. Sie flüstert meinen Namen!« Alle lachten mit. »Dieter heiße ich«, sagte er dann. »Ich bin Rentner, komme aus Köln und bin hier, weil ich …«

Kristofs Aufmerksamkeit wurde von der Schmetterlingsfrau absorbiert. Wunder! Im menschlichen Verhalten gab es die nicht, da gab es nur Entscheidungen. Anders verhielt es sich mit der Natur: Die Metamorphose eines Schmetterlings war und blieb eines der unglaublichsten Phänomene, die es gab. Die Assoziation von dem Wundertier und dieser Frau passte perfekt. Er war perplex, hatte lange nicht mehr so plötzlich brennendes Interesse gespürt. Wer war sie? Ganz wohlzufühlen schien sie sich hier nicht. Wieder verhakten sich ihre Blicke ineinander und in diesem kurzen Moment floss – zwischen zwei Wimpernschlägen – eine enorme Menge Informationen. Vielleicht war zwischen ihm und der Unbekannten schon jetzt mehr festgelegt, als er ahnen konnte. Es war eine wagemutige These, eine Lebensauffassung, die Kristof aufgrund eigener Erfahrungen entwickelt hatte: die These vom ersten Wimpernschlag. Sie besagte, dass sich bereits im ersten Blickwechsel mit einem fremden Menschen das weitere gemeinsame Potential schon offenbarte. Nur braucht es mitunter Jahre, um diesen nonverbalen Austausch im Nachhinein richtig zu entschlüsseln. Bei dem Kollegen etwa, der neu in die Agentur gekommen war, hatte Kristof schon in der ersten Sekunde gewusst: Der passt nicht ins Team, ich kann mit ihm nicht umgehen und er nicht mit mir. Dabei hatten sie noch kein Wort gewechselt, während ihm diese Ahnung durch den Kopf schoss, er dem Neuling die Hand hinstreckte und ihn in seiner Funktion als Teamchef willkommen hieß. Sie arbeiteten zusammen, sie versuchten es wirklich miteinander, und doch bestätigte sich, was Kristof gleich geahnt und gespürt hatte. Der Kollege leistete sich später einiges, Kristof kündigte wegen ihm sogar den Job, weil er ihn am Ende nicht mehr ertragen konnte. Der erste Blick war manchmal auch Wegweiser für die Schritte auf einem bestimmten Weg, auf dem das Umdrehen später nicht mehr möglich war. Nur noch das Aussteigen. So wie mit Svenja.

Der Grauhaarige vorn erzählte immer noch von sich und die Schmetterlingsfrau wandte auf eine ganz bestimmte Art und Weise den Blick von ihm ab, unbewusstes Flirtverhalten eben. In die Welt der Liebe passte seine These vom ersten Wimpernschlag sogar noch besser. Die meisten der Gedanken, die ihm bei ersten Begegnungen durch den Kopf geschossen waren, enthüllten Stück für Stück und über lange Zeiträume hinweg ihre Wirkkraft und Bestimmung. Bei seiner ersten langen Beziehung hatte er von Beginn an gewusst, wie es enden würde, und so passierte es später auch. Bei Svenja dachte er, als er sie auf einer Party lachend zur Tür hereinkommen sah und sie ihm direkt in die Arme lief: Mit der bekomme ich ein Kind. Und so war es auch. Gleichzeitig hatte er schon die Ahnung gehabt, dass er wegen Svenja viel leiden würde.

Jetzt war wieder so ein Augenblick. Was er mit den ersten Wimpernschlägen im Gesicht der Schmetterlingsfrau las, war eine Botschaft: Sie konnte ihn aus dem tiefen Tunnel holen, in dem er sich seit zwei Jahren verlaufen hatte. Aus der praktischen Alltagsbox, in die er sich gesperrt hatte: Ole, Schreibtisch, Haus, Garten und Sport. Ole, Schreibtisch, Haus … Das Haus in der Lüneburger Heide, eine Autostunde von der alten Wohnung entfernt, war sein Exil. Er war zum Einsiedler geworden.

Jemand hielt ihm die Muschel hin, es war der Sitznachbar rechts vor ihm, der ihm freundlich zunickte. Kristof nahm die Muschel irritiert entgegen. Hatte nicht gerade eben noch dieser Dieter da vorn gesprochen?

»Papa«, flüsterte Ole recht laut neben ihm. »Hast du nicht gehört? Du musst die Muschel rumgeben. Oder was sagen!«

Kristof betrachtete das kunstvoll geschwungene Gehäuse, um etwas Zeit zu gewinnen. Grünlich und rosafarben schimmerte das Perlmutt des faszinierenden Exemplars. Schwer und kühl lag die Riesenschnecke in seiner Hand. Albern, sie jetzt wortlos weiterzugeben. Als er in der Agentur so erfolgreich war, hatte er seine Ideen vor vielen kritischen Zuhörern und Geschäftsleuten vorgetragen, ohne mit der Wimper zu zucken. Hier war es eine zusammengewürfelte kleine Gruppe, in die er mit seinem Kind hineingestolpert war, und es ging um eigentlich – nichts, oder? Ole sah ihn erwartungsvoll an, die Schmetterlingsfrau auch. Ebenso Lucia und Frau Blume-im-Haar und noch einige Augenpaare mehr. Nicht dass er aufgeregt war. Nur sein Kopf war plötzlich leer. Er hatte einen Blackout!

Ole rettete ihn. Er nahm ihm die Muschel aus der Hand und hielt sie an sein Ohr. »Oh«, machte er, lauschte und verkündete dann enttäuscht, aber mutig: »Ich höre es nur rauschen. Sagen tut sie nichts. Aber ich erzähl trotzdem was. Ich bin Ole. Ich hätte gern schöneres Wetter. Schade, dass Mama nicht auch da ist. Dann würden wir alle zusammen zum Strand gehen. Aber sie kommt vielleicht noch. Das wünsche ich mir.«

Kristof zuckte innerlich zusammen. Autsch, jetzt musste die Schmetterlingsfrau denken, er wäre ein glücklicher Ehemann, so ähnlich jedenfalls hatte es aus dem Kindermund geklungen. Und noch ein Autsch: Wenn Svenja Ole tatsächlich versprochen hatte, im Urlaub vorbeizukommen, und das ohne wichtigen Grund und ohne es vorher mit ihm zu besprechen, dann gäbe es richtig Streit.

»Jetzt du, Papa.«

Also gut. Er nahm die Muschel an sich und lauschte, machte mit bei dieser Albernheit. Muscheln rauschten natürlich nicht aus sich heraus, es war ein pures Resonanzphänomen, wissenschaftlich erklärbar wie so vieles im Leben. Seine These des ersten Wimpernschlags aber war nicht erklärbar und er hatte nichts dagegen, weitere Blicke der Schmetterlingsfrau auf sich zu lenken. Er sagte: »Ich bin Kristof und alle freie Zeit, die ich habe, und das ist manchmal leider viel zu wenig, verbringe ich mit meinem kleinen Lieblingsmenschen an meiner Seite. Jetzt haben wir noch drei Wochen zusammen, nur wir beide. Und darüber bin ich superglücklich. Hier bin ich, wie ja alle schon wissen, nur zufällig hereingestolpert.« Er sagte durch die Blume – die Muschel –, dass er mit Ole allein im Urlaub war und das noch ganz schön lange. Das durfte die Schmetterlingsfrau ruhig richtig verstehen. Nur eine kleine Unwahrheit enthielt seine Aussage leider. Seit dem Telefonat mit Svenja war er alles andere als superglücklich. Kurz war es ihm entfallen, dass er genau deswegen hierhergekommen war. Um möglichst gelassen zu werden im Vorfeld der Schlacht, die vielleicht noch vor ihm lag.

Vorn wiederholte Lucia wie ein nachdenkliches Echo, als ob sie es ihm nicht glaubte: »Superglücklich.«

Und Frau Blume-im-Haar sah ihn leicht belustigt an, als sie ihm ein Stück entgegenkam, um die Muschel entgegenzunehmen.

Er beugte sich zu Ole und fragte leise flüsternd: »Hat Mama dir etwa versprochen, sie kommt dich besuchen?«

»Psst«, machte sein Kind. Offensichtlich – auf wundersame Weise – fand Ole das alles spannend.

»Ich bin Didi«, begann die auffällige Dame neben ihnen. »Zu meinem Namen erzähle ich ein anderes Mal mehr, wenn wir uns alle ein bisschen besser kennen, denn bürgerlich heiße ich Dörthe. Ich liebe das Leben mit all seinen Herausforderungen. Ich weiß nicht genau, warum ich da bin, und damit meine ich nicht nur diesen Kurs, sondern meine Existenz auf der Erde. Wenn mein Dasein einen Sinn hat, dann kann es nur einer sein: Freude und Dankbarkeit. Freude am Leben, an der Natur, an den Menschen, an der Liebe, am Universum. Und ich

41

habe, wie Kristof es gerade so schön gesagt hat, ebenfalls einen Lieblingsmenschen mitgebracht.«

Dann entstand eine Pause. Die Muschel war bei der Schmetterlingsfrau angelangt. Sie saß still da, hatte einen Blackout, genau wie er eben. Kristof erfasste das sofort. Alle warteten. Zeit verging. Irgendwann ließ sie die Muschel sinken, räusperte sich und sagte: »Ich bin Maja. Berufsschullehrerin, Pflegedienstleiterin. Verheiratet. Irgendwie ausgebrannt.« Sie gab die Muschel weiter.

In Kristofs Kopf rauschte es, als hielte er sich die Meeresschnecke mit einem Verstärker ans Ohr. Es war lächerlich, aber er war bodenlos enttäuscht. Er hatte sich ausgemalt, da drüben säße ein bunter Schmetterling, den er sich fangen könnte. Hatte sich eingebildet, auch Maja hätte mit dem ersten Blick eine wichtige Botschaft für sich empfangen. Nicht im Entferntesten hatte er daran gedacht, dass sie vergeben sein könnte. Wahrscheinlich kam es davon, weil er sich in den vergangenen Tagen so viele Fotos von Singles angeschaut hatte, die keine mehr sein wollten. Ihm schwirrte der Kopf, es war fast schon eine Gehirnwäsche gewesen. Als bestünde die Welt nur aus Männern und Frauen seines Alters, die umherirrten und einen Partner suchten. Er steckte die Nase in Oles weiches Haar. Das beruhigte. »Wir müssen nicht bleiben, wenn du nicht magst«, flüsterte er, bereit, so bald wie möglich zu gehen. Selbst wenn es stimmte und zwischen ihm und Maja schon Bedeutsames geflossen war: Eine verheiratete Frau war nicht das, was ihm vorschwebte. Im selben Moment entdeckte er den Ehering an ihrem Finger.

Ole zuckte nur mit den Schultern.

Die Muschel fand ihren Weg nach vorn und Lucia stand auf. »Ich habe eine Menge Informationen von euch bekommen, aber ich weiß nur wenig darüber, wie es euch in diesem Moment geht. Nur von einer einzigen Person im Raum habe ich ein Bild, dabei hat sie am wenigsten gesagt, gerade mal acht Worte. Die klangen aber verdammt ehrlich. Von Ole habe ich natürlich auch ein Bild, Kinder sind grundehrlich, wenn sie sich wohlfühlen, und das tust du, stimmt's?«

Ole nickte und Kristof war ertappt. Lucia glaubte ihm kein Wort. Von wegen superglücklich.

»Ich gehe noch mal herum und erzeuge für jeden einen Ton. Wenn die Zimbel verklungen ist, sagt mir bitte kurz, wie ihr euch fühlt. Ich möchte ein Stimmungsbild von der ganzen Gruppe haben. Nehmt einfach eine der drei Möglichkeiten, die unsere Zustände in der einfachsten Form beschreiben: gut, schlecht oder neutral. Mehr nicht. Ein Wort! So viel können wir uns einander heute schon verraten. Okay?«

Kristof schloss die Augen. Mit dieser verdammt ehrlichen Person, von der Lucia eben gesprochen hatte, war die Schmetterlingsfrau gemeint. Er hatte ihre acht Worte ebenfalls mitgezählt. Sein Kopf schmerzte. Auch hier hatte er seine eigene These. Wenn er Handy und Computer eine Weile kaum benutzte, bekam er Kopfschmerzen wie Entzugserscheinungen. Oder er dachte zu viel Schmerzhaftes. In sich hineinlauschen – darin war er nicht so gut. Auf einmal war er müde, sehr müde. Ausgebrannt, so wie Maja vielleicht. Er hörte Lucia herumgehen, hörte die Zimbel hier und da verklingen und die Antworten, es war alles dabei von gut bis schlecht.

Dann verklang der Ton direkt neben ihm. Er sah nach oben in Lucias dunkle Augen, die eine mystische Tiefe hatten. So stellte er sich eine Schamanin vor. Ihr Blick fing ihn ein. »Es zählt nur das Jetzt. Wie geht es dir in diesem Moment?«

»Neutral«, antwortete er, denn so richtig schlecht konnte es ihm nicht gehen, solange er mit der Schmetterlingsfrau in einem Raum war, Ehering hin oder her. Außerdem war Selbstmitleid extrem unsexy. Und Ole wollte er schon gar nicht erschrecken.

Lucia ging weiter zu Didi, die als Letzte gefragt wurde. Sie betonte jedes Wort: »Mir geht es sehr gut.«

Lucia läutete eine kurze Pause ein, Bewegung kam in den Raum. »Danach machen wir unsere erste Yogastunde.«

Kristof blickte über die Schulter zu Maja, doch er sah sie nur noch zur Tür hinauslaufen. Enttäuscht rollte er die Matte zusammen. Noch ein Grund mehr, jetzt zu gehen. Lust, sich zu verrenken, hatte er auch nicht.

»Oder wolltest du etwa mitmachen?«, fragte er Ole. Für seinen Sohn war das nichts Fremdes, Yoga wurde sogar an der Grundschule angeboten.

Ole lachte ihn an. »Muss ich noch länger bleiben, damit ich etwas doppelt bei dir gut habe?«

Jetzt verstand Kristof: Sein Blondie hatte nur so getan, als interessierte ihn das hier alles brennend, um sich seinen Extra-Bonus zu verdienen. So hatten sie es vor der Tür schließlich ausgehandelt.

Didi Blume-im-Haar sah herüber. »Musst nicht mitmachen, das ist doch klar. Als Kind sollst du tun, worauf du am meisten Lust hast, das verstehe ich. Aber umsonst wart ihr trotzdem nicht hier – was meint ihr?« Sie zwinkerte Ole zu, kam zu ihnen und streckte Kristof die Hand hin. Ihre Fingernägel schimmerten lilafarben, passend zum Lidschatten und zu ihrem Outfit. Aus der Nähe wirkte sie wie eine ziemlich reife Dame.

Er beschloss, es mit Humor zu nehmen. Nicht die Tochter interessierte sich für ihn, sondern die Mutter! Sie gaben sich die Hand.

»Hallo. Ich bin Didi. Jetzt mal aus der Nähe und persönlich.«

Kapitel 3

DIDI

Maja verließ den Raum, sie konnte es spüren, ohne sich umzudrehen. Sie sah es auch im Gesicht von Kristof, der ihrer Tochter nachsah: Enttäuschung. Natürlich hätte er jetzt lieber mit ihr gesprochen und nicht mit einem alten Weib, wie sich Didi manchmal scherzhaft nannte, wohl wissend, dass sie es lange noch nicht war. Sie konnte in den Gesichtern anderer Menschen lesen wie in einem Buch. Manchmal war diese Fähigkeit auch belastend. Wie oft hatte sie mit Maja gelitten, wenn sie ihr erzählte, in ihrem Leben sei alles in Ordnung, wo sie doch sah, dass es nicht stimmte. Wenn sie besorgt nachfragte, wiederholte Maja einfach noch mal das Gleiche: Ich sage doch, es ist alles in Ordnung.

Es war nicht zu übersehen gewesen, dass sie sich eben auf ihrer Matte nicht wohlgefühlt hatte. Entweder hatte sie ihre Teilnahme am Workshop gerade wortlos beendet oder sie musste nur einem körperlichen Bedürfnis nachgehen, und sie, Didi, machte sich mal wieder viel zu viele Gedanken. Eine dritte Erklärungsmöglichkeit für Majas Verhalten: Sie wollte zeigen, wie wenig sie sich für den Kurs – und erst recht für Kristof – interessierte.

Didi hingegen interessierte sich sehr für andere, für alle Lebewesen, einfach weil sie das große bunte Leben interessierte, der ganze Kosmos. Sie war neugierig auf jeden anbrechenden Tag und jeden heraufziehenden Abend – in allen Schattierungen. Auf die vielen Begegnungen mit verschiedenen Menschen aus anderen Kulturen, die immer und überall möglich waren, außer in der Antarktis vielleicht oder auf dem Mond. Diese Neugier hatte sie ihrer Tochter nicht weitergeben können. Maja lebte in ihrem Universum aus Familie, Haus und Beruf nach festen Regeln und Strukturen, pflegte auch keine ausgefallenen Hobbys oder einen großen Freundeskreis. Dafür kümmerte sie sich mit Hingabe um hilfsbedürftige Menschen. Vor dem *sozialen Herz* ihrer Tochter, wie Didi es gern nannte, hatte sie großen Respekt. Sie verstand, warum ihr Kind anders geraten war als sie selbst. Ein bisschen zu viel hatte sie Maja früher zugemutet mit den zahlreichen Umzügen. Mit ihrem Drang nach Freiheit und Veränderung, der sie schon immer durchs Leben trieb. In diesem Urlaub wollte sie Maja dafür ein bisschen entschädigen. Sich vielleicht explizit entschuldigen. Irgendwann würde es in ihren Gesprächen auch um Majas Kindheit und Jugend gehen und es gab ein paar Dinge aufzuarbeiten. Am Strand hatte Maja zu ihr gesagt: »Du siehst nur dich als Maßstab. Alle sollen so leben und denken wie du. Dann wäre alles gut, oder?« Es hatte sie tief getroffen.

Didi behielt ihre Nachdenklichkeit für sich. Sie lächelte Kristof an. Er war ein schmucker Kerl und er trug einen schönen Silberreif am Handgelenk. »Auf dem Armreif ist ein Gott eingraviert, habe ich recht?«, fragte sie. Sie konnte gar nicht anders, als sich ungezwungen zu verhalten. Sie liebte das Spiel des ersten Small Talks mit fremden Menschen, jedes Gespräch hatte bei ihr immer auch eine persönliche Note. Sie knüpfte einfach an das an, was sie an einer Person besonders fand, was ihr als Erstes an ihrem Gegenüber auffiel: die Stimme, das

Lachen, eine besondere Frisur. Bei Kristof war ihr die Figur ins Auge gesprungen. Groß, schlank, sportlich, knackig. Dies zu erwähnen war natürlich keine Option. Sie könnte seine Mutter sein. Maja musste einen Scherz gemacht haben, als sie ihr am Vormittag zugetraut hatte, sie wolle einem jungen Mann wie Kristof schöne Augen machen. Ihre wilde Zeit war lange vorbei und in Liebesdingen war sie viel weniger ausschweifend gewesen, als viele annahmen. In ihrem ganzen langen Leben hatte es eine Handvoll fester Partner gegeben und eine Handvoll Affären. Sie hielt viel von Treue, wenn sie aus dem Herzen kam und nicht auf dem Papier besiegelt werden musste. Seit Maja ungeplant in ihr Leben gekommen war, hatte sich ohnehin viel verändert. Didi sah zur Tür, doch ihre Tochter blieb verschwunden.

»Ja, das stimmt«, antwortete Kristof und zog eine Augenbraue hoch. »Wie erkennen Sie das? Die Gravur ist so fein, dass sie von weiter weg kaum zu erkennen ist. Etwas abgenutzt ist die Oberfläche auch schon.«

»Auf Reisen bekomme ich einen Blick für typischen Schmuck des Landes, auch wenn er ganz schlicht ist. Wahrscheinlich, weil ich auch selbst gern Schmuck herstelle. Mit den Materialien, die ich in der Umgebung um mich herum finde. Daraus schöpfe ich Sinn – und Wert.«

»Sie meinen, Sie leben auch davon?«

»Na ja, ich brauche nicht viel. In meiner Wohngemeinschaft auf dem Land machen wir alles selbst, produzieren unseren eigenen Strom und bauen Gemüse an. Ich fahre Fahrrad und habe Hände, die immer etwas tun wollen.«

Er nickte anerkennend. »Bewundernswert.«

»Das Goldschmieden habe ich allerdings nicht gelernt. Und jetzt kommt mein Tipp: Der Armreif ist aus Indien.«

Kristof drehte den Armreif am Handgelenk hin und her. »Ja. Der Gott Shiva ist eingraviert«, sagte er. »Ich trage ihn schon ewig. Ich war zwei Monate dort, kurz vor dem Studium. Aber damals war die Zeit der Hippies im berühmt-berüchtigten Goa wohl schon vorbei. Dafür gab's Techno am Strand und Kühe mitten im Menschengewimmel und Inderinnen, die Tee kochten und Kokosnüsse verkauften. Ich habe nie ein anderes Land gesehen, das so faszinierend ist, so voller Gegensätze, Farben, Gerüche und offen zur Schau getragener Schicksale. Ich will unbedingt noch mal hin.«

Didi lachte. Mythos Hippie! *Make love, not war!* Viele suchten diese Art von Mensch wie ein seltenes Tier an vermeintlich exotischen Orten und waren dann enttäuscht, wenn zuvor schon viele andere da gewesen waren und das schillernde Hippie-Tier aus seinem Lebensraum verdrängt hatten. Sie bezeichnete sich gern als Blumenkind. Es machte ihr nichts aus, von anderen immer noch als Hippie gesehen zu werden. Sie verkörperte diese Lebenseinstellung mit Blumen im Haar. Mit fließenden Stoffen auf dem Körper, weil sie sich darin frei fühlte. Sie nähte sich ihre Kleidung gern selbst, weil sie auch hier frei sein wollte: für ihren eigenen Geschmack. Sie ging, wann immer möglich, barfuß und sie wollte mit anderen Menschen unter einem Dach leben, teilte sich Küche, Bad, Kosten, Freuden und Sorgen. Sie hatte sich mit Buddhismus und östlicher Mystik beschäftigt und zu Füßen eines Gurus gesessen. Sie tanzte gern Freistil! Für sie gehörte das alles in die bunte Kiste mit der Aufschrift *Selbsterfahrung* statt in die mit dem Aufkleber *Hippie*. Es war immer noch Platz in der Kiste.

Sie nickte Kristof zu. »Shiva, der bekannteste Gott des Hinduismus. Er tanzt, um die Leiden auf der Welt zu mindern. Er tanzt den Schöpfungstanz.« Sie senkte die Stimme und sagte zu Ole: »Und er ist der Gott des Todes. Schöpfung passiert durch Zerstörung, Leben kommt durch den Tod. So erzählt man es sich in Indien.« Sie hielt inne. Hoffentlich erschrak der Junge nicht über das, was sie sagte. Manchmal erzählte sie die Dinge auch ein wenig zu schnell.

Ole zog den Arm seines Vaters zu sich und begutachtete den Armreif. »Echt? Wo denn? Das kleine Männchen da ist ein Gott? Er hat keinen Bart und er hat vier Arme!«

Kristof wuschelte Ole durchs Haar. Vater und Sohn schienen eine gute Beziehung zueinander zu haben, ihr enges Band war fast greifbar. Es stimmte Didi ein klein bisschen wehmütig. Als sie Maja bekommen hatte, war sie etwa so alt gewesen wie ihre Tochter jetzt. Es hatte sie bereichert und verändert. Sie verstand Majas Wunsch nach einem leiblichen Kind. Natürlich hätte auch sie gern noch ein echtes Enkelkind, sie liebte Kinder über alles! Bei Maja klappte es bisher nicht, bei ihr war es ungeplant passiert. Es war wichtig, am undurchschaubaren Lauf der Dinge nicht zu verzweifeln und einen eigenen Schöpfungstanz zu finden. Auch deswegen hatte sie Maja zu diesem Urlaub überredet. Sie wollte ihr helfen, ihr Leben in einem größeren Rahmen zu sehen und nicht als Plan, der zu erfüllen war. Die Ehe an sich war ja schon eine Art feststehender Plan.

»Wir haben uns doch heute Morgen am Strand gesehen«, sagte Kristof. »Da war das Wetter noch so vielversprechend.«

»Ja, das Wetter.« Sie schmunzelte, weil das Wetter ein so gnädiges Gesprächsthema war. Immer konnte man darüber reden, in jedem Land der Welt, mit allen Menschen, zu jeder Zeit, zur Not mit Händen und Füßen. Dabei wurde es niemals langweilig oder unpassend, selbst wenn das Gespräch ganz offensichtlich nur ein Lückenfüller war. »Ich denke, wir bekommen noch genug Sonne ab. Wir sind auch noch etwa drei Wochen da, genau wie ihr.«

»Wirklich?« Kristof sah hocherfreut aus. »Dann laufen wir uns vielleicht noch mal über den Weg. Weil … in dem Kurs werden Ole und ich wohl nicht bleiben.«

»Immerhin kennen wir jetzt unsere Namen und wissen auch ein wenig mehr voneinander«, sagte Didi. »Hatte bestimmt einen höheren Sinn.«

»Sie gehören zu den Sinnseherinnen?«, fragte Kristof. Es klang mehr interessiert als ironisch. »Ihnen nehme ich das erst einmal ab. Und was Sie vorhin über Ihren Namen sagten, das klang interessant. Sie wirken so ... wie soll ich es sagen? So besonders.«

Didi wiegte den Kopf hin und her, so wie es die Menschen in Indien taten, wenn sie sich nicht ganz festlegen wollten. Sie kannte die Neugier, mit der manche auf sie reagierten. Ihre vitale Ausstrahlung kam auch nicht von ungefähr: Sie bewegte sich von früh bis spät, atmete seit Jahrzehnten frische Landluft, vermied jede Form von Giftstoffen und nahm viel gesunde, frische Nahrung und Quellwasser zu sich. Sie stellte ihre Kosmetik selbst her und hegte gute Gedanken, als züchtete sie schöne Blumen. Am wichtigsten war ihr der respektvolle Umgang mit allen Lebewesen, ob Mensch, Tier oder Pflanze. Was sie als Mensch aussandte, kam auch wieder zurück. Es war ein einfaches Lebensgesetz, an das sie zutiefst glaubte. »Gern per Du«, antwortete sie Kristof. »Du bist sehr aufmerksam. Ja, mein Rufname klingt wie Didi, aber er setzt sich eigentlich aus zwei d zusammen. Aus Dörthe und Deva.«

»Warum dann nicht Dede? Oder Döde?«, fragte Ole blitzgescheit.

Sie war überrascht. Diese Varianten hatte sie nie in Betracht gezogen. »Didi hört sich für mich am besten an«, antwortete sie nach kurzem Nachdenken. »Englisch ausgesprochen wird aus den beiden d Didi. Den zusätzlichen Namen Deva bekam ich, als ich eine Zeit mit einem Meister und anderen Schülern zusammenlebte.«

»Was bedeutet der schöne Name?«, fragte Kristof.

»Deva meint so etwas wie Gottheit oder Gott.«

»Wenn's nicht weniger ist«, sagte Kristof und grinste.

Ole folgte dem Gespräch mit rührender Ernsthaftigkeit. »Was für ein Meister? Wie Meister Hora in ›Momo‹? Das Buch habe ich mit Papa gerade gelesen.«

Didi fand den Jungen immer goldiger. »Das ist ein tolles Buch. Und es ist auch für Erwachsene interessant. Ich denke, es ist so ähnlich wie in ›Momo‹. Ein Meister ist jemand, der viel, viel mehr über das Leben auf der Erde und im Himmel weiß als andere Menschen. Zu meinem Meister kamen viele, die auf der Suche nach sich selbst waren. Das ist so etwas Ähnliches wie die Geschichte von dem Mädchen Momo, das dem Geheimnis der Zeit auf die Spur kommt. Wir lebten mitten in Indien, er und, sagen wir mal, seine Fans. Wir haben den ganzen Tag gesungen und gebetet.«

»Wie in der Kirche?«

»Ja, ein bisschen. Nur unter freiem Himmel, bei viel Sonne und nicht ganz so streng.« Vater und Sohn hörten aufmerksam zu, es war längst mehr als ein Small Talk, und sie fuhr fort: »Eine Weile ließ ich mich nur Deva nennen, ich war stolz auf diesen besonderen Namen. Aber als Maja auf die Welt kam, gebrauchte ich auch wieder meinen bürgerlichen Namen Dörthe. Im Kindergarten, in der Schule, bei den Behörden, fast überall war das einfacher. Da habe ich begriffen, dass zwei Seelen in meiner Brust schlagen und ich wurde zu Didi. Nun kennt ihr den kurzen Abriss der Geschichte meines Namens. So schnell habe ich das noch niemandem erzählt.«

»Klingt nach einem spannenden Leben«, sagte Kristof.

»O ja«, antwortete sie. »Und ich mag weiterhin viel Neues und Spannendes erleben, nach wie vor und jeden Tag.«

»Ich auch!« Ole rüttelte an ihm. »Was machen wir jetzt eigentlich?«

»Wir treffen uns sicher mal am Strand«, sagte Didi. »Oder vielleicht gleich heute Abend bei diesem kleinen Italiener an der Seebrücke? Dort gibt es gutes Eis. Und für die Erwachsenen ein

Glas Wein. Zur Feier des Tages. Es soll nicht umsonst gewesen sein, dass ihr euch hierherverirrt habt. Im Übrigen glaube ich nicht an Zufälle.«

»Schon klar«, Kristof grinste wieder. »Zufall hin oder her, wir können uns gern verabreden. Wir kennen den Laden natürlich. Jeder, der auf die Seebrücke will, kommt dort vorbei.«

»So gegen sieben?«, fragte Didi.

»Okay. Schön.« Kristof rief ein Tschüs in den Raum hinein und Lucia antwortete: »Macht's gut! Ich glaube, wir sehen uns noch mal wieder. Und jetzt geht es hier weiter!«

Didi sah zur Tür. Eine fehlte noch und Kristof hatte wohl auch deswegen so lange gewartet. Er wollte schon gehen, da wandte er sich noch einmal um. »Schöne Grüße an Maja. Vielleicht kommt sie heute Abend mit?«

»Hellsehen kann ich nicht.« Sie wiegte wieder den Kopf hin und her. »Ich denke aber schon.« Denn ihr siebter Sinn sagte ihr, dass sie Maja dazu bewegen konnte, wenn sie von der Verabredung mit Kristof und Ole auf eine ganz bestimmte Weise erzählte. Wie nebenbei. Doch darüber würde sie sich später Gedanken machen. Die Zimbel erklang, der Klang des Hier und Jetzt, und Didi streckte sich auf der Matte aus. Einen kleinen Zukunftsgedanken gönnte sie sich noch und er ließ sie lächeln: Kristof und Ole mochten hier wegen etwas zu klein Gedrucktem in den Raum gespült worden sein wie Treibgut an den Strand. Aber aus fast allem ließ sich Neues herstellen, schöner Strandschmuck etwa. Weil die Welt eben voller Wunder war.

Am Abend riss der Himmel ein Stück auf, nachdem er den ganzen Tag über dem Wasser gehangen hatte wie ein riesiges graues Gefieder, das über einem Ei brütete. Jetzt schlüpften ein paar Lichtstrahlen heraus.

»Könnte sein, dass es einen schönen Sonnenuntergang gibt«, sagte Didi und setzte einen letzten Strich auf das Papier. Seit Stunden saß sie in dem knarzenden Schaukelstuhl, auf dem Schoß einen Skizzenblock. Alle paar Minuten hielt sie inne, fügte der Zeichnung etwas hinzu, war wieder in ihre Gedanken vertieft, dann wieder in ihr Werk. *Usedom-Sommer mit Maja*, schrieb sie unter ihre Skizze, inklusive Jahreszahl. Ein Teil der mit Efeu überwucherten Terrasse war auf dem Papier zu sehen und die Hängematte zwischen den Bäumen, mit Maja drin natürlich. Ein Sinnbild des harmonischen Fleckchens, auf dem sie wohnten.

»Ja, könnte sein«, murmelte Maja hinter ihrem Schmöker. Auch sie bewegte sich kaum. Beide waren in einer seltsamen Behaglichkeit gefangen.

»Machen wir noch einen Spaziergang?«, fragte Didi, stand auf und hielt Maja ihre Zeichnung hin.

»Wow, das ist schön geworden.« Sie blickte wieder in ihr Buch. »Ist gerade so spannend.« Schon hatte sie sich wieder zurückgezogen wie eine Schildkröte in ihren Panzer.

Didi wollte sie nicht bedrängen und machte sich im Bad zurecht. Etwas lag zwischen ihnen in der Luft, auch wenn der Tag ruhig und entspannt verlaufen war. Maja war nach der Pause wieder in den Kurs geschlüpft und hatte die Übungen mitgemacht, ohne auch nur anzudeuten, wo sie so lange gewesen war. Ihre Enttäuschung darüber, dass Kristof und Ole in der Runde fehlten, blieb Didi nicht verborgen. Schließlich war Maja bei der Tiefenentspannung am Ende der Yogastunde fest eingeschlafen. Eigentlich ein gutes Zeichen: Sie ließ endlich einmal alles los. Schon immer kümmerte sich Maja mehr um die Bedürfnisse anderer als um ihre eigenen. Irgendwann war der Akku leer. Sie war das Kind gewesen, das jeden Käfer retten wollte und die Katze mit dem gebrochenen Bein stundenlang herumtrug. Sie wollte schon immer *etwas Soziales* machen. Als sie mit Anfang zwanzig Gero kennenlernte und ihn – Didis Meinung nach – viel zu früh und zu schnell heiratete, wurde sie auch zur Stiefmutter der damals dreijährigen Lilly. Maja fühlte sich geliebt und gebraucht und das wurde sie auch. Gero war als junger Witwer mit seiner Rolle als alleinerziehender Vater ziemlich überfordert, nachdem er seine Frau an einen fiesen Krebs verloren hatte. Maja kam als Aushilfe in seine Kanzlei, um während ihrer ersten Ausbildung zur Altenpflegerin etwas dazuzuverdienen – das, was sie ihr finanziell dazugeben konnte, hatte leider nicht gereicht. Auf diese Weise war sie ein bisschen mitverantwortlich dafür, wie sich Majas und Geros Leben verflochten hatten.

Während sich Didi zurechtmachte, sah sie ihre Tochter in der Hängematte vor sich, wo sie schon den ganzen Nachmittag über konzentriert las. Zwischen Nasenflügel und Mundwinkel hatte sich eine tiefere Falte gebildet: die Kummerfalte, die vor ein paar Monaten noch nicht da gewesen war. Sie hatte Majas emotionalen Crash kommen sehen. Von heute auf morgen war ihr das Gefühl, in den eigenen vier Wänden gebraucht zu werden, einfach genommen worden. Lilly nabelte sich radikal ab und Gero wollte Maja lieber freigeben, als sich mit den Möglichkeiten einer künstlichen Befruchtung zu befassen, falls sie weiterhin nicht schwanger wurde. Majas Konzept von Heirat, Karriere und Kindern ging nicht auf und ihrer Tochter wurde wohl allmählich klar, dass sie selbst etwas ändern musste. Gern hätte sie gewusst, was Maja am Vormittag auf ihren *Wunschzettel* geschrieben hatte.

Am Kursende hatte Lucia hellgelbes Papier verteilt. Alle sollten sich eine Viertelstunde Zeit nehmen und festhalten, mit welchem großen Wunsch sie in diesen Workshop gekommen waren und welches Wunder sie sich wünschten. Die anonym beschriebenen Zettel wurden für einen späteren Zeitpunkt eingesammelt. Didi hatte nicht lange überlegt und aus dem Bauch heraus geschrieben: *Ein neuer Lebensabschnitt für meine Liebsten und mich, der auf Ehrlichkeit gründet.* Die WG auf dem Land im Speckgürtel von Berlin konnte nicht die letzte Station gewesen sein, auch wenn sie dort mit Gleichgesinnten wohnte. Sich das einzugestehen, war gar nicht so leicht. Eine genaue Zukunftsvision hatte sie noch nicht. Bei Maja hätte sie gern gelesen: *Ich möchte mir selbst genug sein und glücklich sein mit dem, was ich habe.* Nur musste dieser einfache Wunsch in jedem selbst heranreifen. Er ließ sich nicht überstülpen wie ein neues Kleidungsstück: Als Mutter konnte sie nur gütig die Hand über Maja halten und alles dafür tun, dass es ihr bald besser ging.

Im Bad zog Didi etwas Lippenstift nach und betrachtete ihr sonnenverwöhntes Gesicht. Noch hatte sie von der Verabredung nichts erzählt. Der Tag war einfach vorübergeglitten. Und nicht nur Didi hatte zwei Seelen in ihrer Brust, die Hippiebraut von früher und die sich sorgende Mutter. Es gab auch zwei Majas. Jene, die sanft und hilfsbereit war, und jene, die Scheuklappen trug, wenn jemand zu sehr in ihre Privatsphäre eingriff. Didi saß ein wenig in der Falle. Leugnete sie, die Verabredung auch für Maja getroffen zu haben, sah es so aus, als interessierte sie sich für einen Mann, der gerade einmal halb so alt war wie sie. Natürlich wollte sie nicht selbst mit Kristof flirten, ihre Tochter sollte das tun. Einfach, damit sie mal ihren Panzer verließ.

Didis Spiegelbild schüttelte den Kopf. Schade, dass dieser Dieter im Kurs nicht ihr Typ war. Ihre letzte Partnerschaft war fünf Jahre her. Zuvor hatte sie fast fünfzehn Jahre mit Thomas verbracht, der für Maja während dieser Zeit wie ein Vater gewesen war. Didi beugte sich ein Stück vor und belächelte ihre vielen Fältchen im Gesicht. Sie steckte sich eine Blume ins Haar, diesmal eine von jenen, die sie selbst anfertigte und verkaufte. Dekorative Blumen in vielen Variationen, kunstvolle kleine Arrangements aus bunt lackierter Pappe, ergänzt durch zarte Stoffe, die sie auf feinen Draht spannte. Fürs Haar, für die Wohnung, fürs Auto, wo auch immer das Leben einen Farbklecks gebrauchen konnte. In der Frisur waren sie auf jeden Fall ein Hingucker. Fertig!

Sie verließ das Bad und spülte laut klappernd in der Küche das Geschirr vom Mittagessen. Vielleicht konnte sie Maja damit ins Haus locken. Von draußen kam keine Regung. Sie zog ihre Jacke über, ging hinaus und stieß die Hängematte leicht an, dann noch ein bisschen mehr. Maja sachte mit einer behutsamen Überrumpelungstechnik animieren, das musste gelingen.

»He«, rief Maja. »Wie soll ich bei dem Geschaukel noch lesen?«

Didi stoppte die schwingende Hängematte. »Mach eine Pause. Ich habe es dir noch gar nicht gesagt: Ich habe heute Vormittag mit Kristof und Ole eine kleine Verabredung getroffen. Vielleicht können wir gemeinsam etwas essen und ein Glas Wein trinken.«

Das waren ziemlich viele Köder und nun hob Maja den Kopf. Ein paar Sekunden vergingen. Dann sezierte Maja die ihr gereichten Schlagworte eines nach dem anderen. »Wir?«, fragte sie verdutzt.

»Wenn du mitkommst.«

»Wohin denn?«

»Zum Italiener an der Seebrücke. Ich gehe da jedenfalls mal runter.«

»Wein?«

»Trinke ich äußerst selten, das stimmt. Ein Dogma ist meine Abstinenz aber nicht.«

»Ich soll mit?«

»Kristof würde sich freuen, wenn du mitkommst.«

»Das hat er dir gesagt?«

»Indirekt. Er hat nach dir gefragt, als du verschwunden warst. Ich freue mich übrigens auch, wenn du mitkommst.«

Maja setzte sich in der Hängematte auf und ließ die nackten Füße herunterbaumeln. Natürlich schön sah sie aus mit ihren wirren Locken und ungeschminkten Augen. Je älter sie wurde, desto ähnlicher sah sie ihrem Vater. Sie kam auf die Beine, richtete sich auf, Maja war fast einen Kopf größer als sie. Auch Mike war sehr groß gewesen. Plötzlich überwältigte es Didi wieder. Ihr latent schlechtes Gewissen bahnte sich seinen Weg wie die Sonnenstrahlen durch die Lücken in der Wolkendecke. Sie hatte geglaubt, mit sich einigermaßen im Reinen zu sein, was Majas Vater betraf. Nun änderte sich dies mit jeder Stunde, die sie hier gemeinsam verbrachten.

Maja lächelte sie an, hatte sich für das Zarte und Nachgiebige in ihr entschieden. »Ich weiß zwar nicht, warum, aber ich komme mit. In erster Linie, um diese unfassbare Ausnahme mitzuerleben. Du und Wein? Das letzte Mal habe ich dich auf meiner Hochzeit etwas trinken sehen.«

»Das stimmt«, sagte Didi. »Aber die Aussicht auf einen Drink ist nun mal ein willkommener Grund, um sich zu verabreden. In kleinen Mengen ist Alkohol auch für mich mal vertretbar.« Es war praktisch: Der Anlass erklärte sich selbst. Man traf sich auf ein Gläschen, um sich auf ein Gläschen zu treffen. Sie hatte schon immer wenig getrunken und seit jenem Abend so gut wie gar nichts mehr. Auf Majas Hochzeit fragten einige Gäste nach ihrem Vater, wo er denn sei, und Maja verwies alle Fragenden an sie: »Lasst es euch von meiner Mutter erzählen, fragt Didi.« Das war auch richtig so. Ihre Tochter sollte nicht erklären müssen, was ihre Mutter einst vielleicht versäumt hatte. Am Hochzeitsabend brannte Didis schlechtes Gewissen lichterloh. Sie hatte versucht, es mit Wein zu löschen. Eine Dummheit. Das würde ihr nie wieder passieren. Nun war ihre Abstinenz fast schon ein Dogma geworden, doch gegen festgefahrene Gebote hatte ihre freie Seele etwas einzuwenden.

Sie musste sich einen Augenblick auf der Veranda hinsetzen, Maja machte sich drinnen frisch. Didi war ein wenig schwindelig, als wäre sie jetzt schon beschwipst. Etwas in ihrem Inneren kam stark in Bewegung. Es taten sich nicht nur die schönen Erinnerungen an früher auf. Sie hatte es selbst auf ihren Wunschzettel geschrieben: Ehrlichkeit allen gegenüber, also auch sich selbst. Lange hatte sie eine der wichtigsten Fragen ihres Lebens nicht angerührt und im Rückblick war da ein großes Fragezeichen: Was hatte sie sich damals dabei gedacht, Maja um ihren Vater zu bringen?

KAPITEL 4

MAJA

Maja hatte eine plausible Erklärung dafür, dass der Boden unter ihren Füßen weniger fest war als sonst: Sie hatte den halben Tag in der Hängematte verbracht. Es fühlte sich so an, wie nach einem ganzen Tag auf dem Boot wieder an Land zu kommen. Die Erde schwankte. Eine leise Stimme in ihr aber behauptete etwas ganz anderes, während sie neben Didi herging. Sie war aufgeregt. Wie ein Teenager, der gleich seinen Schwarm treffen würde. Viele Schwärmereien hatte es, bevor sie sich in Gero verliebte, nicht gegeben. Er war der jüngste Anwalt in der Kanzlei, wo sie während ihrer Ausbildung jobbte, und er war der aufmerksamste Anwalt des Teams. Immer hatte er ein nettes Wort für sie parat. Ach ja: Er sah ziemlich gut aus. Manchmal brachte er Lilly mit zur Arbeit, wenn es nicht anders ging. Es herrschte viel Verständnis für seine schwierige Situation als Witwer mit kleinem Kind. Seine Tochter war eine süße Dreijährige mit abstehenden Zöpfen und Mausezähnchen und wollte immerzu auf Majas Arm. Zum Dahinschmelzen. Maja schloss zuerst die Kleine ins Herz, Gero folgte ein paar Wochen später. Nun stieg dieses fast vergessene Gefühl, wegen eines Mannes aufgeregt zu sein, in ihr auf, als wäre es eingesperrt gewesen. Es rüttelte wahrscheinlich an den Gitterstäben, weil sie über Stunden in den dicken Liebesschmöker versunken gewesen war, in dem es nur um die allergrößten Gefühle ging. Na ja. Sie hatte zwar die meiste Zeit auf die Seiten gestarrt, aber nicht immer gelesen. Zwischendurch waren ihre Gedanken immer wieder abgeschweift – sie hatte Kristof vor sich gesehen, seinen Blicken nachgespürt und versucht, sich an seine wenigen Worte zu erinnern. Immer wieder tauchte das Bild vom Strand auf, wie sie sich über die Schultern hinweg kurz ansahen. Sein aufblitzender Armreif, sein aufrechter Gang, seine Fußspuren im Sand. Seltsam, wie sehr sich manche Details fotografisch ins Gedächtnis brannten. Genau wie dieser Moment: Nachdem sie am Vormittag – vermutlich als Folge von Didis Grünem-Gemüse-Smoothie – ziemlich dringend die Toilette im Foyer des Hotels aufsuchen musste, blickte sie danach ungläubig auf die Stelle, wo Kristof gesessen hatte, als könnte er sich dadurch neu materialisieren. Er war genauso überraschend verschwunden, wie er zuvor mit Ole in den Wunderkurs hineingestolpert war. Dass er nach der Pause ging, damit hatte sie nicht gerechnet, den ganzen Tag nagte es an ihr. Nun hatte Didi eine Verabredung mit den beiden herbeigezaubert. Sie gingen hinunter Richtung Meer. Maja hakte sich bei ihrer Mutter ein und sah sie von der Seite an, als wäre sie selbst ein kleines Wunder. Normalerweise hätte sie ihren Vorschlag abgelehnt, allein ihrer Überrumpelungstaktik wegen. Jetzt wäre sie ihr am liebsten um den Hals gefallen. »Wohin gehen wir noch mal genau?«, fragte sie, als hätte sie sich nicht jedes Detail der Verabredung fest eingeprägt.

»Zu dem kleinen Italiener an der Seebrücke«, sagte Didi. »Das Eis soll dort sehr gut sein.«

»Aha.« Seit wann sich Didi für Wein und nun auch noch für Eis begeisterte, war ihr schleierhaft – und in diesem Moment auch völlig egal.

Sie kamen zur Promenade und liefen zu dem belebten Platz, der ein Stück vor der Seebrücke lag. Nicht nur Touristen, auch viele Kurgäste tummelten sich hier. Hinter ihnen ragte das hohe Gebäude einer Reha-Einrichtung wie ein Turm auf. Sie hielten sich links, gingen vorbei an den Shops und Cafés bis zur Seebrücke, die scheinbar endlos ins Meer ragte. Sie blieben vor dem monumentalen Steg an einem Geländer stehen und ließen die Szenerie auf sich wirken. Unter dem noch teilweise wolkigen Himmel kräuselte sich das jetzt blau schimmernde Meer. Die meisten wetterresistenten Badegäste waren schon weg oder befanden sich im Aufbruch. Eine Treppe führte vom Steg hinab zum Strand. Am Ende der gut fünfhundert Meter langen Seebrücke gab es über dem Wasser ein weiteres Restaurant. Es hatte eine riesige Terrasse und einen pyramidenförmigen Überbau. Vom Land aus gesehen, konnte es als Fata Morgana durchgehen, wie ein Ort von einer anderen Welt. Viele Gäste besuchten das Lokal wegen der außergewöhnlichen Lage. Man speiste mitten auf dem Meer, ein hochromantischer Platz für Verliebte. Da draußen hatte sie mit Gero einen tollen Abend verbracht, während Didi auf die kleine Lilly aufpasste, damit sie auch mal Zeit für sich hatten. Es war seltsam und befremdlich: Sie vermisste ihn kein bisschen. Das erste Mal betrachtete sie ihre Ehe aus der Distanz. Das Aufregende, Herausfordernde und auch Liebvolle war ihnen verloren gegangen. Diese Entwicklung kam ihr ein Stück weit normal vor und auch wieder nicht. Keinesfalls normal fand sie Geros chronischen Zeitmangel. Mit der Mutter statt mit dem Ehemann im Urlaub! Mal eine Handvoll Tage, okay. Aber das hier …? »Hast du eigentlich einen Tisch reserviert?«, fragte Maja.

»Ach, wir bekommen schon einen Platz.«

»Wir sind zu viert. Es ist Hochsaison und sieben Uhr, der Deutschen liebste Essenszeit.« Sie blickte hinter sich zur Terrasse des Italieners, auf der kein einziger Stuhl mehr frei war.

Didi überhörte ihre Zweifel, wie es sich für eine Berufsoptimistin gehörte. »Schau den Himmel an, die Phase des schlechten Wetters ist vorbei. Morgen erwartet uns der schönste Sommer. Für einen satten, langen Strandtag.« Sie sprach weiter, irgendwas, doch Maja hörte gar nicht richtig zu. Jetzt bekam sie Herzklopfen, auch das noch. Dabei waren sie einfach nur mit anderen Urlaubern zum Essen verabredet, wie es in den Ferien nun mal passierte. Harmloser und unverbindlicher konnte es gar nicht sein und ein Kind war auch noch dabei.

Weil draußen kein Platz frei war, gingen sie hinein. Hinter der Glasfront war es beengt und sehr warm. Maja musste hinter Didi eintreten, weil sich eine Gruppe Touristen an ihnen vorbei nach draußen drängelte, während vor ihnen ein paar Gäste abgewimmelt wurden, die nicht reserviert hatten. Kristof war nirgends zu sehen. Da streckte Didi den braun gebrannten Arm nach oben, an dem ein paar bunte Glasarmreifen klimperten, und rief laut: »Lorenzo!« Sie kannte einfach überall auf der Welt Leute. Hinter der Bar wuselten ein paar Kellner herum, einer sah auf, er war auch der Einzige, der etwas Südländisches an sich hatte. »Didi!«, sein tiefer Bass donnerte durchs Lokal. Er drängte sich an seinen Kollegen und den herumstehenden Gästen vorbei und kam lachend auf sie zu.

Maja beobachtete die Szene als Zaungast und war doch mittendrin. In ihrem Leben hatte sie schon einige Begrüßungen mitbekommen, bei denen Didi wie eine Fürstin behandelt wurde. Aus manchmal unerfindlichen Gründen. Der bärtige Mann schloss Didi in die Arme, küsste sie links und rechts und drückte sie herzlich wie eine lang verloren geglaubte Freundin. Sie wechselten ein paar Worte, Maja bekam mit, dass sie sich von früheren Begegnungen auf Usedom recht gut kannten und aus den Augen verloren hatten. Sie wurde Lorenzo vorgestellt, schau, meine wundervolle Tochter, und hier, Maja, der großartigste Gastronom der Insel, was für eine Überraschung, und ach, gerade wurde wie bestellt ein schöner Tisch frei, was für ein Zufall, es wäre eine Ehre, euch dort platzieren zu dürfen!

Dann war auch schon neu eingedeckt für vier und vor ihnen stand ein Negroni, ein italienischer Aperitif mit Gin, Wermut und *Campari*, aufs Haus natürlich.

Maja hob ihren Drink. »Das ist ja mal wieder eine Begrüßung.«

»Allerdings.« Didi schmunzelte und nippte an ihrem Getränk. »Oh, der ist stark.« Sie nippte noch mal. »Du musst auf mich aufpassen. Ich vertrage bestimmt nichts mehr.«

Maja nickte. »Dass ich dich betrunken gesehen habe, ist fünfzehn Jahre her.« Es war eine zweischneidige Erinnerung an den vermeintlich schönsten Tag des Lebens. Ein zynischer Gedanke stieg in ihr empor: Der Tag wurde wohl deswegen als der schönste des Lebens bezeichnet, weil es später in der Ehe nie wieder so lebendig und aufregend wurde, wie es mal gewesen war. Anfangs hatten sich ein paar Schmetterlinge in ihren Bauch eingenistet. Heute spürte sie kaum mehr einen Flügelschlag. Vielleicht konnte sie im Urlaub wenigstens herausfinden, was sie falsch gemacht hatte. Vielleicht sollte sie sich mehr an das Gute erinnern: Nach der Heirat kam eine lange, sinnvolle Zeit, erfüllt vom Familienleben und von ihren Berufen, Rechtsanwalt und Lehrerin, bis der Kampf mit Lilly begann. Als Teenager wurde sie launisch, unzuverlässig, pampig und rebellisch. Gero arbeitete immer intensiver auf seine Selbstständigkeit hin. Und sie, Maja, war jeden Monat enttäuscht, wenn sie dieses Ziehen im Bauch bekam. Sie nahm sogar Hormone, um eine Schwangerschaft zu begünstigen. Ab Mitte dreißig, also in weniger als zwei Jahren, gehörte sie offiziell zu den Risikoschwangeren. Statistisch kamen genetische Veränderungen nun öfter vor – und wohl auch Veränderungen im seelischen Stoffwechsel des Mannes. Früher hatte Gero nie unachtsam mit ihr gesprochen. Als sie wegen seiner knallharten

Haltung noch einmal nachhakte, wurde er noch deutlicher. Er hatte ihr eröffnet, dass sich ihre Wege trennten, wenn sie darauf »bestehe«, den Weg der künstlichen Befruchtung zu gehen. Päng! Immer wieder holte dieses Streitgespräch sie ein.

Warum empfand sie es als so ungerecht? Sie war in ihrem Beruf aufgeblüht, die Jahre verflogen, Ausbildung, Bachelor, Master. Gero hatte immer ihren Fleiß, ihre Hingabe und ihre Ausdauer bewundert. Ein weiteres Kind vielleicht, irgendwann, so dachten sie. Nun dämmerte ihr, dass es Gero nie so wichtig gewesen war wie ihr. Er hatte Lilly und mit ihr war er ausgelastet. Maja wollte es immer mehr und immer weniger. Dinge und Meinungen konnten sich ändern, so war es nun mal. Ihr Kopf wusste das. Ihr Herz nicht. Die Art und Weise, wie Gero das alles gesagt hatte, seine Wortwahl, sein Tonfall, seine Kühle dabei, das war eine Kombination, die sie in ihrer Wucht schwer verletzt hatte. Gero zeigte ein neues Gesicht.

Didi nippte wieder am Getränk und sah ernst aus, fast ein wenig bekümmert, ein seltener Gesichtsausdruck bei ihr. »Auf deiner Hochzeit plagte mich das schlechte Gewissen, weil ich dich emotional nicht so unterstützt habe, wie eine Mutter es tun sollte«, antwortete sie. »Mit Alkohol lässt sich vieles gut verdrängen. Weinen musste ich! Ich wollte mit dir sowieso noch mal über früher reden.«

Maja wunderte sich über die dunkle Färbung in Didis Stimme. So sprach sie nur, wenn es sich um etwas wirklich Schlimmes handelte. Um die Krankheit eines geschätzten Freundes etwa, der nun den Rest seines Lebens im Rollstuhl verbringen musste. Oder wenn irgendwo ein Kriegsverbrechen aufgedeckt oder eine Umweltkatastrophe publik wurde. Aber doch nicht, weil sie beide grundverschieden übers Heiraten dachten. »Lass gut sein, Mama«, sagte Maja. »Ich habe dir das wirklich verziehen.«

Damals hatte Didi ihr ins Gewissen geredet: »Lernt euch besser kennen, lebt doch erst mal so zusammen, warum denn so schnell heiraten, die Liebe besiegeln und festzurren?« Maja hatte wochenlang nicht mehr mit ihr gesprochen. Bis Didi mit ihrer Reisenähmaschine und einem Ballen herrlich weichen weißen, duftenden Baumwollchiffons vor der Tür stand. Das Hochzeitskleid wurde wunderschön, die Feier ebenso. Lilly warf Berge von Rosenblättern in die Luft. Am Ende waren die meisten Gäste angeheitert gewesen, es wurde laut, es wurde spät, ein rauschendes Fest. Beim Tanzen schwankte Didi leicht, später verdrückte sie ein paar Tränen der Rührung. Irgendetwas war daran seltsam gewesen. Der Auftritt passte kein bisschen zu ihrer Mutter. Didi nahm noch ein Schlückchen von ihrem Negroni, schüttelte den Kopf und wollte etwas erwidern. Bei diesem Thema aber ließ sich Maja nicht mehr beirren und sie sagte: »Wir haben oft genug darüber geredet. Ja, damals war ich verletzt, weil du dich nicht von Herzen für mich gefreut hast. Du hast mir sogar abgeraten, Gero zu heiraten. Es war für mich als junge Frau schwer, weil du mir nicht so recht geglaubt hast, dass ich ihn lieben würde.«

»Glaubte ich schon, nur ...«

»Eben nicht. Bei Liebe gibt es kein einschränkendes *Nur*. Ist doch deine Rede, die der freien, uneingeschränkten Liebe.« Jetzt schlich sich dieser unschöne Ton in ihre Stimme ein, wie sooft, wenn sie über dieses Thema diskutierten.

Didi griff über den Tisch nach ihrer Hand. »Liebes«, sagte sie. »Ich möchte ...« Weiter kam sie nicht. Maja hörte nicht mehr zu, sie hatte Kristof und Ole entdeckt.

Das Herz hüpfte ihr in der Brust. Was wiederum albern war, ein Ausdruck aus dem Liebesroman, den sie heute gelesen hatte. Hüpfendes Herz, schmachtender Blick, eine Begegnung wie ein Donnerschlag. Und doch, Maja fühlte sich wie vom

Donner gerührt und ihr Blick klebte geradezu an Kristof, sie konnte ihn nicht von ihm lösen.

Didi zog ihre Hand zurück, die bis eben warm und weich auf ihrer gelegen hatte. Sofort übernahm sie die Regie und winkte mit klimpernden Armreifen durch den Raum.

Kristof kam mit Ole an der Hand zum Tisch und sagte laut und freundlich: »Hallo. Ihr seid schon da.«

Sie saßen noch gar nicht, da brachte Lorenzo schon einen dritten Aperitif und ein Glas Limonade. »Benvenuto! Willkommen!« Er beugte sich ein Stück zu Didi und fragte sie mit überraschtem Gesicht: »Bella, questa è la tua famiglia, ist das deine Familie?«

Maja schmunzelte. Die Vorstellung, Kristof und Ole gehörten zur Familie, war komisch. Konnte sie sich einfach eine neue Familie nehmen, wenn sie mit der alten nicht mehr glücklich war oder besser gesagt: Wenn ihre alte Familie sie nicht mehr brauchte? Sie hatte ihre Stimme wiedergefunden. »Nehmt doch Platz«, sagte sie zu den beiden und antwortete auch gleich auf Lorenzos Frage: »Es sind nur Freunde.« Sofort bereute sie das etwas unfreundlich klingende *Nur*.

Lorenzo war mit der Antwort zufrieden. »Ah, Freunde, amici!« Er verstand sich wohl als Wörterbuch auf zwei Beinen. Jemand hinter dem Tresen rief seinen Namen und er verschwand wieder.

Kristof und Ole setzten sich. Der Junge fragte in entwaffnender Ehrlichkeit: »Sind wir jetzt schon Freunde?«

Didi hielt ihm ihr Glas entgegen. »Wir werden heute Freunde, wenn wir das wollen. Lass uns darauf anstoßen. Was hast du denn da für eine leckere Limonade im Glas?« Schon flog ihr Oles volle Aufmerksamkeit zu und sie plauderte mit ihm, während Maja mit Kristof einen langen Blick tauschte, der ihr beinahe den Atem raubte.

Schon wieder dachte Maja in solchen Floskeln und doch erlebte sie diese Floskel am eigenen Körper, konnte nur schwer durchatmen, musste sich beinahe dazu zwingen. Ein Kellner brachte die Speisekarten und Maja griff danach wie nach einem Rettungsanker. Es fiel ihr absolut nichts ein, was sie zu Kristof hätte sagen können. Was denn auch? Vielleicht: Wie geht's? Schönes Wetter! Oder: Bist du eigentlich auch verheiratet?

Maja las sich das Speisenangebot durch und anschließend gleich noch mal von vorne. Nichts davon drang zu ihr durch. Hunger hatte sie schon gar nicht. Kristof saß ihr gegenüber und blätterte ebenso unkonzentriert in der Karte wie sie. »Ole will nur ein Eis, aber etwas Warmes davor muss sein.«

Alle waren unentschlossen. Ein Kellner trug gerade eine über den Tellerrand ragende Pizza mit knusprig-braunem Rand an den Nebentisch.

Didi tippte mit dem Finger auf die aufgeschlagene Seite ihrer Speisekarte. »Ich habe die perfekte Idee. Wir bestellen eine Familienpizza! Schaut mal, was es da gibt, und jeder nimmt sich einfach davon.« Sie wandte sich wieder an Ole. »Ich esse nämlich gern mal mit den Händen und bei einer Pizza können wir das im Restaurant machen. In Indien, weißt du, wie die Menschen dort oft essen? Sie nehmen kein Besteck, sondern nur die rechte Hand, nehmen ein Stück Fladenbrot und tunken es in die Soße und ...«

Ole sah ihre Mutter mit großen Augen an. Maja war genauso erstaunt, denn sie konnte sich nicht erinnern, wann ihre Mutter zuletzt so etwas *Ungesundes* wie eine Pizza bestellt hatte. Und weil sie weiterhin Oles Aufmerksamkeit auf sich zog, saß Maja mit Kristof quasi allein am Tisch.

»Also«, sagte er.

»Was also?«

»Na, die Pizza. Welche nehmen wir?«

»Welche mag Ole?«

»Der isst so ziemlich alles, was Pizza und Pasta angeht. Irgendjemand aus der Familie seiner Mutter hatte italienisches Blut, auch wenn man es Ole nicht ansieht.«

Sie zog kurz die Stirn zusammen. Dass Kristof Oles Mutter erwähnte, ergab inhaltlich irgendwie keinen Sinn, denn fast alle Kinder aßen gern beim Italiener. »Dann eine Pizza mit Gemüse wegen Didi. Sie ist Vegetarierin.«

»Bin ich dabei. Und der Wein?«

»Weiß, leicht, trocken.«

»Auch da bin ich dabei. Typische Frauenwahl, oder?«

Einen Moment lang veränderte sich die Stimmung zwischen ihnen. Gäbe es einen Seismografen, der zwischenmenschliche Atmosphäre aufzeichnen konnte, würde er jetzt ein Stück nach unten ausschlagen. Maja beschloss, genauer nachzufragen, sie wollte es einfach hinter sich bringen: »Du meinst wohl den Geschmack *deiner* Frau. Ich trinke auch gern mal einen schweren Rotwein, aber für meine Mutter wäre etwas Leichtes besser.«

Kristof klappte die Karte zu und legte die Hände auf den Tisch. »Ich bin seit zwei Jahren von Oles Mutter getrennt. Wir waren nicht verheiratet, sonst wäre alles noch schwieriger gewesen, nehme ich an.«

Er sagte es deutlich und ruhig. Maja versuchte mehr aus diesen drei Wörtern herauszuhören, ein Nuance vielleicht: Bedauerte er es, war er erleichtert, war er von ihr verlassen worden, litt er darunter? Kristofs Gesicht verriet nichts über den Weg, den er hinter sich hatte, um jetzt hier mit ihr zu sitzen und einen Flirt zu beginnen. Als gäbe es ein geheimes Drehbuch für fast unmerkliche Körpersprache, veränderte sich sein Blick.

Etwas floss zwischen ihnen hin und her und es hatte keinen bestimmten Namen. Energie. Wärme. Interesse. Anziehung. Zuneigung. Didi behauptete, Liebe könne jederzeit entstehen, mit jedem Atemzug, in jedem Augenblick – wenn es eine Entscheidung des Herzens sei. Maja hatte bisher andere

Erfahrungen gemacht. Die Liebe zu Gero war kein Paukenschlag gewesen, sie hatte sich langsam entwickelt mit jeder Stunde, die sie gemeinsam verbrachten, mit jeder Nacht, in der das Vertrauen zunahm. Ein stetiges Zusammenwachsen bis hin zur Hochzeit, als sie sich gerade mal ein Jahr kannten.

Lorenzo kam wieder an den Tisch, pries das Tagesgericht an, das er ihnen ausnahmsweise auch noch um diese Uhrzeit servieren würde, und beugte sich mit konzentriertem Gesicht über Didis Schulter, als wäre es für ihn das Spannendste der Welt zu erfahren, welche Bestellung sie nun aufgab. Eine One-Man-Show! Kristof musste grinsen, Maja auch. Beim Wein, weiß, leicht, trocken, fragte Lorenzo nach: »Den etwas besseren oder Vino della casa?« Didi wiegte den Kopf hin und her und Kristof ließ sich nicht bitten.

»Natürlich nehmen wir den besseren«, sagte er. »Die Runde geht auf mich.«

»Kommt nicht infrage.« Didi legte eine Hand auf ihr Herz. »Es war mein Vorschlag, hierherzukommen.«

»Lass doch, Mama«, sagte Maja, die sich einer Sache seltsam sicher war: Sie würden hier nicht zum letzten Mal zusammensitzen. »Dann geht es eben das nächste Mal auf mich.«

Später ließ Didis Fähigkeit, Ole zu unterhalten, deutlich nach. Ihre Stimme wurde leise und einmal fielen ihr fast die Augen zu.

Der Junge legte den Kopf auf den Tisch und sagte: »Jetzt ist mir langweilig.«

Maja sah auf die Uhr und konnte es nicht glauben: Zweieinhalb Stunden waren verflogen, sie hatten sich nonstop unterhalten, dabei die Pizza komplett verputzt und fast zwei Flaschen Wein geleert. Jeder erzählte etwas von sich. Von Didis vielen Reisen bis hin zum Leben im Brandenburgischen, wo sie sich mit vier anderen Erwachsenen ein Haus mit Garten teilte. Von Majas ungewöhnlicher Kindheit und ihrer Arbeit im Pflegebereich. Von Kristofs interessantem Job. Sie sprachen über die schönsten Strandstellen und Ausflugtipps in der näheren Umgebung, die vor allem für Ole toll waren. Der Austausch über Gott und die Welt zwischen drei Generationen hatte allen Spaß gemacht. Auch der Kurs von Lucia war ein Thema, wobei sie diskutierten, ob er wirklich kinderfreundlich war. Ole dachte noch einmal nach und entschied, dass er nicht mehr hingehen wolle. »Da sind nur Erwachsene.« Immer wieder sah Maja Kristof an, ohne etwas zu sagen, und umgekehrt. Bald hing Majas Seidenschal über der Stuhllehne und Kristof öffnete zwei Knöpfe seines Hemds. Ein gerötetes Gesicht hatten sie beide, dafür musste Maja nicht in den Spiegel sehen. Geblieben wären sie auch gern noch, darüber musste kein Wort gewechselt werden. Es war dennoch Zeit zu gehen.

Lorenzo brachte Grappa aufs Haus, drei hohe, dickwandige Gläser, gut gefüllt. Er stellte den Schnaps auf den Tisch und nahm die Kreditkarte entgegen. Maja und Kristof wollten anstoßen, Didi lehnte ab.

»Auf keinen Fall. Ich hatte mehr als genug.« Ihr Digestif blieb unberührt, bis Lorenzo wiederkam und sich überschwänglich von ihnen verabschiedete.

»Ihr braucht nie zu reservieren, ihr bekommt immer einen Platz, ihr seid meine Ehrengäste«, sagte er und verzichtete dieses Mal auf die Übersetzung. Er zauberte einen Lolli in den Landesfarben Grün, Weiß und Rot für Ole aus der Schürze und deutete auf das volle Schnapsglas. »Che porta sfortuna, das bringt Unglück.«

Maja und Kristof griffen gleichzeitig danach, ihre Finger berührten sich, lagen einen Moment lang aufeinander. »Jeder einen Schluck.« Sie tranken abwechselnd, warm rieselte es durch Maja hindurch. Es war nicht nur die Wirkung des Alkohols. Sie hatte lange keine Vorfreude mehr auf irgendwas gespürt, nicht mal auf diesen Urlaub. Nun fühlte sie sich wie ein Kind, das am Heiligabend einen Blick durchs Schlüsselloch wirft. Die nächsten drei Wochen würde es am Ostseestrand noch viele Möglichkeiten geben, sich zu begegnen, sich zu verabreden, ein wenig zu flirten, sich zufällig zu berühren. *Ich möchte aufhören, mit meiner Zukunft zu hadern.* Das hatte Maja auf ihr Blatt Papier geschrieben, das Lucia am Vormittag eingesammelt hatte. Der Vormittag kam ihr jetzt seltsam weit weg vor, vielleicht weil sie sich an diesem Abend kein einziges Mal darüber gegrämt hatte, was die Zukunft mit Gero vielleicht *nicht* für sie bereithielt. Sie hatte einfach nur das Zusammensein mit den anderen genossen, hatte viel gelacht. Bei einem kleinen Italiener auf einer kleinen Insel auf einer kleinen Erde im riesigen Universum, so einfach, so schön. Kein Gedanke mehr daran, ob es ein Fehler gewesen war, diesen Urlaub mit ihrer Mutter auf Usedom zu verbringen. Ein Schritt zur Erfüllung ihres Wunsches war bereits getan. Zumindest mit den nächsten drei Wochen ihres Lebens haderte sie kein bisschen mehr.

Draußen war die Luft feucht und wohltuend. Die Nacht war dabei, ihre großen, dunklen Arme auszubreiten und letzte Reste des Tageslichts zu verscheuchen. Dunkelrot zeichnete sich der Horizont über dem schwarzblauen Meer ab. Gleich würden Himmel und Wasser vollständig miteinander verschmelzen. Das Restaurant auf dem Meer am Ende der Seebrücke schwebte wie ein leuchtendes Ufo über dem Wasser. Schlagartig dachte Maja wieder an Gero. Auch ihn hatte sie in den letzten zweieinhalb Stunden vergessen gehabt. Genau wie die Tatsache, dass Didi sich leicht einen angetrunken hatte. Maja hakte sich bei ihr unter: »Geht's?«

»Aber natürlich, mein Goldschatz.« Ihr Kopf sank gegen Majas Schulter, Kristof nahm Ole an seine Seite. So gingen sie nebeneinander wieder hinauf zur Promenade, schweigend, satt, müde, zufrieden.

Didi ließ sich führen. Es war fast rührend, sie so zu erleben. Sonst war Didi diejenige, die immer aufrecht ging und gern auch einen Schritt voraus.

An der Promenade trennten sich ihre Wege. Sie mussten nach links, Kristof und Ole nach rechts. »Also dann«, sagte Maja.

Didi murmelte nur: »Gute Nacht.«

Dabei hätte Maja nichts dagegen gehabt, wenn sie, wie es sonst ihre Art war, gleich gemeinsame Pläne geschmiedet hätte. Ihre Mutter dachte gar nicht daran, sondern schlief beinahe im Stehen ein.

Es war Ole, der plötzlich hellwach sagte: »Ich will morgen den ganzen Tag am Strand sein. Didi wollte mit mir eine Sandburg bauen.«

Bisher hatten sie keine Nummern ausgetauscht und Kristof fragte auch jetzt nicht danach. Sie würde es erst recht nicht tun. »Ein Strandtag wäre schön«, antwortete sie. »Wisst ihr schon, wo ihr hingehen wollt?«

Auch das war neu. Die Dinge einfach auf sich zukommen lassen. Didi konnte zwar nicht sprechen, aber es war, als könnte sie Maja, angeschmiegt an ihre Schulter, etwas von ihrer Zuversicht *spüren* lassen, mit der sie ihr Leben lebte. Gemäß ihrem Motto: Was wirklich sein soll, das geschieht ohne großes Bemühen und ohne genaues Planen.

»Wir sind etwa dort, wo wir uns heute Morgen das erste Mal gesehen haben«, sagte Kristof. »Ein Stück hinter der Seebrücke Richtung Bansin. Da war es doch, oder?« Er wusste wahrscheinlich genauso gut wie sie, wo es gewesen war, und tat nur so.

Schönes Spiel. Sie nickte. Das *erste Mal*. Seit ihrem Blick über die Schulter hatte der Minutenzeiger nur etwas mehr als zwölf Runden gedreht. Zwölf kleine Ewigkeiten. Würde sie wie Didi an die Reinkarnation der Seele glauben, dann hätte sie mit Kristof einen verlorenen Bruder, einen guten Freund oder sogar einen alten Geliebten wiedergefunden. Er kam ihr so vertraut vor. »Gut.« Maja nickte und wiederholte einfach nur: »Gut.«

Die Ecke, an der sie standen, bekam von den Laternen nur wenig Licht ab. Kristofs Gesicht blieb im Dämmer verborgen, als sie sich Gute Nacht sagten. In verschiedene Richtungen gingen sie davon. Maja hatte einen Arm um Didis Schultern gelegt, als in der Tasche das Telefon zu vibrieren begann. Sie ließ ihre Mutter nicht los.

Im Bungalow wankte Didi sofort zum Bett. »Der Wein«, sagte sie nur. Ein paar Atemzüge später schlief sie schon und Maja deckte sie zu wie eine Mutter ihr Kind.

Sie schnappte sich eine Decke und das Handy, trat auf die Terrasse und ließ sich von der Stille des Abends umfangen. Gero hatte bereits mehrfach angerufen. Beim Italiener, wo es voll und laut war, hatte sie davon nichts mitbekommen. Eigentlich hatte sie keine Lust, zurückzurufen. Aber natürlich sollte er sich auch keine Sorgen machen. Sie tippte auf den Rückruf-Button.

»Hey«, sagte sie nur, legte sich in die Hängematte und stieß sich mit einem Fuß vom Boden ab.

»Maja, da bist du ja! Seit Stunden versuche ich, dich zu erreichen.«

»Ja, das habe ich jetzt gesehen.«

»Wo warst du?«

»Im Restaurant. Ich hatte mein Handy ganz einfach vergessen.«

»Du hast mich schon vergessen?« Gero versuchte scherzhaft zu klingen, doch sie hörte den leisen Ernst heraus. Dieser Urlaub, den sie ohne ihn verbrachte, war ein tiefer Einschnitt in ihrer Beziehung. »Seit drei Tagen habe ich nichts von dir gehört, ich dachte, ich lasse dich erst einmal ankommen. Aber so langsam könnten wir uns doch mal beieinander melden«, sagte Gero. Wahrscheinlich konnte er sich nicht vorstellen, was seine letzten Worte zum Thema Kinderwunsch in ihr bewirkt hatten. Einfach, weil sie immer ganz selbstverständlich für ihn und Lilly da gewesen war und es für immer bleiben würde, oder?

»Hmm«, machte Maja und fühlte sich bleischwer. Der Wein und der Schnaps hatten sie träge gemacht, das leichte Schaukeln in der Hängematte verstärkte diesen Zustand. Eine der vielen Auseinandersetzungen kam ihr in den Sinn. Gero war nach einem langen Tag in der Kanzlei ausgiebig saunieren gewesen. Maja hatte sich längst über alle möglichen Ursachen der Kinderlosigkeit bei Mann und Frau informiert und zu große Hitze wirkte sich negativ auf die Qualität der Spermien aus, Gero aber war schon immer ein Sauna-Fan. Vielleicht lag es doch an ihm, dass sie nicht schwanger wurde, auch wenn er schon einmal ein Kind gezeugt hatte? Er hatte versprochen, das zu beachten, doch er hielt sich nur halbherzig daran. Sie hatte ihm nach seinem letzten Saunabesuch vorgeworfen, himmelschreiend egoistisch zu sein, und er hatte ihr einen Vogel gezeigt.

»Wie geht es dir? Erzähl doch mal ein bisschen von der schönen Ostsee oder soll ich anfangen?«

»Du.« Offenbar wollte er so tun, als hätten sie keine schwerwiegenden Probleme miteinander.

»Dann springe ich gleich zum Sorgenkind. Ich habe etwas herausgefunden. Lilly hat jetzt einen Freund, den ich nicht persönlich kenne, und sie übernachtet bei ihm, wie es ihr beliebt. Gestern war sie kurz im Haus, das habe ich an der Wäsche gesehen, die in ihrem Zimmer herumlag, und als ich abends zurückkam, war sie schon wieder weg.«

»Vielleicht hat sie auf dich gewartet?«

»Stimmt, es war leider wieder spät. Ich nutze jede Minute im Büro, erst recht, wenn du nicht da bist. Du weißt ja, wie viel ich gerade zu tun habe.«

»Nicht nur gerade«, sagte Maja. Genau damit untermauerte er eines seiner Argumente: »Auf Biegen und Brechen ein Kind, das kann und will ich nicht. Mit der Selbstständigkeit

74

habe ich schon genug Druck und wir beide hätten kaum mehr eine ruhige Minute miteinander.«

Mit Geros Stimme im Ohr und dem sich auftuenden weiten Sternenhimmel über ihr wurde ihr das Dilemma abermals klar. Eine Lösung war, ihren Kinderwunsch loszulassen – leicht gesagt. Oder: Sie trennte sich tatsächlich. Dann konnte sie neu starten, sich schnell in einen Mann mit dem gleichen Wunsch verlieben und den Rest ihrer Tage glücklich sein – wäre das Leben ein Wunschkonzert. Und ihr Verhalten wäre dann wohl mindestens genauso egoistisch wie das von Gero. Ihre Gedanken drehten sich im Kreis. Wenn sie an ihre Zukunft dachte, ob mit oder ohne ihren Ehemann, stocherte sie im Nebel.

»Wie heißt Lillys Freund, was macht er, hast du seine Nummer?«, wollte sie wissen.

»Der junge Mann heißt Timo. Was er macht, hat sie mir nicht verraten, und seine Nummer hat sie genervt auf einen Zettel gekritzelt, mit dem Vorwurf, ich wolle sie kontrollieren. Ihrer Meinung nach will ich ihr ein Leben aufzwingen, das sie nicht will, nur weil ich von ihrer neuen Idee, ein Filmstar zu werden, nicht viel halte.«

Maja hätte am liebsten erwidert: Stimmt ja auch ein bisschen. Genauso wie du es mit mir machst, wenn du beschließt, ich sollte bitte auch ohne eigenen Nachwuchs glücklich sein. Es war nicht verkehrt, dass Lilly sich wehrte. Maja sah ihre Stieftochter vor sich, als sie das letzte Mal zornig geworden war. Mit ihren Gefühlsausbrüchen war sie bisher gut zurechtgekommen. Es war ein Charakterzug, der schon in der frühen Kindheit stark ausgeprägt war. Wenn das Schicksal so zuschlug und die Mutter plötzlich starb, konnte man zornig werden. Doch diesmal war Lillys Anfall anders gewesen. Sie wollte neuerdings eine Schauspielschule besuchen, Gero wollte es ihr ausreden. Soweit noch kein Drama. Um das Zerwürfnis zwischen ihnen zu besänftigen, hatte Maja für Lilly Informationen für ein soziales

Jahr zusammengetragen. »Mach doch erst mal etwas anderes, vielleicht etwas Gemeinnütziges, lass dir Zeit, überlege dir das mit der Schauspielerei noch mal in Ruhe«, hatte sie ihr geraten. Da war Lilly ausgetickt: »Du mit deiner sozialen Ader! Ich will Schauspielerin werden, versteht ihr das denn nicht? Schau-spie-ler-in! Das ist sinnvoll und zwar für mich!« Es klang ehrlich verzweifelt. In ihrer hitzigen Art hatte Lilly aus dem Haus rennen wollen, doch Maja stellte sich ihr in den Weg.

Sie wollte in Ruhe über alles reden, Lilly besänftigen und ermutigen, wie es eben ihre Art war. »So etwas kannst du auch am Theater machen«, fiel ihr ein, doch Lilly blieb zornig.

»Lass mich! Du hast mir gar nichts zu sagen, überhaupt nichts!«

Du bist nicht meine Mutter. Eigentlich wäre es eine Sache des Vertrauens, über Lillys neuesten Fausthieb mit Gero zu reden. Aber sie wollte ihre angenommene Tochter vor ihrem Vater nicht noch angreifbarer machen. Zumindest nicht jetzt.

»Nach mir hat sie sich nicht erkundigt?«, fragte sie.

»Nein. Seit deiner Abreise habe ich sie doch kaum gesehen.«

»Gibst du ihr noch Geld?«

»Ab jetzt nicht mehr.«

»Gero, ist das der richtige Weg?«

»Darüber werde ich mit dem Fräulein noch mal persönlich sprechen. Und jetzt mag ich gern Schöneres hören. Wo hast du den Abend verbracht? Wie geht es Didi?«

Maja musste leise lachen. »Meine Mutter schläft, sie hat ein bisschen was getrunken.«

»Was?« Auch Gero lachte auf. »Gab es einen bestimmten Anlass? Es muss ja ein weltbewegender Grund gewesen sein!«

Um mich mit einem sympathischen und gut aussehenden Mann näher bekannt zu machen, so vermute ich, dachte sie. Didi hatte noch ein weiteres Ziel erreicht. Vorhin im Lokal hatte Maja innerlich geleuchtet und immer noch spürte sie das Nachglühen. »Wir waren mit Bekannten beim Italiener.«

»Freunde von ihr? Weißt du noch, der gemeinsame Urlaub in Griechenland, und dann treffen wir in diesem gottverlassenen Bergdorf einen Freund aus ihrer wilden Zeit, einen grauhaarigen Aussteiger? Oder als wir auf Mallorca waren, eine Woche auf der tollen Finca, und sie kannte unsere Nachbarin, die ihre Kräuter nur im Mondschein pflückte. Am liebsten denke ich an unser langes gemeinsames Wochenende auf Usedom, als Lilly sieben war. Didi war mit Lilly im Bungalow und wir für zwei Nächte im Romantikhotel. Den Abend in diesem Restaurant auf dem Wasser vergesse ich nie. Wart ihr da schon?«

Maja wurde ganz flau. Gero schaffte es, ihr sofort ein schlechtes Gewissen zu machen. »Wir haben einen IT-Spezialisten mit seinem zehnjährigen Sohn kennengelernt, erst heute. Wir waren gemeinsam essen.«

Gero schwieg eine Sekunde zu lang. »Hast du es so eilig, von mir wegzukommen? Legst du dir einen heimlichen Liebhaber zu?«

Auch sie schwieg eine Sekunde zu lang. Gero hatte mal eine Affäre gehabt, es ihr später erzählt und um Verzeihung gebeten. Sie hatte nie etwas mit einem anderen Mann gehabt und sollte sich schon jetzt für etwas rechtfertigen oder wegen etwas schlecht fühlen, was es noch gar nicht gab. Mit Kristof war nichts passiert, von ein paar intensiven Blicken abgesehen. »Und du gehst doch nicht etwa heimlich in die Sauna?«, fragte sie als kleine Retourkutsche.

Wahrscheinlich verdrehte er jetzt die Augen. Sie konnte es an seinem genervten Ton hören. »Was hat das eine bitte mit dem anderen zu tun?«

Maja bedauerte ihre vorschnelle Antwort. Diesmal war sie es wohl, die die Tür zum nächsten Streit geöffnet hatte. »Weiß nicht. Ein bisschen was hat es aber miteinander zu tun. Kannst ja mal drüber nachdenken.« Ein Stern blinkte zu ihr herunter. Als wäre Berlin ähnlich weit weg wie er, so fühlte sich das Gespräch an. Unheimlich weit weg.

»Du setzt mich immer mehr unter Druck. Dann klappt es sowieso nicht«, sagte Gero und schnaubte ärgerlich.

»Aber warum klappt es nicht? Warum müssen wir das hinnehmen? Wir können etwas tun. Die Hormone allein bringen nichts.«

»Ich mache bei diesem Kinderwahnsinn nicht mit. Mein Kollege, der das durchgemacht hat, ist fix und fertig. Jetzt haben sie ein Kind, aber die Beziehung ist zerbrochen. Hat er mir heute erzählt. Und außerdem haben wir doch eine Tochter. Eine, die uns alle Nerven kostet.«

»Du machst es dir einfach. Und wenn unsere Beziehung auch ohne das alles zerbricht?«

»Ich mache es mir einfach? Ich arbeite wie ein Verrückter, damit *ihr* es gut habt!«

»Die Überstunden in der Kanzlei machst du wohl mehr für dich.«

»Wie du meinst. Dann mach du doch auch, was du willst.«

Sie waren wieder mitten in einem Streit gelandet und verabschiedeten sich ohne jeden Funken Wärme. Maja fühlte sich komplett ernüchtert und hatte einen glasklaren Gedanken: Es ist so gut wie aus. Der Gedanke war nur im Kopf, noch spürte sie ihn nicht als Schmerz. Der würde sie später einholen. Fröstelnd ging sie ins Haus und legte sich neben Didi, die tief und ruhig atmete. Es war eine tröstliche Nähe.

KAPITEL 5

KRISTOF

Im angewärmten Sand zwischen zwei noch unbesetzten Strandkörben breitete Kristof die große Decke aus. Keine Wolke war zu sehen. Ole schnappte sich sofort den Ball.

»Moment«, sagte Kristof und sah auf sein Handy. Diesmal nicht aus Gewohnheit, sondern aus unsinniger Hoffnung. Er hatte am Abend zuvor weder mit Maja noch mit Didi Telefonnummern ausgetauscht. Warum, das wurde ihm nach einigem Grübeln klar. Er hatte sich nicht so richtig eingestehen wollen, wie anziehend, inspirierend und toll er Maja fand. Wenn es nach ihm gegangen wäre, hätte er noch stundenlang mit ihr beim Italiener sitzen können. Er erinnerte sich genau, wie er hinter ihr aus dem Lokal gegangen war und versucht hatte, ein paar Duftmoleküle von ihr einzufangen. Es war ziemlich verrückt. Gerade erst hatte er sich noch gefragt, ob sein Interesse an Frauen vielleicht abgestorben war. Zwölf Stunden später wusste er: im Gegenteil. Der letzte Gedanke vor dem Einschlafen war Maja gewesen und der erste beim Aufwachen auch.

Sogar Ole merkte, dass etwas mit ihm nicht ganz stimmte. Er stand neben ihm im Sand. »Papa, was ist denn mit dir?«, fragte er an diesem Vormittag nicht zum ersten Mal. »Guck nicht woanders hin, wir wollen spielen!«

Kristof steckte das Telefon weg. »Komm, wir machen uns warm. Dann gehen wir ins Wasser. Und wenn du die nette Didi und die hübsche Maja siehst, sag mir gleich Bescheid. Sie wollten uns am Strand suchen, glaube ich.«

»Mama ist hübscher«, erwiderte Ole sofort. Er ahnte wohl etwas.

Kristof war es vor der Trennung nur selten gelungen, die zunehmenden Streitereien mit Svenja vor dem Kind zu verbergen. Es war Ole, der sich weinend bei ihnen beschwert und Kristof endgültig den Spiegel vorgehalten hatte: »Du hast Mama gar nicht mehr richtig lieb!« Und jetzt witterte der Junge, dass sich sein Vater vielleicht vergucken könnte. Vergucken. Was für ein doofes Wort. Aber es klang harmlos und passte deshalb ganz gut. Immerhin war Maja verheiratet. Er selbst hatte sich zu diesem Schritt nie durchringen können. Aufgrund seiner These des ersten Wimpernschlags hatte er geahnt, dass die Liebe zu Svenja leidenschaftlich und fruchtbar sein würde, nur eben nicht für die Ewigkeit. Ebenfalls aufgrund seiner These des ersten Wimpernschlags, der er nun wieder auf der Spur war, konnte Maja ihn immer noch aus seinem Einsamkeitstunnel herausholen. Vielleicht anders, als er dachte. Im Moment hatte er nicht das Gefühl, sie unbedingt ins Bett kriegen zu wollen. Er wollte sie einfach nur wiedersehen, sich mit ihr unterhalten, sie um sich haben. Sie trug ihren Ehering, hatte beim Italiener aber ganz schön intensiv zurückgeflirtet. Er wollte …

»Papaaaa!« Ole stampfte mit dem Fuß in den Sand.

Kristof rannte los, Ole hinter ihm her. Es wurde ein wildes Spiel und mehrfach landeten sie im Sand. Die Sonne stand hoch, bald war Kristof nass geschwitzt und spürte ein leichtes Brennen auf den Schultern. Verdammt, er hatte weder Ole noch sich selbst eingecremt, Svenja wäre nie so gedankenlos gewesen. »Komm schnell«, sagte er. »Wir kühlen uns kurz ab.«

Im herrlich erfrischenden Wasser erprobte Ole seine Kräfte, warf sich auf ihn und wollte ihn untertauchen. Dieser besondere Himmel, blaues Meer und Kinderarme, die sich um den Hals des Vaters schlangen. Ein Moment des grenzenlosen Glücks und der tiefen Wehmut. Den bisher perfektesten Urlaub hatte Kristof erlebt, als Ole drei oder vier und Svenja noch die Regentin seines Herzens war. Selten fielen sie und er nach einem Strandtag nur erschöpft ins Bett, wenn Ole dann schlief. Kaum trafen ihre von Licht und Wasser gefluteten Körper aufeinander, entstand neue Energie, die sich aus einem riesigen unsichtbaren Reservoir speiste, ein Liebestanker im Meer ihrer leidenschaftlichen Gefühle. Auch im Hamburger Alltag war das oft so gewesen. So stressig es sein mochte mit einem kleinen Kind: Abends und nachts labten sie sich aneinander. Es gab kein treffenderes Wort dafür, Kristof liebte besondere Worte, *sich laben* war eines davon. Dann begann seine Karrierephase in der Agentur, die ihn wie ein Strudel mitriss und immer mehr vereinnahmte. Svenja bemühte sich ebenso energisch um Erfolg, hatte bei ihren Castings, zu denen sie durch ganz Deutschland fuhr, jedoch nur selten Glück. Gemeinsame Zeit war Mangelware, Svenja wurde unzufrieden, zickig, unleidlich, und er verhielt sich ihr gegenüber nicht mehr so aufmerksam wie sonst. Eine Abwärtsspirale mit unheimlicher Eigendynamik. Der Liebestanker schlug Leck, manchmal schlief Kristof auf dem Sofa im Büro. Die Leidenschaft verebbte gleichzeitig mit der Liebe …

Ole gab ihm keine Zeit, unter dem Ostseehimmel seiner Wehmut nachzuspüren. Kristof ließ sich untertauchen und kam prustend wie ein Walross wieder nach oben. Ole kreischte vor Freude und flüchtete Richtung Ufer, war schon halb draußen. Dann rief er: »Da sind sie!«

Kristofs Augen brannten vom Salzwasser, im ersten Moment konnte er in der Ferne kaum etwas ausmachen. Didi erkannte er zuerst, eine aufrechte Gestalt, die in einem quietschbunten, bodenlangen, im Wind wehenden Kleid über den Sand schwebte. Einen Meter dahinter ging Maja. Er erkannte sie deswegen, weil etwas durch ihn hindurchschoss, das sich wie ein leichter elektrischer Schlag anfühlte. Sie trug einen breitkrempigen Hut, Shorts und eine weiße Bluse oder etwas in der Art, nichts besonders Auffälliges. Beide liefen sie an ihrem verwaisten Lager zwischen den Strandkörben vorbei. Zwischen ihm und den beiden Frauen lag viel zu viel Abstand, um einfach zu rufen. Was tun? Suchten die beiden sie überhaupt? Sollte er vom Wasser aus winken wie ein Schiffbrüchiger, um ihre Aufmerksamkeit zu erregen?

»Ole, magst du zu ihnen laufen?«, fragte Kristof.

Leider bekam er die falsche Antwort: »Nö.«

Die beiden gingen zügig, entfernten sich immer weiter. »Wir treffen uns an der Decke«, sagte Kristof, watete aus dem Wasser und sprintete los.

Maja drehte sich zu ihm um, als hörte sie ihn kommen, dabei war er noch ein gutes Stück entfernt. Sie brauchte offenbar eine Sekunde, um zu realisieren, wer dieser klitschnasse Mann mit den im Gesicht klebenden Haaren war, der auf sie zuschoss. Er rannte ziemlich schnell. Als sie ihn erkannte, leuchteten ihre Augen auf. Sie sagte etwas zu Didi, er wurde langsamer.

Außer Atem blieb er vor den beiden stehen. »Hey!«, rief er und hätte in diesem Moment Bäume ausreißen können. Er fühlte sich topfit, kräftig und in seinem Element … als Mann. Maja erinnerte ihn daran, wie das war. Er spürte nicht den Blick irgendeines Menschen, sondern den Blick einer Frau über seinen Körper wandern.

»Kristof, wie schön!« Didi legte ihm eine warme Hand auf die Schulter.

»Ich bin kalt wie ein Fisch«, sagte er und lachte. »Wir kommen gerade aus dem Wasser, Ole hat euch entdeckt, wir liegen da hinten, habt ihr Lust, uns Gesellschaft zu leisten?« Er deutete Richtung Stranddecke, wo sich Ole gerade in ein Handtuch wickelte.

»Gern!«, antworteten beide wie aus einem Mund.

Er lief dicht neben Maja, ihre nackten Unterarme berührten sich zufällig. Gänsehaut. Verursacht auch vom Wind, der ihm über die nasse Haut streifte. Falls Maja davon Notiz nahm, konnte sie sich die Ursache für seinen Schauder selbst aussuchen.

Ole winkte ihnen zu und nahm Didi sofort in Beschlag. »Bauen wir gleich unsere Burg?«

»Aber ja, deswegen bin ich doch hier«, antwortete sie lächelnd und setzte ihren Rucksack ab. »Ich habe ein paar tolle Sachen für unser Bauvorhaben mitgebracht. Aber zuerst suchen wir Muscheln, große und kleine, die brauchen wir für das Dach unseres Kunstwerks. Hier, ich habe auch einen Beutel für dich, lass uns gleich anfangen. Deiner ist rot, meiner ist grün.«

»Juhu!« Ole ließ das Handtuch fallen und wollte gleich los, Kristof hielt ihn sanft fest.

»Erst creme ich dich ein. Und du brauchst eine trockene Hose.« Ole maulte, Kristof tat so, als wäre er zunächst nur mit dem Kind beschäftigt. Natürlich nahm er wahr, dass Maja mit ihrer Mutter ein paar Blicke tauschte und nonverbale Kommunikation stattfand. Maja war vielleicht genau wie er überrumpelt, dass sie beide gleich in der Sonne am Strand liegen würden – allein. Ob Didi das absichtlich so machte oder ob sie in großmütterlicher Art nur an Oles Freude dachte, der Frage wollte Kristof heute noch auf die Spur kommen. Er hegte einen Verdacht. Einen reichlich seltsamen Verdacht.

Ole und Didi gingen los. Maja hatte die Decke neben seiner ausgebreitet. Kristof nahm sein Handtuch und rieb sich ab, setzte sich. Seine Badeshorts waren noch nass, er mochte das Gefühl auf der Haut nicht besonders. Sich jetzt neben Maja umzuziehen, erschien ihm jedoch unpassend. Sie saßen einen Augenblick einfach nur da und es war wie am Abend zuvor: Inmitten der lauten Welt waren sie für sich. Maja zog die Shorts aus. Sie trug eine dunkelblaue Bikinihose und ihm gefielen die langen, schön geformten Beine, straff und glatt und kaum gebräunt. Oben blieb sie bedeckt. Auf die Ellenbogen gestützt, streckte sie sich auf der Decke aus. Der Sonnenhut war wie für sie gemacht. Die kleinen Löcher in seiner Oberfläche ließen Lichtpünktchen auf ihrem Gesicht und dem weißen Stoff der Bluse tanzen. Sie blieb nicht lang in dieser Pose, setzte sich wieder auf, kramte in der Tasche und fand, was sie suchte – um zu verbergen, dass sie vielleicht etwas verlegen war. Schade. Er hätte ihr lieber in die Augen gesehen. Dann holte er auch seine Sonnenbrille hervor.

»Ich habe empfindliche Haut, deshalb meine Montur mit Hut und Bluse«, sagte sie. »Heute ist mir die Sonne fast zu heftig. Nicht, dass du denkst, ich traue mich nicht, mich zu zeigen.« Sie lachte über sich selbst, ein sympathischer Charakterzug.

Er strich sich über die geröteten Schultern. Vor lauter Aufregung hatte er vergessen, Ole darum zu bitten, ihm den Rücken einzucremen. Dumm, dass es wirklich einer der plattesten Anmachsprüche der Welt war: Könntest du bitte …? Er zog sich das Shirt über und nun saßen sie beide halb bekleidet am Strand. Irgendwie albern. Didi und Ole waren schon weit weg und bückten sich als Miniaturfiguren in der Brandung nach Muscheln.

»Deine Mutter ist ganz schön braun gebrannt«, sagte Kristof und schüttelte über sich selbst den Kopf. Was für ein genialer Gesprächseinstieg! »Sie ist ziemlich anders als ich«, antwortete Maja. »Ich komme wohl mehr nach meinem Vater.«

»Ach ja?« Kristof drehte einen kleinen Stein in den Fingern hin und her und ließ ihn wieder in den Sand fallen. »Ole sieht auch völlig anders aus als seine Mutter. Sie ist ein dunkler Typ.« Autsch, nun hatte er Svenja schon wieder erwähnt, so wie er es gestern schon zweimal getan hatte, und das ganz unnötig und ungefragt.

Maja blickte aufs Meer hinaus. Mit etwas Fantasie konnte man das Dünengras und den Strandhafer rascheln hören, so laut kam ihm Majas Schweigen vor. Von nun an würde er Svenja nicht mehr erwähnen. Er wollte auch möglichst wenig an sie denken. Sie wollte ihm Ole wegnehmen. Der Gedanke traf ihn immer wieder neu mit ungeahnter Wucht. Hinter der Brille wurden seine Augen traurig. Schnell fragte er: »Was hast du noch von deinem Vater geerbt?«

Keine Antwort. Vielleicht war Maja schnell beleidigt oder etwas stimmte mit seiner Frage nicht.

»Entschuldige«, sagte er und meinte den ganzen verkorksten Gesprächsverlauf.

Sie wandte sich ihm zu. »Nein, nein, warum? Es ist das Normalste der Welt, einen Vater zu haben. Nur bei mir war vieles anders. Ich kenne meinen Vater nicht. Weiß nicht mal, ob er noch lebt.«

»Echt? Wie kam das denn?«

»Frag Didi. Es ist ihre Geschichte, nicht meine. Ich weiß nur, dass ich sein Äußeres geerbt habe.«

Es klang nicht schön. Jeder Mensch wollte wohl gern seinen Vater und seine Mutter kennen, wissen, wo er herkam. Es lag in der Natur der Dinge. Wenigstens hatte Ole beide Elternteile, wenn auch nur noch abwechselnd. Obwohl sich Maja mit Brille und Hut nicht nur vor der Sonne, sondern auch vor Blicken schützte, konnte Kristof in diesem Moment in ihr Innerstes sehen. Sie war nicht glücklich. Vielleicht wegen des Vaters, über den sie nicht sprechen wollte oder konnte, vielleicht aber auch wegen etwas anderem. »Und dein Mann? Warum ist er nicht hier?«, fragte er frei heraus.

»Zu viel zu tun.«

»Kommt er gar nicht vorbei?«

»Nicht geplant. Ist vielleicht auch besser. Wir verstehen uns gerade nicht so gut. Und die Mutter von Ole?«

»Ist ebenso nicht geplant. Aber wie gesagt, wir sind ja auch getrennt. Sie holt Ole erst am Ende des Urlaubs hier ab.«

Maja malte mit einem Finger ein paar Kringel in den Sand.

»Darf ich etwas ganz ehrlich sagen?«, fragte er und sie nickte.

»Ja, klar. Bitte.«

Kristof wog seine Worte sorgfältig ab, dann sagte er: »Ich glaube, wenn einer der Partner keine Zeit für einen gemeinsamen Urlaub hat, dann stimmt etwas grundsätzlich nicht mehr. Also bei mir und Svenja war es zumindest so.«

Maja hörte auf, mit dem Finger in den Sand zu malen. »Wieso, wie lief das bei euch?«

»Anfangs waren wir uns völlig einig, in allem. Verbrachten jede Minute miteinander. Wir bekamen Ole. Immer noch lief alles gut, bis wir uns wieder intensiver unseren Berufen widmeten. Da begann es holprig zu werden. Entweder ich hatte Wichtiges vor oder sie. Plötzlich gab es keine übereinstimmenden Wochen mehr für einen gemeinsamen Sommerurlaub. Sie fuhr ein paar Tage mit Ole weg, ich fuhr ein paar Tage mit Ole weg. Es war eine Zäsur. Es war der Anfang vom Ende.«

»Wegen eines ausgefallenen Urlaubs?«

Kristof dachte eine Weile nach. Ob er weitersprechen sollte. Maja wartete. Er fuhr fort: »Ja. Ich glaube, wenn es so weit kommt, dann ist es vorbei. Höhere Gewalt war nicht der Grund, weshalb wir keinen Termin fanden. Der wirkliche Grund, so glaube ich im Nachhinein, war der: Ich war im Erfolgsrausch. Wenn eine Karriere wirklich wichtiger wird als diese besondere gemeinsame Zeit, tja, dann …« Den Rest ließ er in der Luft stehen. Vielleicht lag er auch völlig falsch, vielleicht lief es bei anderen Paaren ganz anders und Maja würde ihn gleich auslachen, ihm die Hand mit dem goldenen Ehering entgegenstrecken und sagen: Du täuschst dich. Ich bin die glücklichste Frau auf Erden!

Aber sie rührte sich überhaupt nicht. Wie eingefroren saß sie da. Er beugte sich ein kleines Stück zu ihr und legte ihr die Hand auf den Arm. Es war als tröstliche, entschuldigende Berührung gemeint. »Sorry«, sagte er. »Ich bin manchmal etwas direkt.«

Sie nahm Hut und Brille ab, schüttelte ihr Haar, holte tief Luft, als müsste sie sich in diesem Moment völlig neu aufstellen. »Vielleicht hast du recht. Nein, nicht vielleicht. Es stimmt, was du sagst.«

Vom zarten Strom zum reißenden Fluss, so nahm die Ehrlichkeit zwischen ihnen zu. Er fühlte in Bildern, so war er nun mal. Dagegen konnte er nicht anschwimmen und er wollte es auch gar nicht. »Für mich war Svenja zunächst an allem Schuld. Sie wollte um jeden Preis als Schauspielerin erfolgreich sein, ich fand sie besessen. Dabei hat sie mich nur gespiegelt.«

Maja sah ihn aufmerksam an und er sprach weiter: »Ohne Ole hätte ich mich wohl schon früher getrennt. Ich habe mich tausendmal gefragt, ob ich ihm das antun kann. Aber wenn die Liebe schwindet, dann geht's eben nicht mehr. Habt ihr, du und dein Mann, auch gemeinsame Kinder? Die Frage habe ich mir beim Italiener aufgespart, ich weiß gar nicht, warum.«

Maja schüttelte den Kopf. »Besser so. Es hätte die Stimmung nur getrübt. Ich habe eine Stieftochter, Lilly. Ich habe sie fast ihr ganzes Leben lang begleitet, bis auf die ersten drei Jahre.«

»Ist doch toll.«

»Mehr oder weniger. Seit sie achtzehn ist, glaubt sie, alles zu dürfen. Sie ist fast aus dem Haus und das tut extrem weh. Es ist alles nicht so einfach gerade.«

»Probleme?«

»Na ja. Ich liebe sie sehr. Umgekehrt bin ich mir nicht sicher. Nicht mehr.« Maja zog die Beine an und legte den Kopf auf die Knie. »Mit einem leiblichen Kind ist das vielleicht anders.«

Kristof konnte gar nicht anders, als an sie heranzurücken und den Arm um sie zu legen. »Hey.« Er streichelte ihr Haar so sanft, dass sie es vielleicht nicht einmal merkte. Dabei hätte er am liebsten den Kopf in ihren Locken vergraben. Jede Körperzelle fühlte sich zu dieser Frau, die er gerade mal vierundzwanzig Stunden kannte, hingezogen. Die Miniaturfiguren Didi und Ole hatten kehrtgemacht und bewegten sich langsam wieder auf sie zu. Er fragte leise: »Sie kommen zurück. Kann ich was für dich tun?«

Maja hob den Kopf. Sie lächelte tapfer. »Ich würde gern spazieren gehen. Am liebsten jetzt gleich und richtig lang. Hast du Lust?«

Er zögerte. »Deine Mutter mit Ole einfach allein lassen? Die beiden kennen sich doch noch gar nicht richtig.«

»Das ist kein Problem«, antwortete Maja. »Wenn es für Ole in Ordnung ist, mit meiner Mutter allein zu bleiben, mach dir keine Sorgen. Sie tut grundsätzlich nur das, was sie wirklich will. Beim Frühstück hat sie von nichts anderem gesprochen als davon, eine Sandburg zu bauen. Kein Scherz. Sie hat wahrscheinlich einen Riesenspaß dabei.«

Sie ließen die Seebrücke hinter sich und liefen Richtung Bansin, das westlichste der drei Kaiserbäder. Die meisten Strandkörbe waren belegt und standen zum Meer ausgerichtet, als beobachteten sie das Geschehen am Wasser. Das Meer war viel ruhiger als gestern. Nur wenige Wellenmäuler schnappten auf, dafür wurden Kristof und Maja von Strandkorbaugen verfolgt. Maja war mit ihrem Hut, den Sonnensprenkeln auf der Haut und dem hübschen Paar Beinen die perfekte Begleitung für einen romantischen Strandspaziergang. Wäre er noch Chef der Werbeagentur, *hätte er Maja* bei einem Casting für eine solche Rolle sofort ausgewählt: Traumfrau, Traumtag, Traumplatz. Karibisches Flair würde er für seine plötzliche Hochstimmung noch dazubuchen. In Gedanken drehte er unter der Sonne einen Werbeclip für ein Erfrischungsgetränk, eine zarte Kokosschokolade, eine neue Sonnenmilch oder – er musste grinsen – für die erfolgreiche Benutzung seiner Dating-App. Maja trug außerdem einen türkisfarbenen Seidenschal, der um sie herumflatterte, und sie hatte eine kleine Umhängetasche dabei. Darin verwahrte sie lebenswichtige Dinge wie einen Sonnenschutzlippenstift, wie er zuvor beobachten konnte.

Er drehte sich nochmals um. Ole hatte nicht mal mit der Wimper gezuckt, als er ihn eben fragte, ob er mit Didi eine Stunde alleine bleiben und im Sand buddeln wolle. Didi hatte Kristof zum Abschied zugezwinkert. Fast verschwörerisch, wie es ihm vorkam, und es passte zu seinem Verdacht. Konnte es sein, dass eine Mutter ihre verheiratete Tochter zum Fremdflirten animieren wollte? Etwas in der Beziehung zwischen Didi und Maja war bemerkenswert. Maja wurde bestimmt öfter auf Didi angesprochen, dabei war sonst doch eher die Tochter der Abglanz der Mutter. Maja aber stand über den Dingen. Im Kurs war sie die Erste gewesen, die ehrlich sagte, dass es ihr nicht gut ging. Wäre Kristof ernsthaft auf Dating-Plattformen unterwegs, er würde genau nach Majas Charaktereigenschaften suchen. »Bitte einmal ›entspannt, ehrlich, uneitel und attraktiv‹!« Einfach die gewünschten Eigenschaften in den Computer eingeben und die Wunschpartnerin für eine Gebühr von nur sechzig Euro pro Monat erhalten. Majas Anwesenheit regte seine Fantasie ziemlich an. Er ließ seinen Blick umherwandern. Nicht nur die

Strandkörbe schauten ihnen zu, auch die Häuser und Villen hinter den Dünen erschienen ihm wie zugewandte Gesichter. Von Kiefern und vereinzelten Pinien umrahmt, standen sie da und schauten gelassen aufs Meer.

»Wie würdest du dich beschreiben?«, fragte er Maja. Sie gingen nebeneinander, vor ihnen lagen endlose Kilometer Strand in der gleißenden Mittagssonne. Wieder war da dieser Impuls, Majas Hand zu nehmen. Er hatte fast vergessen, wie sich dieser magische Magnetismus zwischen zwei Polen anfühlte. Leider entschied bei ihnen nicht die natürliche Anziehung, sondern Majas Kopf. Es lag an ihr, ob zwischen ihnen etwas passieren würde. Wenn er ihre Worte richtig gedeutet hatte, befand sie sich mitten in einer Ehekrise. Er durfte sich überraschen lassen, was daraus wurde.

Sie legte den Kopf nach hinten und lachte auf. »Frag mich nach dem Wunderkurs noch mal. Ich wette, so eine ähnliche Frage bekommen wir da auch gestellt. Außerdem weiß ich gerade selbst nicht so genau, wer ich bin. Aber ich glaube, dass eine andere Maja nach Berlin zurückkehren wird.«

»Inwiefern?«

»Ist nur so ein Gefühl. Eigentlich mag ich Veränderungen nicht besonders. Tatsächlich wäre ich ohne die Überredungskünste meiner Mutter nicht mal hierhergekommen. Aber dann gab's zu Hause riesigen Streit. Außerdem wollte ich meiner Mutter einen Gefallen tun. Ja, wenn ich es mir richtig überlege, besteht mein Leben vor allem darin, anderen einen Gefallen zu tun. Keine Ahnung, ob ich jemals etwas nur für mich ganz allein getan habe. Unglaublich, oder? Das stelle ich jetzt erst fest.«

Das Besondere bei Spaziergängen am Meer, wenn der Wind lockiges Frauenhaar zerzauste und Möwen schreiend durch die Lüfte segelten, war genau dies: Es musste beim Gespräch nie sofort geantwortet werden. Kristof hob im Gehen einen schimmernden Kieselstein auf und warf ihn gleich wieder ins Wasser. Auch das war so entspannend am Strand. Ständig konnte man etwas in die Hand nehmen und einfach nur ansehen. Es gab viel Zeit. Für das, was gesagt werden wollte, vielleicht zehn oder zwanzig gestrandete Wellen später. Er hatte den perfekten Rat für Maja parat. Rein theoretisch. Er drehte sich um. Didi und Ole waren in der Ferne nicht mehr zu entdecken, sie hatten schon eine gute Strecke zurückgelegt. Er wurde langsamer. Sie blieben stehen.

»Was ist?«, fragte Maja.

In ihrem Gesicht tanzten die Sonnenpünktchen. Eins davon hätte er sich gern eingefangen. O Mann! In der Agentur hätten sie sich darüber kaputtgelacht und diese Anwandlung im Ordner mit der Bezeichnung *Kreativschrott* abgelegt. Sonnenpünktchen einfangen, ja klar.

»Du hast noch nie was für dich getan? Das ließe sich ganz schnell ändern«, sagte er.

Maja nahm die Sonnenbrille ab und blinzelte ihn an. Er hatte seine in der Aufregung des Aufbruchs auf der Decke liegen lassen. »So? Wie denn?«, fragte sie.

»Es ist ganz einfach. Etwas sehr Schönes. Du kannst es sogar sofort tun, wenn du willst. Auf der Stelle.«

»Was soll das sein?«

Er trat näher an sie heran. Mehr nicht. Es war *ihr* Moment. Immer noch sah sie ihn fragend an, als verstünde sie nicht, was er meinte. Ach, zum Teufel mit der Zurückhaltung. Sie waren beide erwachsen, der Flirt machte Spaß, es war nicht viel dabei. Er lächelte. »Mal angenommen … du würdest mich jetzt küssen. Einfach, weil du es willst, und nicht, weil du denkst, du würdest *mir* einen Gefallen tun. Dann würdest du etwas für dich tun, egal was dein Mann, die Welt oder Gott im Himmel dazu sagen, von meiner Wenigkeit ganz zu schweigen. Einfach so. So einfach.« Nicht nur bei seinen Jobs hatte er impulsive

Gedanken, die seinen Geist befeuerten. Sie tauchten immer und überall auf. Dann wollten sie raus, ausgesprochen und umgesetzt werden – so tickte er eben.

Maja kniff die Augen zusammen. Hob kurz den Arm und ließ ihn wieder sinken. Eine irgendwie hilflose Geste. Dann setzte sie den Spaziergang abrupt fort.

Schon wieder Autsch, er hatte es vermasselt, hatte mit seinem Vorschlag diesmal privaten Kreativschrott produziert. Er ging hinter ihr her, blickte auf ihre Fußspuren, die von den Wellen überspült und wieder ausgelöscht wurden, als hätte sie ihre Füße nie auf diesen Flecken Erde gesetzt. Jetzt wäre ein weiterer, und diesmal bitte brillanter, Impuls hilfreich, nämlich wie er seinen Vorschlag wiedergutmachen konnte. Er würde Maja nach zehn weiteren gestrandeten Wellen sagen: Hey, das war ein Spaß, entschuldige, du hast recht, wir kennen uns ja kaum, ich sollte so etwas nicht sagen, nicht mal denken, schon gar nicht einer verheirateten Frau vorschlagen. Ich bin ein Idiot. Im Stillen redete er weiter: Wir Männer werden manchmal zu Idioten, wenn wir verwirrend schöne und rätselhafte Frauen vor uns haben. Wirklich, ich sollte …

Die Spuren im Sand vor ihm endeten. Maja war stehengeblieben und drehte sich zu ihm um. Wahrscheinlich wollte sie lieber umkehren und zurückgehen, ihn in den Wind schießen und der gemeinsame Strandtag war vorbei. Der erste gemeinsame Spaziergang war dann wohl auch der letzte.

Er hob den Blick und lächelte entschuldigend. Dann erschrak er sich – fast. Maja machte einen großen Schritt auf ihn zu. Einen Wimpernschlag später spürte er ihre kühlen Hände in seinem von der Sonne brennenden Nacken. Sie zog ihn zu sich herunter und küsste ihn auf den Mund. Ihre Lippen schmeckten nach dem Sonnenschutzstift, ihre Haut roch nach Sehnsucht und ihr Atem war wie der Wind.

KAPITEL 6

DIDI

Die beiden kamen zurück. Maja und Kristof hielten mehr Abstand als vorher, was im Umkehrschluss bedeuten konnte: Sie waren sich nähergekommen bei ihrem Strandspaziergang. In Majas Gesicht fand Didi das lebendige Leuchten, das sie sich für alle Menschen der Welt wünschte. Sie sollte ihren Kummer vergessen, wenigstens drei Sommerwochen lang. Bevor ihre Tochter merkte, dass sie die Situation genau erfasste, wandte sie sich wieder der Sandburg zu. Sie genoss Oles kindliche Kreativität und Konzentration bei der Sache. Wie ein eingespieltes Team hatten sie über die nächsten Arbeitsschritte an ihrer Superburg diskutiert. Ole drückte seelenruhig noch etwas Sand fest, obwohl Kristof schon von Weitem seinen Namen rief. Der Junge war rundum pflegeleicht, hatte zwischendurch nur mal Hunger und Durst gehabt. Didi hatte einen Beeren-Smoothie für ihn mitgebracht, rot, süß und fruchtig, und sie hatte nur ein kleines Stück Rote Bete hineingeschmuggelt. Heutzutage nahm sie viel mehr Rücksicht auf den Geschmack anderer, besonders auf den von Kindern. Sie hatte Maja früher mit ihrem Ernährungswahn manchmal etwas zu sehr gequält, ihr Zucker vorenthalten und Weißmehl in Speisen und Brot verteufelt. Etwas übertrieben, wie sie heute fand. Auch das wollte sie in diesem Urlaub ein bisschen wiedergutmachen. Sie würde Pfannkuchen backen, die Kopfschmerzen nach einem Glas Wein noch mal in Kauf nehmen und mit Maja zur Fischbrötchenbude gehen, wenn sie es unbedingt wollte –, um sie zu begleiten und nicht, um selbst ein Tier zu essen, das natürlich nicht. Sie wollte Maja unbedingt verwöhnen, ohne sie zu bevormunden. Vielleicht, weil sie ihr eine der wichtigsten Glücksquellen im Leben verwehrt hatte: ihren Vater kennenzulernen. Didi wollte diese Sache endlich aufarbeiten – und vor Maja eine kleine Unwahrheit geraderücken. Es war ihre große Aufgabe bei diesem gemeinsamen Aufenthalt am Meer. Sobald sie dafür die richtigen Worte gefunden hatte …

Kristof sah auf seine Uhr, als er näher kam, und dann noch einmal, als er vor Ole stehen blieb. »Zweieinhalb Stunden waren wir weg? Unglaublich, wo ist die Zeit denn hin?«

»Was, so lange?« Didi erhob sich und klopfte sich den Sand von den Beinen. Ein bisschen taten ihr die Knochen weh nach dem vielen Sitzen, Kauern und Bücken. Sie streckte und dehnte sich, ein Gelenk knackte. »War es schön?«, fragte sie Maja, die sich ein wenig im Hintergrund hielt, während Kristof von Ole in Beschlag genommen wurde. Es war eine rhetorische Frage und Maja lächelte nur. Eine der beiden Seelen in Didis Brust nahm es zufrieden zur Kenntnis.

Der Junge erklärte seinem Vater ausführlich, wie die Sandburg aufgebaut war, welche Funktion der Turm mit dem weißen Muscheldach und welche der Turm mit dem dunklen Muscheldach hatte. Kleine Stöckchen markierten die Fallgruben, bläuliche Kieselsteine bildeten einen Fluss und Seegras eine Wiese. Über den Zinnen wehten Fähnchen aus schmalen Stoffstreifen. Kristof staunte extra viel, Maja lachte, sie war in ausgelassener Stimmung. Vielleicht würden die beiden sie bald wieder fragen, ob sie auf Ole aufpassen könnte. Sie tat es gern …

Wie können Sie nur! Diesen Aufschrei hörte nur sie selbst. Es war die mahnende Stimme ihres inneren Richters, eine unsichtbare Instanz, mit der Didi manchmal Zwiesprache hielt. Es war die Stimme der gesellschaftlichen Erwartungen, die Stimme der Normen, Regeln und Übereinkünfte, die allgemein galten und akzeptiert wurden. Didi war darauf vorbereitet, dass sie sich meldete. Die Stimme gehörte zum Spiel des Lebens dazu. *Wie können Sie sich nur freuen, wenn Ihre Tochter einen anderen als den ihr angetrauten Ehemann begehrt!*, donnerte es. Herr Richter, wie Didi die Stimme nannte, pflegte eine antiquierte Sprache, weil er antiquierte Ansichten vertrat. Meistens jedenfalls. Fast immer entkräftete Didi seine Anklagen mit nur diesem einen Argument: *Solange Gedanken, Worte und Taten kein Leid und keinen Schaden bei anderen verursachen, sondern sogar Freude und Strahlen in die Welt bringen, können sie kein Verbrechen sein. Ich lehne eine moralische Verurteilung ab!*

Grummelnd verstummte die Stimme des Herrn Richter. Schon wollte sie in die Hände klatschen, da flackerte seine Anklage nochmals auf: *Und was ist, wenn doch noch Leid und Schaden entstehen werden durch eine – geben Sie es zu! – von Ihnen bewusst geförderte Urlaubsaffäre zwischen Ihrer Tochter und einem praktisch Fremden? Können Sie in die Zukunft sehen?*

Mit einem Seitenblick auf Maja, deren Gesicht vor Freude leuchtete, blieb Didi bei ihrem Standpunkt. *Ich sehe, was ich sehe. Im Moment geht es meiner Tochter richtig gut und das hat sie so was von verdient. Wenn eine Pflanze wachsen will, braucht sie fruchtbaren Boden, Licht, Luft und Wasser. Ich erinnere Maja in diesem Urlaub lediglich daran, dass all diese Dinge um sie herum und in ihr vorhanden sind. Und vielleicht tut es ihrem Ehemann gut, wenn er sich Majas nicht mehr ganz so sicher sein kann. Er nimmt ihre Hingabe als zu selbstverständlich.*

Ole hockte im Sand und redete und redete. »Und jetzt hier, schau mal, Papa, die Schatzkammer!« Didi hatte zu diesem

Zweck neben den anderen Kleinigkeiten eine Schmuckschachtel mitgebracht, in der sie Perlen einer zerrissenen Kette aufbewahrte. »Es ist die schönste Burg am ganzen Strand«, sagte Ole überzeugt und Maja lachte wieder laut und fröhlich.

Ole sah zu ihr auf, stemmte die Arme in die Seiten und fragte: »Ihr wart so lange weg! Hast du auf dem Weg eine schönere Burg gesehen?« Plötzlich war er beleidigt.

Alle waren von dem plötzlichen Stimmungswechsel überrascht. Kristof kniete sich zu Ole in den Sand, der fest die Arme vor der Brust verschränkte. Nun war er doch nicht ganz einverstanden damit, dass sein Vater mit einer fremden Frau weggegangen und offensichtlich überglücklich zurückgekommen war. Natürlich nicht. Er wünschte sich seine Mutter her. Doch wenn Didi seine Situation richtig verstanden hatte, gab es da nichts zu retten. Manche Gräben konnten Eltern den Kindern zuliebe eine Weile überbrücken. Spätestens wenn die Kinder erwachsen waren, sollten sie aber wieder über sich selbst bestimmen. Lilly war so gut wie aus dem Haus. Für ihre Stieftochter musste Maja nicht mehr funktionieren. Didi setzte noch einen obendrauf: *Herr Richter, ich beantrage Freispruch für meine Tochter. Geben Sie ihr eine ehrliche Chance!*

Herr Richter antwortete nicht mehr. Ole wirkte nun traurig, doch Didi hatte für eine solche Situation etwas im Rucksack. Ihr Ass. Diese Karte verwahrte sie immer bis zuletzt. »Ole, schau, jetzt kommt die große Vollendung, unser tolles Finale.«

Sie breitete im Sand noch drei ganz besondere Fähnchen aus, die sie am frühen Morgen mit der Hand genäht hatte. Der Junge guckte, fing sofort an zu staunen und kam zu ihr. Auf einem Stoffstück war ein Piratenschiff abgebildet, auf einem anderen ein großes rotes Herz und auf dem dritten ein lachender Smiley vor einem Regenbogen.

»Von wem wird die Burg bewohnt? Vom Volk der Freiheit, vom Stamm der Liebe oder von den Freunden der Farben?«, fragte Didi.

Ole kniete sich in den Sand und begutachtete die Fahnen. Er stieg sofort auf ihr Friedensangebot ein. Was für ein versöhnliches Kind im Gegensatz zu Lilly. Wenn ihre Stiefenkelin wütend oder traurig war, krallte sie sich lange in diesen Gefühlen fest. Manche Menschen bekamen so viel Angst vor Verlust in die Wiege gelegt, dass sie sogar negative Gefühle nicht loslassen wollten.

»Das Herz steht für Liebe, aber Mama ist nicht da«, sagte Ole und wollte die Fahne nicht mal berühren. Didi sah Kristof innerlich zusammenzucken und auch, wie Majas sonnige Stimmung weiter überschattet wurde.

»Piraten!«, rief Ole und strich mit den Fingern über die Flagge mit dem Schiff, die links in der Reihe lag. »Und der da?«, fragte er und zeigte auf den Smiley der rechten Fahne.

»Ah, das«, sagte Didi, »das wäre meine Flagge. Die Freunde der Farben freuen sich über die große bunte Welt, die sie umgibt. Ganz einfach. So wie ihr Kinder das eben immer tut.«

»Die nehmen wir!«

Didi sah zu Maja und Kristof. Sie verfolgten das symbolische Spiel genau. »Gehören wir vier zu den Freunden der Farben?«, fragte Didi mit gesenkter Stimme.

Ole befestigte die Fahne mit den beiden Minischlaufen an einem Stöckchen. Feierlich steckte er sie in den größten der drei Türme. »Ja. Jetzt wohnen wir hier.«

Drei Erwachsene atmeten innerlich auf. Wie viel Macht Kinder mit ihren Worten manchmal hatten.

Didi zog sich zurück und legte sich auf ihre Decke. Sie hatte den Weg für ein harmonisches Zusammensein geebnet, der Rest musste sich ergeben. Sie schaute in den hellen Himmel und machte die Augen zu, sah im Nachklang bunte Punkte auf der Netzhaut tanzen. Es war der ewige Tanz des Lebens, selbst hinter geschlossenen Lidern. Sie nickte ein.

Er ging vor ihr. Majas Vater war einen Kopf größer als sie. Mit heller, empfindlicher Haut, breitem Rücken und Brusthaar in der gleichen Farbe wie seine rotblonden Locken. Seine Schultern waren mit Sommersprossen gesprenkelt, die hatte sie gern geküsst. Im Traum lief Didi ein paar Schritte hinter ihm und wollte, dass er sich zu ihr umdrehte. Sie wollte von ihm umarmt werden und wie damals jede einzelne Sommersprosse küssen, das hatte immer ein paar Minuten gedauert. Plötzlich lief noch ein weiterer Mann vor ihr. Sie hatte nur einmal kurz geblinzelt und jetzt verdeckte die neue Gestalt ihre Sicht auf Majas Vater, der sich immer schneller und weiter entfernte. »Mike, Mike«, rief sie, doch ihre Stimme war ganz leise, wie erstickt oder unter Wasser. Es war der andere, der stehen blieb und sich zu ihr umdrehte. Er versperrte den Weg. Er trug eine Karnevalsmaske aus glattem, hartem Material, streng und herrisch. Zackige Linien, zornige Augen. »Mike!« Nur mit aller Kraft gelang es ihr, lauter zu rufen. Der Maskenmann machte sich noch größer und Mike wurde immer kleiner. Er hörte sie nicht. »Mike!«, schrie Didi. Der Maskenmann hob die Hände, behaarte Pranken wie die eines Tieres. Noch spürte sie keine Furcht, sie wollte nur zu Mike, er würde sie beschützen. Aber auf einmal sah sie ihn nicht mehr, er war verschwunden und gleichzeitig schwand auch die Hoffnung, ihn je wiederzusehen. Tiefe Traurigkeit kam über sie. Etwas war unwiederbringlich verloren.

»Die Tränen spare dir«, donnerte der Maskenmann und sie erkannte ihn. Er sprach mit der Stimme des Richters. So also sah er aus, nun hatte er sie erwischt. Eine grauenvolle Angst ergriff sie. Etwas Kaltes berührte sie an der Stirn …

»Mama, Mama!« Über Didis Kopf schwebte Majas Gesicht, eingerahmt von rotblonden Locken. Ein Engel! Majas Finger strichen ihr über die Stirn. »Was ist denn mit dir los?«

Didi blinzelte und setzte sich langsam auf. »Oh, bin ich eingeschlafen?«

»Über eine Stunde. Du hast dich im Traum bewegt und leise gestöhnt, hast das Gesicht verzogen. Hast du schlecht geträumt? Ein Albtraum am Tag, gibt es das?«

Die Stimme des inneren Richters klang in Didi nach. Im Traum hatte er sie noch nie aufgesucht. Didi fröstelte, obwohl ihre Haut heiß war. Wie gruselig! Das Albtraumhafte an der Situation war nicht, dass er sie fast gepackt hätte. Es waren seine Worte, die in ihr nachhallten: *Die Tränen spare dir.* Was wohl bedeuten sollte: Es ist zu spät zum Bedauern. Etwa fünfunddreißig Jahre zu spät. Eine furchtbare Erkenntnis, wäre sie wahr.

»Ich hatte schon sehr lange keinen schlechten Traum mehr.« Didi lächelte traurig, es fühlte sich seltsam an. Traurig lächeln, das passte nicht gut zusammen. Sonst tat sie das nie.

Maja sah sie besorgt an. »So kenne ich dich gar nicht. Was ist denn los? Was hast du nur geträumt?«

Didi rieb sich das Gesicht, es war ein wenig taub. Sie bewegte Füße und Hände, um sich wieder lebendig zu fühlen, atmete tief ein und aus.

»Erzähl es mir ruhig.«

Didi zögerte. Maja als besorgte Mutter und sie als bemitleidenswertes Geschöpf? Nein. Keine vertauschten Rollen jetzt. Sie waren am herrlichen Ostseestrand, Kristof und Ole spielten etwas entfernt Fußball. Es war der erste Sommertag seit ihrer Ankunft, leicht und voller Freude, auch für Maja. So sollte es eine Weile bleiben. Der Traum wollte ihr etwas sagen, sie sprichwörtlich wachrütteln, das hatte sie verstanden. Aber sie würde die Aussprache über Mike und die kleine Unwahrheit noch etwas aufschieben. Sonst wäre die schöne gemeinsame Zeit viel zu schnell zu Ende. Sie und Maja gewöhnten sich gerade erst wieder aneinander. Vielleicht war es sogar besser, gar nichts zu sagen und ihr Geheimnis mit ins Grab zu nehmen? *Die Tränen spare dir. Es ist zu spät.* Didi spürte ein Ziehen in der Herzgegend. Sie dachte nun öfter an Mike, wie es ihm wohl ergangen war, wo er lebte und ob überhaupt noch. Es war ziemlich verrückt: Sie glaubte aus dem Nichts heraus, ihn fünfunddreißig Jahre später plötzlich zu vermissen. Sie wollte nicht nur im Traum seine sommersprossigen Schultern küssen!

»Mama!« Maja setzte sich nah neben sie auf die Decke und legte ihr die Hand auf die Stirn. »Du glühst ja.«

»Ich lag ja auch in der Sonne.«

»Und das ein bisschen zu lang.«

»Aber ich vertrage Sonne gut.«

»Nun, heute vielleicht mal nicht. Du wirst auch älter.«

Didi nahm ihr Strandtuch und zog es sich eng um die Schultern, als wäre ihr kalt. Und das war ihr auch. Innerlich. Maja legte den Arm um sie.

»Es ist schon Nachmittag. Wir wollen gleich einen Kaffee trinken gehen«, sagte Maja. »Ole hätte gern ein Eis. Kommst du mit?«

»Ich weiß nicht, mein Engel«, sagte Didi. Der Gedanke, nun aufzustehen, war ihr zu viel. Ihr! Zu viel! Spazieren gehen, plaudern, lustig sein. Sie konnte sich nicht verstellen und Dinge tun, auf die sie keine Lust hatte. »Ich trinke doch nur selten Kaffee.«

»Dann eben was anderes. Darum geht es doch gar nicht.«

Didi schüttelte über sich selbst den Kopf. Es war eine dumme Antwort gewesen. »Nein, ich bleibe wohl hier. Ist besser, dann kann ich auf die Sachen aufpassen.«

Maja runzelte die Stirn. »Wir nehmen die Wertsachen mit, den Rest lassen wir liegen. Ist doch kein Problem, das haben wir doch immer so gemacht, das machen doch alle.«

Didi fiel einfach nichts Schlagfertiges ein. Es war eine andere in ihr, die da so seltsame Antworten gab. Um Gottes willen, wohnte etwa noch eine dritte Seele in ihrer Brust? Ein Wesen, das plötzlich Angstträume hatte und unsicher war?

»Du hast das vorhin ziemlich gut gemacht mit Ole, er schwärmt regelrecht von dir.«

»Ihr geht ohne mich, ich bleibe«, sagte Didi und hatte ein Stück ihrer Fassung wiedergefunden, die durch den Traum in tausend Stücke zersprungen war. »Meinen Tee habe ich dabei. Ich brauche nichts.«

Maja sah sie von der Seite an. »Ist wirklich alles in Ordnung?«

»Aber ja. Ich mache lieber etwas mit meinen Händen, als in einem Café herumzusitzen und unnötig Geld auszugeben, du kennst mich doch. Ich habe noch Muscheln und Perlen übrig und noch viel mehr.«

Sie holte ihren grünen Beutel hervor, ihren stetigen Begleiter. Lieber vergaß sie ihr Telefon, ihre Geldbörse oder den Hausschlüssel, aber niemals ihren geliebten Beutel. Sie fand auf dem Waldboden bizarr geformte Wurzeln, in den Gärten verschiedene Samen und Nüsse und am Wegrand manchmal eine kleine Versteinerung. Am Meer eben Muscheln, von den Wellen geschliffenes Glas, hübsche Steine, von den Gezeiten geformt und vom Zahn der Zeit ausgehöhlt oder mit Löchern versehen. Das alles ließ sich wunderbar auffädeln. Wenn sie sich irgendwo länger aufhielt, musste sie mit den Geschenken der Natur, die ihr in die Hände fielen, etwas tun. Es war ihr angeborener kreativer Drang. »Ich wollte längst mit einer neuen Kette beginnen«, sagte sie. »Ich bastle uns hübschen Ostsee-Schmuck. Magst du etwas für den Hals, den Fuß oder den Arm?« Sie nahm die Perlenschnur heraus und fädelte gleich eine Muschel auf.

Maja lachte. »Ach, Mama. Nichts in der Welt kann dich von deinem Schaffen abhalten. Stimmt's?« Sie gab ihr einen Kuss auf die Wange und stand auf. »Kurz dachte ich schon, du wirst krank oder hast ernsthaft was auf dem Herzen.«

KAPITEL 7

MAJA

»Willkommen zu unserem zweiten Treffen!« Lucia drehte sich einmal um sich selbst und sah dabei jedem von ihnen in die Augen. Die Gruppe hatte sich ein gutes Stück hinter der Heringsdorfer Seebrücke Richtung Ahlbeck im hellen Ostseesand versammelt. Reservierte Strandkörbe standen bereit. Im Kreis aufgestellt bildeten sie einen Schutzwall vor den Blicken neugieriger Strandgäste. Noch saßen sie nicht in den Körben, sondern auf ihren Matten und Decken davor.

Maja spähte durch eine Lücke des Schutzwalls Richtung Meer. Vielleicht waren Kristof und Ole zufällig in der Nähe. Es war sonnig und warm. Heute zog es alle an den Strand. Kaum ein Lüftchen wehte und das Wasser spiegelte das Blau des Himmels bis zum Horizont. Sie blickte in die andere Richtung. Die Chance, dass Kristof und Ole wieder *zufällig* dazustießen, war gering. Oder waren sie das dort drüben vielleicht? Ein hochgewachsener Mann und ein Junge kamen aus dem Wasser, doch der Junge war nicht blond genug und auf den zweiten Blick hatte der Mann auch nicht Kristofs Hammerfigur. Seit ihrem romantischen Strandspaziergang vor zwei Tagen hatte Maja nichts mehr von ihm gehört: »Wer will, der meldet sich«, so lautete ihre simple Abmachung. Noch ein letzter Blick aufs

Handy. Für den Nachmittag war es tabu. Lucia hatte um *Digital Detox* gebeten.

»Brauchst du noch etwas Bestimmtes, um ganz im Hier und Jetzt anzukommen?« Alle aus der Gruppe sahen sie an. Maja steckte das Handy weg, sie fühlte sich ertappt, als hätte sie etwas Verwerfliches getan. Selbst schuld, sie hatte sich von Didi dazu überreden lassen, wieder mitzukommen. In diesem Moment, in dem so viele Augenpaare auf sie gerichtet waren, assoziierte sie mit diesem Workshop ein ähnlich ungutes Gefühl wie mit klebrigem Körnerbrei. Viele zähe Stunden lang saßen die Erwachsenen damals in den Wohngemeinschaften zusammen und diskutierten. Klebten Zettel an die Wände, auf denen stand, was sie tun konnten, wofür und wogegen sie demonstrieren wollten. Themen der Achtziger und Neunziger, an die Maja sich erinnerte, waren die Castor-Transporte, Brandanschläge auf Asylbewerberunterkünfte, dann das Zusammenwachsen von Ost und West. Oder auch nur die Verkehrsberuhigung gleich um die Ecke. Die Zusammenkünfte zu schwänzen galt als unsozial und das wollte in den Gemeinschaften niemand sein, nicht mal die Kinder. Als Maja älter war, wurde sie in den Runden direkt nach ihrer Meinung gefragt. Sie antwortete meistens knapp und leise mit glühendem Gesicht. »Ja, ich bin für Frieden.« Oder: »Ja, das Geld sollte in der Gesellschaft gerechter verteilt sein.« Oder: »Ja, wir müssen schwächeren Menschen helfen.« So dachte sie auch heute noch, deswegen mochte sie ihren Beruf so gern. In der Fachhochschule konnte sie anderen Sinnvolles beibringen, sie zu noch mehr Sozialkompetenz anleiten bis hin zu echter Fürsorge. Im Pflegeheim war sie für die alten und kranken Menschen da. Vorhin hatte sie von einer Kollegin die traurige Nachricht bekommen, dass die alte Frau Seiler gestorben war. Der Tod, auch wenn er zu ihrem beruflichen Alltag gehörte, traf sie jedes Mal unvorbereitet. Beim letzten Mal hatte die alte Dame doch noch so fidel gewirkt.

Die Blicke der anderen klebten immer noch an ihr. Maja wollte schon kopfschüttelnd das Übliche antworten: Danke, alles in Ordnung, was soll schon sein? Doch nichts war in Ordnung. Sie fühlte sich gerade traurig wegen der alten Frau Seiler, sie war desillusioniert, was ihre familiäre Zukunft betraf, und Lillys Worte schmerzten immer noch stark. Nun las Lilly nicht einmal mehr ihre Nachrichten. Nach fünfzehn Jahren, in denen sie sich so nah gewesen waren, fühlte sich Maja wie eine grässliche Stiefmutter, ohne zu wissen, warum. Aber sie war nicht *nur* down. Wenn sie daran dachte, wie sie Kristof geküsst hatte, fühlte sie sich elektrisiert. Aufregende, schöne Empfindungen waren in ihr aufgestiegen, die sie in ihrem Berliner Leben vermisste. In ihrem Inneren herrschte ein ziemliches Chaos. Warum nicht ehrlich sein? Beim ersten Treffen, als sie die Muschel in der Hand gehalten hatte, war sie es auch gewesen.

»Ja, ich suche etwas. Aber ich weiß nicht genau, was es ist.« Maja wunderte sich über ihren Mut, das so auszusprechen. Vor einer Gruppe von fremden Menschen. »Klarheit wäre schon mal ein Anfang.«

»Klarheit worüber?«, fragte Lucia.

Maja musste nicht lange nachdenken. Die Worte drängten aus ihr heraus. »Zumindest mal darüber, wo ich im Leben stehe. Was ich will – und wohin ich will. Was richtig ist und was falsch.«

Lucias dunkle Augen sahen ihr direkt ins Herz. »Das ist eine ganze Menge. Wahrscheinlich sprichst du hier einigen aus der Seele. Genau deshalb bist du hier und du bist nicht allein. Wer kennt das noch?« Lucia ließ den Blick durch die Runde gleiten. Ein Arm hob sich zögernd. Dann noch einer und noch einer, reihum, bis auch Didi den Arm hob.

Was ihre Mutter wohl suchte, die behauptete, jeden Tag bewusst und in Klarheit zu leben?

»Danke, Maja«, sagte Lucia. »Zu diesem wichtigen Thema hast du eine gute Einleitung gegeben. Die meisten Inhalte in diesem Workshop kommen nämlich von – euch! Ich bin nur eine Art Medium und arbeite mit meiner Intuition. Das heißt, ich erspüre, was gerade wichtig ist, und arbeite inhaltlich kein vorgefertigtes Programm ab. Heute können wir uns weiter kennenlernen. Fangen wir an, findet euch zu zweit zusammen. Macht es euch in einem Strandkorb gemütlich und ladet jemanden zu euch ein, am besten jemanden, den ihr noch nicht kennt.«

Es blieb keine Zeit, sich zu ärgern. Nun fand genau das statt, was in einem Workshop zu erwarten war: Gruppenarbeit. Grrr. Didi hatte versprochen, dass dieser Kurs anders wäre, dass sie nichts müsste, was sie nicht wollte – reingefallen. Maja spähte nochmals durch eine Lücke zwischen den Körben hindurch und fühlte sich wie in einem Käfig. Irgendwo da draußen lief Kristof herum, während sie hier gefangen war. Während des Spaziergangs mit ihm war ihr eine Sache klar geworden: Ihr fehlte pulsierendes Glück, wenigstens hin und wieder. Grenzenlose Romantik, der Stoff der Heftromane, in denen die Heldin nach Irrungen und Wirrungen auf *Mister Right* trifft. Zuvor gab es stets einen Kuss, der die Heldin schlichtweg umhaute. So wie es ihr selbst passiert war. Sie und Kristof hatten sich geküsst, als ginge es um Leben und Tod. Seitdem grübelte sie, ob sie ein schlechtes Gewissen haben sollte, und sah sich in der Runde um. Drei Männer und neun Frauen waren in der Gruppe. Wer von ihnen war wohl immer hundertprozentig treu gewesen? Wie viele Punkte Abzug gab es für Küsse mit einem anderen Mann, wenn man über dreizehn Jahre verheiratet war? Was war eine Ehe wert, wenn sie im Herzen nicht mehr zu spüren war, sondern nur noch in Form eines goldenen Rings mit darin eingravierten Namen existierte?

105

»Worauf wartet ihr? Sucht euch jemanden, stellt euch gegenseitig vor, erzählt, wer ihr seid. Was fällt euch über euch selbst ein? Rattert ihr eine Biografie herunter oder gebt ihr wirklich etwas von euch preis? Jeder hat fünf Minuten, dann wechselt euch ab. Es tut bestimmt nicht weh.« Lucia löste mit ihrer heiteren Art die etwas befangene Stimmung und Maja schmunzelte über eine ganz persönliche Erkenntnis: Berührungsängste gegenüber Fremden waren wahrscheinlich angeboren. Kristof gegenüber hatte sie diese allerdings ziemlich schnell über Bord geworfen …

Dieter, der Mann mit den grauen Haaren, gehörte zu den älteren Teilnehmern. Er ging auf ihre Mutter zu und bot ihr galant den Arm. Lachend nahm sie an und ließ sich zu einem Strandkorb führen. Maja gab sich einen Ruck. Es war albern, auf ihre Mutter sauer zu sein, als wäre sie noch das hilflose Kind von damals. Warum nicht den Workshop – mitgegangen, mitgefangen – so gut wie möglich für sich nutzen? Alle Anwesenden wollten ein Wunder in ihr Leben rufen. Das machte jeden grundsympathisch.

»Dann wir beide, wenn wir schon nebeneinanderstehen?«, wurde sie gefragt. Bastian war etwas jünger als sie, hatte raspelkurze Haare und ein nettes Lächeln. Ein krasses Tattoo zog sich über die rechte Seite seines Halses fast bis zum Ohr. Ein fein gewebtes Spinnennetz.

»Klar«, antwortete Maja. Sie setzten sich in einen Strandkorb. Ihr fiel auf, dass Bastian ziemlich warm angezogen war. Lange Hose, langärmeliges Sweatshirt, Turnschuhe. Er schwitzte leicht.

»Bitte, fang du an«, sagte Bastian. »Mir ist dieser Kurs noch ein bisschen suspekt. Mit den Leuten in der Reha-Klinik kann ich aber noch weniger anfangen. Ein Wunder-Workshop klang in jedem Fall interessanter als die Angebote dort.«

Maja hörte sich reden. »Geboren bin ich in Berlin. Ich bin verheiratet und habe leider keine eigenen Kinder. Ich arbeite im Bereich der Pflege.« Sie stockte. Gerade war sie noch so mutig gewesen, nun hielt sie sich bedeckt. So nichtssagend war ihr Leben nun auch wieder nicht. Sie ergänzte: »Mit meiner Mutter habe ich in unzähligen Wohngemeinschaften gelebt, bevor ich nach Berlin zurückgekehrt bin. Meinen Beruf liebe ich, weil er so vielfältig ist. Ich bin Lehrerin an der Berufsschule, meine Schüler sind zwischen achtzehn und über vierzig. Und als stellvertretende Leiterin einer Pflegestation habe ich direkten Kontakt zu den Bewohnern und dem Personal. Das ist genauso herausfordernd wie sinnvoll. Verheiratet bin ich schon seit dreizehn Jahren, aber seit Längerem nicht mehr richtig glücklich.« Sie berichtete ganz ehrlich von ihrem Schmerz wegen Lilly und deutete etwas von der tollen Begegnung an, dem Lichtblick in diesem Urlaub, die sie gleichzeitig auch in tiefe Zweifel stürzte, was Gero betraf. Sie erwähnte auch, dass sie ohne Didi nicht in den Kurs gekommen wäre. Es war ihr wichtig, das klarzustellen. Als Lucia die Zimbel erklingen ließ, kam es ihr vor, als hätte sie das alles in einer Minute erzählt. Sie hatte ziemlich schnell gesprochen.

Nun erzählte Bastian. Er war wegen einer Hautkrankheit wiederholt zur Kur am Meer. »Deswegen das Tattoo«, sagte er. »Seit ich es habe, wollen alle zuerst eins wissen: Ob ich spinne. Ich habe das stechen lassen, damit die Leute nicht immer nur auf meine Wunden starren. Manchmal habe ich den Ausschlag im Gesicht und kratze mich auf, gerade geht's. Oft traue ich mich aber nicht raus. Ich schließe dann die Tür ab und lasse niemanden rein.«

Maja war tief berührt von dem, was er von sich preisgab. Es gab so viel Leiden auf der Welt, ob im Pflegeheim, in kriegsverwüsteten Ländern, in verschlossenen Zimmern oder in den

Köpfen der Menschen um sie herum. Ruckzuck waren auch diese fünf Minuten vorbei.

Lucia hatte einen kleinen Trick angewandt. Im Strandkorb kam zu zweit schnell eine vertraute Atmosphäre auf. Der nächste Schritt bestand darin, dass jeder seinen Gesprächspartner vorstellte und den anderen in der Runde erzählte, was er erfahren hatte. »Es sei denn, es gibt etwas, das niemand außer euer Strandkorb-Partner wissen soll«, erklärte Lucia. »Dafür habt ihr noch mal eine Minute, um das klarzustellen.«

Maja wurde es unbehaglich. In ihrem Redeschwall war so ziemlich alles dabei gewesen. Sogar Kristof tauchte indirekt auf, ihre Mutter würde das sofort kapieren. Didi aber wusste sowieso, was los war, sie hatte ihren Flirt ja in die Wege geleitet. Die anderen Teilnehmer hier würde sie wahrscheinlich nie mehr wiedersehen. Sollten sie doch von ihren Eheausbruchsfantasien wissen!

Bastian räusperte sich leise. »Bei mir gibt es was. Ich möchte nicht, dass du das mit den Frauen erwähnst. Also, dass ich Probleme habe, eine Freundin zu finden, weil ich mich wegen meiner Haut oft schäme. Das habe ich gerade nur dir erzählt. Normalerweise rede ich so direkt nicht drüber.«

»Klar«, sagte Maja. »Kannst dich auf mich verlassen. Aber … du bist schon deswegen hier, oder?«

»Weswegen?«, fragte Bastian.

»Na, wegen eines Wunders. Du wünschst dir eine Freundin, die dich liebt, wie du bist.«

»Ja, schon. Aber das tun wir doch alle irgendwie, oder?«

Erstaunlich, wie nah sich zwei Fremde in so kurzer Zeit kommen konnten. Maja fühlte sich mit Bastian verbunden. Es musste schlimm sein, sich in seiner Haut wegen ebendieser zu schämen.

Dann setzten sie sich wieder auf ihre Matten und Decken in den Sand und es wurde lange erzählt. Dieter hatte seine Frau verloren. Heide, die Maja wegen ihrer extremen Magerkeit auffiel, hatte eine Krebstherapie hinter sich. Gudrun lebte in Scheidung, eine andere Frau war aus dem Job gemobbt worden. Jeder hatte sein persönliches Problem dabei. Alle suchten nach neuen Perspektiven in ihrem Leben. Es war ein Mix aus menschlichen Schicksalen und hinter jedem stand dieser eine Wunsch: glücklich zu sein. Endlich einmal oder endlich wieder. Dieter kam an die Reihe und erzählte über Didi, erwähnte ihre Lebensfreude und Kreativität. Maja lächelte. Er beschrieb ihre Mutter als Mensch sehr gut. Ein Satz jedoch war ihr neu und ließ sie aufhorchen: »Didi ist hier, weil sie sich etwas eingestehen und etwas wiedergutmachen muss. Es gibt eine dunkle Stelle in ihr, die ans Licht will.« Maja hatte keine Ahnung, wovon Dieter sprach, was Didi ihm erzählt haben könnte.

Schließlich war Bastian dran. Es war seltsam, aus seinem Mund zu hören, was er über sie wusste. Neben den biografischen Eckpunkten, die auch andere von sich preisgegeben hatten, ging es nun ans Eingemachte. »Maja hat das Gefühl, mit fast Mitte dreißig auf einen Tiefpunkt statt auf einen Höhenpunkt zuzusegeln, was ihr Familienleben betrifft. Sie will ein Kind, ihr Mann nicht unbedingt. Sie verstehen sich nicht mehr besonders, er hat nicht mal Zeit und Lust auf einen gemeinsamen Urlaub. Ihre Stieftochter hat sich von ihr abgewandt. Sie fühlt sich von ihnen abserviert und hat keine Ahnung, wie es weitergehen soll. Sie weiß vieles gerade nicht und sie will vieles.«

Maja wurde es heiß. So hatte sie gesprochen? So kam sie rüber? Es klang hart und anklagend. Und wahr. So fühlte sie, wenn sie an Berlin und an die Zukunft dachte. In der Gegenwart aber …

»Im Urlaub fühlt sie sich jeden Tag besser und leichter. Hier gibt es einen Lichtblick für sie, und, ich sag's einfach, eine neue inspirierende Bekanntschaft. In den Kurs ist sie vor allem gekommen, weil Didi sie überrumpelt hat.«

Auch das klang nicht so nett. Maja hielt die Luft an.

»Zu ihrem Guten überrumpelt«, ergänzte Bastian. »Jetzt ist sie froh, hier zu sein, und gespannt, was für ein Wunder sie erwartet, wenn es stimmt, was Lucia am ersten Tag auf das Flipchart geschrieben hat: Ihr seid hier, weil ihr ein Wunder wollt! Das stand dort, oder?«

»Ganz genau«, sagte Lucia.

Maja atmete aus. Ein weiterer Grund, warum sie heute mitgekommen war, ging niemanden etwas an: Sie wollte nicht tatenlos darauf warten, dass Kristof sich meldete, und ständig aufs Handy schauen. Als Didi am Morgen gefragt hatte, warum sie das Ding nicht aus der Hand legen konnte, hatte sie geantwortet: »Ich warte auf eine Nachricht von Lilly. Auch Gero könnte sich melden. Oder meine Arbeitsstelle. Einer weiteren Dame geht es sehr schlecht. Da will ich auf dem Laufenden bleiben.« Als könnte sie nicht nur Didi, sondern auch sich selbst etwas vormachen.

Die Sonne brannte vom wolkenlosen Himmel herab. In der halbstündigen Pause sprangen die meisten ins Wasser. Didi legte sich in den Schatten eines Strandkorbs und hielt die Augen geschlossen. Ungewöhnlich, eine Siesta machte sie nie, sonst war sie daueraktiv, von der Morgenmeditation übers Sportprogramm bis hin zum Abendspaziergang. Maja ließ sie in Ruhe und beobachtete die vielen Leute am Strand, bis sich alle wieder versammelt hatten.

»Ich danke euch für eure Offenheit.« Lucia stand wieder in der Mitte des Kreises. »Das ist die Aufgabe für nächstes Mal: Formuliert das Wunder, das ihr euch wünscht, schreibt es auf, benennt es, malt es in allen Farben aus. Das Wichtigste ist, dass ihr euch vorstellt, es wäre bereits geschehen. Spürt nach, welche Gefühle es bei euch auslöst. Bildet euch die Gefühle ein! Nehmt euch Zeit, sie zu fühlen, als wären sie wahr.«

Maja hörte fasziniert zu. Die Anleitung, wie sich eine neue Realität und bestimmte Erlebnisse erschaffen ließen, war heutzutage zwar in jeder etwas anspruchsvolleren Frauenzeitung abgedruckt. Nur hatte sie das noch nie mit einem so überzeugenden Lächeln ans Herz gelegt bekommen. Es machte neugierig.

Lucia sprach weiter: »Die meisten erwünschten Wunder sind blockierte Realitäten. Ob Gesundheit, eine passende Lebenspartnerin, neuer Lebenssinn oder neues Liebesglück, eine erfüllende Arbeit und was ich noch so an Wünschen herausgehört habe: Diese Dinge könnt ihr schon dadurch ins Leben rufen, indem ihr euer Aber loslasst. So einfach kann es sein.«

Heide richtete sich auf und reckte ihren dünnen Hals. »Wie das? Ich wäre fast gestorben und ich könnte durchaus einen Rückfall erleiden. Welches Aber meinst du in so einem Fall?«

Lucias Gesicht wurde ernst. »Es gibt verschiedene Bedeutungen von *aber*. Du wärst fast gestorben, aber du wolltest leben. Nun hast du Angst, wieder krank zu werden, aber du traust dich nicht, wieder ganz und gar an deine Gesundheit zu glauben, weil der Schock über die Diagnose dir in den Knochen steckt. Du hast nicht nur gelitten, du kennst auch die Statistiken, die Ärzte haben dich aufgeklärt. Das könnten die Aber sein, die dich von dem Wunder – der Möglichkeit –, für den Rest deines Lebens gesund zu sein, in deinem Glauben trennen. Gut, dass du nachfragst. Natürlich ersetzt die geistige Haltung, von der ich spreche, keine medizinische Behandlung. Das zu betonen, wäre eine Art Beipackzettel zu diesem Kurs. Es geht einfach darum, sich den positiven Möglichkeiten des Lebens zu öffnen, das Wunder zuzulassen, dem Gefühl zu vertrauen: Ja, ich bin wieder ganz gesund!«

In der nächsten Strandkorb-Runde wurde genau darüber gesprochen. »Also, was ist dein absoluter Wunsch und dein Aber dazu?«, fragte Maja Bastian. »Diesmal bist du zuerst dran.«

Bastian dachte nach. »Meinen Wunsch kennst du schon. Ich möchte eine echte Liebesbeziehung. Mit einer Frau, die nicht nur aus Mitleid bei mir bleibt und dann doch irgendwann geht, weil meine Haut so schlimm ist.«

Maja legte ihm die Hand auf die Schulter. »Aber du glaubst, abstoßend zu sein, und magst dich selbst nicht, weil du eben das glaubst.«

»Das trifft es ziemlich genau. Diesen Glaubenssatz oder dieses Aber würde ich gern für immer im Meer versenken, bevor ich wieder nach Hause fahre. Jetzt du.«

Maja lehnte sich im Strandkorb zurück und bohrte die Füße in den warmen Sand. »Mein Wunsch ist es, von hier glücklich nach Berlin zurückzukehren und nicht so schwermütig, wie ich angekommen bin. Auch nicht so verwirrt, wie ich jetzt bin.« Sie hätte sich auch wünschen können, dass Gero seine Meinung änderte. Wunder konnten jedoch nur zu einem selbst kommen, nicht zu anderen, so hatte es Lucia erklärt. Es klang abgehoben, hatte aber einen wahren Kern.

»Ziemlich unkonkret«, sagte Bastian. »Glücklich sein wollen wir alle.«

Maja zwang sich zu mehr Klarheit. Zu mutigeren Gedanken. »Glücklich in der Liebe.«

»Mit deinem Mann?«, hakte Bastian gnadenlos nach.

Sie suchte nach der richtigen Antwort und hatte diese nicht parat. Gerade weil sie danach suchen musste, wurde ihr eins schon mal klar: Das eindeutige Ja, das sie Gero einmal gegeben hatte, gab es nicht mehr.

Sie schwieg und Bastian sprach für sie weiter, so wie sie auch ihm geholfen hatte: »Aber du glaubst, weil du verheiratet bist, hast du nur eine Wahl.«

»Ja«, bestätigte sie.

»In meinen Ohren klingt das ziemlich altmodisch.«

»Oder konsequent. Zumindest war ich es bis jetzt – bis vorgestern.«

Maja blickte zum Strandkorb hinüber, in dem Didi und Dieter saßen. Ihre Mutter hörte nachdenklich zu, während er eindringlich gestikulierend mit ihr sprach. Sie hätte zu gern gewusst, worum es bei ihnen ging. Es wirkte wichtig, was Dieter ihr zu sagen hatte.

»Ich sterbe gleich.« Bastian schwitzte und zog sein Sweatshirt aus, darunter trug er ein dünnes, ärmelloses Hemd. Seine Ellenbogen waren schorfverkrustet. »So, jetzt weiter. Natürlich ist Treue konsequent. Das ist mehr oder weniger ihr Wesen. Als Konsequenz nimmst du dann eben in Kauf, dass du vielleicht nicht wirklich glücklich bist. Freiheit gegen Sicherheit, darum geht es bei diesem Tauschgeschäft der Ehe doch oft, oder?« Bastian fuhr mit den Fingerspitzen vorsichtig über seine Haut. »Finde ich gut, was Lucia gesagt hat. Wir selbst bauen das Gefängnis für unsere Wunden.« Er hielt in der Bewegung inne und sah Maja verblüfft an. »Es macht mir nichts aus, dass du das hier siehst. Normalerweise schäme ich mich. An diesem Punkt werde ich weitermachen. Ich schäme mich nicht. Ich bin halt so. Das Üben dieses Gefühls ist Hausaufgabe fürs nächste Mal. Sag, was für ein Gefühl übst du?«

Ein Teil des Wunders passierte sofort. Die Dinge nahmen ihren Lauf. Der Kurs löste sich auf und Maja holte ihr Handy hervor, da sah sie eine Nachricht von Kristof:

Würde Didi vielleicht auf Ole aufpassen? Ich möchte dich zum Essen einladen im Restaurant hier auf dem Meer. Sag mir, ob und wann es euch passt. Kristof.

Bumm, bumm, bumm. Das war ihr Herz. Blut schoss ihr in den Kopf. Maja schüttelte ausgiebig ihre Decke aus und rollte sie langsam ein. Sie brauchte einen Augenblick für sich, bevor sie gleich mit Didi zurückgehen würde. Jetzt, nach dem Gespräch mit Bastian und in der Gruppe, konnte sie nicht mehr so tun, als wüsste sie nicht, was sie wollte. Der Kurs klärte ihre Gedanken. Ihr kam auch in den Sinn, was sie auf ihren Wunschzettel geschrieben hatte, den Lucia beim letzten Mal eingesammelt hatte: *Ich möchte aufhören, mit meiner Zukunft zu hadern.* Es gab wohl kaum ein besseres Rezept dafür, als sich voll und ganz auf die Gegenwart einzulassen. Heute. Sie würde ihre Mutter um den bisher undenkbaren Gefallen bitten. Hier und Jetzt.

Kaum waren sie ein paar Meter am Wasser entlanggegangen, da blieb Didi stehen und legte die Arme um Maja. Hielt sie fest und murmelte an ihrem Hals: »Der Kurs geht ganz schön tief, was?«

Maja strich mit einer Hand über das Silberhaar ihrer Mutter. Sie kam ihr seltsam hilflos vor. »Ja, Lucia macht das richtig gut. Ich bin echt überrascht. Aber sag mal, etwas anderes ...« Maja löste sich aus der Umarmung. Leicht war es nicht, so zu tun, als sei es völlig in Ordnung, sich den Rücken für einen Sommerflirt freihalten zu lassen. Vor allem, weil sie sich so oft mit dem Treueversprechen in der Ehe auseinandergesetzt hatte. Noch schwerer fiel es ihr, nicht sofort zu fragen, was ihrer Mutter auf dem Herzen lag. Es gab eine neue Reihenfolge in ihrem Leben. Es war genau das, was sie zu lernen hatte: auch mal ihre eigenen Bedürfnisse an die erste Stelle zu setzen. »Kristof will mich zum Essen einladen.«

Didi legte den Kopf schief und lächelte. »Schön. Wann?«

»Wann es dir passt. Ich meine, falls es dir nichts ausmachen würde, Ole in deine Obhut zu nehmen. Wir würden gern ... zu zweit gehen.«

Didis Gesicht hellte sich augenblicklich auf. »Oles kindliche Leichtigkeit. Das ist genau das, was mir heute guttun würde.« Sie blickte zur Sonne. »Es dürfte bald früher Abend sein. Ich könnte mit Ole etwas kochen, mit Kräutern aus dem Garten. Dann lese ich ihm vor oder erzähle ihm Geschichten. Gar kein Problem. Das ist wundervoll.«

Didi pur. Kein Zögern, sondern begeisterte Zustimmung inklusive ein paar guter Ideen. Als würde Maja ihrer Mutter einen Gefallen tun anstatt andersherum. Sie machte es ihr so leicht! Maja umarmte Didi zurück. O Gott, gleich heute.

»Ruf doch an und sag, dass wir in ein paar Minuten am Eiscafé vorbeikommen. Vielleicht sind sie zufällig in der Nähe?«

Didi schob gleich noch die praktische Lösung hinterher, wie die beiden zu ihnen finden konnten. Der Bungalow lag etwas versteckt. Wer ihn nicht kannte, fand ihn nicht so leicht. Es ging fast ein bisschen schnell. »Aber ich möchte mich doch in Ruhe ... schön machen.«

»Wenn du wüsstest, wie schön du bist, so natürlich und strahlend. Genau so, wie du bist.«

»Okay.« Es musste nicht unnötig kompliziert werden. Am Meer war alles einfacher und genau das war das Tolle. Sie wählte Kristofs Nummer und er ging nach dem dritten Klingeln dran.

»Hey.«

Sie waren tatsächlich in der Nähe! Sie vereinbarten, sich am Eiscafé zu treffen. Gleich. Majas Gedanken galoppierten in die Zukunft. Eigentlich war es an der Zeit, mal wieder mit Gero zu sprechen. Falls er, wie sie vermutete, am späten Abend wieder anrief, würde sie sagen: Das mit Kristof, das war nur ein harmloser Abend. Ein bisschen Abwechslung. Eine wunderschöne Laune. Oder sie würde sagen: Ich habe jemanden kennengelernt. Oder sie sagte erst einmal gar nichts. Oder ... stopp.

Sie atmete tief durch und stapfte, Didi untergehakt, durch den Sand auf die Seebrücke zu.

Vom Strand aus führte eine massive Holztreppe nach oben zum Steg, der auf einer riesigen Pfahlkonstruktion gebaut war. Sie nahm die letzte Stufe und entdeckte Kristof sofort. Er stand mit Ole vor dem Eiscafé, das direkt an den Italiener grenzte, wo sie vor zwei Tagen den Abend verbracht hatten. Auch er entdeckte sie sofort inmitten all der anderen Touristen, von denen die Seebrücke im Sommer belagert wurde wie von einem Ameisenvolk. Sie ging auf ihn zu und ihre Mundwinkel blieben einfach oben.

Ole wollte eine Eistüte und Didi auch, obwohl sie sonst nie Eis aß. »Es ist schon fast sechs Uhr. Jetzt was Süßes und dafür nachher was Gesundes kochen?«, fragte sie den Jungen.

»Kochen? Wo denn?« Er sah sie neugierig an.

»Wir gehen in unser Gartenhaus. Es wird dir gefallen. Liegst du gern in der Hängematte?«

»Au ja!«

Schon war zwischen den beiden alles klar und sie stellten sich bei der Eisdiele an. »Sechs Uhr schon?«, fragte Maja und rieb sich etwas Sand von den Armen. Der Nachmittag war mit der Wärme eines Sommertags am Meer verschmolzen. Auch an ihren Beinen klebte noch Sand. Sie trug das blaue Strandkleid von Didi, darunter ihren Bikini und Flip-Flops an den Füßen. Sie fühlte sich zeitlos und auf einmal herrlich leicht.

»Raus aufs Meer?«, fragte Kristof.

»Ob sie uns so bedienen?«, fragte sie aus Spaß, sah an sich hinunter und musterte dann Kristof. Er trug Shorts, sportliche Sandalen und ein kurzärmeliges weißes Hemd. »Wir sind zum Glück nicht in Saint-Tropez.« Er lachte. »Außerdem siehst du bezaubernd aus. Blau steht dir ausgezeichnet.« Erst jetzt kapierte er, was sie meinte. »Wir können sofort los ins Restaurant da draußen?«, fragte er.

»Wie du willst«, antwortete sie. »Wenn du Ole noch mit zu uns begleiten willst, dann machen wir das so. Oder wir gehen

116

gleich und gewinnen ein bisschen Zeit.« Maja hörte sich selbst ganz verwundert zu. Eine Frau, die locker und spontan handelte. Und er?

Kristof sah zu Ole. »Ich glaube, er braucht mich nicht. Die beiden verstehen sich so gut wie eine Oma und ihr Enkel. Dann los! Ein kaltes Bier im bestgelegenen Lokal an der Küste, während die Sonne noch hoch steht, mit einer Begleitung wie dir. Mehr kann ich mir kaum wünschen.«

Er ging zu Ole und sprach ein paar Sätze mit ihm. Dann wurden sie und Kristof für ihn zu Luft. Die einzigen Lebewesen, die weit und breit vielleicht daran interessiert waren, was sie taten oder nicht, waren die Möwen, die auf dem nahen Geländer der Seebrücke nebeneinandersaßen und zu ihnen herüberäugten.

Auf den ersten Metern des breiten Holzstegs herrschte ziemliches Gedränge. Säulen und gläserne Trennwände sorgten in der Mitte für so etwas wie geregelten Fußgängerverkehr. Sie gingen nebeneinander, da kam ihnen auf ihrer Seite ein korpulenter Mann entgegen und rempelte Maja an. Der Typ lief einfach weiter, ohne sich zu entschuldigen.

»He«, rief Kristof dem Rüpel hinterher, der es furchtbar eilig zu haben schien. Maja, vom kurzen Schreck wie betäubt, rieb sich die Schulter. »Alles in Ordnung?« Besorgt sah Kristof sie an und legte den Arm um sie. Natürlich war sein Beschützerinstinkt geweckt. Den Arm ließ er liegen und sie legte ihren um seine Hüfte. Eng umschlungen gingen sie weiter, vorbei an Souvenir- und Bekleidungsgeschäften hinaus aufs Meer, während die Sonne sie wärmte, der Sommerwind über sie hinwegblies und die Wellen Beifall klatschten. Die Brücke hätte gut und gern kilometerweit ins Meer ragen können, so sehr genoss Maja diesen kleinen Bummel.

Es dauerte ein bisschen, bis sie beim Restaurant am Ende der Brücke ankamen. Das rund gehaltene gläserne Gebäude mit dem pyramidenförmigen Dach war einer der touristischen

Hotspots schlechthin. Umgeben von einer großen Terrasse mit Bootsanleger und belagert von unzähligen anderen Urlaubern, die darauf warteten, an diesem Hochsommertag einen Platz zugewiesen zu bekommen. Maja schmunzelte, als ihr plötzlich etwas klar wurde. Eigentlich wünschte sie sich sogar, dass sie nicht direkt einen Platz bekamen. Es war das Warten, das wundervoll war! Sie brauchte sich nicht von Kristof zu lösen. Sie blieben eng beieinander stehen, wie frisch verliebt. Der eine oder andere Blick streifte sie. Für die Leute waren sie eines der Paare, die Maja manchmal mit etwas Neid betrachtete, weil sie nicht die Hände voneinander lassen konnten. Sie und Kristof sprachen nicht. Sie waren sprachlos, wie gut es sich anfühlte, zusammengewachsen dazustehen, die Finger ineinander verflochten, immer wieder verstohlene Blicke tauschend, lächelnd, verschwörerisch und selbstbewusst.

Zehn Minuten vergingen, fünfzehn vielleicht. Sie waren die Einzigen in der Schlange, die nicht ungeduldig von einem Fuß auf den anderen traten oder sich beschwerten, weil sie doch längst an der Reihe sein mussten. Sogar der gestresste Kellner schaute plötzlich freundlich, als er ihnen einen kleinen Tisch am Wasser zuwies. Sie setzten sich und sahen zur Ahlbecker Seebrücke hinüber, die älteste Seebrücke Deutschlands, die etwa zwei Kilometer entfernt lag. Dort lag das Restaurant nah am Strand und war längst nicht so spektakulär wie dieses hier. Bei ihrem ersten Spaziergang dorthin hatten sie und Kristof sich wild geküsst. Das schlechte Gewissen klopfte an, als sie den Blick zu der Stelle auf der Terrasse wandern ließ, wo sie mit Gero gesessen hatte, genau gegenüber auf der anderen Seite, nur wenige Meter von ihrem Platz entfernt. Damals hieß das Restaurant auf dem Wasser anders, es war auch kein Italiener gewesen. Sie hatten heimischen Fisch gegessen und guten Wein getrunken. Später waren sie Arm in Arm ins Hotel geschlendert. An jenem Abend glaubte Maja, für immer angekommen zu sein. Es gab keinen Zweifel an einer gemeinsamen Zukunft mit Gero. Sie hatte geglaubt, ihre Wünsche wären auch Geros Wünsche. Es war gar nicht so sehr die Enttäuschung, die sie heute aus der Bahn warf. Es war mehr die Tatsache, dass sie nicht gemerkt hatte, wie sehr sich im Alltag der vergangenen Jahre ihre Gefühle verändert hatten. Sie sah zu dem Flecken hinüber und spürte gar nichts.

Der Kellner brachte ihnen zwei große Bier.

»Worauf stoßen wir an?«, fragte Kristof.

»Auf diesen – einen – Abend.« Sie hielten die Gläser in der Schwebe. »Nur diesen einen?«

Die goldgelbe Flüssigkeit funkelte in der Sonne. Es war eine kleine Qual, den Durst nicht augenblicklich zu löschen, aber sie fand keine richtige Antwort. »Ich weiß nicht«, sagte Maja. Ehrlichkeit war niemals falsch. Das war einer von Didis Leitsprüchen, mit denen sie aufgewachsen war. Kristof führte sein Bierglas an ihres. Pling!

»Das ist in Ordnung«, sagte er leise und nachdenklich. »Auf unser Wohl. Auf diesen einen Abend.« Sie tranken in großen Zügen, setzten gleichzeitig mit einem herzhaften »Ah!« ab und lachten. »Du kannst es dir ja an jedem Abend neu überlegen, ob es immer nur dieser eine ist«, sagte Kristof und beugte sich ein Stück vor.

Sie folgte einem unerklärlichen Magnetismus und beugte sich ebenfalls vor. Sie küssten sich und mit geschlossenen Augen fand ihre Hand seine. Über ihnen riefen sehnsuchtsvoll die Möwen.

KAPITEL 8

KRISTOF

Die Uhr zeigte nach Mitternacht, Ole war gerade eingeschlafen. Als er ihn abgeholt hatte, lag er mit Didi hellwach in der Hängematte. Im Gartenhaus brannte kein Licht. Die beiden schwebten wie in einem schimmernden Raumschiff im fast Dunklen. Didi trug eine Stirnlampe und erzählte Gruselgeschichten. Das Gesicht nur spärlich erhellt, wirkte sie wie eine gute Hexe. Ole hatte auf dem Rückweg zu ihrem Hotel, das keine Viertelstunde entfernt lag, ununterbrochen von Geistern erzählt, die es hier auf Usedom gab. Kristof hatte sie alle aus seinem Zimmer verscheuchen müssen.

Er war kein bisschen müde. Überlegte, noch einen Schluck Wein zu trinken und den Abend mit Maja Revue passieren zu lassen. Dabei riskierte er allerdings, durchzudrehen. Lieber nicht an die Stunden zuvor denken. Lieber das Blut abkühlen lassen. Sonst würde die Suite gleich zu einem Gefängnis werden, in dem er herumtigerte.

Er trank zwei Gläser Wasser, um den restlichen Alkohol aus dem Blut zu spülen, und setzte sich mit Laptop und Notizblock an den Tisch. Die Konzentration auf Projekte richten und sich von privaten Dingen ablenken, das konnte er gut. In der Zeit, als er noch in der Agentur arbeitete und sich die Streits mit

Svenja häuften, klappte es bestens. Außerdem hatte ihm sein Auftraggeber ein paar Nachrichten geschickt. Der Job gestaltete sich schwieriger als gedacht. Kristof konnte nicht einfach nur die besten Tools verschiedener Dating-Portale zusammensetzen wie ein Puzzle mit vorgegebenen Teilen. Die neue Partnerbörse sollte etwas Besonderes sein und herausstechen, angesiedelt zwischen den Extremen auf dem Internetdating-Markt. Sowohl die »vollschlanke Diplomkauffrau, finanziell abgesichert, Kinderwunsch, heterosexuell, monogam, gläubig« als auch der »polygame Freak mit Bindungsphobie und ausgeprägten sexuellen Fantasien, komplett tätowiert«, um beispielhafte Prototypen am Anfang und Ende einer Skala zu nennen, sollten auf das neue Portal aufmerksam werden. Erschlagend bodenständige als auch verwirrend schillernde Menschen waren die Zielgruppe und alle dazwischen natürlich. Sein Auftraggeber wollte alles! Im besten Fall würden sogar Kunden von der seriösen Bezahl-Partnerbörse und dem blanken Sex-Portal zu ihnen kommen. Überzeugte Singles, Alleinerziehende, Outlaws, Heiratswillige, Eigenbrötler, Künstler, alle sollten sich angesprochen fühlen. Aber wie konnte es funktionieren? Menschen waren so verschieden und das Portal sollte einen gemeinsamen Nenner bieten. Er saß kerzengerade da. Er hatte die Idee! Ehrlichkeit. Er würde eine Art Ehrenkodex verwenden. Das war gerade auf dem Jahrmarkt der Eitelkeiten ein ziemlich hoher Anspruch, auch wenn zu krasse Lügen beim realen Treffen meistens natürlich aufflogen. Kristof wusste aus Erfahrungsberichten, dass das Maß der Enttäuschung – also der Unzufriedenheit mit den Dating-Partnern – mit den Möglichkeiten der Selbstinszenierung – also der kleinen und großen zuvor mitgeteilten Unwahrheiten über sich selbst – einherging. Manche stilisierten sich zu ihrem höchsten Ideal und stellten irreführende Bilder ein. Andere füllten die üblichen Persönlichkeitstests aus, als handelte es sich um einen Wettbewerb, in dem der leistungsfähigste und unverfrorenste

Mensch die besten Chancen hatte zu gewinnen. Das hatte keinen Charme. Er klopfte sich auf die Schenkel. Die hohe Tugend der Ehrlichkeit führte bei ihm zur Revolution auf dem Dating-Parkett! Und so weit hatte er auch schon gedacht: Bei seiner App würden sich die Kandidaten nicht nur mit dem üblichen Fragebogen, sondern auch mit einem Brief sowie einer Audio-Botschaft vorstellen. Eine sympathische Stimme war extrem wichtig. Sie war authentisch, kaum jemand würde sie fälschen. Außerdem sollte es in seiner App die Möglichkeit geben, sich per Foto in einer Art vorgegebenem Bildrahmen sowohl gestylt als auch ungestylt zu präsentieren. Ungeschminkt am Morgen, ausgehfertig am Abend.

Kristof machte eine falsche Bewegung und spürte einen stechenden Schmerz. Er hatte den Rücken überstreckt, der Hotelstuhl war viel zu niedrig. Er stand auf, ging ein paar Schritte, lockerte die Schultern und entspannte die Stirn. Je mehr er sich mit der Thematik beschäftigte, desto sicherer war er, selbst für eine neue Partnerschaft reif zu sein. Sein Profil? Hetero, monogam, finanziell abgesichert, nicht gläubig, sportlich, Vater. Klang mittelmäßig spannend. Und beim letzten Kriterium sanken die Chancen rapide. Die meisten Frauen wollten lieber einen Mann ohne Kind, auch das wusste er aus den internen Erhebungen, die er sich besorgt hatte. Entweder, weil diese Frauen keine eigenen hatten und tendenziell eher eifersüchtig auf andere Eltern waren. Oder weil sie noch Nachwuchs wollten und die Chance darauf mit einem kinderlosen Mann einfach größer war. Überhaupt: Frauen mit Kindern suchten angeblich eher selten eine feste Beziehung zu einem Mann. Sich auf einen vielleicht nicht ganz einfachen Partner einstellen – denn warum sonst hatte dieser nicht schon eine Partnerin gefunden –, kostete neben den Kindern zu viel Nerven. Es war in der Lebensbilanz von Geben und Nehmen, zumindest in der von Besserverdienenden, eher unvorteilhaft.

Kristof klickte sich durch seine Profile. Rein beruflich natürlich. Wieder gab es neue Zuschriften, er überflog sie nur. Zwar kannte er positive Erfahrungsberichte von jenen, die sich über das Internet kennen- und lieben gelernt hatten. Doch er wollte es anders. Punkt. Zum Beispiel so, wie es gerade in diesem Urlaub passierte. Mit diesem verdammten kleinen Schönheitsfehler, dass Maja einen Ehering trug. Kein Wort hatte sie an diesem Abend dazu verloren. Wenn er Glück hatte, würden sie sich noch ein paarmal treffen, bevor sie beide wieder in ihre Leben zurückkehrten. Sie nach Berlin, er in sein Exil in der Lüneburger Heide. Zurück in die Einsamkeit.

Er setzte sich wieder und schrieb dieses sperrige Wort auf ein Blatt Papier: Partnerbörse. Lag nicht in der Bezeichnung allein schon der Hund begraben? Eine Börse war ein Marktplatz und demnach war eine Partnerbörse ein Platz für den Handel mit Liebe. Ein Widerspruch in sich. Müsste es nicht Eheanbahnungsinstitut oder so ähnlich heißen? Nun war es endgültig vorbei mit der Konzentration. Die Eindrücke des Abends holten ihn ein, ließen sich nicht mehr wegschieben.

Nach dem Restaurantbesuch waren Maja und er zum Meer gegangen, sie hatten noch ihre Strandtaschen dabei und legten sich auf seine große Tagesdecke. Vorn rauschte die dunkle Ostsee, um sie herum schimmerte der helle Sand und noch heller schimmerte Majas Haut. Nach Sommer duftende, weiche, helle Haut.

Es war kein sexuelles Zusammensein gewesen, eher ein … sinnliches. Gerade dadurch wirkte es wie ein Aphrodisiakum. Vielleicht konnte er eine ähnliche Frau wie Maja unter den Zuschriften finden, vielleicht war Maja eine Art Türöffner, damit er überhaupt wieder auf den Geschmack kam. Küssen, streicheln, riechen, schmecken. Er hatte einen vorzüglichen Appetizer genossen. Jetzt allerdings saß er da und war am Verhungern.

Eine Nachricht kam an, nachts um halb zwei. Entweder war es sein etwas durchgeknallter Auftraggeber oder … Er spürte das Adrenalin schon im Blut, bevor er aufs Display sah. Weil er etwas ahnte. Es kam manchmal vor, dass sich seine Wahrnehmungsebenen zeitlich verschoben. Manchmal wusste sein Körper einen Tick vorher, was die Augen erst noch sehen sollten.

> Noch wach? Ich kann nicht schlafen, möchte mit dir sprechen. Maja.

> Ja!,

tippte er schnell zurück.

> Kann ich vorbeikommen?

Kristof stieß leise die Luft aus. Er war baff.

> Ja, klar!

Er würde sie unten im Foyer abholen, sobald sie da war, schrieb er noch.

Sie schickte als Antwort einen lächelnden Smiley.

Hellwach und innerlich aufgewühlt prüfte er, ob Ole ruhig schlief, und schloss die nur angelehnte Verbindungstür. Dann stellte er sich ans Panoramafenster und sah nach draußen in die Dunkelheit, in der das Meer sich versteckte. Kein Maul schnappte nach ihm. Kein Wind rüttelte an der Fassade. Die Nacht lag vor ihm in stiller Erwartung und sah durchs Fenster hinein. Er murmelte ein Danke. Das tat er manchmal: bei Oles Geburt etwa, bei seinem größten erfolgreichen Auftrag oder als die entwarnende Nachricht aus dem Krankenhaus kam, dass

Svenja doch keine lebensbedrohliche Lungenentzündung hatte. »Danke«, sagte er noch mal. Da war das überwältigende Gefühl, gerade ein Glückslos gezogen zu haben. Es musste irgendwas mit seiner These des ersten Wimpernschlags zu tun haben. Maja war eben doch mehr als nur ein Türöffner, wenn sie ihn mitten in der Nacht besuchen wollte. Er zog den Vorhang zu und verließ leise das Zimmer. Der Teppich im Flur dämpfte seine Schritte, der Fahrstuhl sauste nach unten. Einen Nachtportier gab es nicht, die Hotelgäste bekamen eine Chipkarte, mit der sie nachts die Tür öffnen konnten. Im Haus begegnete er niemandem, alles war ruhig. Draußen umfing ihn milde, feuchte Luft, aus der Ferne wehte Musik herüber. Er lauschte und erkannte den Titelsong aus *Titanic*: *My heart will go on.* In der Agentur hatte eine Kollegin das Lied von Céline Dion so oft geträllert, dass er den Text auswendig kannte. Alles passte in diesem Moment zusammen und seine Fantasie schlug wieder Kapriolen. Gerade jetzt bekam er das zu hören! Maja war dabei, in seinem Inneren eine Tür zu öffnen, so sentimental das besungene Bild auch klang. Oder Maja hatte sich auf den Weg gemacht, um ihm zu sagen, dass sie ihn nicht mehr wiedersehen wollte. Weil ihre Ehe sonst wie die Titanic auf einen Eisberg zusteuern und untergehen würde. Weil sie eine Katastrophe fürchtete, den totalen Crash zwischen neuen Gefühlen und alten Versprechen.

Er lehnte sich an die Wand, lauschte seinem Atem und hörte Schritte näher kommen. Im hellwachen Zustand registrierte er mit geschlossenen Augen jede feinste Bewegung, jedes winzige Geräusch. Von Maja schien ein leiser Grundton auszugehen, eine harmonische Schwingung, die ihn schon jetzt erreichte, obwohl sie noch ein Stück von ihm entfernt war. Knisterndes Haar, raschelnde Kleidung. Einbildung oder nicht.

Ganz real war der Kuss, den sie ihm auf die Lippen hauchte. Sie machte dabei leise »Mmh« wie auf der Decke am Strand.

Er liebte den Sound schon jetzt. Kein Eisberg in Sicht. »Komm.« Er öffnete die Tür und Hand in Hand huschten sie durchs Haus wie zwei heimliche Eindringlinge. Eine Kamera war dort, er winkte hinein. Morgen würde er an der Rezeption seinen nächtlichen Besuch rückwirkend melden. Jetzt war ihm alles egal.

»Was ist mit Ole?«, flüsterte Maja im Aufzug, dicht an ihn gepresst, als wäre kein weiterer Zentimeter Platz in der Kabine.

»Schläft wie ein Stein in seinem Zimmer. Wir sind so gut wie allein.«

Sie traten aus dem Aufzug und er merkte, wie Maja der Mut verließ. Ihre Schritte wurden langsamer. Seine Antwort eben war einen Hauch zu klischeehaft ausgefallen. Jetzt dachte sie, dass er dachte …

»Keine Angst«, flüsterte er und drückte ihre Hand.

Sie blieben mitten im Zimmer stehen und umarmten sich.

Sie schälte sich aus der Jacke und warf sie Richtung Sofa, wo sie ihr Ziel knapp verfehlte und auf dem Boden landete. Maja sah kaum hin. »Es ist so schön mit dir«, murmelte sie.

»Ja. Dabei haben wir noch gar nicht richtig angefangen.« Seine Hände strichen über ihren Rücken.

»Ich weiß noch nicht, wie weit ich gehen soll oder kann«, sagte sie in seine Halsbeuge hinein.

So richtig wusste er es auch nicht. Den rasenden Verführer spielen, weil *Mann* es so tat, es fühlte sich bei Maja nicht richtig an.

»Du wolltest mit mir sprechen.« Sie ließen sich los.

»Ja.« Sie setzte sich aufs Sofa, während er Oles Tür einen Spalt öffnete und hineinsah. Eine reine Übersprungshandlung, die ihm klarmachte: Falls Ole aufwachte, sollte er seinen Vater lieber allein im Bett vorfinden. Und wenn je wieder eine Frau darin lag, dann sollte es einen gewissen Ernst haben, zumindest wenn Ole es mitbekam.

Er setzte sich neben Maja. Nervös drehte sie ihren Ehering hin und her. Die Handlung konnte symbolkräftiger kaum sein. Sie selbst schien es nicht zu merken, bis sie seinem Blick folgte und damit aufhörte. Jetzt saßen sie etwas steif nebeneinander. Die Momente, in denen sie sich nicht berührten, standen im krassen Gegensatz zu den Momenten, in denen sie sich innig und wie selbstverständlich küssten.

Sie fingen genau im gleichen Moment an zu sprechen. Er: »Ich wünschte, ich könnte etwas Sinnvolles sagen.« Und sie: »Ich wünschte, es wäre einfacher.« Das Blitzeis, das sich zwischen ihnen gebildet hatte, taute sofort wieder weg. Er legte den Arm um sie, sie rutschte an ihn heran und legte den Kopf auf seine Schulter. »Wenn ich eine andere wäre, könnte ich es vielleicht.«

»Was?«, fragte er.

»Na … das. Mit dir einfach so schlafen. Aber ich weiß nicht, wie frei ich dafür bin. Ich habe mit knapp zwanzig geheiratet und dachte bisher, es sei für immer.«

Kristof ließ ihre Worte auf sich wirken. Es klang vage. Eine simple Antwort lag ihm auf der Zunge: Dann trau dich doch einfach. So wie er sie auch zum Küssen animiert hatte.

»Ich war immer treu«, sagte sie. »Und jetzt wäre ich von einem Tag auf den anderen bereit, das zu brechen. Verrückt.«

»Oder auch nicht«, sagte er. »Wenn eine Beziehung nicht mehr stimmt, passiert so etwas nun mal.« Schon wieder schoss er übers Ziel hinaus. Er hatte so etwas Ähnliches bereits behauptet, weil Maja ohne ihren Mann in den Urlaub gereist war. Dabei tappte er bis jetzt noch im Dunkeln, was Maja dazu motivierte, den Flirt mit ihm weiterzutreiben und mitten in der Nacht hierherzukommen.

»Vielleicht muss ich es einfach tun. Einmal verrückt sein. Eine Nacht mit dir verbringen, aus purer Romantik. Was … meinst du?«

Kristof nahm den Arm zurück und beugte sich ein Stück vor, starrte auf den Boden. Er reagierte völlig anders, als er es von sich selbst gedacht hatte. Er fühlte sich ernüchtert. Sie sprach ein wenig so, als handelte es sich bei der Begegnung mit ihm um einen Auftrag, den sie einmalig erledigen wollte. Es wurde immer klarer, dass heute in diesem Zimmer nicht viel passieren würde. Erstens, weil sie nicht allein waren. Zweitens, weil Maja selbst nicht genau wusste, was sie wollte, und *ihn* fragte, was absurd war. Und drittens war da noch etwas: Auch Männer konnten sich ausgenutzt fühlen.

Über die Schulter hinweg fragte er sie: »Nur eine Nacht? Und dann adieu, danke, mach's gut?«

Maja sah ihn erschrocken an. Legte ihm die Hand auf den Rücken. »Weiter konnte ich noch nicht denken«, sagte sie.

»Ich schon«, sagte Kristof. Er stand auf, zog sie hoch und gab ihr, um ihr die Situation zu verdeutlichen, einen Kuss auf die Wange. »Komm, ich bringe dich hinunter«, sagte er. »Besser, du schläfst in Ruhe über alles. Ich glaube nicht, dass du der Typ für eine Nacht bist. Und nur weil ich ein Mann bin, heißt das nicht, dass ich so ein Angebot bedingungslos toll finde.«

Plötzlich wurde es hell, jemand ließ Licht ins Zimmer. Im nächsten Moment wurde er von Ole geweckt.

»Papa, du schläfst heute so lange.« Er kam aufs Bett und kroch unter die Bettdecke.

Kristof brummte. Er war in Sicherheit und nicht auf diesem Boot, von dem er geträumt hatte, es steuere auf einen Eisberg zu. In Zeitlupe trat die Erinnerung an die jüngsten Geschehnisse wie aus dem Nebel hervor. Nur ein Traum? Nein! Maja war in diesem Zimmer gewesen, um ihm zu sagen, dass sie eine Nacht mit ihm verbringen wollte. Als sie fort war, hatte er sich wie auf der sinkenden Titanic gefühlt. Da allerdings sprang die Heldin in letzter Sekunde vom bereits zu Wasser gelassenen Rettungsboot wieder an Bord, um sich nicht von ihrem Geliebten trennen zu müssen. Maja aber war in dem Rettungsboot geblieben, in das er sie bugsiert hatte: Sie widersprach nicht, als er sie nach Hause schickte. Dafür hatte sie ihn unten im Foyer, genau im Blickwinkel der Kamera, noch einmal so geküsst, als wäre es das letzte Mal. Als wäre sie am Ertrinken. Er warf einen Blick auf sein Handy, das auf dem Nachttisch lag. Gerade erreichte ihn eine Nachricht von Svenja, dass sie gleich, in wenigen Minuten, in Ruhe mit ihm sprechen wollte. Eine Nachricht von Maja war auch da: Danke. Mehr nicht. Es konnte viel bedeuten. Wahrscheinlich meinte sie dies: Danke, dass du mich vor einer Dummheit bewahrt und rechtzeitig nach unten gebracht hast. Er stöhnte auf. Die hereinfallenden Sonnenstrahlen waren viel zu hell.

»Papa?«, fragte Ole. »Bist du krank?«

Mit einer Hand über den Augen tauchte Kristof noch einmal in gnädige Dunkelheit. Tatsächlich drückte es an diesem Morgen unangenehm hinter der Stirn.

»Hast du wieder Kopfweh?«

»Ach was.« Er fing an, Ole zu kitzeln und zu knuddeln, und schon waren sie mittendrin in ihrem Morgenritual und tobten auf dem Bett herum. Ganz war Kristof aber nicht bei der Sache. Wenn Svenja gleich in Ruhe mit ihm sprechen wollte, war das kein gutes Zeichen. Er ließ sich von Ole besiegen, lag auf dem Rücken und fragte: »Heute mal Frühstück auf dem Zimmer? Pfannkuchen? Room-Service? Und solange wir warten, darfst du daddeln. Noch im Schlafanzug und in meinem Bett. Also so ziemlich alles, was du gern machst.« Ole stieß ein Freudengeheul aus. Es kam nicht oft vor, dass er seinem Spross alles auf einmal anbot. Er öffnete Oles Lieblingsspiel und gab ihm das Handy. Wenn Ole Architekt von Häusern und Erbauer ganzer Städte sein durfte, gab es für ihn die echte Welt nicht mehr. Er sah nicht mal auf, als Kristof sagte: »Ich bin in deinem Zimmer zum Skypen.«

Er schloss die Verbindungstür und setzte sich zwischen Oles Kuscheltiere aufs Bett, den Laptop auf den Knien.

Svenja wartete schon auf seinen Call. Ihr Bild erschien, sie sah müde aus und war noch nicht angezogen. Er erkannte das alte T-Shirt, das sie schon früher zum Schlafen angezogen hatte. »Gut«, sagte sie zur Begrüßung. »Wo steckt Ole, bist du ungestört?«

Er lächelte matt. »Seit wann fragen wir uns eigentlich nicht mehr gegenseitig, wie es uns persönlich als Individuum geht?«

»Entschuldige«, sagte sie und band sich ihre Haare im Nacken zusammen. »Wie geht es dir?«

Er dachte nach. »Wenn ich nur ans Hier und Jetzt denke, geht's mir gut.«

»Siehst du, das unterscheidet uns. Mir nicht. Ich fühle mich nicht mehr wohl in Hamburg. Mir geht's gut, wenn ich an die Zukunft denke und daran, bei meiner Schwester und den Kindern in Kanada zu leben und dort tolle Leute kennenzulernen und genug Geld zu verdienen. Ole wird in Toronto mit seinen Cousins aufwachsen, als wären es seine Brüder. In einer fantastischen Stadt. Ein Neuanfang, nachdem wir als Eltern hier gescheitert sind.«

Kristof hielt sich an dem Gedanken fest, bei zu großer Sehnsucht nach Ole ebenfalls nach Kanada auszuwandern. Seinen Job konnte er auch dort ausüben, vielleicht würde er sich in eine Kanadierin verlieben. Aber so einfach war es mit dem Auswandern nicht und es wäre im Moment noch eine Notlösung. »Wie steht es? Sind es immer noch achtundneunzig Prozent? Immer noch zwei Prozent Restchance für mich und Ole, dass du nicht ans Ende der Welt ziehst?«

Sie musste husten, wandte sich kurz ab. »Es ist nicht das Ende der Welt, im Gegenteil. Eher der Nabel der Welt.

Neunundneunzig Prozent. Ich erwarte nur noch einen finalen Anruf. Ich wollte dir das fairerweise sagen, damit du dich langsam auf die hundert vorbereiten kannst.«

Ein paar Sekunden sahen sie sich wortlos an. Kristof wurde leicht übel. Ein Prozent! Er hätte gern einfach den Laptop zugeklappt. Ein Prozent. Eine winzige Hoffnung. Die würde er nicht antasten, er würde nichts weiter zu diesem Thema sagen. »Bist du wieder krank?«, fragte er. Selten hatte Svenja so schlecht ausgesehen.

»Nur eine kleine Erkältung. Ich habe schon einen Arzttermin. Und du liegst bei Ole im Bett?« Sie sah wohl die Kuscheltiere auf dem Bildschirm. »Was macht er?«

»Er spielt.«

»Mit deinem Handy?«

»Ja.«

»Aber nicht zu oft, oder?«

»Natürlich nicht.« Kristof starrte diese bleiche Person auf dem Bildschirm an, die ihn mit ihrem Kontrollwahn immer noch fast in den Wahnsinn trieb. Schwer nachzuvollziehen, wie sehr er Svenja einst geliebt hatte. Hatte sie sich so sehr verändert? Er kannte die Antwort. Es lag mehr an ihm. Er hatte in sie hineinprojiziert, was er sich damals so sehr wünschte: eine Frau mit lauter tollen Eigenschaften, als hätte er sie bei einer Partnerbörse gefunden. Hätte Svenja tatsächlich ein Profil zum Anklicken, würde er sie nun allerdings so beschreiben: herzlos, egoistisch, karrierefixiert. Kristof richtete sich auf. Plötzlich ergab sich aus dem Gespräch eine produktive Idee: Wie wäre es, im Rahmen des Ehrlichkeitskodex für seine neue App nicht nur die guten, sondern auch die vermeintlich schlechten Eigenschaften anzugeben? Wer sich das traute, bekam einen Pluspunkt.

Svenja spürte seine Wut. »Ich gehe nicht nur wegen der großen Chance. Ich gehe auch, weil ich mir das Leben als Mutter so nicht vorgestellt habe, das weißt du.«

Kristof zählte innerlich bis zehn, um ruhig zu bleiben. Immer schlug sie in die gleiche Kerbe. Weil er sich getrennt hatte, nahm sie sich das Recht heraus, zu ihrer Schwester zu gehen. Hätte er sie nicht verlassen, würde sie das nicht tun. Es war einfachste Logik. Aber er glaubte ihr nicht, dass dies der wichtigste Grund war, höchstens der zweitwichtigste. Ausschlaggebend für ihr Verhalten war ihr Ehrgeiz. Würde ihre Schwester in irgendeinem Kaff leben, würde sie dort selbstverständlich nicht hinziehen. Toronto aber wurde, zusammen mit Vancouver, auch als *Hollywood North* bezeichnet. Nach New York und Los Angeles wurden dort die meisten Filme produziert. Svenja würde dort als Schauspielcoach arbeiten und vielleicht selbst ein paar Rollen ergattern. Ehrgeiz. War dies eigentlich eine positive oder negative Eigenschaft? Die neue Idee für das Dating-Portal kristallisierte sich weiter heraus: Kaum jemand würde seine negativen Eigenschaften aufzählen, wenn er seinen Traumpartner suchte. Aber eben vielleicht die ambivalenten. Das war auch eine Art Ehrlichkeit.

»Ich freue mich so sehr auf ein Familienleben ...«

»Wie würdest du dich charakterisieren?«, fiel er Svenja ins Wort.

Verblüfft hielt sie inne. »Wie meinst du das? Du kennst mich doch!«

»Da bin ich mir nicht mehr so sicher«, antwortete er. »Für mich ist es eine Art Erpressung. Weil ich dich verlassen habe, muss ich das hinnehmen.«

»Erpressung? Du bist unmöglich.«

»Ich meinte meine Frage ernst. Zähl mir ein paar Eigenschaften von dir auf. Am besten die, von denen du denkst, ich würde sie verkennen.«

»Das kannst du haben. Ich bin fürsorglich. Ich bin zielstrebig. Ich bin idealistisch. Ich habe Visionen. Ich bin eine gute Mutter. Aus alldem drehst du mir einen Strick.«

»Ein Strick hat zwei Enden, so wie deine hehren Eigenschaften zwei Seiten haben.«

»Ja klar! Deine Eigenschaften haben natürlich keine zwei Seiten. Ein zielstrebiger Mann will nur das Beste für seine Familie und eine zielstrebige Frau ist ein egoistisches Monster.« Svenja verdrehte die Augen. »Deine verstaubten Ansichten machen mich fertig.« Sie hustete wieder. »Merkst du was?«

Er zuckte innerlich zusammen. In diesem Punkt hatte sie recht. Frauen haftete oft ein negativer Touch an, wenn sie beruflich erfolgreich sein wollten. Aber dass er jetzt an ihrem Husten schuld sein sollte, zeigte mal wieder, dass es kaum einen Sinn hatte, weiterzureden. Wenigstens fungierte Svenja als Muse, wenn auch auf verdrehte Art. Die Idee mit den ambivalenten Eigenschaften war wirklich ein origineller Schritt auf dem Weg zu mehr Ehrlichkeit bei der Partnersuche. Hervorragend!

Die Tür ging auf. »Akku ist leer«, sagte Ole anklagend und kam herein, streckte ihm das Handy entgegen. Kristof zog ihn aufs Bett. Svenja hätte ohnehin darauf bestanden, ihn gleich noch sehen und sprechen zu können.

»Da bist du ja, mein kleiner Schatz«, rief sie und wurde zu einer anderen. Ihr eben noch müdes Gesicht leuchtete auf, ihre raue Stimme wurde klar und hell, sie freute sich. »Wie geht es dir, erlebst du tolle Sachen?«

»Gestern hatte ich einen Gruselabend. Bis ganz spät war ich auf.«

»Ach ja?« Svenja runzelte die Stirn, würde gleich wieder alles wissen wollen. Was soll's. Kristof lehnte sich im Kissen zurück und verfolgte, was sich nun unweigerlich abspielte. Es dauerte keine Minute, da hatte Svenja Ole alles entlockt, was sie wissen wollte. »Was für eine Oma Didi? Was für eine Maja? Wie, Papa war gestern Abend alleine aus?« Ihre Gesichtszüge entgleisten immer mehr.

Ihm reichte es. Immer diese Theatralik um heiße Luft! Er ging in sein Zimmer hinüber, schloss sein Handy ans Ladegerät an und trat ans Fenster, sah draußen riesige Wellenmäuler. Er musste sich an der Wand abstützen und Atem schöpfen. Seine Chance, Ole zu behalten, war auf ein Minimum geschrumpft. Wenn Svenja ihre hundert Prozent zusammenhatte, gab es nur noch die Möglichkeit, seine Zustimmung zu verweigern und das Gericht entscheiden zu lassen. Svenja jedenfalls hatte bei der Aufzählung ihrer Eigenschaften das Wort *kompromisslos* vergessen. Und jetzt würde er sich seinen Blondie schnappen und einen Tag weit weg von Heringsdorf verbringen. Um sich von den Gedanken an die Katastrophe abzulenken, die da auf ihn zusteuerte, wenn Svenja Ole hier am Ende des Urlaubs abholte, mit hundert Prozent in der Tasche. Außerdem wollte er weg von dem Ort, wo ihn jedes Sandkorn an Maja erinnerte. Er brauchte einen kurzen Break.

KAPITEL 9

DIDI

Frühmorgens, wenn alles noch still war, setzte sich Didi auf ein Kissen und legte sich eine Decke um die Schultern. Das tat sie zu Hause und überall, wo es möglich war. Nichts konnte sie von diesem Ritual abhalten, außer ein Erdbeben vielleicht. Mit geschlossenen Augen saß sie da und atmete. Nichts weiter als das. Eine Stunde vielleicht, manchmal auch länger. Didi saß da wie ein Fels. Wie der Buddha unter dem Bodhi-Baum, unter dem er laut Überlieferung so lange meditiert hatte, bis er erleuchtet wurde. Manchmal stellte sie sich beim Meditieren vor, selbst ein Baum mit kräftigen Wurzeln zu sein. Das gab Kraft. Sie sog die feuchte, frische Morgenluft ein und spürte sie vom Boden aufsteigen. Hörte dem Gesang der Vögel zu, ihrem virtuosen Konzert. Die Sonne stieg höher, die Luft erwärmte sich. Dufteten da nicht schon die Rosen herüber, nahm sie blind vielleicht sogar wahr, wie die Blumen sich öffneten und Schmetterlinge durch die kleine Oase rund um das Gartenhaus flatterten? Einmal hatte sie auf einer Wiese meditiert, wobei sich ein halbes Dutzend Schmetterlinge auf ihr niedergelassen hatte. Es gab ein Beweisfoto davon, ihr damaliger Partner hatte es gemacht. Etwas streichelte sehr zart über ihre Wange, als wäre es ein Flügel. Didi lächelte. Langsam wurde es Zeit zum

Wiederauftauchen. Jetzt erwachte auch das menschliche Leben um sie herum. Auf der nahen Straße fuhren Autos und in der Villa mit den Ferienwohnungen trällerte jemand fröhlich am offenen Fenster. Woanders klapperte jemand mit Geschirr und der Geruch nach frisch gebackenem Brot wehte herüber. Eine Ameise verirrte sich unter ihre Jogginghose, eine Fliege summte am Ohr, ein Hund bellte. Der Rücken meldete sich und unter der Decke wurde es warm. Doch noch war sie nicht ganz fertig. Für die letzten Minuten der heutigen Morgenmeditation hatte sie sich vorgenommen, ihre Hausaufgaben für den Kurs zu machen: ihr Wunder wahr werden zu lassen. Es zu benennen, es sich auszumalen und so vorzustellen, als wäre es bereits Wirklichkeit, hautnah und lebensecht, mit allen zugehörigen Gefühlen. Allerdings war für sie alles ein Wunder. Jeder Tag, jeder Vogelruf, jede Begegnung mit anderen Menschen. Doch so einfach durfte sie es sich nicht machen. Genau dazu, um sich selbst auf die Spur zu kommen, waren solche Workshops da.

Etwas zwickte sie am Oberschenkel. Die Ameise war weiter das Bein hochgekrabbelt, vielleicht waren es auch schon zwei, und der Biss tat weh. Unmöglich, weiter stillzusitzen. Didi öffnete die Augen. Die Sonne schien schon weit über die Dächer und in den Garten, sie musste sehr lange gesessen haben. Sie streckte die etwas steifen Glieder, spürte Durst und – feinfühlig gestimmt, wie sie nun war – auch dies: kräftigen Widerstand, ihren persönlichen Wunderwunsch endlich anzugehen.

Sie stand auf und schüttelte die Beine aus, damit die kleinen Tierchen im Hosenbein von ihr abließen. Ein blindes Draufschlagen kam nicht infrage. Ihr Meister in Indien, von dem sie sogar Ole erzählt hatte, war ein Anhänger des Jainismus gewesen. Die Ausübung dieser Religion war bewundernswert: Sie gründete auf vollkommener Gewaltlosigkeit. Deswegen kehrten jainistische Mönche achtsam die Insekten von den

Wegen, damit sie diese nicht aus Versehen mit den Füßen zertraten.

Leise betrat sie den Bungalow. Maja lag im Bett auf dem Rücken, amtete leise und tief und bekam nichts von diesem sonnigen Morgen mit. In der Nacht hatte Didi einen kurzen Mutter-Schreck bekommen, als sie gegen drei Uhr aufgewacht war. Sie hatte Majas Namen gerufen und sofort geahnt, wohin sie gegangen war. Sie hatte zuvor wieder diese wunderbare Veränderung bei ihr wahrgenommen: ein inneres Leuchten, ein Glückslicht, als sie mit Kristof so spät von ihrem Abendessen zurückgekehrt war. Sechs Stunden lang hatten ihr die beiden Ole überlassen. Kaum hatte Kristof Ole gegen Mitternacht abgeholt, hatte sich Maja ins Bett gelegt und vor sich hin gestrahlt. Das zweite Mal dann, mitten in der Nacht, war sie nachdenklich zurückgekommen, als hätte sie ihr Glückslicht draußen in der Dunkelheit verloren. Wahrscheinlich hatte ihr schlechtes Gewissen Maja eingeholt. Sie konnte die Gelegenheiten des Lebens nicht einfach so genießen, weil sie ein zutiefst moralischer Mensch war. Maja hatte die Ehe mit Gero immer verteidigt und hochgehalten. Jetzt vor den Augen ihrer Mutter mit einem anderen etwas anzufangen … deswegen hatte sich Didi schlafend gestellt. Aber sie hatte Majas Stimmung genau mitbekommen. Didi hatte dazu ihre eigene Theorie: Waren die Eltern rebellisch, verhielten sich die Kinder manchmal überdurchschnittlich brav. Waren die Eltern zu bieder, liebäugelte der Nachwuchs mit revolutionären Ideen. Nicht immer, aber oft. Ihre eigenen Eltern waren im Krieg groß geworden und hatten sie, ihre einzige Tochter, überbehütet und ihr jede Luft zum Atmen genommen. Als sie neunzehn war und in Deutschland das Volljährigkeitsalter von einundzwanzig auf achtzehn Jahre gesenkt wurde, stand sie mit dem Daumen nach oben an der Straße. Im Gepäck nichts weiter als die Sehnsucht nach Freiheit und Abenteuer, nach fremden Kulturen, nach dem prallen

Leben. Raus aus der Stube und der Enge und dem festen Griff der Eltern. Angst vor dem Leben hatte Didi im Gegensatz zu ihrer vom Krieg traumatisierten Mutter nie verspürt. Sie sorgte sich auch nicht die Bohne, als sich Maja in der Nacht noch mal hinausschlich. Didis Sorgen waren die, die sich Mütter sonst nicht machten: Maja war ziemlich angepasst und mit diesem Leben nicht – oder nicht mehr – zufrieden. Didi trat näher ans Bett und zog die verrutschte Decke über Majas Brust. Während sie dies tat, wurde ihr endlich klar, welches Wunder sie sich wünschte: Sie wollte mit Maja nach dem Urlaub versöhnt – vertöchtert – nach Hause reisen. Die Aussprache wurde wichtiger und dringender. Der Zeitpunkt rückte näher.

Maja bewegte sich, gab ein leises Brummen von sich. Noch wollte sie nicht aufwachen. Ihr Handy auf dem Nachttisch neben dem Bett leuchtete auf, es war lautlos gestellt. Didi erfasste mit ihren scharfen Augen, dass es Gero war, der gerade anrief. Ihr eigenes benutzte sie im Urlaub fast gar nicht und auch sonst kaum, Lilly hatte es ihr aufgedrängt. Für den Notfall, das sagten alle. Didi jedoch weigerte sich, das Ding immer bei sich zu tragen, als wäre es ein überlebenswichtiger Körperteil, und sie wollte auch nicht daneben einschlafen und aufwachen. Einem Gerät, das den meisten Menschen zunehmend als ausgelagertes Gehirn diente, den ersten und letzten Blick und Gedanken des Tages zu schenken, das wollte sie nicht. Punkt. Sich aber hin und wieder mit ihrer Enkelin zu schreiben oder ein spontanes Foto zu machen, war eine schöne Idee. Allerdings wollte Lilly gerade weder mit Maja noch mit ihrer Stiefoma kommunizieren. Ihren Urlaubsgruß von der Ostsee hatte Lilly nicht erwidert. Oder nun vielleicht doch? Didi hatte die vergangenen vierundzwanzig Stunden gar nicht mehr nachgesehen und holte ihr eigenes Handy aus ihrer Nachttischschublade hervor.

Majas Display wurde dunkel, nun leuchtete ihres auf. Leider war die Anruferin nicht Lilly. Didi ging auf Zehenspitzen nach draußen. Wenn Gero sie anrief, gab es meistens einen wichtigen Grund. Sie wussten beide, dass sie hauptsächlich über Maja miteinander verbunden waren, das aber ehrlich und freundschaftlich. Und über dieses Ausnahme-Gespräch vor vielen Jahren. Ausgerechnet Gero, dem rationalsten Menschen, den sie kannte, hatte Didi die irrationalste Tat ihres Lebens, ihr Geheimnis, verraten. Gero hatte versprochen, es Didi zu überlassen, Maja davon zu erzählen. Irgendwann. Er hatte sie nie wieder danach gefragt.

Didi schloss die Tür zum Bungalow hinter sich und setzte sich auf die Terrasse. »Hallo, Schwiegersohn. Das ist ja eine Überraschung, dass du dich bei mir meldest.«

»Hey, Didi«, antwortete er. »Schön, dich zu hören. Alles in Ordnung bei euch? Ehrlich gesagt wollte ich Maja sprechen, aber sie geht nicht ran. Sie meldet sich gar nicht mehr. Na ja, als Ehemann – oder Noch-Ehemann – würde ich gern mal wissen, wie es ihr geht.« Sofort warf Gero einen Köder aus. Er wollte hören, wie sie auf den *Noch-Ehemann* reagierte.

»Alles in Ordnung. Wenn etwas wäre, hättest du gewiss von uns gehört. Die Ruhe, die Natur, die Sonne – ich glaube, Maja fängt gerade erst an, die Auszeit zu genießen. Nimm es ihr nicht übel.«

»Aber warum geht sie nicht ans Telefon?«

»Im Moment schläft sie noch.«

»Um halb elf? War sie … denn gestern so lange auf? Oder wieder unterwegs?«

Didi zögerte mit der Antwort. Gero war ein brillanter Anwalt und verstand sich darauf, anderen genau die Informationen zu entlocken, die er brauchte. Aber auch sie hatte ihre Taktik. »Wie du weißt, schlafen wir in einem Bett. Damit müssen wir erst einmal zurechtkommen. Ich wache auf, wenn sie unruhig ist oder aufsteht, und umgekehrt ist es wohl genauso.«

Sie spürte Geros Zögern. Dann gab er sich zufrieden. »Ich wollte euch etwas Schönes spendieren, aber ihr habt es abgelehnt. Kommt ihr in dem kleinen Bungalow wirklich miteinander zurecht?«

»Ja, es geht gut«, antwortete Didi. »Und was gibt es Neues von Lilly?«

Er gab einen unwilligen Laut von sich. »Auch deswegen rufe ich an. Ich hatte gehofft, von euch etwas zu erfahren.«

»Sie hat sich immer noch nicht gemeldet?«

»Seit vier Tagen ist sie weg. Sie ist bei ihrem Freund, schrieb sie zuletzt. Allerdings gehen weder sie noch er ans Telefon. Ich bin wütend auf sie!«

»Und sie auf dich.«

»Weil ich sie vor einer Riesendummheit bewahren will. Ein Berufswunsch fällt doch nicht vom Himmel und die Begabung dazu erst recht nicht. Lilly und Schauspielerin! Sie hat in der Theater-AG ihrer Schule mitgespielt, das war's. Sie ist keine Schauspielerin.«

»Lass sie es ausprobieren.«

»Ausprobieren. Und ich bezahle das natürlich.«

»Nein, nicht natürlich. Sie sollte sich selbst darum kümmern.«

»Das kriegt Lilly wohl kaum hin. Sie ist ein rundum verwöhntes Einzelkind. Selbstständigkeit muss sie erst noch lernen. Ich fand Majas Vorschlag für ein soziales Jahr richtig gut.«

»Lilly aber fühlt sich von dir überhaupt nicht gesehen.«

»Wenn sie sich für ein sinnvolles Studium entscheidet, unterstütze ich sie voll und ganz. Aber keine Flausen.«

»Eigene Ideen zu entwickeln, sind keine Flausen.«

»Dass du so denkst, ist mir klar. Sag mal, meinst du, ich könnte mit Maja sprechen?«

»Ich soll sie aufwecken?«

Gero zögerte, nahm einen tiefen Atemzug und stellte dann die Frage, auf die sie gewartet hatte: »Didi, muss ich befürchten, sie zu verlieren? Komm, wir beide sprechen doch immer ehrlich miteinander. Sag mir, was du denkst.«

Sie richtete sich auf, befand sich auf dünnem Eis. Alles, was sie sagte, würde Gero gegen Maja verwenden können. »Ich weiß es nicht genau«, sagte sie und das war schon genug.

»Hat sie gesagt, sie will mich verlassen?«

»Nicht direkt …«

»Nicht direkt?« Er schnappte nach Luft.

»Es ist nicht korrekt, mich auszufragen. Frag sie selbst.«

»Also doch! Und du bist wohl kaum diejenige, die es ihr ausreden wird, habe ich recht?«

Didi schwieg. Geros Eigenart, nervend oft nachzufragen, ob er recht hatte, passte gut zu dem Vollblutanwalt. Es ging ihm nicht so sehr um Majas, sondern um seine eigene Bestätigung, so kam es ihr vor.

»Warum wolltest du unbedingt mit ihr wegfahren?«, fragte er. »Jetzt wird unsere Krise noch schlimmer statt besser.«

»Jetzt hör mal! Du hattest doch keine Zeit! Ich will Maja glücklich sehen. Deswegen habe ich sie zum Urlaub überredet.«

»Ich bin doch nur in Sorge. Hast du ein Rezept, wie du sie glücklich machen kannst? Dann verrate es mir bitte.«

Zum Glück fiel Didi der Workshop ein. Sie würde Gero wohl kaum erzählen können, dass sie Maja mehr oder weniger dazu gebracht hatte, sich auf einen Flirt mit Kristof einzulassen.

»Ein Wunder-Workshop?« Gero lachte, wie er manchmal eben über sie lachte. In seinen Augen war sie die liebenswerte, leicht verrückte Hippie-Mutter. »Na, dann wünscht sich Maja bestimmt, schwanger zu werden. Am besten sofort und durch eine unbefleckte Empfängnis, schließlich bin ich ja nicht da.« Er wurde wieder ernst. »Oder von einem anderen. Auch das würdest du nicht schlimm finden, habe ich recht? Freie Liebe

141

und so? Vielleicht gerät Maja doch noch nach dir. Egal, wer der Vater ist, Hauptsache schwanger?«

Didi konnte den Seitenhieb aushalten. »Meine Schwangerschaft war nicht geplant. Du kennst meine Geschichte.«

Gero grummelte etwas, das sie nicht verstand, und sagte dann: »Entschuldige. War nicht korrekt, das so zu sagen. Außerdem ist Maja ja ganz anders als du. Sie will alles immer genau planen. Jetzt soll ich meinen Samen untersuchen lassen, Eizellen werden ihr entnommen, und wenn alles nicht klappt, wird sie noch unglücklicher, als sie es sowieso schon ist. Mir stellen sich die Haare auf, wenn ich daran denke. Ich will da nicht mitmachen.«

»Ich verstehe dich. Und ich verstehe Maja. Ihr Wunsch, ein Kind zu kriegen, ist so natürlich wie die Tatsache, dass es Tag und Nacht wird. Allerdings rate ich ihr auch, nicht zu sehr daran festzuhalten und lieber zu sehen, was sie in ihrem Leben schon alles bekommen hat.«

»Danke«, sagte er und es klang kein bisschen zynisch.

Didi musste etwas Wichtiges herausfinden: »Und du, ganz ehrlich: Wie steht es um deine Liebe zu Maja? Ob Ehe oder Beziehung, ich glaube, man sollte sich immer wieder neu umeinander bemühen, sich Zeit füreinander nehmen.«

Gero schwieg einen Moment und sagte dann: »Großartiger Tipp! Dafür müsste sie aber wenigstens für mich erreichbar sein.«

Didi hatte bis jetzt aufrecht dagesessen, nun ließ sie sich gegen die Stuhllehne sinken. Gero wurde bissig, wenn er sich kritisiert fühlte. Zudem war sie ins Wespennest getreten. Mit ihm über Liebe zu diskutieren, war keine gute Idee. Seit dem Gespräch von damals schon gar nicht. Etwas in ihr passierte. Der Entschluss, mit Maja über ihren Vater zu sprechen, war bis jetzt Wackelpudding gewesen, nun wurde er fest. Gero wirkte auf sie wie ein Katalysator. Der Zeitpunkt, es zu tun, war nicht irgendwann in diesem Urlaub, sondern gleich.

Sie versprach, Maja Grüße auszurichten, und ging wieder nach drinnen. Bewegte sich fast unhörbar, denn sie praktizierte gelebte Achtsamkeit bei jedem Schritt und mit jedem Handgriff. Leise bereitete sie das Frühstück zu. Pfannkuchen aus Dinkelmehl, dazu Obstsalat sowie geröstetes Vollkornbrot mit selbst gemachter Avocadocreme. In der Küche benutzten sie die alte Kaffeemaschine, die beim Durchlauf des heißen Wassers schnaufte und blubberte und deren Geräusche immer schon das Wecksignal waren. Didi trug das Tablett nach draußen, Maja streckte und räkelte sich im Bett.

»Gott, habe ich lang geschlafen!«

Auf der Terrasse goss sich Didi eine Tasse Tee ein, eine Mischung aus Salbei und Pfefferminze, frisch aus dem Garten gepflückt. Sie hielt die Nase in den aromatischen Dampf, trank und wartete, bis Maja herauskam, barfuß und zerzaust. Sie schien nun wieder mit ein wenig Glückslicht versehen, wirkte noch so jung. Forschend sah sie in Didis Gesicht. Wahrscheinlich dachte sie, sich für ihren nächtlichen Ausflug rechtfertigen zu müssen.

Weit gefehlt. Didi schenkte ihr Kaffee ein, redete über dies und das. Hoffentlich nahm sie gleich alles gut auf.

Maja entspannte sich und machte sich über das Frühstück her. Drei Pfannkuchen verschwanden in ihrem Mund. »Was das Essen betrifft, ist dieser Urlaub wirklich eine Art Versöhnung mit früher«, sagte sie.

Didi stellte ihre Tasse hin, war froh über das Stichwort. »Früher. Darüber möchte ich mit dir reden. Über deinen Vater.«

Maja wurde still. Alles wurde still, die Welt drehte sich langsamer. Didi hörte ihr Herz schlagen. Sie hatte nicht gewusst, wie tief die Sache in ihr begraben war. So tief, dass … sie wegen Mikes Nachnamen nicht mehr sicher war. Müller? Meier?

Schmidt? Schneider? Es war ein sehr häufiger Nachname gewesen, aber sie hatte ihn niemals und in keiner Form verwendet. Nun war der Name in weiter Ferne verschwunden, wie ein Schiff am Horizont, das mit vielen anderen Erinnerungen davongesegelt war. Sie wusste nur, dass Mike weder seinen Vornamen Michael noch seinen Nachnamen gemocht hatte. Mike war immer Mike gewesen, nicht mehr und nicht weniger.

»Heute denke ich, vielleicht hätte ich ihn finden können, vielleicht hätte ich nach ihm gesucht, wenn du nicht so schnell einen würdigen Ersatzpapa bekommen hättest. Na ja – vielleicht wollte ich auch einen Konflikt zwischen zwei Vätern vermeiden.«

Majas Augen wurden groß. »Was meinst du damit, du hättest ihn finden können? Ich dachte, mein Vater sei auf seiner Weltreise verloren gegangen oder ausgewandert und du hättest nie wieder etwas von ihm gehört oder gesehen?«

Didi saß wie auf Kohlen. Sie wäre gern aufgestanden und hätte sich bewegt, irgendetwas getan. Sie umfasste die Teetasse nun mit beiden Händen, hielt sich daran fest und Majas Blick stand. »Er war fort, als ich die Schwangerschaft bemerkte, das stimmt. Nach ihm zog Thomas in die Wohngemeinschaft ein und in ihn verliebte ich mich unsterblich wie noch nie. Ich war mir sicher, das hält sehr, sehr lange. Ihm ging es genauso. Er hat meine Schwangerschaft akzeptiert und dich wie seine Tochter behandelt.«

»Bis ich fünfzehn war. Dann war's aus, ihr habt euch zerstritten, als hätte es eure hochgehaltenen Werte von Verständnis und Liebe nie gegeben, und ich hatte auch keinen Ersatzvater mehr.«

»Ja«, sagte Didi nachdenklich. »So stark es von Thomas war, dich anzunehmen und es dir an nichts fehlen zu lassen, so schwach war es, dich später fallenzulassen, weil wir uns getrennt haben. Das tut mir sehr leid für dich. Wenn ich das gewusst hätte – aber das Leben spielt eben anders.«

»Ich verstehe gar nichts«, sagte Maja. »Du bist doch diejenige, die freie Liebe predigt. Dem Herzen folgen, auch wenn es plötzlich woanders hinwill. Wie konntest du nur denken, dass Thomas für immer der Richtige wäre?«

»So war das Gefühl«, sagte Didi.

»Ach! Und mir hast du dasselbe Gefühl abgesprochen, als ich Gero geheiratet habe. Vielleicht hättet ihr auch heiraten sollen, vielleicht wärt ihr heute noch zusammen.«

»Nur der Konvention wegen zusammenbleiben? Nein. Davon halte ich immer noch nichts.«

Maja machte eine unwillige Handbewegung, als wollte sie ein Insekt verscheuchen. »Wie auch immer«, sagte sie. »Du hättest meinen Vater finden können? Wie denn?«

Didis Tasse war leer und sie trank einen Schluck Luft, einfach, weil sie etwas tun musste. »Ich hätte nach ihm forschen können. Aber ich habe mich nicht weiter bemüht. Heute ist es wirklich zu spät. Mit jedem Umzug gingen weitere Kontakte verloren. Ich wüsste heute nicht mehr, wen ich nach Mike fragen könnte.«

Majas Gesicht hatte sich völlig verdunkelt. »Das ist so verdammt egoistisch«, flüsterte sie. »Ich dachte immer, du hättest überhaupt keinen Weg gesehen, ihn zu finden.«

»Es tut mir leid«, sagte Didi nur. »Ich habe den Weg absichtlich übersehen. Ich kann dich nur um Verzeihung bitten.«

»Uff«, machte Maja. »Ich habe die Geschichte immer komisch gefunden. Keinen Namen, keine Spur. Warum sagst du es mir gerade jetzt?«

»Weil ... du mir hier so nah bist. Weil ich sehe, wie sehr Ole seinen Vater liebt. Weil du es manchmal schwer mit mir hattest. Weil ich dir die Wahl genommen habe.«

Majas verletzter Blick tat Didi weh, als wäre es ihr eigener Schmerz. Sogar die leisen Töne des Windspiels klangen traurig statt wie sonst hell und heiter.

Maja stand auf, bewegte sich aber nicht vom Fleck, sondern starrte vor sich hin auf den Tisch. »Du hast mir wirklich was angetan.«

»Nicht nur dir. Ich glaube … Ach.« Didi brach ab, weil ein weiterer Teil der Wahrheit, den sie sich nie ganz eingestanden hatte, ans Licht drängte. Dabei war es so offensichtlich. Sie musste tief durchatmen.

»Nicht ach, raus damit!«

Didi riss sich zusammen, dachte an die Stimme des Richters: *Die Tränen spare dir!* »Ich habe nicht nur dir deinen Vater, sondern auch Mike seine Tochter vorenthalten«, sagte sie.

»Vielleicht hätte er sich gefreut?«

»Hä?«, machte Maja. »Ich dachte, er wollte einfach nur weg, immer frei und unterwegs sein?«

»Schon. Aber vielleicht hätte er auf diese unglaubliche Neuigkeit ähnlich reagiert wie ich. Erst fassungslos, dann voller Freude. Ich habe nie versucht, es herauszufinden. Es tut mir leid.«

Maja sah auf sie hinunter. »Sonst noch etwas, was dir Jahre später aufgeht?«

Michael Müller? Nein. Michael Schneider? Vielleicht. Etwas mit S. Schmidt! Nein. Sie hatte Maja damals gesagt, sie kenne nur seinen Vornamen. Einfach, weil sie nicht wollte, dass sie einem Phantom nachjagte. Jetzt hätte sie die ganze Wahrheit auf den Tisch legen können, wenn sie sich nur sicher gewesen wäre. Wie hatte er genau geheißen? Entweder war sie richtig gut im Verdrängen oder sie war dabei, wie andere ältere Menschen auch, vergesslich zu werden. »Mehr kann ich dir nicht sagen.«

Maja stieß sich vom Tisch ab. Stand einen Augenblick mit geballten Fäusten da und wischte sich eine Träne aus dem Gesicht. »Ich möchte eine Weile allein sein. Du bist ja gern an der frischen Luft.« Sie drehte sich um, ging hinein und schlug die Tür hinter sich zu.

KAPITEL 10

MAJA

Die Gruppe traf sich wieder am Strand und Maja musste *nach-sitzen*. Sie hatte nicht in ihr Wunder hineingespürt, weil sie nicht wusste, welches es sein sollte. Lucia schickte sie auf einen Spaziergang und gab ihr die schöne Muschel mit, die beim ersten Treffen unter den Teilnehmern die Runde gemacht hatte. Die anderen waren, während sie fort war, im geschützten Kreis der Strandkörbe mit ihrer Yogastunde beschäftigt.

Sie lief los. Welches Wunder erwartete sie vom Leben? Vor Kurzem noch hätte sie von ganzem Herzen gesagt: ein Kind mit Gero. Jetzt hatte sie noch nicht mal Lust, mit ihm zu sprechen. Sie würde nach dem Urlaub nicht nach Berlin zurückkehren und so tun, als wäre alles wie vorher. *Mach doch, was du willst!* Seine Worte hallten immer wieder in ihr nach. Wenn sie an Gero dachte, erschien vor ihr die große, graue Mauer am Ende der Sackgasse, in die sie mit ihm geraten war. Sie hatte ihn zurückgerufen, als er sich gerade mal wieder auf einen ultrawichtigen Termin vorbereitete, der heute stattfinden sollte. Er wollte sie vertrösten, sie wurde sauer, weil sie mal wieder an zweiter Stelle kam.

Er wurde sauer, weil sie sauer wurde. »In diesem Fall hast du kein Recht dazu, denn du bist diejenige, die kaum zu erreichen ist«, maßregelte er sie.

»Du immer mit deinem Recht! Sprichst du eigentlich als Anwalt oder als fühlendes Wesen zu mir?«

»Du redest immer mehr wie deine Mutter.«

Wenn sie ehrlich war, hatte sie nicht mal Lust, an ihn zu denken. Ihr Wunder, dem sie auf der Spur war, hatte mit ihrem alten Leben nicht viel zu tun. Das immerhin wusste sie. Und dass die Schritte im warmen Sand sie an Kristof erinnerten. Sie vermisste ihn. Die Sehnsucht war von Kopf bis Fuß spürbar. Inmitten der Strandgäste ließ sich Maja in den Sand fallen und hielt sich die Muschel ans Ohr. Kristof. Sie hörte seine Stimme. Sie spürte seine Hände. Dann war sie sicher: Sie wollte nicht nur eine Nacht mit ihm verbringen und ihn danach wieder vergessen. Plötzlich gab es keine Zeit mehr zu verlieren, wenn es nicht sein musste – so mächtig war ihre Erkenntnis.

Die anderen machten gerade eine Pause, als Maja zurückkam. Sie setzte sich in einen Strandkorb, drückte das Handy ans Ohr. Freizeichen, Freizeichen, Freizeichen. Geh ran, geh ran!

»Hallo Maja.«

Kristof schien mit ihrem Anruf gerechnet zu haben, so ruhig sprach er ihren Namen aus. Auch schien ihm klar zu sein, dass es jetzt nicht um Small Talk ging. Er stellte keine Frage.

Maja erklärte, wo sie war. »Kannst du mich nach dem Kurs abholen? Können wir bei dir allein sein?«

»Liebend gern. Aber – und Ole?«

Ein Gedanke folgte glasklar dem nächsten. »Hat er Lust, mit Didi Zeit zu verbringen?«

»Bestimmt.«

»Dann bis gleich.« Sie war sich sicher, dass sich Didi freuen würde.

Ihre Mutter saß mit Dieter in dem Strandkorb gegenüber. Maja lächelte sie an, zum ersten Mal, seit sie die Tür hinter sich zugeknallt hatte. Sie hatten zwei Tage kaum miteinander gesprochen. Wie zwei scheue Tiere schlichen sie im Bungalow aneinander vorbei, lange hielt Maja das sowieso nicht durch. Sie hatte auch nicht mehr zum Kurs kommen wollen, doch sie durchschaute sich selbst: eine Trotzreaktion. Ein altes Muster. Zeit zum Loslassen, denn der Kurs war wirklich toll. Hier ging es um *sie*!

Nach der Pause gab es eine Überraschung. Alle hatten sich wieder auf ihren Decken und Matten im Sand eingerichtet und jemand hatte zwei riesige Taschen vorbeigebracht. Darin befanden sich kleine Handtrommeln. Maja tauschte mit ihrer Mutter einen weiteren Blick. Ein Tamburin hatte sie das letzte Mal in der Hand gehabt, als sie noch gemeinsam in einer Wohngemeinschaft gelebt hatten. Manchmal hatten alle gemeinsam musiziert. Es war ein Heidenkrach gewesen.

»Denk an dein Wunder, während du trommelst. Fühl es! Ich singe dazu die Stimmung herbei, die du brauchst, um es wahr werden zu lassen«, sagte Lucia. Einer nach dem anderen nahm sich eine Trommel, probierte sie aus. Noch klang alles holprig und zaghaft. Bis Lucia zu singen begann. Kraftvoll und klar. Unverständliche Worte, eine fremde Sprache, fast beschwörend. Immer mehr Trommeln stimmten ein. Stärker und tiefer wurde der melodische Fluss, auf dem Lucias Stimme tanzte.

Majas Klopfen mit dem Schlägel wurde lauter. Sie saß aufrecht auf ihrer Matte und hatte das Instrument auf dem Schoß. Im Rhythmus der Gruppe war sie geborgen und was die Leute dachten, die draußen vor dem Kreis stehen blieben, war ihr egal. Sie schloss die Augen und wollte intensiv an Kristof denken. Sich zu trauen, das war ihr Wunder. Es war total verrückt, sie kannten sich gerade mal eine Woche. Er würde sie gleich abholen. Eine andere Gestalt erschien vor ihrem inneren Auge, während sie trommelte. Ein kräftiger Mann mit rotblondem Haar. Er hatte kein Gesicht, aber sie fühlte die Liebe zu ihrem Vater in ihrem Herzen aufgehen wie eine Blume. Sie wollte sein Gesicht endlich sehen! Es wäre ein zweites Wunder und sie wünschte es sich verzweifelt. Eine Träne rann über ihre Wange. Sie trommelte weiter. Lucias warme Stimme brachte etwas in ihr zum Schmelzen. Ihr Herz platzte fast vor unerfüllter Liebe nach ihrem Vater. Lucia drehte sich langsam, wie in Trance, im Kreis und sah jeden mit ihren samtdunklen Augen an, während sie sang. Hier hatte sich eine Gruppe Menschen mit vor Sehnsucht überlaufenden Herzen versammelt. Durch den Sound fühlte sie sich mit den anderen verbunden. Sie spürte den brennenden Wunsch Bastians, endlich eine Partnerin für die Ewigkeit zu finden. Den tiefen Wunsch von Heide, für immer gesund zu sein. Maja öffnete kurz die Augen und sah sich Dieter gegenübersitzen. Mit jedem Trommelschlag seines gebrochenen Witwer-Herzens rief er eine Gefährtin herbei, mit der er den Rest seines Lebens teilen konnte. Und Didi? Was wünschte sie sich? Maja konnte ihren Kummer spüren. Sie wünschte sich, dass sie, Maja, ihr verzieh. Sie trommelten ewig. Irgendwann wurde Lucias Stimme leiser und ein Tamburin nach dem anderen verstummte. Dann begannen alle zu klatschen, auch ein paar Leute, die sich als Zaungäste dazugesellt hatten. Maja spürte etwas im Rücken. Sie sah sich um und ihr Blick begegnete dem von Kristof, der hinter dem Schutzwall aus Strandkörben stand und sie beobachtete. Wie lange schon?

Die Runde löste sich auf, die Instrumente wurden eingesammelt, Ole sprang in den Kreis.

Didi war überhaupt nicht überrascht. »Na du?«

Ole strahlte Didi an und Maja sagte, als wäre es das Selbstverständlichste der Welt: »Kristof und ich würden gern einen längeren Spaziergang machen.«

Didi nickte. »Natürlich. Ole und ich gehen wieder Eis essen und sind dann im Bungalow. Uns wird's nicht langweilig. Lasst euch Zeit. Zur Not ... kann Ole auch bei uns schlafen. Ich habe noch eine Menge schöner Gruselgeschichten auf Lager.«

»Au ja!«

Maja fing Lucias wissenden Blick auf, der von Kristof zu ihr wanderte. Es war fast ein bisschen mysteriös und dennoch das Natürlichste der Welt, dass nicht nur Didi, sondern auch sie Bescheid wusste. Genau wie Bastian. Nur mit den Augen fragte er sie innerhalb des Bruchteils einer Sekunde: *Ist das die inspirierende Bekanntschaft, von der du mir erzählt hast?* Maja nickte und ging zu Kristof. Sie nahmen sich an der Hand und gingen fort. Wie frei sich das anfühlte! Sie liefen ein Stück durch den Sand und drückten dabei ihre Finger, weil es in Ordnung war, nicht zu sprechen. Auf der Promenade blieben sie inmitten des Gewusels stehen und küssten sich. Gingen ein Stück, küssten sich. Gehen, küssen, gehen, küssen. Das Hotel. Die Türen glitten auf, der Mann an der Rezeption war gerade beschäftigt. Er sah kurz auf, Kristof hob grüßend die Hand. Mit der anderen hielt er Majas Hüfte umfasst.

Die Fahrt im Aufzug glich einem Déjà-vu. Sie stand wieder eng an Kristof geschmiegt, als gäbe es in der Kabine keinen Zentimeter zu viel Platz. Aber zum ersten Mal würden sie wirklich allein sein.

Der Aufzug hielt, sie stolperten hinaus und stießen fast mit einer Frau zusammen, die zur Seite ausweichen musste.

»Hoppla!« Die ältere Dame war sorgfältig geschminkt und frisiert. »Sie haben's aber eilig.«

»Ja«, antwortete Maja. »Entschuldigen Sie.«

Die Frau zog amüsiert die Augenbrauen hoch. Es stand wohl in Majas Gesicht geschrieben, warum sie es so eilig hatten.

Kristof schloss das Zimmer auf und trat vor ihr ein. Sie stieß mit dem Ellenbogen die Tür hinter sich zu. Im Zimmer war es vollkommen ruhig, die Fenster waren geschlossen, die Schritte auf dem Teppich gedämpft, die Luft angenehm kühl. Maja überlegte, ob das alles nicht zu theatralisch war. Ganz langsam ging sie auf Kristof zu und er breitete die Arme aus, als wollte er die ganze Welt umarmen. Die Zeit verlangsamte sich, das grelle Draußen mit all den Menschen war weit weg. Das Hotelzimmer war ein schützender Kokon. Hier drin tickte alles anders, vom Sekundenzeiger bis hin zu ihrem Verstand. Dieser setzte nun aus. Sie warf sich Kristof entgegen. Er taumelte einen Schritt rückwärts, hielt sie fest und fiel mit ihr aufs Bett.

Es war weich. Es war groß. Es duftete frisch. Sie umarmten sich, ihr Kleid rutschte hoch und Kristof legte eine Hand auf ihren nackten Schenkel. Maja musste sich daran erinnern, weiterzuatmen. Sie war noch nie mit einem Mann in ein Hotelzimmer gegangen, außer mit ihrem Ehemann natürlich. Jetzt sah sie sich hier mit Kristof liegen. Da war ihr Bein und da war Kristofs Hand, groß und männlich und von der Sonne gebräunt, und sein Arm mit dem Armreif. Er schob das Kleid ein Stück höher. Die Berührung sandte Hitzestrahlen durch ihren Körper. Feine Wellen flossen nicht nur über ihre Haut, sondern auch unter ihrer Haut in geheimnisvollen Bahnen, die sie vorher noch nie wahrgenommen hatte. Kristofs Hände strichen über ihren Bauch, den Rücken, die Brüste, die Schenkel, das Gesicht. Sie erwiderte die Berührung. Von den Haarwurzeln bis zu den Zehenspitzen war sie elektrisiert. Hatte nicht geahnt, dass es nicht nur eine Floskel war, sondern es diesen Zustand wirklich gab. Sie zogen sich aus und lagen eng umschlungen. Sie waren vorsichtig miteinander, aber kein bisschen unbeholfen. Sie waren Erwachsene, die wussten, was sie tun wollten, und sie taten es. Manchmal ging ihr Blick über Kristof hinweg zum Fenster und hinaus aufs Meer, das sich, von weißen Wellenkämmen gekrönt, vor Freude kräuselte. Heute hatte der Himmel eine ganz besondere Farbe, ein helles, schimmerndes Blau, das am Horizont mit dem Wasserblau zu einem Streifen purer Schönheit verschwamm. Es war alles so viel! Da draußen und hier drin. Jedes Streicheln, jeder Kuss, jedes Flüstern wurde mit Kristof in diesem Zimmer über dem Meer an diesem strahlenden Tag zu mehr, als sie bisher gekannt hatte. Etwas Neues entstand. Schließlich wandte sich Maja vom Draußen ab und kehrte den Blick nach innen, mitten hinein in ihr Herz und ihren Schoß. Irgendwann vereinten sich ihre Pole, weiblich und männlich. Als Individuum war Maja nicht mehr vorhanden. Irgendwann war sie nur noch Frau und auf dem Höhepunkt zersprang auch diese Empfindung in unzählige winzige Einheiten, die für sich alleine nichts und gemeinsam alles waren. So selig und erfüllt hatte sie sich noch nie gefühlt.

Am nächsten Morgen erwachte Maja im eigenen Bett. Kurz bedauerte sie es, dann erwachte auch ihre Vernunft. Sie war mit Kristof am späten Abend zum Bungalow zurückgegangen und er hatte Ole mitgenommen. Ihre Sehnsucht ins Unendliche auszudehnen und noch weiter nach den Sternen zu greifen – dafür brauchte es Zeit und Raum. Es war gut, wie es war und wo sie war.

Sie gähnte und streckte sich wohlig. Erfüllender Sex und warme Intimität beseelten immer noch ihre Körperzellen. Erstaunlicherweise hatte ihr Verstand dazu heute einen völlig neuen Gedanken parat: Es war passiert und es hatte überhaupt keinen Sinn, sich unnötig mit schlechtem Gewissen zu quälen. So dachte sie *wirklich*! Maja rutschte ein Stück tiefer unter die

Decke. Didi saß wahrscheinlich auf der Terrasse, Geräusche waren durch das offene Fenster zu hören, die Tür ging auf. Das Herausfordernde an dem Gartenhaus war, dass es nur aus diesem einen großen Raum, einer kleinen Küche und einem winzigen Bad bestand. Zurückziehen konnte sich hier keiner. Draußen schien die Sonne und Didis Silhouette war im Türrahmen von einem riesigen Strahlenkranz umgeben. Eine seltsame Heilige. Ohne ihr Zutun hätte sich Maja niemals so weit vorgewagt. Rein ins Unbekannte.

»Guten Morgen ... oder fast schon Mittag!« Didi klang fröhlich und zog die Vorhänge auf.

»Was?« Maja richtete sich auf.

»Bleib liegen. Ich bringe dir Kaffee.«

Maja sah zum Wecker, ein fast antikes Modell mit Doppelglockenaufsatz, der auch schon früher zum Inventar gehört hatte. Fast zwölf Uhr. Sie konnte sich nicht erinnern, wann sie das letzte Mal so lange geschlafen hatte. Über zehn Stunden.

Didi tat, als wäre alles völlig normal. Sie hatte es sich am Abend mit einem Buch im Bett gemütlich gemacht, nachdem Kristof mit Ole gegangen war. Maja hatte sich noch eine gute Weile in die Hängematte gelegt. Um einen klaren Gedanken zu fassen, was ihr jedoch nicht gelungen war. Um die Sterne zu zählen, was ihr auch nicht gelungen war. Um sich zu beruhigen. Das war gelungen. Irgendwann war sie müde geworden und hineingegangen. Ein weiterer Tag, ohne viel mit ihrer Mutter zu sprechen und sich aus dem Weg zu gehen, wäre nicht ganz einfach. Es war auch nicht mehr angebracht.

Didi klapperte in der Küche herum und kam mit einer Tasse dampfendem Kaffee zu ihr.

»Darf ich mich zu dir setzen?«, fragte sie.

»Gern«, sagte Maja und spürte, wie auch der letzte Groll auf ihre Mutter verflog. So eigennützig sie damals gehandelt hatte, als sie nicht weiter nach Majas leiblichem Vater forschte, so liebevoll war sie mit ihr. Maja sehnte sich nach ihrem Rat. Wie sollte es mit Gero weitergehen, wie mit Kristof, mit ihrem Leben?

Sie nahm die Tasse und lehnte sich an die Wand. »Was denkst du von mir?«, fragte sie geradeheraus.

Didi saß auf der Bettkante. »Ich denke, dass du endlich mal wieder richtig glücklich bist, zumindest im Hier und Jetzt.«

»Die Zeit mit Gero war auch mal glücklich.«

»Ja, ich glaube dir. Du wurdest gebraucht, du hattest eine Familie, du hattest Sicherheit, ein schönes Heim und er liebte dich, so gut er konnte.«

»So gut er konnte?«

»Er hatte zuvor seine Frau, Lillys Mutter, verloren. Er musste sich um die Kleine kümmern, sein Leben neu ausrichten. Dann kommt eine so frische und engagierte Maja daher und kümmert sich um die Kleine und um ihn. Ihr habt euch verliebt. Du hast es toll gemacht, ihr seid zusammengewachsen. Vielleicht hat sich aber auch alles zu selbstverständlich gefügt. Nun kommt das Konstrukt an seine Grenzen.«

»Konstrukt? Damit meinst du wieder die Ehe?«

»Wir bauen uns im Leben viele Häuser. Das eine ist bis ans Lebensende stabil, das andere wackelt und stürzt ein, wenn die Gemeinsamkeiten schwinden und der Boden nachgibt.«

»Du meinst meinen Kinderwunsch.«

»Du erwartest, dass Gero diesen Wunsch teilt. ›Wenn er mich liebt, wird er alles für mich tun, damit es mir gut geht.‹ Das flüstert eine Stimme in dir. So würden wohl die meisten denken. Die Liebe ist vorbei, wenn man zweifelt.«

»Stimmt«, sagte Maja leise. Genauso war es. Sie fühlte sich nicht mehr gesehen und das vielleicht schon länger, als ihr bewusst war. Sie hatte gedacht, sie wäre sauer auf Gero, weil er kaum mehr Zeit hatte, die Gespräche würden hitziger, weil sie sich wegen Lilly immer öfter stritten, und der Sex wäre nicht mehr so schön, weil sie sich so lange kannten. Und er verweigerte den Blick in den Prospekt der Kinderwunschklinik, weil ihr Wunsch ihm nicht wichtig war – weil *sie* ihm nicht mehr wichtig war. Aber es lag nicht nur an ihm. Auch ihre Liebe war dünn geworden wie ein abgewetzter Mantel. Sie wärmte nicht mehr.

Maja nahm einen Schluck von ihrem Kaffee. »Woher weißt du das alles eigentlich so genau?«

»Ich habe es erfahren. Ich dachte doch auch, Thomas wäre der Mann fürs Leben. Deswegen habe ich nie nach Mike gesucht. Aber mit den Jahren hat sich unsere Gefühlslage geändert. Wir haben eine Weile probiert, unsere Beziehung zu retten, vor allem dir zuliebe. Aber es ging nicht.«

Fast schwappte Maja der Kaffee aus der Tasse. »Mir zuliebe?«

»Ja. So habe ich dir das natürlich nie gesagt, du warst ein Teenager. Ich wollte nicht, dass du deinen Ersatzvater verlierst, Thomas wollte es zunächst auch nicht. Dann aber erschien er nicht mal zu deiner Hochzeit. Ich war sehr bekümmert.«

»Und betrunken.« Maja stellte die Tasse ab und ihre Mutter setzte sich zu ihr auf die Matratze. »Und woher wusstest du, dass Kristof und ich … ich meine … äh …« Sie kam ins Stocken. Sie wusste selbst noch nicht viel. Nur, dass es mit Kristof mehr als ein One-Night-Stand sein würde. Er war es, der das zuerst klargestellt hatte, als er sie bei ihrem nächtlichen Überfall aus dem Hotel fortschickte.

»Intuition«, antwortete Didi.

»Erkläre es mir.«

Didi rückte näher an sie heran. »Ich kann durch die Oberfläche der Dinge hindurchsehen und dann spüre ich die Wahrheit. Anders kann ich es nicht beschreiben. Danach habe ich immer gelebt. Ich habe dich in den letzten zwei, drei Jahren zunehmend unglücklich gesehen, auch wenn du mir immer etwas anderes erzählt hast. Als wir Kristof das erste Mal am

Strand sahen und wir uns dann im Kurs wiedertrafen, habe ich *euch* gesehen.«

»Wie das?« Maja verstand es immer noch nicht genau.

»Eine Vision. Ein inneres Bild tauchte auf, wie ihr beide Hand in Hand lauft und es einfach passt. Ich habe es gesehen, als wäre es Wirklichkeit. Nicht zu vergessen dieser ganz besondere Draht zu Ole.« Didi hob den Kopf, den sie einen Moment lang an Majas Schulter gelehnt hatte. »Leben im Fluss der Dinge. Ich hätte dich nicht ermutigt, wenn deine Beziehung zu Gero für dich noch lebenswichtig wäre. Wahrscheinlich hätte es diese Vision dann nie gegeben. Dazu kommt: Lilly ist bald aus dem Haus. Bis zu diesem wichtigen Punkt hast du sie bestens begleitet. Und du würdest sie niemals fallen lassen, so wie Thomas es mit dir getan hat.«

»Niemals«, sagte Maja und machte eine nachdenkliche Pause. »Mit Gero ist es tatsächlich vorbei. Aber kann ich … darf ich … so schnell etwas Neues anfangen?« Sie zog die Beine an, als könnte sie sich so vor der Antwort schützen. Ein Ja oder ein Nein, beides machte ihr Angst, genauso wie die nächste Frage: »Muss ich sofort aus dem Haus ausziehen?«

»Die eine Antwort ist in dir drin, bei der anderen musst du dich mit Gero verständigen«, sagte ihre Mutter und streichelte ihr so sanft übers Haar, wie es nur eine Mutter konnte.

Sie saßen nur da und der Kaffee wurde kalt.

Später bekam Maja eine Nachricht von Kristof, gerade, als sie ihn anrufen wollte. Er schlug vor, sich am Abend beim Italiener zu treffen. Er würde einen Tisch reservieren.

Erst am Abend? Sie hätte ihn am liebsten gleich gesehen, warum nicht gemeinsam zum Strand? Sie behielt ihre Enttäuschung für sich. Ob sie sich allein oder mit Didi und Ole treffen sollten, das war ihre nächste logische Frage, die sie ihm schrieb.

Allein, war die Antwort. Es blieb offen, was mit Ole passieren würde. Etwas daran war seltsam.

»Ich gehe spazieren und eine Runde schwimmen«, sagte Maja zu Didi, die auf der Terrasse saß und Schmuck aus schimmernden Muscheln, von Wind und Wetter durchlöcherten Steinen und bunten Glasperlen anfertigte.

Sie winkte Maja heran und legte ihr eine halbfertige Kette um den Hals. »Sie wird dir wunderbar stehen. Ich bleibe heute hier, ich brauche eine Pause von dem Wahnsinn da draußen. Jeden Tag die vielen Menschen! Unser Garten ist so schön. Ole ist auch ganz begeistert. Jederzeit kümmere ich mich gern um ihn, das muss ich dir nicht extra sagen, mein Goldstern, oder?«

Maja gab ihrer Mutter einen Kuss aufs Haar. »Ich danke dir. Bis nachher.«

Der Tag war wieder sommerlich warm und sie brauchte nicht mehr als Kleid und Sandalen, ihren Hut sowie die Badetasche mit den üblichen Utensilien. Sie lief zur Seebrücke und mitten hinein ins Getümmel. Hochsaison! In der Nähe der Eisdiele, wo die Treppe zum Strand hinunterführte, schaute sie sich um. Sie hätte gern *zufällig* Kristof und Ole entdeckt. Maja ging weiter. Sie hatte das Gefühl, dass sich die beiden irgendwo in der Nähe aufhielten. War das jetzt Intuition? Durch die Dinge hindurch und mit dem Herzen sehen. Sie sah sich auf Kristof zugehen, er stand mit geöffneten Armen da. Gleichzeitig lag ein Schleier über der Vision, als liefe Regenwasser eine Fensterscheibe hinunter, durch die sie hindurchblickte. Nur verschwommen sah Maja, wie sie und Kristof Hand in Hand am Strand entlanggingen. Es war das Bild aller Bilder, das Bild einander liebender Menschen. Liebend. Ein bisschen früh für dieses Wort. Sie kannten sich viel zu kurz. Sie ging zum Strand hinab und stand einen Augenblick unter der mächtigen Konstruktion der Seebrücke, wo es kühl und schattig war. Nach links oder nach rechts? Würde sie Kristof und Ole an der üblichen Stelle treffen? Jetzt wurde ihr endgültig bewusst, dass sie die beiden suchte. Kristof aber hatte sie erst für den Abend um ein Wiedersehen gebeten. Maja entschloss sich für die andere Richtung und stapfte durch den Sand Richtung Ahlbeck. Fast alle Strandkörbe waren belegt und darum hatte sich ein buntes Meer aus Sonnenschirmen, Strandmuscheln, Windschutz-Zelten und Sonnensegeln gebildet. Ein Jahrmarkt der Sonnenanbeter. Ein paar Minuten ging sie durch den sonnenwarmen Sand, dann tat sich ein Fleckchen vor ihr auf, wo sie nicht von Menschen und Schirmen umzingelt war. Maja breitete die Decke aus, streifte ihr Kleid ab, lief in die Brandung. Sie tauchte unter und ihr Grübeln war gestoppt. Da waren nur das salzige, kühle Wasser, die durcheinanderwirbelnden, tanzenden Luftblasen in Grüngrau, gurgelnde Geräusche und das Gefühl, ganz und gar lebendig zu sein. Sie machte ein paar kräftige Schwimmzüge, tauchte einige Meter und kam prustend an die Oberfläche. Von hier aus hatte sie den Strand vor sich gut im Blick. Auch dafür liebte sie die Ostsee: Die zentralen Strandabschnitte waren eine bunte Hölle. Wer ein paar Hundert Meter weiterging, bewegte sich schon wieder in Richtung Paradies. Das Wasser brannte in den Augen und sie schwamm ein Stück zurück, bis sie Grund unter den Füßen spürte. Ihr Blick wurde von zwei Personen eingefangen – da waren sie doch! Quatsch. Die gleiche optische Täuschung hatte sie schon mal gehabt. Der Mann, der dort zu einer großen Decke lief, sah Kristof allerdings wirklich sehr ähnlich. Der Junge, der von der Decke aufsprang, war so blond wie Ole. Der Mann trug dieselben Shorts wie Kristof. Der Gang des Mannes war der von Kristof. Majas Herz begann heftiger zu schlagen. Sie waren es eben doch! Ihre ureigene Intuition hatte sie hierhergebracht! Sie watete ein Stück aus dem Wasser, blieb wieder stehen. Etwas stimmte nicht. Auf der Decke saß eine Frau mit langen, dunklen Haaren. Sie trug einen knallgelben Bikini, der auf ihrer gebräunten Haut perfekt aussah. Ein Model für eine Sonnenmilch. Der Junge zog den Mann auf die Decke und lachte. Die Frau strich dem Mann über die Schultern und nahm eine Tube in die Hand.

Maja schüttelte sich, weil sie dieses Trugbild loswerden wollte. Sie watete aus dem Wasser. Deutlich erkannte sie jetzt Kristof und Ole. Kristof saß seitlich zu ihr und die schlanke Frau im gelben Bikini cremte ihm zärtlich den Rücken ein. Maja fühlte sich auf einmal ganz schwach und ging in die Knie. Haarsträhnen klebten ihr im Gesicht, doch sie hatte keine Kraft, die Strähnen nach hinten zu streichen, stützte sich mit den Händen im nassen Sand ab, schöpfte Atem. Wenn Kristof herübersähe, würde er sie, dahockend wie ein Frosch, wohl kaum erkennen oder höchstens denken: Was ist denn mit der los? Aber er sah nicht herüber. Es wirkte so, als hätte er die Augen geschlossen, um die über seinen Rücken gleitenden Frauenhände voll und ganz zu genießen. Ole sprang um die beiden herum, er war sehr fröhlich. Maja glaubte, ihn »Mama« rufen zu hören.

Maja schleppte sich zu ihrer Decke und ließ sich fallen. Sie setzte ihre Sonnenbrille auf. Sie wollte keinesfalls erkannt werden. *Mama*. Das also musste Svenja sein. Viel hatte Kristof nicht von ihr erzählt. Schon gar nicht, dass sie herkommen wollte. Betont hatte er, dass sie schon lange getrennt waren und sie sich überhaupt nicht mehr verstanden, im Gegenteil.

Svenja cremte und cremte, als gäbe es nichts Schöneres auf der Welt. Maja wäre am liebsten aufgesprungen, hinübergerannt und hätte sie angeschrien: Hör auf damit!

Endlich legte sie die Tube zur Seite.

Die drei lagen nun gemütlich auf dem Bauch und steckten die Köpfe zusammen, Ole in der Mitte. Sie begannen, gemeinsam Karten zu spielen. Sie lachten. Sie hatten Spaß. Eine harmonische Familie. Kristof hatte es fertiggebracht, Maja in diesem Punkt komplett zu täuschen. Sie rollte sich auf den Rücken und starrte in den Himmel. Es war ein leerer Himmel. Innerhalb weniger Sekunden war sie zur unglücklichsten Frau am kilometerlangen, weiten Strand von Usedom geworden.

KAPITEL 11

KRISTOF

Svenja cremte und cremte und strapazierte seine Geduld. »Deine Schultern sind ganz rot. Die können ein bisschen Pflege gebrauchen«, sagte sie mit leicht vorwurfsvollem Unterton.

Er atmete tief durch und ließ sie gewähren. So wie er Svenja seit ihrer Ankunft gewähren ließ, weil er vor Ole nicht mit ihr streiten wollte.

Sie hatte ihn um acht Uhr morgens aus dem Bett geklingelt. »Ich komme für ein, zwei Tage zu euch. Es ist entschieden. Wir sollten es Ole gemeinsam beibringen. Dann lasse ich euch wieder allein.«

Seitdem höhlte ihn die Verzweiflung aus. Statt sich mit Maja zu treffen und einen herrlichen Tag zu genießen, würde es der schlimmste Tag seit Langem werden. Dabei war er als der zufriedenste Mann auf ganz Usedom eingeschlafen.

Nach Svenjas Anruf hatte er sich mit Maja – statt für den Strand – zum Abendessen verabredet. Dann würde er ihr von Svenjas Überfall erzählen und davon, was ihm bevorstand. Bis dahin lag er hier im Sand, als wäre alles ganz okay. Einen Tag lang tat er seiner Ex und Ole den Gefallen. Und wenn er doch vor Gericht ging? Immer wieder wog Kristof diese Möglichkeit ab, immer wieder kehrte er zum Ausgangspunkt seiner Überlegungen zurück. Dann wären sie endgültig zerstritten. Er durfte nicht nur an sich denken und deswegen spielte er bei Svenjas Vorschlag mit, ein paar harmonische Stunden zu verbringen, Ole dann in ihre Mitte zu nehmen und ihm ruhig zu erklären, wie die Zukunft aussah. Manchmal kniff Kristof die Augen zusammen, weil es so wehtat. Ohne seinen Sohn, der den Lebensrhythmus angenehm bestimmt und mit Freude erfüllt hatte, fühlte sich alles ziemlich düster an. Allein die Sache mit Maja war ein Lichtblick.

Gleich war es so weit. Ole lag zwischen ihnen und sie spielten noch eine letzte Runde Uno.

Immer wieder sah Kristof zum Wasser. Theoretisch könnte Maja dort jeden Moment vorbeilaufen. Vielleicht war sie in der Nähe. Er hatte so ein Gefühl. Doch sollte es dazu kommen, dass er Maja und Svenja miteinander bekannt machte, dann lieber ein andermal. Jetzt ging es erst einmal um seinen Jungen. Er versuchte zu lächeln und hätte schreien können.

»Uno!«, rief Ole. Svenja hatte ihn gewinnen lassen und er hatte nicht aufgepasst.

Sie sammelte die Karten ein.

»Noch eins, noch eins«, bettelte Ole. »Bitte! Wir spielen so selten!«

Svenja wollte schon nachgeben, noch mal fünf Minuten heile Welt spielen.

»Nein«, sagte Kristof. »Mama hat dir etwas Wichtiges zu sagen. Und dann ich.«

Ole wurde still und machte große Augen. »Sind die Ferien schon vorbei?«, fragte er. »Fahren wir schon weg?« Ein bisschen was wusste er natürlich über die Pläne seiner Mutter und das neue, aufregende Land, in dem er künftig vielleicht leben sollte.

Svenja saß aufrecht da und die Maske der glücklichen Mutter fiel von ihr ab. Ihre Stimme zitterte ein bisschen. »Quatsch. Du machst mit Papa wie besprochen deine Ferien.

Aber dann, bald, ziehen wir beide zu deiner Tante und deinem Onkel und zu deinen Cousins John und David nach Kanada.«

Ein Lächeln zuckte über Oles Gesicht und verschwand gleich wieder. »Ich muss doch nach den Ferien in die Schule.«

»Das gehst du in Hamburg auch noch eine Weile. Später gehst du in Toronto zur Schule. Darüber haben wir schon gesprochen, weißt du noch?«

Ole sah nicht glücklich aus. Für ein Kind musste es eine schwierige Vorstellung sein: eine neue Schule, neue Freunde. Er tat sich zudem ein bisschen schwer, Freundschaften zu schließen. Hier im Urlaub wich er kaum von Kristofs Seite. Nur einmal war er bei anderen Kindern auf der Nachbardecke gewesen, doch die Familie war leider am nächsten Tag abgereist.

»Du gehst dann mit John in die Klasse. Er kennt viele coole Jungs. Er freut sich auf dich«, sagte Svenja. Es war eines ihrer besten Argumente.

»Und ich habe ein größeres Zimmer?«

Das Haus von Svenjas Schwester war riesig. Ihr Mann arbeitete als Architekt und hatte sich mit dem Umbau eines alten Gehöfts selbst verwirklicht und auch an eine Einliegerwohnung gedacht. Es gab einen großen Garten und die vielen Parks und Naturschutzgebiete, der Lake Ontario und die nahe Natur rund um die Metropole waren atemberaubend. Zweimal war Kristof mit Svenja und Ole dort gewesen. Aus Spaß hatten sie davon gesprochen, auszuwandern. Wäre Kristof von der Entscheidung nicht selbst betroffen, er hätte sie für Mutter und Sohn nach einer Trennung gar nicht so schlecht gefunden. Modern. Zeitgemäß. Kosmopolitisch! Für den Stubenhocker Ole ganz gut und irgendwie machbar. Geld für die Flugreisen war da. Svenja bekam durch ihre Verwandten das erforderliche Visum, die Familie bürgte für sie und beruflich boten sich ihr wirklich gute Chancen. Eine Agentur würde sie unter Vertrag nehmen. Sie würde Schauspieler coachen oder selbst schauspielern. Sie würde sich vielleicht sogar einen Filmstar angeln. Kristof traute ihr vieles zu.

Ole saß zwischen ihnen. »Und du kommst ganz oft?«, fragte Ole ihn.

Kristof sah Svenja an. Kinder konnten besser mit ehrlichen Worten umgehen als mit Schwindeleien, daran glaubte er fest. »Hast du das gesagt: ganz oft?«, fragte er sie und schaffte es, neutral zu klingen. Er hätte Ole gern gesagt: Vielleicht komme ich nach. Bis vor wenigen Tagen hatte er diesen Gedanken durchaus zugelassen. Jetzt hatte er eine Frau kennengelernt, durch die alles etwas anders geworden war.

»Sooft es geht, das hast du gesagt und das habe ich gesagt«, erwiderte Svenja. »In den Ferien kannst du auch mal zu Papa fliegen. Du wirst sehen, es wird alles schön werden.«

Ole kräuselte die Stirn. Er war noch nicht ganz überzeugt. Er spürte wahrscheinlich, dass es seinem Vater nicht gut damit ging.

Kristof gab sich einen Ruck. Entweder zog er die Sache jetzt durch, damit Ole frei und glücklich in die neue Situation hineinwachsen konnte, oder er sagte offen Nein. Es war wirklich die allerletzte Chance.

Svenja sah ihn stumm und ernst an. Sie beide kannten sich sehr gut. In seinem Inneren tobte ein Kampf und sie konnte es sehen. Ihm fehlte noch der letzte Anstoß, um endlich Frieden zu schließen. Wieder kam ihm Maja in den Sinn. War sie es, die es ihm leichter machte, den Schritt zu tun und Ole loszulassen? Wenn Svenja fortging, konnte er eine neue Beziehung jenseits ihres Schattens eingehen. Da war wieder der Lichtblick, gleichzeitig schüttelte er über sich selbst den Kopf. Er dachte schon an eine Beziehung, dabei kannte er Maja erst eine Woche. Trotzdem.

Plötzlich spürte Kristof die Kraft, ganz ehrlich zu sagen: »Ich wünsche euch das Beste. Nein, ich wünsche uns allen das

Beste. Wir werden das Beste aus der Zukunft machen, Ole, hm?«

Sein Blondie fing sofort an zu strahlen. Weil er ihm glaubte, weil Kristof sich selbst endlich glaubte. Svenja lächelte erleichtert. Er beugte sich zu ihr und flüsterte ihr ins Ohr: »Jetzt sind wir quitt. Ich möchte nie wieder einen Vorwurf von dir hören. Du lebst dein Leben und ich meins.«

Ole drängelte sich zwischen sie. »Was redet ihr da?«

Kristof zog ihn an seine Brust. »Wir haben einen Pakt geschlossen. Auch wenn Mama und ich dann weit voneinander entfernt wohnen, so sind wir über dich miteinander verbunden. Und das für immer.«

Ole streckte seinen Arm nach Svenja aus, umschlang sie und drückte ihn auf der einen und sie auf der anderen Seite an sich. Für ein paar Sekunden wurden sie eins. So intensiv umschlangen sie sich zu dritt wohl das letzte Mal in diesem Leben.

Maja schickte die Nachricht am frühen Abend, als er gerade das Hotel verließ. Sie fühle sich nicht gut und wolle nicht zum Italiener kommen, schrieb sie eine Viertelstunde vor ihrer Verabredung. Kristof las die Botschaft mehrfach und rätselte, was sie zu bedeuten hatte. Mochte er sich Svenja gegenüber manchmal hilflos fühlen, war es bei Maja ganz anders. Hier gab es eine Zukunft zu entwerfen, wenn es stimmte, was sie gesagt hatte: Ihre Ehe war so gut wie vorbei. Aber vielleicht machte er sich unter dem weiten Sommerhimmel der Ostsee auch etwas vor. Vielleicht war er für sie doch nur ein kleines Abenteuer und in Berlin ging ihr Leben, durch einen Seitensprung kurz durcheinandergewirbelt, wieder seinen Gang. Er könnte es verstehen. Für jeden, der eine lange Beziehung verließ, war es schwer, nicht nur für den Verlassenen. Maja geriet womöglich ins Fahrwasser dessen, was ihr vielleicht bevorstand. Deswegen ging es ihr heute nicht gut. Es musste mit ihm zu tun haben. Die blanke Nachricht war zu seltsam und passte kein bisschen zu dem Abend, den sie gestern miteinander verbracht hatten. Er rief bei ihr an, um zu sagen, dass er sie gern zu Hause besuchen würde. Es klingelte gefühlt hundert Mal. Dann marschierte er los.

Die Sonne stand tief, schien aber noch hell und warm. Zweimal war er den Weg gegangen, um Ole nachts abzuholen. Diesmal brauchte er keine zehn Minuten. Er bog den kleinen Weg zum Gartenhaus ein. Das Grundstück war von einer Hecke geschützt und je näher er kam, desto deutlicher hörte er Stimmen. Sie gehörten zu Maja und Didi. Sie diskutierten über etwas und es klang nicht entspannt. Die letzten Schritte ging Kristof langsam. Er glaubte, die Worte *Gero* und *Abreise* zu hören. Na toll! Er zwang sich, nicht stehen zu bleiben und zu lauschen. Laut rief er: »Hallo« und drückte das Tor auf. Die Stimmen verstummten und auf der Terrasse, die vielleicht zehn Schritte vom Tor entfernt war, sprang Maja auf, als hätte sie etwas gestochen.

Er ging auf sie zu. »Maja, hallo! Was ist denn los? Ich mache mir Sorgen.«

Auch Didi stand auf und sah ihm entgegen. Sie hob die Augenbrauen und machte ein ratloses Gesicht, was Maja nicht sehen konnte. Hier wurden ernsthafte Probleme gewälzt. Didi hob die Handflächen ein Stück zum Himmel. »Willkommen.«

Maja sagte zu ihm: »Hallo. Warum bist du hier?«

»Warum ich hier bin?« Kristof fiel aus allen Wolken. Hier stimmte etwas ganz und gar nicht.

Didi wandte sich ab: »Ich mache euch einen Tee.« Sie verschwand im Haus.

Maja hatte die Arme vor der Brust verschränkt und rührte sich keinen Millimeter, als er vor ihr stehen blieb.

Kristof machte erst gar nicht den Versuch, sie zu umarmen. »Sag's mir ruhig gleich«, sagte er. »Fährst du zurück nach Berlin zu deinem Ehemann?«

»Wie bitte?«

»Tja. Wäre auch zu schön gewesen mit uns.« Er klang trauriger, als er wollte.

Ihr starrer Gesichtsausdruck bekam Risse. Von einer Sekunde auf die andere sah sie todunglücklich aus.

Er umarmte sie, doch genauso gut hätte er eine steife Puppe umarmen können. »Du hast Angst, das kann ich verstehen. Aber es wird schon alles gut«, murmelte er in ihr weiches Haar.

»Spinnst du?« Sie machte sich von ihm los und trat einen Schritt zurück. »Was spielst du eigentlich für ein Spiel?«

Er wurde immer ratloser. »Was meinst du damit?«

»Mann! Ich hab euch heute zu dritt am Strand gesehen!«

Er verstand sofort und stöhnte auf. »Echt? Wann denn?«

»Ist das wichtig?«

»Sorry, nein, natürlich nicht. Genau darüber wollte ich mit dir sprechen, weil …«

»Eine harmonische Familie. Zärtliche Blicke und Berührungen, eine lange Umarmung. Ich meine, nicht dass ich was dagegen hätte, wenn andere Menschen glücklich sind. Nur gegen Lügen habe ich was.«

»Wieso Lügen?« Noch während er fragte, dämmerte ihm das Missverständnis. Ja, sie hatte das Äußere gesehen, er hatte schließlich perfekt mitgespielt. Das trügerische Äußere. Das halbe Weltgeschehen musste auf Missverständnissen wie diesem beruhen. Was an der Oberfläche zu beobachten war, entsprach oft nicht der letzten Wahrheit. Es lag in der menschlichen Natur, sich täuschen zu lassen und andere täuschen zu können, wenn man es wollte. Er wollte *nicht*!

»Kristof, bitte.« Sie drehte sich weg, als wollte sie fortgehen, aber hier in dem kleinen Garten konnte sie nirgends hin.

168

»Mensch, Maja!« Mehr fiel ihm in diesem Moment nicht ein. Es war eine Falle, in die sie beide gleich hineingerieten, wenn sie nicht aufpassten. Die Falle des Misstrauens. Er kehrte die Situation gedanklich um. Wie würde er reagieren, hätte er Maja plötzlich mit ihrer Familie happy am Strand gesehen? Vermutlich ähnlich wie sie jetzt. Maja rührte sich nicht. Es war eine stumme Aufforderung, sie in Ruhe zu lassen. Das konnte sie vergessen! Er fasste sie an der Schulter und drehte sie wieder zu sich, als stünden sie auf einer Theaterbühne und es käme nur darauf an, die Figuren richtig zu arrangieren, damit alles wieder passte.

»Du hast richtig gehört«, sagte sie. »Ich will zurück nach Berlin, am liebsten gleich morgen. Ich bin fertig hier. Du glaubst doch nicht, ich schaue mir das an?«

Er ließ sie los. »Wirklich?« Er war erschüttert. Aber nur kurz. Maja war eifersüchtig. Für ihn zählte das zu den ambivalenten Eigenschaften. Auf den Dating-Portalen gab es bestimmt einige Männer und Frauen, die behaupteten, Eifersucht gehöre zur Liebe dazu. Partnersuchende, für die es ein kleiner Kick war, eifersüchtig zu sein oder jemanden eifersüchtig zu machen. Für ihn gab es nur einen Kick: Ehrlichkeit. »Ich muss mit dir reden. Können wir uns setzen?«

»Du brauchst nicht zu versuchen, mich umzustimmen. Das versucht meine Mutter schon die ganze Zeit.«

Gemeinsam schaffen wir das schon, dachte Kristof und sagte zu Maja: »Machen wir es so: Wir hören uns einfach gegenseitig zu.«

Endlich drang er zu ihr durch. Er stand hier mit der nackten Wahrheit im Gepäck und jetzt spürte sie offenbar, dass bei ihm etwas passiert war. Sie setzten sich an den Tisch auf der Veranda, Didi kam heraus und brachte Tee. Sie wollte gleich wieder hineingehen, aber Maja sagte: »Bleib ruhig da.«

Kristof hatte nichts dagegen. Er hatte Didi, diese besondere Person, in den wenigen Tagen schon zu schätzen gelernt. Einen weisen Rat, den sie zu seiner Situation bestimmt parat hatte, konnte er gut gebrauchen. Didi brachte noch eine Tasse, goss allen ein und sagte nur: »Danke, dass ich dabei sein darf.« Ihre ehrliche Dankbarkeit für so viele Dinge war bemerkenswert und machte es ihm leichter, von sich zu erzählen.

Es brach aus ihm heraus. Er begann beim Beziehungs-Aus vor zwei Jahren und spannte den Bogen bis hin zur bevorstehenden Trennung von Ole. Er redete übergangslos von der Einsamkeit in seinem Exil in der Lüneburger Heide, von dem Tunnel, in dem er feststeckte – bis vor wenigen Tagen, als er Maja das erste Mal sah. Er redete von dem Lichtblick, den sie für ihn bedeutete. Er erzählte davon, dass Svenja ihn mit ihrem Besuch überfallen und Ole einen letzten gemeinsamen, schönen Familien-Strandtag hatte schenken wollen. »Sie rief heute Morgen an. Maja, ich wollte dich bisher nicht mit meinen persönlichen Problemen behelligen. Jetzt geht's nicht mehr anders.«

Erschöpft lehnte er sich zurück. Die Grillen fingen an zu zirpen und bildeten das perfekte Hintergrundgeräusch für den milden Sommerabend. In das langsam schwindende Licht getaucht, wirkte das weißblaue Holzhaus mit dem blühenden Garten und den beiden tollsten Frauen, die er seit Langem kennengelernt hatte, wie eine rettende Insel inmitten des Orkans, der sein Leben zu verwüsten drohte. Die Sache mit Ole war schlimm genug. Aber wenn Maja nun wirklich abreiste und nichts mehr von ihm wissen wollte, gab es kein Licht mehr im Tunnel. Er starrte in seine Teetasse.

Ein Arm schob sich über den Tisch. Er sah zu Maja. Er nahm ihre Hand, führte sie zum Mund und küsste sie. Es war eine ganz spontane Geste, die er in Filmen immer belächelt und als Kalkül der Männer angesehen hatte, um eine Frau zu umschmeicheln. Jetzt konnte er damit ausdrücken, wie wichtig sie ihm war.

Didis Gesicht spiegelte Mitgefühl.

Maja räusperte sich, machte den Versuch, etwas zu sagen, räusperte sich wieder. »Es tut mir so leid«, brachte sie schließlich hervor.

»Was ihr euch noch so zu sagen habt, dafür braucht ihr keine Zeugin.« Didi stand auf. »Du bist ein starker Mann«, sagte sie zu Kristof. »Indem du Ole aus Liebe loslässt, wird an anderer Stelle Liebe zu dir zurückkommen. So sind die unsichtbaren Gesetze des Lebens. Ich glaube fest daran. Jetzt habe ich drinnen mit meinem Schmuck zu tun. Ich empfehle euch übrigens die Hängematte. Für Ole ist es das beste Versteck vor den vielen Insel-Gespenstern. Der Junge ist bei mir jederzeit willkommen. Das habe ich Maja schon gesagt und nun auch dir. Vergesst es nicht.« Sie ging ins Haus und schloss hinter sich die Tür.

»Meine Mutter«, sagte Maja nur.

Kristof stand auf und ging zur Hängematte. Er zog den hellen Stoff ein Stück auseinander. »Darf ich bitten?«, fragte er und machte eine kleine Verbeugung, passend zum Handkuss eben.

Maja lächelte. Das Eis war gebrochen. Sie stiegen hinein ins Raumschiff, lagen sich gegenüber, ruckelten sich zurecht. Eines ihrer Beine lag auf seinem, ihre Köpfe schwebten etwas erhöht.

»Gut, so ein Positionswechsel«, sagte er.

Sie sah ihn abwartend an.

»Was du heute gesehen hast, war extra für Ole inszeniert. Muss eine überzeugende Vorstellung gewesen sein. Zwischen mir und Svenja läuft nichts mehr, gar nichts, null. Aber wir haben nun mal ein Kind, ich muss und möchte ein gutes Verhältnis zu seiner Mutter wahren. Es ist furchtbar, dass Ole so weit wegzieht. Wenn ich irgendetwas Gutes darin sehen kann, dann, dass ich viel mehr Zeit haben werde als all die Jahre zuvor. Auch für dich.«

Sie schaukelten eine Weile hin und her, bis Maja antwortete: »Zu wenig gemeinsame Zeit. Auch deswegen ist meine Ehe kaputtgegangen. Ich bin selbst überrascht, aber es ist vorbei. Du bist das i-Tüpfelchen, das noch gefehlt hat.«

»Ich bin ein i-Tüpfelchen?«, fragte er in spaßigem Ton, weil er so erleichtert war.

Maja blieb ernst. »Das i-Tüpfelchen, um festzustellen, dass etwas Neues anbricht. Als ich dich mit deiner Familie sah, wollte ich kurz sterben. Oder zumindest sofort abreisen. An meiner Erkenntnis hätte es nichts geändert. Ich will irgendwie neu anfangen, unabhängig davon, was du tust oder was Gero tut.«

»Wow. Und jetzt?«

»Mehr als eine Umarmung habe ich nicht gesehen. Wenn ich dir jetzt nicht vertraue, dann können wir es auch gleich lassen.«

Kristof war unendlich erleichtert. »Klingt so, als würden hier zwei erwachsene Menschen miteinander reden.«

»Wo sind sie denn jetzt?«

»Svenja und Ole? Im Hotel.«

»Sie übernachtet bei euch?«

»Bei Ole im Zimmer, nicht bei mir. Ganz bestimmt nicht. Du lagst in meinem Bett und ich werde keines deiner Moleküle, das du dort gelassen hast, gegen das einer anderen Frau eintauschen.« Eine Liebeserklärung auf molekularer Ebene! Schade, dass es nicht möglich war, auf Dating-Portalen auch Düfte zu hinterlegen. So könnten sich manche Paare in spe mit geschlossenen Augen füreinander entscheiden. Sich gern zu riechen, das war mindestens genauso wichtig, wie miteinander reden zu können.

Maja sah ihn nachdenklich an. »Manchmal wiederholen sich private Geschichten so lange, bis man sie verändert. Ich habe mir von Gero ein Kind gewünscht, nachdem ich seine

172

Tochter mit großgezogen habe. Und jetzt verliebe ich mich wieder in einen Mann mit Kind, der viel mit seinem Job beschäftigt ist. Diese Ähnlichkeit hat mich ins Grübeln gebracht, ins Zweifeln. Für dich tut es mir unendlich leid. Ich hab Ole gern, aber für mich wird die Situation leichter. Mit einem Kind zu leben, es ins Herz zu schließen und doch keine *echte* Mutter zu sein, das kann sehr wehtun. Ich mag das nicht unbedingt noch mal durchleiden.«

»Ehrliche Worte.«

»Darum geht es doch gerade.«

»Ab morgen bin ich mit Ole wieder allein. Bleib bitte da. Wir können viel gemeinsam unternehmen und vielleicht auch mal auf Didis Angebot zurückkommen. Fangen wir gleich an mit der Zeit zu zweit.« Sie setzten sich auf und stellten die Beine auf festen Boden. »Doch noch zum Italiener?«, fragte er und zog sie aus der Hängematte hoch. »Oder woanders hin?«

»Hast du Svenja erzählt, wo du heute bist?«

»Ich bin ihr keine Rechenschaft schuldig, schon gar nicht, wenn sie einfach hier hereinplatzt.«

»Wie würde sie reagieren?«

»Keine Ahnung. Es geht sie auch nichts an.«

»Wenn ich hierbleibe schon. Falls wir uns noch mal über den Weg laufen, wer weiß. So etwas wie heute Nachmittag will ich nie wieder erleben.«

»Sie hat versprochen, dass sie morgen wieder fährt.«

»Dann rede heute mit ihr. Ich lauf auch nicht weg.«

Jetzt fiel ihm gar nichts mehr ein. Maja verhielt sich nicht nur verständnisvoll, sondern großmütig, sie schickte ihn zurück zu seiner Familie. Es war eine weitere hervorragende Charaktereigenschaft, die er bei ihr entdeckte. Sie verabschiedeten sich als Liebespaar. Beschwingt lief er zum Hotel, betrat die Suite und kam vom Himmel in die Hölle. Svenja sah ihn grimmig an. Ole putzte sich im Bad die Zähne.

»Du hast eine Frau hier auf dem Zimmer empfangen?«, fragte sie, kaum hatte er sie begrüßt.

Wahrscheinlich hatte Svenja Ole darüber ausgefragt, was er in den vergangenen Tagen erlebt hatte. Ole erzählte gern und viel. Völlig unbedarft natürlich.

»Hier auf dem Zimmer?«, wiederholte sie.

Kristof stutzte nun doch. Dass Maja im Zimmer gewesen war, davon hatte er Ole nichts erzählt, das konnte er nicht wissen. »Wie kommst du darauf?« Er setzte sich auf die Couch und zog sich die Schuhe aus.

»Darauf bin ich selbst gestoßen, ich bin ja nicht dumm. Ich wollte an der Rezeption nach dem Preis für meine Nacht hier fragen, da schaute mich der Herr ziemlich irritiert an. Wir verständigten uns zwischen den Zeilen, dass ich eine andere bin und nicht die, für die du schon mal bezahlt hast.«

Kristof hätte am liebsten laut gelacht. Er, der zwei Jahre wie ein Mönch gelebt hatte, wurde nun vom Personal für einen Casanova gehalten, der innerhalb weniger Tage mehrere Frauen auf seinem Zimmer empfing. Maja war zwar in dieser einen Nacht nicht geblieben, aber dafür am anderen Tag einige Stunden bei ihm gewesen. Er hatte an der Rezeption darum gebeten, ihren Besuch mit auf die Rechnung zu setzen. Dass Svenja es auf diese Weise erfuhr, war Ironie des Schicksals.

»Nach dieser Entdeckung hast du vermutlich gleich Ole ausgefragt?«, erkundigte er sich.

»Er hat mir schon wieder von einer Maja und einer Didi erzählt. Ole ist von der einen ganz begeistert und du von der anderen, wie mir scheint.«

»Richtig.« Kristof legte die Beine auf den Tisch. »Wollen wir darüber später sprechen, wenn der Junge im Bett ist?«

Svenja schüttelte den Kopf. »Du kannst doch keine fremden Frauen empfangen, während dein Sohn hier ist.« Sie sprach leise und aufgeregt, lief hin und her und gab ihm mal wieder das Gefühl, etwas abgrundtief Schlechtes getan zu haben.

Er wollte locker bleiben, doch es ging nicht. Svenja forderte ihn nach wie vor heraus. Er nahm die Füße vom Tisch und beugte sich nach vorn. »Du hast das Wichtigste immer noch nicht verstanden. Durch mein Verhalten wird Ole keinen Schaden nehmen, weder hier noch woanders. Genau deswegen lasse ich euch ohne Streit gehen. Kannst du ermessen, wie schwer das ist? Ich weiß, was ich tue. Ja, es gibt eine Frau, die ich näher kennenlernen möchte, den Plural kannst du dir sparen. Das sind die Fakten. Außerdem haben wir eine Abmachung: keine Vorwürfe mehr. Jeder lebt sein Leben. Bitte halte dich auch daran. Bleib jetzt fair.«

Svenja blieb wie angewurzelt stehen und sah ihn an, als wäre sie durch seine Ansprache aus einem tiefen Schlaf erwacht. Sie rieb sich sogar die Augen, als schaute sie das erste Mal nicht mehr durch die rosarote Brille einer Frau, die dachte, ihr stehe alles zu, nur weil sie super attraktiv war. Fehleinschätzung!

Ole kam im Schlafanzug herein. »Toben und kuscheln«, forderte er. Er schmiegte sich an Svenja und streckte einen Arm nach Kristof aus.

»Verdammt«, sagte sie, »du hast recht. Sorry. Es beginnt eine neue Zeit. Hoffentlich für uns alle.«

KAPITEL 12

DIDI

Der Wind blies ihr herrlich ins Gesicht, die Sonne wärmte ihre Arme und am schönsten war das Gefühl, dass sie locker mithalten konnte. Didi bildete das Schlusslicht ihrer kleinen Gruppe und so schnell die anderen auch manchmal in die Pedale traten, sie verlor nie den Anschluss, auch nicht bergauf. Sie überholten einige Radfahrer in ihrem Alter. Maja fuhr vor ihr und drehte sich immer wieder nach ihr um. Jedes Mal erschien ein Lächeln auf ihrem Gesicht wie eine aufgehende Sonne. Es zielte direkt in Didis Herz und erstickte die aufbrandende Stimme ihres inneren Richters im Keim, der sie mahnte, sich nicht weiter einzumischen. Aber ohne ihre Hilfe konnten Maja und Kristof kaum ungestört Zeit miteinander verbringen, das war klar. Am Tag zuvor, nachdem Oles Mutter abgereist war, hatten sie zu viert einen Strandtag mit gut gefülltem Picknickkorb verbracht und abends waren sie, sonnendurchglüht und gut gelaunt, nach Hause gegangen: Kristof und Ole ins Hotel, Maja und sie ins Gartenhaus. Heute nach der Radtour aber würde sie Ole über Nacht zu sich nehmen und Maja würde bei Kristof bleiben. Maja hatte Gero am Telefon gesagt, dass sie nach diesem Urlaub mit ihm über getrennte Wege reden wollte. Sie bat ihn, sie nicht mit Anrufen und Nachrichten zu bombardieren und selbst in

176

Ruhe darüber nachzudenken. Didi fand das richtig so und das bisschen schlechte Gewissen, das sie Gero gegenüber empfunden hatte, war fast verschwunden. Maja hatte Klartext gesprochen. Natürlich würde Gero sie, Didi, für Majas Entscheidung mitverantwortlich machen. Das hatte er schon angedeutet, als es um seinen Verdacht ging, dass Maja sich mit einem anderen traf: *Du bist wohl kaum diejenige, die es ihr ausreden wird, habe ich recht?* Didi würde vor ihm geradestehen und seinen verbalen Angriffen standhalten müssen. Im Nachhinein würde er alles herausfinden, sogar ihre Bereitschaft, Majas Affäre tatkräftig zu unterstützen.

Vor ihr rief die Truppe »Oh« und »Ah«, weil die Landschaft um sie herum so schön war. Ein Windstoß fuhr Didi entgegen wie ein Schlag. Fest umfasste sie den Lenker und konzentrierte sich wieder auf die Straße. Aus solchen Zeichen der Natur las sie die immer gleiche Botschaft: Lieber das Hier und Jetzt genießen, als die Gedanken in die Zukunft schweifen lassen, schon gar nicht an ein so unerfreuliches Ereignis. Es war ein Grundpfeiler ihrer Lebenseinstellung.

Sie fuhren eine herrliche Allee entlang, gesäumt von Blumenwiesen, Weiden, Mischwald und dem hügeligen Hinterland der See. Zuvor waren sie über die Peenebrücke nach Wolgast gefahren und wieder zurück. Es war Oles Wunsch gewesen, dem Spektakel der riesigen blauen Zugbrücke zuzusehen. Von dort sollte ihr Weg über die alten Fischerdörfer und Seebäder bis zur polnischen Grenze führen. Eine klassische Rundumtour, auf der für jeden etwas dabei war, stellenweise aber waren viel zu viele Autos unterwegs. Didi kannte die Strecke und auch ein paar Schleichwege, auf denen weniger los war.

»Kleine Pause«, rief Kristof, der ganz vorn fuhr. »Ich bin am Verdursten!«

In der sommerbunten Landschaft gab es schöne Stellen, die entdeckt werden wollten. Mystische Moore, versteckte Seen, kaum befahrene Straßen und verschwiegene Ufer. So viel Didi in ihrem Leben auch schon gereist war, die einzigartige deutsch-polnische Insel in der Pommerschen Bucht war ein magischer Fleck. Sie bogen in einen Feldweg ein und fanden, wie für sie herbeigezaubert, einen Platz. Unter einer dicken, krumm gewachsenen Eiche stand eine verwitterte Holzbank. Sie passten gerade so nebeneinander darauf und tranken aus ihren Wasserflaschen. Die Grillen um sie herum gaben ihr Konzert. Sonst lag Stille über dem Land. Die Ruhe des Hochsommers auf ihrer Lieblingsinsel. Ein Augenblick für die Ewigkeit.

»Warum machen die Grillen so einen Krach?«, unterbrach Ole ihr andächtiges Schweigen.

»Und, wer weiß es?«, fragte Didi. Sie bezeichnete sich gern als wandelndes Insel- und Naturlexikon.

»Du«, entgegnete Maja und lachte.

»Zufällig ja. Es sind die Männchen, die ihre Flügel unglaublich schnell gegeneinander bewegen und dieses schrille Geräusch erzeugen. Wenn das Weibchen paarungsbereit ist, wird es von dem besonderen Gesang angelockt und kommt dem Männchen entgegen. Dann singt das Männchen für die Angebetete noch mal anders, kaum hörbar für den Menschen. Es gibt so viele Geheimnisse in der Natur.«

»Es singt doch dann aber gar nicht«, sagte Ole. »Es rasselt mit den Flügeln.«

»Genau genommen ja.«

Sie lauschten wieder dem Zirpen, das sich wie Wellen um sie herum aufbaute und verebbte.

»Rasseln die Grillen in Kanada wie bei uns?«

»Sind das dort nicht eher Zikaden, ganz ähnliche Insekten?«, fragte Maja.

»Ein paar wichtige Unterschiede gibt es schon. Grillen wohnen in Erdlöchern und können nicht fliegen, aber die Zikaden können es. Sie saugen sich an Pflanzen fest und singen auch etwas anders. Es gibt eine Massenparty der Zikaden in Amerika, so ein Spektakel gibt es hier bei uns nicht.«

Ole blickte sie gespannt an, Maja ebenfalls. Kristof hingegen senkte den Kopf. Zu spät. Mit dem Vergleich der Kontinente hatte sie Salz in seine Wunde gestreut. Etwas leiser und weniger begeistert erzählte sie davon, wie das Zikaden-Spektakel ablief: »Siebzehn Jahre schlafen die Larven in der Erde, dann erwachen und schlüpfen sie alle auf einmal. Es gibt auch welche, die schlafen *nur* dreizehn Jahre. Länger, als du auf der Erde bist. Es sind riesige Schwärme und sie machen solchen Krach, dass man sich nicht mal mehr richtig unterhalten kann.«

»Hast du sie gesehen?«, fragte Ole.

»Jemand hat es mir erzählt. Ich war noch nicht in Amerika«, sagte Didi und provozierte schon die nächste Frage.

»Dann kommst du uns besuchen«, sagte Ole völlig überzeugt. »Oder, Papa?« Er drehte sich zu Kristof um und Kristof sah zu ihr.

Sie wusste, was in ihm vorging. Er versuchte, die Zeit mit seinem Sohn möglichst tief zu genießen, an diesem wundervollen Tag mitten im Sommerhoch mit nur ein paar Wölkchen und etwas Wind, ideal für eine Radtour. Doch dann kam Tief *Kanada* wie eine schwarze Wolkenwand daher und verdüsterte alles.

»Oder?«, fragte Ole noch einmal und klang nun etwas verunsichert. Niemand konnte seine Frage beantworten.

Maja rettete die Situation. »Mal sehen. Jetzt lass uns erst mal schauen, ob wir so eine heimische Grille finden.« Sie streckte Ole die Hand hin. »Komm!«

Der Junge ließ sich ablenken und sie liefen ein paar Meter zu der Wiese mit den hohen Gräsern. Sofort wurde das Zirpen leiser.

»Sie sind sehr scheu«, rief Didi ihnen hinterher. »Ihr dürft euch nicht bewegen!«

Die beiden hockten sich am Wegrand hin. Das Zirpen brandete erneut auf und verwob sich zu einem Geräuschteppich, auf dem die Sommerstille dahinflog.

»Sie wäre eine großartige Mutter, oder?«, fragte Kristof.

»Sie ist es«, sagte Didi. »Ein angenommenes Kind aufzuziehen, dafür bewundere ich meine Tochter. Ein eigenes wäre für sie … ach, ich rede manchmal zu viel.«

»… ein riesengroßer Wunsch«, führte Kristof ihren Satz zu Ende. »Das habe ich schon zu Beginn herausgehört. Für dich auch?«

Didi dachte kurz nach. »Ja und nein«, sagte sie. »Ich würde mich riesig freuen, aber ich hänge nicht mein Herz und meine ganze Lebensfreude daran. Ich wünschte, sie könnte es genauso sehen. Tut mir übrigens leid wegen eben, wegen Amerika.«

Kristof schüttelte den Kopf. »Quatsch, du gibst dir schon so viel Mühe mit Ole. Da brauchst du nicht auch noch die ganze Zeit an mich zu denken. Ich muss das irgendwie hinkriegen. Ich versuche mir möglichst selten vorzustellen, dass Ole weggeht. Aber dann erwischt es mich wieder wie ein Hammerschlag.«

»Da gibt es nur ein Rezept. Jetzt ist jetzt«, sagte Didi. »Es ist so ein schöner Tag! Ole ist absolut glücklich. Mach dich nicht verrückt. Bleib in der Gegenwart.« Sie holte ihr Handy hervor. Heute hatte sie es extra zum Fotografieren dabei. Dieser Moment war etwas ganz Besonderes und sie wollte ihn für die anderen festhalten. Maja und Ole kamen zurück und Didi ließ die drei auf der Bank zusammenrücken. »Das hier ist real«, wiederholte sie leise auch für sich selbst. Störche flogen über die

Wiese hinweg, der Wind wehte warm, es duftete nach Gras und Heu und die Grillen waren wieder alle aus ihren Erdlöchern gekrochen, um ihr Werben um die Weibchen fortzusetzen. So war das Leben.

Sie stiegen auf ihre Leihräder und radelten weiter nach Koserow. Es war der größte Ort der vier sogenannten Bernsteinbäder, wo an stürmischen Tagen das begehrte Meeresgold angespült wurde. Auch Didi hatte auf der Insel schon mal Bernstein gefunden. Bei schönem Wetter, wenn Tausende Strandgänger unterwegs waren, standen die Chancen eher schlecht. Koserow grenzte an zwei Ufer: das der Ostsee und das des Achterwassers, einer seeartigen Bucht, die mit dem Peenestrom verbunden war und als *Ostseelagune* beworben wurde. Das Bernsteinbad Koserow markierte die schmalste Stelle der Insel, wo Meer- und Seewasser nur wenige Hundert Meter auseinander lagen. Es war Majas Wunschstation auf der Tour. Über einen Wanderweg bestiegen sie den Streckelsberg, eine bewaldete Erhebung von fast sechzig Metern Höhe. Der Legende nach hatte hier der berühmte Seeräuber Klaus Störtebeker ein Versteck gehabt, wusste Didi zu erzählen. Hier oben im Grünen hätte sie ewig bleiben und die Aussicht auf das Meer und die Küste unter ihnen genießen können, aber Ole fand es bald langweilig, nur herumzustehen und er hatte Hunger.

»Auf zu den Fischbrötchen«, sagte Maja. »Es heißt, es sind die besten der Welt.«

Sie radelten zur Seebrücke von Koserow, die jüngst abgerissen und neu gebaut worden war. Auf der Plattform wartete jetzt ein Sonnenuntergangskino auf die Strandgäste. Das tägliche Naturspektakel konnte wie in einem Theater auf verschieden hohen Podesten bewundert werden. Auf dem Platz vor der Seebrücke war viel los. Es gab gastronomische Angebote, einen

Souvenirshop, einen Spielplatz, Ferienwohnungen. Sie stellten die Räder ab und Didi wies auf eine freie Bank. »Geht ihr zu eurer Bude. Ich habe meinen eigenen Proviant dabei und ruhe mich etwas aus. Nehmt euch Zeit.«

Maja drückte ihr einen Kuss auf die Stirn. Die drei gingen fort, Kristof lief in der Mitte und streckte die Arme nach beiden Seiten aus. Maja lachte ihn an. Didi machte einen Schnappschuss von dieser Szene. Es war so schön, Maja gelöst und fröhlich zu erleben. Nicht nur, weil dieser Tag glücklich machte. Mit ihrer Aussprache war ein Felsbrocken gesprengt worden, der zwischen ihnen gelegen hatte. Doch etwas stimmte eben noch nicht ganz, sagte ihre Intuition. Oder war es das Flüstern des Herrn Richter?

Sie wollte das Handy gerade zur Seite legen, da empfing sie eine Nachricht. Es passierte selten und sie war von Lilly. Sie war nicht einfach zu lesen, weil sie in der prallen Sonne saß, aber dann entzifferte sie:

Liebe Omi, ich glaube, du bist die Einzige, die mich noch versteht, oder?

Ein Stein fiel ihr vom Herzen. Immerhin akzeptierte Lilly sie weiterhin als ihre Großmutter. Sie hätte auch einen kleinen Stich bekommen, wenn sie jetzt nur noch *Didi* zu ihr gesagt hätte. Sofort überlegte sie sich eine Antwort, um Lilly ihre Freude zu zeigen – und ihr Verständnis. Natürlich konnte sie nachvollziehen, dass sie sich von ihren Eltern gerade abnabelte und ja, sie hatte Verständnis dafür, dass sie ihren Berufswunsch vor Gero und Maja verteidigte. Kaum jedoch hatte Didi das erste Wort getippt, fuhr ihr die Stimme des inneren Richters dazwischen. Jetzt hatte er doch etwas gefunden, um ihr schlechtes Gewissen, das gerade zur schwachen Glut geworden war, neu anzufachen.

Wieder sprach er äußerst streng zu ihr: *Statt deiner Stiefenkelin zu stabilen Verhältnissen zu verhelfen, die du deiner Tochter versagt hast, machst du ihr Mut, sich gegen ihre Eltern zu stellen. Du siehst zu, wie ihre Eltern sich trennen, du unterstützt diesen Prozess sogar. Du hast nicht nur Maja ihren Vater und Mike seine Tochter vorenthalten, sondern bist auch dabei, in Lillys Zukunft und das Wohlergehen ihrer Familie einzugreifen! Du tust so, als wärst du die großartigste Großmutter der Welt, dabei sind dir nur deine eigenen Überzeugungen wichtig …*

Sie steckte das Handy weg und stand ruckartig auf. Ihr Herz klopfte schneller und ihr war ein bisschen schwindelig. Stimmt, sie wollte ja etwas essen. Sie setzte sich wieder und holte ihr Sortiment an Obst und Gemüse zum Knabbern aus dem Rucksack. Das Handy piepste, Lilly schrieb nur: Omi? Sie hatte natürlich gesehen, dass sie die Nachricht gelesen hatte. Dann wollte sie immer gleich eine Antwort haben.

Didis Finger waren nicht so ruhig wie sonst. Nach ein paar Wörtern Kauderwelsch, die ihr das Wörterbuch des Telefons vorschlug, gab sie es auf und wählte Lillys Nummer. Doch sie ging nicht ran. Didi schüttelte innerlich den Kopf. Die moderne Kommunikation war ihr nicht geheuer, aber sie war besser, als sich überhaupt nicht zu verständigen.

Ich verstehe dich! Immer und überall, gelang es ihr, zurückzuschreiben, damit Lilly sich wenigstens nicht ganz allein auf dieser Welt fühlte. Denn deswegen hatte sie diesen Hilferuf sicherlich geschickt. Lilly sandte einen lachenden Smiley zurück. Nachdenklich aß Didi ihre Rohkost, bis die anderen zurückkamen. Jeder habe zwei Fischbrötchen verdrückt, so lecker seien sie gewesen, erzählte Ole.

Es war schon nachmittags und der Junge wollte endlich ins Wasser. Sie nahmen ihre Taschen und gingen bequem ein Stück über einen Holzsteg durch den Sand. Hier hatte man an die Rollstuhlfahrer gedacht, die so die Strandkörbe gut erreichen konnten. Während Kristof mit Ole schwimmen ging, blieb Maja bei ihr im Halbschatten eines verwaisten Korbs im Sand sitzen. Didi zeigte ihr die beiden kurzen Nachrichten von Lilly. »Ans Telefon geht sie nicht«, sagte sie.

Maja ließ sich nach hinten in den Sand fallen. »Immerhin ein Lebenszeichen. Dass ich mich über einen Smiley von ihr so freuen würde!« Sie schloss die Augen. »Wir müssen es Gero mitteilen, falls sie sich bei ihm immer noch nicht gemeldet hat. Lilly ist das einzige Thema, das uns im Moment verbindet. Er macht sich große Sorgen.« Sie legte eine Hand auf ihren Bauch und sagte mit halb geschlossenen Augen: »Bin ich vollgefuttert. Und müde ...« Sie schien fast einzuschlafen. Auch Didi hatte Lust auf ein Nickerchen, da schreckte Maja hoch. »Hast du ihm schon geschrieben?«

Didi setzte sich wieder auf. »Später. Ich mache das, wenn ich zurück bin. Oder willst du es tun?«

»Ehrlich gesagt: nein. Wahrscheinlich ruft Gero dann gleich zurück. Fragt, wo ich bin und was ich mache. Ich will gar nicht mit ihm sprechen. Ich sollte aber. Oder? Ich weiß es nicht.« Majas grünblaue Augen hatten in der Sonne einen besonders intensiven Glanz. Als könnte sie es selbst spüren, sagte sie: »Du meintest, du würdest mich gern mal wieder von innen leuchten sehen. Da dachtest du an einen Flirt, oder?«

»Genau.«

»Ich habe Gero noch nicht alles gesagt. Dass ich neu verliebt bin, wird ihn umhauen.«

»Goldstern, du musst es ihm nicht gleich sagen. Genieße es doch erst ein bisschen für dich. Es ist kein Schwerverbrechen, aber du wirst dich so fühlen, als wäre es eins, wenn du es ihm zu früh erzählst.«

»Und wenn er fragt, wo ich bin? Ich will nicht lügen.«

»Du wirst ja wohl ausgehen dürfen. Ich werde ihm eine Nachricht wegen Lilly schicken, ich habe sie schließlich bekommen. Ans Telefon gehe ich nicht, wenn er anruft. So einfach ist das.«

»Eine Notlösung.«

»Ich will auch nicht unbedingt mit ihm sprechen.«

»Du mochtest ihn nie besonders, oder?«

»Das stimmt nicht«, antwortete Didi. »Ich mag ihn. Ich denke oft und gern an die Zeit, als Lilly ein Kind war. Es gab erfüllte Berufsjahre für euch beide und ich finde, Lilly hat sich gut entwickelt. Dass sie jetzt bockig ist, finde ich übrigens recht normal. Und dich habe ich lange nicht mehr so fröhlich erlebt wie heute. All unsere schönen Urlaube kommen mir in den Sinn.«

Maja sah in die Ferne. »Wenn ich an dieses superromantische Wochenende mit Gero denke, als du auf Lilly aufgepasst hast, empfinde ich gar nichts.«

Didi strich ihr zärtlich eine Locke aus der Stirn. »Ich glaube nicht, dass es ihn völlig umhauen wird«, sagte sie. »Gero wird natürlich in seinem männlichen Stolz verletzt sein. Als gute Partie, so bezeichne ich ihn mal salopp, wird er eine neue Frau finden. Vielleicht schneller als du denkst. Damit musst du rechnen. Hab also kein schlechtes Gewissen, dass du … was hast du da eben gesagt?«

Maja lächelte verlegen. »Ich habe mich verliebt. Wärst du nicht gewesen und hättest mich geradezu mit der Nase auf Kristof gestoßen, hätte ich ihn nicht weiter beachtet. Jetzt hab ich den Salat.«

»Ja«, sagte Didi nur. Wie mutig von Maja, dass sie auf ihre Herzensstimme zu hören begann – während sie selbst stärker und stärker die Entscheidung anzweifelte, damals nicht nach Mike geforscht zu haben. Ihre Geschichte, die sie um diese Entscheidung herumgesponnen hatte, erschien ihr zunehmend fadenscheinig. Darunter lag die nackte Wahrheit. Sie schloss kurz die Augen, schluckte ihren Kloß im Hals hinunter und kehrte in die Gegenwart zurück. »Weißt du was? Du kannst das Gero gern so sagen. Ich hab das eingefädelt.« Es war das Mindeste, was sie für ihre Tochter tun konnte.

Maja trug ein rotes Stirnband, der Wind zauste ihre Locken in alle Richtungen, ihr Blick war mutig. »Nein. Das wäre ja noch schöner, kommt nicht in die Tüte. Die Verantwortung übernehme ich selbst. Du hast mir nur die Augen geöffnet. Früher oder später wäre es wohl auch so passiert.« Sie ließ sich zurücksinken, Didi tat es ihr gleich. Sie ruhten sich aus, tankten ein paar Minuten Kraft und Wärme.

Kristof und Ole kamen zurück und wollten weiter. Sie nahmen den Radweg nach Bansin und fuhren durchs herrlich kühle Grün der Wälder. Bis zur polnischen Grenze wollten sie radeln, doch auf Höhe des ältesten Cafés der Insel und noch ein gutes Stück vor dem Ziel wollte Ole nicht weiter. »Ein Eis«, bettelte er.

Sie schlossen ihre Räder aneinander und suchten auf der Terrasse vergeblich einen freien Tisch. Drinnen war es warm, doch durch die offenen Fenster ging ein angenehmer Luftzug. Auf den bunten Tapeten tummelten sich kunstvoll dargestellte Blumen und Vögel. Mit der Inneneinrichtung aus der Zeit der vorletzten Jahrhundertwende präsentierte sich das Lokal urig schön. Es war eines der wenigen Cafés, in das Didi gern ging. Der mythologischen Bedeutung seines Namens *Asgard* nach bezeichnete es eine Art Heim der Götter.

Hier schließt sich ein Kreis, dachte sie und holte nach der Bestellung ihre Überraschung für Maja heraus. Sie legte die Kette auf den Tisch. »Erschaffen aus den göttlichen Gaben der Natur«, sagte sie ein wenig stolz. Sie hatte besonders sorgfältig gearbeitet. Größe, Farbe und Kombination der Steine, Muscheln und der von den Gezeiten glatt geschliffenen Glassteine waren fein aufeinander abgestimmt. Die Kette war vollkommen, weil sie in diesen Tagen all ihre Liebe und besten Wünsche für Majas Zukunft eingearbeitet hatte.

»Sie ist wunderschön«, sagte Maja mit belegter Stimme und strich mit den Fingerspitzen darüber.

Ole nahm die Kette in die Hand und sagte zu Didi: »Wenn wir heute basteln, dann mache ich so eine auch für Mama.«

KAPITEL 13

MAJA

Tag und Nacht, hell und dunkel, Sonne und Mond, heiß und kühl, Meer und Land, nass und trocken, Himmel und Hölle, schön und schlimm, Liebe und Schmerz, Körper und Geist, Leben und Tod. Die Dinge waren für die Menschen ohne ihr Gegenstück nicht erfahrbar. Auf diese Weise war alles mit allem verbunden. Didi sprach öfter davon. Sich verbinden und sich trennen, das war auch so eine Einheit, die zusammengehörte. Frauen, die ein Kind austrugen, spürten am eigenen Leib, was Verbundenheit hieß. Doch nicht jede Frau musste Mutter werden, um diese unvergessliche Erfahrung zu machen. Liebespaare konnten es erleben, wenn sich nicht nur die Körper, sondern auch die unsichtbaren Teile ihrer selbst vereinigten. Wie vollkommen sich das anfühlte, hatte sie jetzt erst erlebt.

Maja lag mal wieder in der Hängematte, hatte sich in eine Decke gekuschelt und sah in den Sternenhimmel, der sich über ihr aufspannte und wie eine Extrakulisse für ihre Gedanken und Gefühle war, die heute so tief wie das Weltall erschienen. Eines wusste sie sicher: Kristof zu kennen, war wundervoll. Gero zu verlassen, war furchtbar. Auch diese Dinge gehörten zusammen und trotzdem tat sie das Richtige. Weil sich die innere Gewissheit *nicht* aus der Begegnung mit Kristof allein speiste, der auf seinem weißen Schimmel angeritten war und sie aus ihrem Dornröschenschlaf geweckt hatte. Selbst wenn es nur eine Sommeraffäre wäre, selbst wenn Gero den Prospekt der Kinderwunschklinik plötzlich interessant fände, gäbe es kein Zurück in ihr altes Leben. Diese Entscheidung traf sie für sich allein. Deswegen war sie so kraftvoll. Begonnen hatte es mit einem Kuss am Strand, als sie Kristof erzählt hatte, dass sie immer zuerst anderen einen Gefallen tat, bevor sie an sich dachte. Sie sinnierte über ihre Mutter, die Dinge in erster Linie für sich selbst tat und dabei selten ein schlechtes Gewissen zeigte. Maja hatte ihr Verhalten oft egoistisch gefunden. Jetzt verstand sie es besser.

Sie kletterte aus dem Raumschiff, wie Kristof die Hängematte nannte, und entfernte sich ein paar Schritte vom Haus, um das Firmament noch besser sehen zu können. In die Grenzenlosigkeit zu schauen half, sich selbst nicht so wichtig zu nehmen. Gleichzeitig wurden ihr die vielen Erfahrungen bewusst, die das Universum noch für sie bereithielt. Sie war bereit für einen Schmetterlingsschwarm im Inneren, der so groß wie die Zikadeninvasion in Kanada war! Sie dachte auch an die Bewohner des Heims, von denen die meisten so eine glitzernde Pracht im Himmel nie mehr sehen würden. Stattdessen bestrahlte sie tagein, tagaus künstliches Deckenlicht. Das Mitleid kratzte in dieser Nacht an ihrer Seele und ein neues Leben klopfte an die Tür.

Sie war überhaupt nicht müde. Falter tanzten im Lichtkegel der kleinen Lampe auf der Terrasse. Die Uhr zeigte lange nach Mitternacht. Didi schlief, die meisten Menschen rundherum auch. Maja hatte es versucht und sich dann wieder rausgeschlichen. Zu viele Gedanken. Manchmal, wenn sie Zeit hatte und nicht zu erschöpft war, kam sie ins Philosophieren. Heute war eine dieser besonderen Nächte mit den richtigen Fragen: Wo lag das gesunde Mittelmaß zwischen persönlicher Freiheit und Verantwortung für andere? Dass sie in erster Linie ein soziales Wesen war, das hatte sie schon in ihrer Kindheit bis ins Mark verinnerlicht. Freiheit und Verantwortung, noch so ein Wertepaar, das miteinander verbunden war. Oder Selbstaufgabe und Selbstliebe. Ersteres war ihr vertraut. Das Zweite ... war für sie ein noch unerforschtes Thema wie der Weltraum für die Menschheit.

Vor genau elf Tagen hatte Maja über den Yoga-Wunder-Workshop ein wenig gelächelt. Heute, beim vierten Treffen, hatten sie sich im weitläufigen Garten eines Hotels getroffen. Nach der obligatorischen Yogastunde, die Körper und Geist zweifelsohne guttat, wurden Zielscheiben aufgebaut. Lucia gab eine Einführung in die Kunst des Bogenschießens. Die zierliche Frau mit der kräftigen Stimme erklärte, worum es bei diesem Sport ging. Sich konzentrieren und fokussieren, klar. Selbstvertrauen, Gelassenheit und Selbstachtung waren weitere innere Kräfte, die den Flug des Pfeils zum Ziel begleiteten. Lucia hatte sich hingestellt und ein paar Pfeile ins Schwarze geschossen. Alle lernten in dieser Schnupperstunde, wie ein Bogen gespannt und der Pfeil richtig aufgelegt wurde. Dann die Körperhaltung und der Schuss. Eine tolle Erfahrung. Es passierte von ganz allein, dass Maja die Übung mit ihrem Leitwunsch verknüpfte. Lucia hatte das nicht extra erwähnt, aber allen Kursteilnehmern musste klar gewesen sein, dass es darum ging. *Ich möchte nicht mehr mit der Zukunft hadern.* Maja hatte beim dritten Versuch ziemlich gut getroffen.

Sie fröstelte leicht, wollte zurück in ihre Hängematte – und hörte ein seltsames Geräusch. Ein Stöhnen, ein Ächzen ... Es kam aus dem Bungalow. Sie wartete und lauschte, ob es vorüberging. Wieder stöhnte Didi auf. Maja ging leise hinein.

Drinnen war es nicht ganz dunkel, weil durch das halb geöffnete Fenster etwas Licht von der Terrasse hereinschimmerte. Ihre Mutter bewegte sich im Schlaf unter der Decke. Sie murmelte etwas. Träumte sie? Maja war sich nicht sicher und trat näher heran. Didi drehte den Kopf auf dem Kissen hin und her. Maja kam es vor, als suchte sie jemanden und als würde sie von Angst verfolgt. Didis Augen waren fest geschlossen. Maja streckte die Hand aus, um sie leicht und beruhigend zu berühren. Jetzt verstand Maja eines der Wörter.

»Mike.«

Es traf sie wie ein kleiner Schlag. Sie verharrte in der Bewegung, ihre Hand schwebte über dem Kopf ihrer Mutter. Didi träumte von Mike! Schlagartig wurde sie traurig. Didi durfte ihm im Traum begegnen und konnte ihre Erinnerung an ihn kultivieren, doch Maja hatte gar nichts von ihm. Es gab nicht mal ein altes Foto, an dem sie sich festhalten konnte. Es war so unendlich schade. Didi bewegte sich immer noch unruhig und nun legte ihr Maja die Hand auf die Stirn. Sofort wurde sie ruhig und atmete tief und gleichmäßig weiter. Im Heim dachte Maja angesichts der hilflosen alten Menschen, die sich so sehr nach einer menschlichen Berührung sehnten, oft: Irgendwann kehrt sich alles wieder um. Erwachsene Kinder sorgen dann für die alten Eltern, sie sind dann auf diese Weise miteinander verbunden. Im Moment war es noch unvorstellbar, dass ihre agile Mutter wirklich einmal Hilfe brauchen würde. Und sterben würde.

Maja schnappte sich ihre Bettdecke und ging leise hinaus. Sie wollte lieber draußen schlafen und nicht neben Didi liegen, die von Mike träumte. Sie richtete sich in der Hängematte ein und sah im Augenwinkel einen Lichtschein über den Himmel huschen. Es musste eine ziemlich große Sternschnuppe gewesen sein. Eine Decke legte sich Maja unter, die andere breitete sie über sich aus. Als letzten gedanklichen Akt vor dem Schlafen holte sie ihren ältesten Wunsch hervor, an den sie sich erinnern konnte. Einen Wunsch, den sie nach unzähligen Nachfragen und den immer gleichen Antworten von Didi tief in sich begraben hatte: Sie wollte ihren Vater finden. Sie würde Didi nochmals bis ins letzte Detail ausquetschen. Sie würde keine Ruhe geben, bis sie absolut sicher war, alles über ihren Vater zu wissen. Didis Traum von Mike war offenbar kein so schöner gewesen. Irgendetwas gab es noch ans Licht zu holen.

Maja schnippelte das Obst, Kristof und Ole brachten frische Brötchen, Didi backte ihre Dinkel-Pfannkuchen. Auf der Terrasse entstand ein kleines Frühstücksbuffet. Danach wollten sie gestärkt in einen weiteren schönen Sommertag starten, auch wenn ein paar Wolken angekündigt waren.

Maja rückte mit dem Stuhl nah an Kristof heran, ihre Beine berührten sich unter dem Tisch. Während sie aßen, schmiedeten sie Pläne für den Tag.

»Vielleicht heute mal nicht zum Strand? Wir könnten eine Flussfahrt durchs Peenetal machen«, sagte Didi und trank von dem leuchtend orangen Smoothie, den sie in vier kleine Gläser gegossen hatte.

»Eine Flussfahrt?«, fragte Kristof. »Erzähl davon. Wenn ich hier bin, dann meistens nur an der Küste.«

»Die Peene wird als Amazonas des Nordens bezeichnet. Der Strom ist fast hundert Kilometer lang und führt überwiegend durch unberührte Natur«, erzählte Didi. »Es ist traumhaft schön.«

»Aber wir sind doch am Meer, wieso wollen wir dann auf den Fluss?«, fragte Ole. »Flüsse haben wir auch in Hamburg.«

Didi lachte und trank einen weiteren Schluck. »Probier mal«, sagte sie zu Ole. »Was ist hier wohl alles drin?« Sie saß Maja gegenüber mit Blick auf den Garten und zwinkerte ihr zu.

Ole machte mit und trank einen Schluck. »Möhren wegen der Farbe, schmeckt man aber nicht. Orange! Und Banane.«

»Alles schon mal richtig. Schmeckst du auch Zimt? Und Papaya? Den Ingwer? Und die rote Paprika?«

Maja und Kristof sahen sich immer wieder still an, dachten beide an ihre gemeinsame Nacht zwei Tage zuvor, lasen es sich gegenseitig an den Augen ab. Für einen Moment lehnte sie sich gegen Kristofs Schulter. Ole hatte Zärtlichkeiten zwischen ihnen schon ein paarmal neugierig beobachtet. Es war natürlich, es war in Ordnung. Sie und Kristof waren sich aber beide einig, dass sie Ole nicht zu oft bei Didi *abgeben* wollten. Nach dem Urlaub wollten sie sich bald wiedertreffen, sich näher und besser kennenlernen. Wenn Svenja mit Ole im Herbst auswanderte, würden sie reichlich Zeit füreinander haben.

»Was, Paprika ist da drin?« Ole kicherte. »Glaub ich nicht. Ich mag nämlich keine Paprika.«

»Vielleicht nur ein kleines Stück«, erwiderte Didi. »Welche magst du am wenigsten: die grüne, die rote oder die gelbe?«

»Am wenigsten?«

Maja hörte den beiden schmunzelnd zu und biss in ihr Brötchen. Ole himmelte ihre Mutter an. Wie machte sie das nur immer? Sie beobachtete Didi. Was war ihr Geheimnis? Dann erschrak sich Maja höllisch und verschluckte sich fast. Von einer Sekunde auf die andere waren Didis Gesichtszüge entgleist. Sie starrte auf einen Punkt hinter ihr und verharrte wie ein Kaninchen vor der Schlange. Maja hörte, wie das Gartentor geöffnet wurde. Innerhalb einer weiteren Sekunde wurde ihr klar, dass es keinen schönen Sommertag zu viert geben würde. Ohne zu sehen, wer hinter ihr durchs Tor kam, wusste sie, wer es war. Kristof verstand erst ein paar Augenblicke später, dass ungebetener Besuch im Garten stand. Ungebetener Besuch! Das war nun wirklich ein schräger Gedanke. Gero war immer noch ihr Ehemann und bis vor Kurzem hatte sie ihm noch vorgeworfen, keine Zeit für einen Abstecher nach Usedom zu haben. Als sie sich umdrehte und ihm entgegensah, war sie nicht überrascht. Ein Lächeln fiel ihr schwer. Unter dem Tisch löste sie das Bein von Kristof und an der Stelle, wo sie sich berührt hatten, entstand eine brennende Kühle. Geros Blick galt zuerst Kristof, der sich ebenso zu ihm umdrehte. Drückendes Schweigen senkte sich über die eben noch fröhliche Frühstücksrunde. Das Gartentor fiel ins Schloss und Geros Schritte hallten in Majas Ohren, als er auf dem Plattenweg zu ihnen kam. Dabei trug er seine weißen Turnschuhe. Was sie hörte, war wohl der Sound der Katastrophe, ihr vor Bestürzung donnerndes Herz. Sie stand langsam auf und wusste nicht, wie sie sich verhalten sollte. Wie eine Noch-Ehefrau? Wie eine Ehebrecherin? Wie eine Idiotin? Ihr Stuhl schrammte laut über den Terrassenboden. In ihrem Hals steckten Krümel fest. Sie musste husten, bekam kurz kaum Luft.

»Das ist eine tolle Begrüßung«, sagte Gero und klopfte Maja, inzwischen bei ihr angekommen, erst einmal auf den Rücken. Es half sofort und er zog sie an sich, um sie auf den Mund zu küssen. Die Berührung war fest und hart. Fast war sie dankbar für den erneut einsetzenden Hustenreiz, hinter dem sie sich wenigstens ein paar Momente lang verstecken konnte. Um fieberhaft darüber nachzudenken, was sie als Nächstes tun könnte.

Didi war auch aufgestanden, blieb aber hinter dem Tisch verbarrikadiert stehen. »Gero, hallo«, sagte sie. »Wo kommst du denn so früh morgens her? Warum hast du dich nicht angekündigt?«

»Wie denn? Maja geht nicht ans Telefon und ruft nicht zurück, schreibt nur immer, es gehe ihr gut. Oder hätte ich bei meiner Schwiegermutter vorher um eine Audienz bitten müssen, wenn ich meine Frau sprechen will?« Er musterte Kristof, der sich nun ebenfalls erhob, und streckte ihm die Hand hin. »Ich bin Gero. Ich hoffe, dieser Name ist hier schon mal gefallen.«

»Selbstverständlich«, sagte Kristof. »Ich bin Kristof und das ist mein Sohn Ole.«

Ole blieb sitzen und sah verunsichert in die Runde der Erwachsenen hinauf, die alle ziemlich verkrampft um ihn herumstanden.

»Tja dann, äh, hole ich noch ein Gedeck«, sagte Didi und wollte ins Haus gehen.

Gero hob ruckartig den Arm, als zückte er eine Waffe. »O nein, nein. Bitte nicht. Ich habe keinen Hunger. Schon gar nicht wollte ich diese traute Runde hier stören.«

Maja schauderte. Dieser sarkastische Ton führte meistens zu Streit. Sie wollte diesen unbedingt abwenden, zumindest solange Kristof und Ole hier waren. Die beiden sofort wegzuschicken, war aber auch keine Lösung. »Dann eben einen Kaffee«, sagte sie laut und hoffte, dass nur sie selbst das Beben in ihrer Stimme wahrnahm. »Die Tasse hole ich dir.« Bevor irgendjemand widersprechen konnte, war sie im Haus. Dort schlang sie die Arme um sich selbst, weil sonst niemand da war, der sie mal kurz festhalten konnte. Am liebsten wäre sie so stehen geblieben, bis der Spuk vorbei war. Leider war es kein Spuk, sondern knallharte Realität. Sie hörte Gero draußen den Namen Lilly sagen und bekam einen Riesenschreck. Sie schoss hinaus. »Lilly?«

Gero hatte die Hände in die Taschen gesteckt und machte ein missbilligendes Gesicht. »Ich hatte eine Vermutung, aber die war offenbar falsch.«

»Was ist mit Lilly?« Eine Schlinge der Angst legte sich Maja um den Hals.

»Ganz ruhig«, antwortete Gero. »Gesehen habe ich sie seit deiner Abreise nicht. Dank kryptischer Nachrichten weiß ich immerhin, dass sie lebt. Sie macht das so ähnlich wie du. Sie verrät mir nichts. Ich weiß nicht, wo sie steckt, und du verrätst mir nicht, was los ist. Lilly hat wohl vor, mich emotional zu erpressen. Was hast du eigentlich vor?«

Maja verspürte einen Stich. Mir schreibt sie immer noch keine Silbe, dachte sie. Gleichzeitig war sie erleichtert. Es war also nichts Schlimmeres passiert.

Gero merkte, dass sein Ton zu scharf war, und sagte: »Sorry. Ich habe vermutet, Lilly wäre hier. Es würde dazu passen, dass du dich seltsam verhältst. Deswegen magst du mich kaum sprechen. Es wäre zumindest keine unlogische Erklärung. Ich wollte Lilly überraschen, auf frischer Tat ertappen.« Gero sah von ihr zu Kristof. »Ich hätte mich wohl besser ankündigen sollen. Dann wäre uns allen diese peinliche Situation erspart geblieben.«

Keiner widersprach dem letzten Satz. »Setzen Sie sich doch wieder«, sagte Gero zu Kristof. »Lassen Sie sich das Frühstück schmecken. Guten Appetit.«

Kristofs Gesicht spiegelte keinerlei Emotionen. Das *Sie* hörte sich in Majas Ohren furchtbar an und Gero wusste genau, dass die Anrede nicht höflich gemeint war. Kristof setzte sich. Mit ruhiger Hand trank er einen Schluck Kaffee.

Maja war es innerlich eiskalt. »Hier? Wieso sollte Lilly denn hier sein?«

»Zum Beispiel, um sich mit dir und ihrer fabelhaften Großmutter gegen mich zu verbünden?« Gero ließ den Blick umherschweifen. »Ich liege wohl völlig falsch. Ich Idiot!«

»Wieso Idiot?« Maja ging in die Falle. Sie hätte sich auf die Lippen beißen können, doch die Frage war raus.

Gero kniff die Augen zusammen. »Wolltest du mir nicht eine Tasse bringen? Na, ich hole sie mir mal selbst. Aber wenn du wirklich eine Antwort auf deine Frage möchtest, warum ich ein Idiot bin, und du es nicht selbst weißt, kannst du mich gern nach drinnen begleiten.« Er ging an Maja vorbei und verschwand im Haus.

Sie stand da wie ein begossener Pudel. Sie sah niemanden an. Sie musste das jetzt allein durchstehen.

Sie drehte sich um und wollte Gero folgen, da fragte Kristof hinter ihr: »Maja! Sollen wir gehen, sollen wir bleiben? Kann ich irgendetwas für dich tun?«

Sie stand mit dem Rücken zu ihm und schüttelte nur den Kopf. Sie konnte auf ihrem Weg nur Schritt um Schritt vorwärtsgehen und zwar allein. Immerhin war Gero so umsichtig, sie ins Haus zu bitten, um die Situation zu klären. Sie schloss die Tür hinter sich.

Drinnen lief er schon auf und ab. »Schließ das Fenster.«

Maja kam sich vor wie eine Schwerverbrecherin vor dem Tribunal der Inquisition. Nicht, weil sie etwas getan hatte, was vielleicht nicht ganz korrekt war. Sondern wegen der Art, wie Gero mit ihr sprach. »Hör mal …«, begann sie.

»Oder sollen sie es mitbekommen?«, fiel er ihr ins Wort.

»Was mitbekommen?« Es klang kläglicher, als sie es wollte. Gero blieb vor ihr stehen. »Warum ich ein Idiot bin. Zumindest hältst du mich ja wohl für einen.«

»Nein, überhaupt nicht.«

»Was soll das Ganze dann?«

»Was meinst du?« Sie war ein Fisch, der sich im Fangnetz von Geros Fragen immer mehr verhedderte. Je mehr sie sich wehrte, desto klarer wurde ihr die Ausweglosigkeit. Ja, sie hatte es Gero persönlich sagen wollen, von Angesicht zu Angesicht: Wenn wir ehrlich sind, ziehen wir schon länger nicht mehr an einem Strang. Ich möchte meinen eigenen Weg gehen. Wie du es selbst vorgeschlagen hast! Ich möchte, dass wir Freunde bleiben … Wie abgedroschen das klang – und wie wahr. Ihn ganz zu verlieren, war eine Vorstellung, die noch nicht funktionierte. Kristof hätte sie erst viel später erwähnt. Als Erstes ging es ihr um das Aus ihrer Ehe, das sich längst angebahnt hatte.

Doch Gero, Anwalt seines verletzten Stolzes, würde ihre Erklärungen nicht gelten lassen. Jetzt nicht mehr.

»Du willst mich also bloßstellen?«, fragte er und nun brach Maja ins dünne Eis ein.

Sie verstand ihn ja. Aber was hätte sie denn zur Begrüßung sagen sollen: Schau, das ist Kristof, mein neuer … Was überhaupt? Liebhaber? Freund? Partner? Sie wusste es doch selbst nicht genau.

Gero stapfte in die Küche und kehrte mit einer Tasse in der Hand zurück. »Wie du willst. Dann gehen wir jetzt raus und spielen heile Welt? Am besten mache ich Small Talk mit … deinem Kristof?« Die letzten beiden Wörter sagte er laut, das Fenster stand noch offen.

Von draußen war nichts zu hören. Maja fühlte sich so schwach, dass sie nur flüstern konnte: »Wir haben nur gefrühstückt.« Wenn Gero so sprach, fühlte sie sich oft ganz klein. Als sie ihn als junge Frau kennenlernte, hatte er sie mit seiner Art zu reden beeindruckt. Heute war es für die Ausübung seines Berufs gut. Im privaten Umgang war es ein Beziehungskiller. Was hatte er schon gesehen? Was gab ihm eigentlich das Recht, so aufzutreten? Nie kam ihm in den Sinn, dass er sich mal täuschen konnte. Es ärgerte sie, selbst wenn es ihr vielleicht in diesem Fall nicht zustand. Sie standen voreinander und konnten sich keinen Millimeter aufeinander zubewegen. Da war die große, graue Mauer. Die Mauer, die schon seit längerer Zeit zwischen ihnen emporwuchs.

Verzweifelt fragte Maja: »Warum machst du mir so eine Szene?«

»Weil ich Augen habe?«

Die Antwort kam so schnell, dass sie kapierte. Gero war nicht arglos in den Garten getappt. Er hatte vielleicht schon länger am Tor gestanden oder durch die Hecke gespäht. Er hatte gesehen, wie eng sie neben Kristof gesessen und wie verliebt sie ihn angesehen hatte. Oder er spielte nur mit seinem

Verdacht, so wie es Anwälte eben taten. Der Fisch hörte auf zu zappeln und war tot.

»Ich war dir immer treu«, sagte sie. »Du hast mich in die Freiheit entlassen und die nehme ich mir nun.«

»Freiheit? Wovon redest du?«

»Von unserem unschönen Abschied in Berlin.«

»Freiheit für was?« Er ging zum Fenster und schloss es.

Maja betete innerlich, er möge es nicht tun. Es war ein Film, der gerade vor ihr ablief. Im druckreifen Skript, das die Zuschauer fesseln sollte, musste nun ein bestimmtes Wort kommen.

Und es kam. »Freiheit zum Rumvögeln?«, fragte er.

Im Film müsste sie nun schreien: Ich vögele nicht herum!

Draußen mussten es dann alle hören und sich verschreckt anschauen oder den Kaffee verschütten. Das Kind musste fragen: Papa, was ist Rumvögeln? Die Zuschauer würden lachen.

Maja war zum Heulen zumute. »Das tue ich nicht.«

Geros Gesicht wurde weicher, auch sein Ton. »Wenn das so ist, muss ich mich entschuldigen. Dann tut es mir leid. Wirklich. Aus allem, was ich bisher für mich zusammengetragen habe, musste ich andere Schlüsse ziehen. Wenn es nicht stimmt, bin ich ein Idiot.« Er streckte die Hand nach ihr aus und streichelte ihr mit den Fingerspitzen über die Wange. »Und wenn es doch stimmt, bin ich auch ein Idiot.« Trocken lachte er auf und zog seine Hand zurück, als er merkte, dass seine Berührung an ihr abperlte. »In so einer Situation war ich wirklich noch nie. Wusste gar nicht, dass es so etwas gibt. Bemerkenswert.«

Die Lage wurde immer verzwickter. Jetzt hoffte Gero, er hätte sich getäuscht. Sie mussten sich ehrlich aussprechen und zwar jetzt, ohne dass Kristof in der Nähe war. Maja ging zur Tür und schaute hinaus.

Didi saß allein am Tisch. »Ist besser so, oder?«, fragte sie. »Sie sind gegangen.«

Maja atmete tief durch. »Dann kommen wir jetzt raus.«

»Soll ich auch gehen?«, fragte Didi.

Gero drängte sich an Maja vorbei. »Die beiden sind weg, obwohl es nur ein harmloses Frühstück war? Ihr verarscht mich doch alle!« Er setzte sich auf den Platz, wo Kristof gesessen hatte und schob den leeren Teller zur Seite. »Sonst saß ich immer hier«, sagte er. Es war eine eher erstaunte Feststellung. Ohne dass sie etwas dazutat – sie leugnete nichts und sie bejahte nichts –, fügte sich für Gero Puzzleteil um Puzzleteil zusammen.

Maja setzte sich ihm gegenüber an den Tisch und sagte aus tiefstem Herzen: »Entschuldige, Gero. Bitte! Die Dinge haben mich hier einfach überrannt.«

»Seit wann sind Menschen für dich Dinge? Ich präzisiere: Männer? Aber so scheint es ja zu sein. Ich werde hier ersetzt wie eine Glühbirne und deine Mutter sitzt dabei und findet das gut. Am besten, ihr wechselt mich ganz aus.«

Maja ging alles viel zu schnell. Obwohl es immer noch keine richtige Aussprache gegeben hatte, zog Gero schon weitreichende Schlüsse und redete abfällig über Didi. Das durfte nicht sein. »Lass meine Mutter aus dem Spiel«, sagte sie laut und senkte gleich wieder die Stimme. »Mama, vielleicht gehst du doch besser woanders …«

»Nein«, sagte Gero. »Ich will, dass sie dabei ist. Ohne sie, ohne diesen Urlaub, wärst du doch gar nicht auf die Idee gekommen …« Er brach ab und sah Maja fast erstaunt an. »Willst du mir nicht endlich sagen, was hier los ist?«

»Wenn du mich zu Wort kommen lässt.«

Er verschränkte die Arme vor der Brust.

Didi saß still da.

»Wir haben Kristof und Ole zufällig kennengelernt«, sagte Maja. »Wir haben uns zu viert angefreundet. Ja, ich habe mich ein bisschen verliebt.«

»Ein bisschen verliebt«, wiederholte Gero mit gerunzelter Stirn. »Was soll das heißen? Hast du mich betrogen?«

Didi stieß einen bekümmerten Laut aus. »Gero, das hier ist kein Verhör. Lass Maja doch in Ruhe erzählen.«

»In Ruhe erzählen«, äffte Gero Didi nach. »Da scheint es eine Menge zu geben.« Er sah Didi an wie einen Störenfried und wandte sich wieder an Maja. »Also?«

Er wollte es wissen und genauso hören. Eine Beichte wie im Krimi: Herr Kommissar. Ich habe meinen Mann getötet. Nehmen Sie mich bitte fest. »Ja, wir haben miteinander eine Nacht verbracht.«

Gero pfiff durch die Zähne. »Eine Nacht verbracht.« Sein Blick wanderte von Maja zu Didi und wieder zurück. »Wo?«

»Nicht hier«, antwortete Maja.

»Wo?«, fragte er wieder.

»Gero, das ist doch nicht zielführend«, sagte Didi.

»Zielführend? Erzähl du mir nichts davon!« Die Anwaltshülle zerbröselte und darunter lauerte Wut.

Maja bekam nicht nur deswegen ein immer mulmigeres Gefühl. Plötzlich ging es um mehr als ihre Untreue. Hier lief auch etwas zwischen Gero und Didi. Ihre Mutter verzog das Gesicht, als hätte sie Schmerzen.

Gero beugte sich ein Stück über den Tisch, um Maja frontal in die Augen zu sehen. »Ist es eine einmalige Sache? Kann ich davon ausgehen, dass dieser Kristof nicht mehr hier auf meinem Platz sitzen und nicht mehr an deiner Seite im Bett – wo auch immer – schlafen wird?«

Maja saß aufrecht da, den Rücken schmerzhaft angespannt. Sie und Gero hatten sich wohl noch nie so verschlossen angesehen. »Das weiß ich noch nicht«, sagte sie. »Das heißt, doch. Ich möchte ihn wiedersehen. In Berlin wollte ich dir das alles persönlich erzählen.«

»Du wolltest dich hier im Urlaub mit ihm amüsieren und es mir dann später sagen? Mich hinhalten, meine Anrufe ignorieren, mich anlügen?« Gero beugte sich noch weiter über den Tisch.

»Hör auf«, rief Didi.

»Mir reicht's«, schrie Gero Didi an. »Du bist die unmöglichste Mutter, die ich je kennengelernt habe. Du findest es gut, wenn Maja fremdgeht, klar. Belächelst andere, die ein geregeltes Leben führen wollen. Dann spielst du noch Gott, indem du entscheidest, dass Maja ihren Vater nie kennenlernen soll! Du machst deinem tollen Namen Deva, die Göttliche, alle Ehre. Pfui! Du hast es Maja immer noch nicht gesagt, oder?«

»Doch. Ich habe mit ihr darüber gesprochen.«

Maja sah Didi an. Pfui? Das Wort schlug ein wie eine Bombe und setzte Unmengen an Schock-Energie frei. Im Profil war ihre Mutter wie versteinert. Sie saß da wie eingefroren.

»Über was redet ihr da?«, fragte Maja.

Gero lehnte sich wieder nach hinten und räusperte sich. »Das klären wir gleich. Jetzt reden wir erst einmal über uns. Wie stellst du es dir also vor, wie es weitergeht?«

»Wie stellst du es dir denn vor? Es ist dir doch gleich, wie es mir in den nächsten Jahren ergeht. Gemeinsame Zeit ist dir egal. Hauptsache, deine Kanzlei läuft gut. Ob ich ein Kind will oder nicht, scheiß drauf. Was Lillys Träume angeht, bist du ebenso gleichgültig. Alles soll so laufen, wie du es dir vorstellst!« Der Redeschwall brach aus Maja heraus.

Gero machte den Mund auf und wieder zu. Schweigen. Das Verhör war erst einmal zu Ende.

Maja nutzte die Gelegenheit und drehte den Spieß um. »Was hast du da gerade zu meiner Mutter gesagt? Was sollte das bedeuten?«, fragte sie ihn. Er wich ihrem Blick aus. An Didi gerichtet sagte sie: »Was meinte Gero, was meintest du? Über was hast du mit mir gesprochen?« Sie bekam keine Antwort. Maja packte Didi an der Schulter. »Hallo! Ich rede mit dir.«

Ihre Mutter lächelte sie an, aber es war ein kraftloses Lächeln, ein völlig untypisches Didi-Lächeln ohne jeden Glanz. »Über deinen Vater habe ich mit dir gesprochen. Ich habe mich bei dir dafür entschuldigt, dass ich nicht wirklich nach ihm gesucht und nur an mich gedacht habe.«

Maja schüttelte den Kopf. »Das war kein großes Geheimnis. Gero muss etwas anderes gemeint haben, oder, Gero?«

Sein Gesicht hatte sich völlig verfinstert und er schwieg. »Was meintest du mit: *Du hast es ihr immer noch nicht gesagt?*«

»Sie hat es ganz absichtlich getan«, sagte Gero. »Sie hat die Brücken zu seiner Existenz abgebrochen. Ich fand es ein Unding. Aber es ist eure Sache, wie ihr mit ihm umgeht.«

Maja verstand immer noch nicht den Kern der Geschichte. »Mit ihm? Von wem sprichst du?«

»Wir reden über deinen Vater. Über Michael Schneider.«

»Michael Schneider«, wiederholte Maja. Didi wollte aufstehen, doch Maja hielt sie am Arm fest. »Wieso weiß Gero, wie mein Vater heißt, und du nicht?«

»Oh«, sagte Gero. »Dann hast du ihr also nicht alles gesagt. Tja, tut mir leid, Didi. Wusste ich nicht. Ziemlich schwach.«

Didi setzte sich wieder. »Maja, ich weiß, es klingt für dich unwahrscheinlich, aber du musst mir glauben. Als ich kürzlich mit dir über Mike sprach, war ich mir seines vollständigen Namens nicht mehr sicher. Alles andere habe ich dir erzählt. Damals habe ich mich verrannt. Es war falsch. Es tut mir leid.«

Maja konnte nicht mehr ruhig sitzen bleiben. Sie ging ein paar Schritte über die Wiese, drehte um und ging wieder zum Tisch. Vor Gero blieb sie stehen und sah auf ihn hinunter. »Aber warum weißt *du* dann den Namen meines Vaters?«

Er zuckte mit den Schultern. »Didi hat ihn mir gesagt. Ist ein paar Jahre her, aber ich erinnere mich noch gut. Sie musste sich mal ausweinen, wegen ihres schlechten Gewissens.«

»Du wusstest all die Jahre mehr von meinem Vater als ich und hast mir nichts davon gesagt?« Wenn sie bisher nur zu neunundneunzig Prozent sicher gewesen war, dass ihre Ehe keine Chance mehr hatte, dann waren es nun hundert Prozent. Es fühlte sich an wie Hochverrat.

»Hör doch auf«, sagte Gero. »Deine Mutter muss das schon selbst tun. Und glaube mir, Michael Schneiders gibt es viel zu viele auf der Welt, das nützt dir auch nicht viel.«

Maja stampfte vor Wut und Fassungslosigkeit mit dem Fuß auf. »Darum geht's doch gar nicht. Schon mal was von Vertrauen gehört?«

Gero grinste schief. »Du spinnst. Das sagt die Richtige.«

»Schätzchen …« Didi streckte die Hand nach ihr aus, doch Maja wich einen Schritt zurück.

»Mein Vater heißt also Michael Schneider?«, fragte sie im Ton einer strengen Lehrerin. »Und du willst mir weismachen, du hattest es vergessen, als ich dich neulich fragte, ob du mir wirklich alles über ihn gesagt hast?«

»Ja.«

Maja zählte innerlich bis fünf. Trotzdem schrie sie es hinaus: »Aber warum erzählst du das Gero und nicht mir?«

»Liebes …«

Maja wäre am liebsten explodiert. »Hör auf mit deinen Kosenamen! Ich will die nicht mehr hören.« Weder mit Gero noch mit Didi konnte sie jetzt sinnvoll reden. Sie waren beide in ihre eigene Logik verstrickt, Maja kannte das schon. Etwas aber war diesmal komplett anders: Sie hatte kein bisschen Verständnis dafür übrig, für keinen der beiden. Sie befand sich auf ihrem eigenen Weg ohne Rückfahrtschein und sie würde sich nur noch um sich selbst kümmern. Zumindest im Privaten.

Im Haus erfolgte jeder Handgriff automatisch. Sie holte den Koffer unter dem Bett hervor, öffnete den Schrank, griff hinein, zog ein paar Kleidungsstücke von den Bügeln. Handy, Geldbörse und Kulturbeutel stopfte sie mit anderen Dingen, die ihr in die Hände fielen, in die Strandtasche. Didi kam herein, Gero kam herein. Beide sagten etwas zu ihr, aber Maja hörte es nicht. In ihren Ohren rauschte das Blut. In den Adern pulsierte die Wut. Im Herzen war nur Schmerz. Keine Minute länger wollte sie mit diesen beiden Menschen, die vorgaben, sie doch ach so sehr zu lieben, in einem Raum sein.

Sie rannte hinaus, Gero kam hinterher. »He, wir sind noch nicht fertig, oder?«

Sie schüttelte seine Hand ab. »Und wie wir fertig sind. Wir reden in Berlin weiter. Wenn ich nach den Ferien zurück bin. Lass mich bitte so lange in Ruhe. Gute Heimreise!« Dann ging sie davon, sie hörte Didi schluchzen. Das letzte Weinen ihrer Mutter, an das sich Maja erinnern konnte, war bei ihrer Hochzeit gewesen.

KAPITEL 14

KRISTOF

Spätestens als Maja mit Gero im Bungalow verschwunden war und er die Worte *dein Kristof* von drinnen hörte, beschloss er, den Garten mit Ole zu verlassen. Er hätte Maja gern geholfen, aber Beziehungskrisen gingen erst einmal nur die Betroffenen etwas an. Gero tat ihm auch leid. Egal, wie sehr er noch an Maja hing oder nicht, das Zusammentreffen am Frühstückstisch war hart. Kristof war sich sicher, dass sich Maja bei Gero für die missliche Situation entschuldigen würde. Sollte er ihn irgendwann wiedersehen, würde er das auch tun. Beim Abschied umarmte er Didi flüchtig, wortlos. Für Ole passierte alles so schnell, dass er nicht viel fragen konnte.

Sie gingen fort, rannten fast. Nach einer Weile rief Ole: »Aua!« und entwand ihm die Hand. »Du drückst viel zu fest.« Er blieb stehen.

»Mein Kleiner, entschuldige!« Sie waren schon fast bei der Promenade und Ole hatte in aller Ruhe eine Erklärung verdient. »Wir gehen uns beim Bäcker ein süßes Stückchen holen«, sagte Kristof. »Dann erzähle ich dir, warum wir so plötzlich gegangen sind.«

Wenig später saßen sie auf der Terrasse einer altehrwürdigen Bäckerei nah am Meer. Kristof erklärte seinem Sohn so gut er konnte, was im Gartenhaus passiert war, während Ole auf seiner Streuselschnecke herumkaute.

Wie zu erwarten gewesen war, stellte er schwierige Fragen. »Dann bist du jetzt mit Maja zusammen wie mit Mama?«

»Das wünsche ich mir.«

»Du hast sie lieber als Mama.«

»Mama mag ich anders. Es ist so: Gefühle können sich verändern. Aber wir sind immer deine Eltern, das kann sich nicht ändern. Wir haben dich immer genauso lieb.«

»Warum war der Mann so sauer?«

Kristof rührte in seinem Kaffee. »Darüber möchte ich erst in Ruhe mit Maja sprechen. Dir sage ich es dann später. Okay?«

»Was machen wir jetzt?«

Kristof schaute in den Himmel. Über eine Woche lang hatten sie makelloses Ostseewetter genossen, nun zogen Wolken auf. Es war ein Sinnbild für die aktuelle Lage: Maja, Didi, Ole und er hatten eine Art heile Familie erprobt, indem sie die Welt um sich herum einfach ausgeblendet hatten. Er war sogar ein klein bisschen froh darüber, dass Gero aufgetaucht war und sich die Dinge nicht erst nach dem Urlaub klärten. Zwar hatte er keine Ahnung, wie die nächsten Tage aussehen würden, aber das Ganze fühlte sich korrekter an. Korrektheit – handelte es sich dabei nicht auch um eine ambivalente Charaktereigenschaft? Sie klang erst einmal gut, konnte aber auch leicht übertrieben werden oder man konnte sich dahinter verstecken. In diesem Fall war sie aber einfach nur eins: richtig. So toll jede Stunde bisher mit Maja gewesen war, so ungut hatte Kristof es empfunden, dabei an ihren Mann zu denken. Vielleicht würde er im Fragebogen, den er für die Dating-App ausklügelte, die Eigenschaft *korrekt* mit aufführen. Kristof notierte es sich im Kopf.

»Was machen wir jetzt?«, wiederholte Ole.

Ein Windstoß wehte die Serviette vom Tisch. »Weißt du was?«, fragte Kristof. »Wir machen es uns im Zimmer gemütlich. Lass uns ein Spiel spielen oder einen Film schauen.«

»Jetzt?«

»Klar. So etwas gehört zum Urlaub doch dazu. Ein richtig schöner Faulenzertag.«

Ole biss in seine Schnecke und verputzte sie in Windeseile. Er war wieder fröhlich und Kristof wollte ihn nicht weiter in seine nachdenkliche Stimmung hineinziehen. Später würde er Maja anrufen. Sein Telefon piepste, doch egal, wer etwas von ihm wollte, jetzt war erst einmal Ole dran, er hatte seine ungeteilte Aufmerksamkeit verdient.

Sie schlenderten zum Hotel, kauften unterwegs Limonade und Chips, wennschon, dennschon. Ole zählte die Filme in der Reihenfolge auf, in der er sie gern sehen wollte. Dann änderte er die Reihenfolge wieder und noch einmal und noch einmal, quasselte vor sich hin, bis sie angekommen waren. Die Tür des Hotels stand offen, vor der Rezeption gab es einen Wartebereich, eine kleine Lounge. Im Foyer blieb Kristof wie angewurzelt stehen. Ein paar Meter entfernt saß in einem der Sessel ein Double von Maja. Sie trug den gleichen breitkrempigen Sonnenhut und darunter ringelten sich rotblonde Locken hervor. Die Frau hatte den Kopf gesenkt, er konnte ihr Gesicht nicht sehen. Sie schien zu spüren, dass jemand sie musterte, blickte auf und ihm direkt ins Gesicht.

Sie war es. Todunglücklich sah sie aus. Auch Ole runzelte die Stirn, weil sie plötzlich hier war. Es war gerade etwas über eine Stunde her, dass sie das Gartenhaus verlassen hatten.

Kristof holte den Zimmerschlüssel hervor und gab ihn Ole. »Du findest den Weg nach oben alleine, oder? Die Tür hast du auch schon ein paarmal aufgemacht. Und du hast deinen eigenen Zugang auf meinem Laptop. Also, fang schon mal an, such dir einen Film aus, ich komm gleich nach. Aber nicht mit deinem Alter mogeln, hörst du?«

»Klar.« Weg war er.

Kristof ging zu Maja. Er setzte sich, sie rutschten auf dem breiten Sessel zusammen. Sie weinte ein bisschen.

»Ich musste da weg«, sagte sie. »Auch wegen meiner Mutter. Es ist alles ziemlich viel. Nach Berlin will ich nicht zurück. Noch nicht.«

»Du bist aus dem Bungalow ausgezogen? Und jetzt hast du auch noch Streit mit deiner Mutter?«

»Später. Meinst du, ich kann mir hier ein Zimmer nehmen … ich meine, falls es euch nicht stört? Ich habe keine Kraft, mir etwas zu suchen.«

»Das kläre ich für dich.« Der Gedanke, Maja nun die ganze Zeit um sich zu haben, war schlichtweg umwerfend. Die Gründe, warum sie hier sein wollte, waren ihm im Moment fast egal. Hauptsache, sie war hier. Er ging zur Rezeption, froh, dass nicht jener Mitarbeiter dort war, den er schon zweimal wegen seines Damenbesuchs angesprochen hatte. Die Rezeptionistin sah im Computer nach. Wie erwartet gab es kein einziges freies Zimmer, das Hotel war zu beliebt. Kristof war hin- und hergerissen. Musste er seinen fast zehnjährigen Sohn um Erlaubnis fragen? »Es wäre kein Problem, meine Freundin für ein paar Tage mit in die Suite einzubuchen?«, fragte er sicherheitshalber.

»Natürlich nicht«, antwortete die Rezeptionistin lächelnd. »Sie können die Familiensuite mit bis zu vier Personen belegen. Dafür ist sie da.«

»Dann nehmen wir das Gepäck mit nach oben und beratschlagen noch, wie lange sie bleiben wird. Ich sage Ihnen Bescheid. Vielen Dank!«

Er ging zurück und nahm Maja in die Arme. »Ich möchte, dass du bei uns wohnst. Aber ich will Ole nicht einfach übergehen. Komm erst mal mit, du bist ja völlig fertig. Wir machen uns einen entspannten Tag und nachher schauen wir weiter.«

Er nahm ihr Gepäck, im Aufzug küsste er ihr Haar.

Oben saß Ole auf dem Riesenbett und hatte vor sich den Laptop aufgeklappt. Er sah Maja und lächelte kurz. Es war nur eine Sekunde, dann tauchte er wieder in die Welt, die sich vor ihm auf dem Bildschirm abspielte. Trotzdem war Kristof erleichtert. Diese spontane Regung zeigte einmal mehr, dass sein Kleiner sie mochte. Vielleicht fand er es gar nicht so schlecht, wenn Maja hierblieb.

»Willst du dich ausruhen?«, fragte er sie.

»Ja. Ausruhen.«

»Heute ist Film- und Familientag. Du musst gar nichts tun. Lass dich berieseln und umsorgen.«

Sie streifte sich die Schuhe von den Füßen, setzte sich neben Ole und fragte: »Was schaust du da? Ist es gut?«

»Sehr.« Ole zeigte mit einem Finger auf den Bildschirm. »Fängt lustig an. Hast du das gesehen? Hast du das gesehen?«, rief er.

Maja rutschte ein Stück nach hinten, schob sich ein Kissen in den Rücken und lehnte sich an die Wand. Kristof machte es sich neben ihr bequem und zog seinen Sohn ein Stück zu sich. Ole hatte eine Komödie ausgesucht, in der es um einen Jungen ging, der unfreiwillig und über Nacht zu einem berühmten YouTuber wurde und nebenbei fast die Welt rettete. Ole verfolgte jede Szene gebannt, Maja fielen vor Erschöpfung fast die Augen zu und Kristof sah über den Laptop hinweg durchs Fenster nach draußen, wo der Sommer einen Tag Pause einlegte. Fast fühlte er sich selig. Dann fiel ihm wieder ein, dass sich nicht nur Maja von Gero trennen, sondern er sich auch von Ole lösen musste. Er verdrängte es immer wieder. Jetzt lagen sie hier zu dritt wie eine Familie. Vielleicht nur dieses eine Mal für eine ganze lange Weile. Vielleicht auch nie wieder. Trotz der schmerzlichen Umstände war es wieder so ein Danke-Moment, ein kostbarer Moment. Er flüsterte sein *Danke* in Majas Ohr.

Irgendwann war sie an seiner Schulter eingeschlafen, während sich Ole über den Film amüsierte und ihn immer wieder ansah, damit er mitlachte. Draußen begann es zu regnen.

Dann spielten sie doch heile Welt. Fünf Tage lang. Sie bestaunten in Usedoms berühmter Schmetterlingsfarm bunte und exotische Falter und verfolgten die Metamorphose von der Raupe bis zum fliegenden Wunder. Kristof gestand Maja, dass er sie beim ersten Zusammentreffen im Kurs bei sich als Schmetterlingsfrau bezeichnet hatte, und sie antwortete: »Dann hast du in die Zukunft gesehen. Ich habe mich echt verändert.« Sie besuchten eine Ausstellung mit imposanten Skulpturen aus Sand und auch die berühmte Therme, als ein weiterer Tag verhangen war. Leider machten sie das alles nur zu dritt. Kristof hätte gern zwischen Maja und Didi vermittelt, schlug ein Treffen vor, damit sie sich aussprechen konnten, doch sie weigerte sich: »Nein. Meine Mutter hat mich vorsätzlich belogen und das jahrelang. Ich habe ihr einiges verziehen. Das aber ist zu viel. Im Moment geht es da für mich nicht weiter.«

Kristof verstand das und drang nicht weiter in sie. Doch es tat ihm auch für Didi leid. Seit er sich von Svenja getrennt hatte, kam er immer wieder zu diesem Punkt: Eltern dürfen Fehler machen, auch wenn er die Sache mit dem vergessenen Namen etwas seltsam fand. An eine gemeine Lüge konnte er nicht glauben, dafür war Didi zu sehr – ehrlich – verzweifelt. Mehrfach hatte sie bei Maja erfolglos angerufen. Sie schickte sogar Blumen. Maja ließ sie zurückgehen. An einem Tag lagen sie zu dritt am Strand und Kristof entdeckte Didi. Sie trug ein im Wind wehendes, weißes Kleid und eine Blüte im Haar. Didi wirkte nicht halb so froh und über den Dingen schwebend wie sonst, sondern schlicht und ergreifend einsam und unglücklich.

Dann entdeckte auch Ole sie, lief zu ihr hin und nahm sie ins Schlepptau, brachte sie zu ihrem Lager.

Maja sagte nur: »Hallo«, stand auf und ging ins Wasser.

Didi blieb nicht lang und er unternahm auch keinen Versuch, sie aufzuhalten. Es war schwierig, Ole das seltsame Verhalten der Erwachsenen zu erklären, ohne ihn anzulügen.

Maja antwortete auf seine Fragen, warum Didi nicht bei ihnen war, diplomatisch: »Sie muss in Ruhe über etwas Wichtiges nachdenken.« Weitere Nachfragen blockte sie ab.

Didi hatte Kristof, als noch alles gut war, lachend erzählt, dass Maja bockig und störrisch sein konnte wie eine Eselin. Es war wohl eine der ambivalenten Eigenschaften, die er da bei Maja beobachten konnte. Und genau das war der große Unterschied zu all den anderen Beziehungen, die er im Leben bisher angefangen hatte. Es herrschte Ehrlichkeit zwischen ihm und Maja. Sie zeigten sich einander ungeschminkt. Da waren nicht nur erste Verliebtheit und Sex und der Versuch, in gutem Licht zu erscheinen. Es gab tolle Stunden und weniger tolle Stunden. Wenn Ole schlief, zeigte Maja ihre Traurigkeit und auch er war manchmal verzweifelt.

Der Tag, an dem Svenja Ole abholen wollte, rückte näher. Doch Svenja wäre nicht Svenja, wenn sie nicht noch einen Extra-Schreck für ihn bereithalten würde. Kristof war mit Maja und Ole gerade von einem späten Frühstück zurückgekommen und sie packten ihre Sachen für den Strand, als er einen Anruf von seiner Ex erhielt.

Sie sprach mit Grabesstimme: »Ich bin auf dem Weg zu euch.«

Ihm wurde heiß und kalt. »Was, heute?« Er ging zur Fensterfront und sah hinaus, als könnte Svenja bereits unten vor dem Hotel stehen und ihn observieren. Sie klang seltsam nah, irgendwie anders. Ihre Stimme verhieß nichts Gutes.

»Ich muss dringend mit dir sprechen.«

»Hör zu, wir sind gerade auf dem Weg nach draußen. Du hast mir versprochen, dass wir den Urlaub in Ruhe genießen dürfen. Du kannst nicht wieder einfach reinplatzen. Zumal ich nicht mit Ole allein bin.«

»Das ist mir bewusst.«

»Was also ist los?« Er war gleichsam gefasst und genervt. Maja kam aus dem Bad und sah ihn fragend an. Er konnte ihr gestikulierend zu verstehen geben, dass Svenja am Telefon war und es gut wäre, wenn sie sich um Ole kümmerte, der in seinem Zimmer irgendwelchen Krach machte. Maja verstand und schlüpfte durch die Tür zu ihm. Kristof hatte Svenja erzählt, dass Maja in die Suite eingezogen war. Bisher hielt sich seine Ex an die Abmachung: keine Vorwürfe. Doch nun, so musste Kristof vermuten, wollte sie mit eigenen Augen sehen, ob hier wirklich *alles in Ordnung* war. Die Satzhülse, die sie gern verwendete, war die perfekte Tarnung für ihren Kontrollwahn.

»Ehrlich gesagt, ich bin schon unten.«

Es verschlug ihm die Sprache. Sie war wirklich da! Nach so vielen Jahren lernte er an Svenja noch neue Seiten kennen. Schockierend, dass die einst so geliebte Person und die Mutter seines Sohnes sich derart respektlos verhielt.

»Kannst du runterkommen? Ich warte in der Hotelbar. Sie ist zwar noch nicht offen, aber wir können uns dort unter vier Augen unterhalten, ich habe nachgefragt. Ich warte hier, bis du kommst. Ich gehe nicht weg. Bitte.«

Er schwieg laut ins Telefon hinein.

»Es ist lebenswichtig.« Ihre Stimme brach, wurde rau und kratzte an ihm wie das Wehklagen eines verlassenen Hundes. Sie legte auf. Es konnte auch inszeniert sein.

Kristof setzte sich und starrte vor sich hin. Immerhin klopfte Svenja nicht einfach an und spazierte herein. Auch das traute er ihr zu. Vielleicht sollte ihr Besuch vor Ole geheim bleiben. Unter vier Augen.

Maja kam aus Oles Zimmer und lehnte die Tür wieder an. »Er ist beschäftigt«, sagte sie und setzte sich neben ihn. »Ist etwas passiert?«

»Svenja ist unten. Sie wird mir gleich erzählen, warum. Ich muss da kurz runter.«

Maja legte ihre Hand auf seine. »Das ist ja ein Ding. Schon wieder. Was kann der Grund sein?«

Panik rauschte heran wie die großen Wellen an stürmischen Ostseetagen. »Vielleicht will sie Ole heute schon mitnehmen? Ich weiß es nicht.« Die Tatsache, dass es unmittelbar bevorstand, haute ihn nicht zum ersten Mal um. Doch nun war Svenja nicht irgendwo und käme erst in fünf Tagen, sondern sie war jetzt schon da. Hier unten. »Das kann sie doch nicht bringen«, flüsterte er.

Maja drückte seine Hand. »Nein, das kann sie nicht tun. Kristof, ich bin für dich da. Wenn ich dir helfen kann, sag es mir bitte.« Mitfühlend sah sie ihn an. »Was immer es ist, wir stehen diese schwierige Zeit gemeinsam durch. Oder …«

»Hm?«

»… muss ich mir Sorgen machen?«

»Wie meinst du das?«

»Vielleicht ist sie gekommen, um dich doch noch umzustimmen?«

»Mich umzustimmen?«

Maja machte eine Handbewegung, als würde sie ein Insekt vor ihrem Gesicht verscheuchen. »Ach, vergiss es.«

Er kapierte. »Denk das erst gar nicht. Mit uns beiden wird es immer schöner. Leider ist jeder Tag hier auch ein Tag weniger, den ich mit dir und Ole gemeinsam verbringen kann. O Mann!«

Maja schüttelte den Kopf. »Ich muss mich mit der Trennung von Gero auseinandersetzen und du dich mit der von Ole. Sehen wir es als Chance. Für einen Neubeginn.«

214

Kristof stand auf. »Das versuche ich schon die ganze Zeit. Kümmerst du dich um ihn? Ich gehe runter und dann klärt sich das.«

»Bis gleich.« Maja kam mit ihm zur Tür. »Viel Glück«, gab sie ihm mit auf den Weg. Dann folgten Worte, die ihm viel Kraft gaben: »Ich liebe dich.«

Kristof kehrte sofort um, war mit großen, schnellen Schritten bei Maja und küsste sie. »Ich liebe dich. Danke.« Plötzlich bestärkt und beschwingt, ging er hinunter.

In der Bar war es schummrig, weil einige Vorhänge noch zugezogen waren. Auf einer Bank saß eine einsame Gestalt an die Wand gelehnt.

Er ging auf sie zu, bis er Svenjas Stimme vernahm: »Hallo. Mir war es abgedunkelt lieber, das Personal hat angeboten, es so zu lassen. Ich glaube, so können wir besser sprechen. Du würdest dich erschrecken, wenn du mich richtig sehen könntest.«

Kristof setzte sich ihr gegenüber. »Hallo. Eine schön starke Szene machst du hier«, sagte er. »Wie meistens geht es vom ersten Augenblick an nur um dich. Der Termin, an dem du Ole abholen wolltest, ist erst in ein paar Tagen. Du kommst einfach ungefragt her! Bist du unter die Stalker gegangen?«

»Es ist alles anders.«

»Mir egal. Ich gebe dir Ole keine Minute früher. Du kannst es nicht ertragen, dass ich hier mit ihm und Maja eine gute Zeit habe, stimmt's?« Obwohl er im diffusen Licht keine Details sehen konnte, nahm er wahr, dass Svenja tatsächlich schlecht aussah. Sofort bereute er seine vorschnellen Worte.

»So denkst du von mir«, murmelte sie. »Das ist schlimm. Aber nicht so schlimm wie der wahre Grund. Ich wünschte fast, es wäre so, wie du es dir einbildest.«

»Wenn es nicht so ist, dann tut es mir leid. Also, komm schon, was ist los? Bitte keine Spielchen oder so.«

»Der Zug nach Amerika ist abgefahren. Wahrscheinlich für immer.«

»Wirklich«, entfuhr es ihm. Es ließ sich nicht vermeiden, dass er nicht nur erstaunt, sondern auch erleichtert klang. Innerlich fühlte es sich an, als platzte ein prall gefüllter Ballon mit der Aufschrift *Amerika* mit lautem Knall, und all die Sorgen, Schmerzen und Ängste, die dringesteckt hatten, verwandelten sich in bunten Konfettiregen. Allerdings herrschte das Gegenteil von Feierstimmung am Tisch.

»Haben sie dich doch abgelehnt?«, fragte er.

Svenja nestelte ein Taschentuch hervor, tupfte sich die Wangen ab und schnäuzte sich. »Ach was, mit Handkuss wollten sie mich nehmen. Alles war geregelt, fast alles ...« Wieder weinte sie. Dann ging das Weinen in einen Hustenanfall über.

Jetzt ahnte Kristof den wahren Grund. Als sich Svenja gefangen hatte, redete auch er mit Grabesstimme: »Du bist krank?«

»Der Befund ist neu.«

»Was ist es?«

»COPD. Chronic obstructive pulmonary disease. Ich werde für immer mit den Atemwegen zu tun haben. Es ist nicht heilbar.«

»Fuck«, sagte Kristof. Er hatte von der Lungenerkrankung gehört. Bisher war es bei Svenja immer nur eine »normale« Bronchitis gewesen, einmal aber auch eine schwere Lungenentzündung. Krank wurde sie fast jedes Jahr, aber sie war immer wieder vollständig gesund geworden. Zumindest in der Zeit vor ihrer Trennung.

»Wie ernst ist es?«

»Man kann damit leben. Aber mit einer Karriere als Schauspielcoach wird es wohl eher nichts. Stell dir vor, ich bin engagiert und nicht belastbar. Das passt nicht zusammen. Schon gar nicht in Amerika.«

»Fuck«, wiederholte Kristof nur. Es fiel ihm einfach nichts Intelligentes dazu ein. Krankheiten waren, wie Trennungen, ein echtes Übel und sie gehörten zum Leben dazu.

»Ja. Aus der Traum. Ich bleibe hier.«

»Und Ole!«

»Nein, der geht allein nach Kanada.«

»Was?« Kristof fand sich stehend wieder.

»Kleiner Scherz.« Sie lächelte schmerzlich und weinte dann weiter.

Schwarzer Humor. Was war das für eine Eigenschaft? Gut, schlecht oder ambivalent? Svenja besaß ihn. Sein Herz raste. Natürlich hatte er den Witz nicht geglaubt, sich aber trotzdem erschreckt. Schon wollte er sich wieder setzen, da gab er sich einen Ruck. Er nahm auf der Bank neben Svenja Platz und legte den Arm um sie. Sie kuschelte sich an ihn. »Ich bin auch deswegen gekommen«, schniefte sie. »Als wir noch zusammen waren und uns gut verstanden haben, konnten wir uns oft gegenseitig Kraft geben.«

Er hielt sie weiter fest und fragte: »Was meinst du damit, du bist auch deswegen gekommen?«

»Um im Arm gehalten zu werden«, sagte sie. »Wenigstens ein paar Momente. Ich habe es so genossen, als wir gemeinsam auf der Decke am Strand lagen. Ich vermisse das. Keine Angst, ich will dir deine neue Flamme nicht wegnehmen. Ich will dich auch gar nicht zurück, ob du es glaubst oder nicht. Aber wir müssen zusammenhalten, irgendwie, allein wegen Ole. Ich muss spüren, dass du mich nicht verabscheust. Ich wollte es nicht am Telefon sagen und dann allein mit dem Hörer dasitzen und mit meiner Angst. Ich wollte es dir aber auch nicht erst in fünf Tagen sagen. Deswegen bin ich hier.«

Kristof entspannte sich innerlich. Es war eine Wohltat, dass er Svenja wie selbstverständlich folgen konnte in dem, was sie sagte. *Das* hatte er vermisst. »Verstehe«, sagte er und genoss es fast ein bisschen, ihr in diesem Moment Halt geben zu können. In der Beziehung hatte Svenja immer die Starke gespielt. Sie konnte Reifen wechseln, professionell boxen und ganz früher rauchte sie provokativ Zigarre. Klischee hin oder her, in einem Beziehungsratgeber hatte er gelesen, dass es für eine Partnerschaft gut war, wenn ein Mann seine Angebetete auch mal vor Drachen retten und ihr Schutz und Halt geben durfte. So wie jetzt. »Nur eins verstehe ich nicht ganz: Warum sollte ich dich verabscheuen?«

»Weil ich mein Ding durchgezogen hätte. Meinst du, ich hatte deswegen keine Gewissensbisse? Ich bin ja keine Monstermutter, die dem Kind den Vater wegnehmen will oder umgekehrt. Aber das Angebot war so unglaublich toll. Nicht nur beruflich. Ole und ich wären endlich im Geborgenen angekommen. Ich will in meinem Alltag Menschen um mich haben, die ich mag und liebe.«

Jetzt, wo keine Gefahr mehr drohte, brauchte er ihr nicht zu widersprechen und nicht zu diskutieren. Stattdessen wollte er sie aufmuntern. »Du findest jemanden, der zu dir passt. Bestimmt.« Es war kein billiger Trost, ihm war es genauso passiert. Vor zwei Wochen hatte er selbst nicht mal zu hoffen gewagt, eine zauberhafte Frau wie Maja kennenzulernen.

»Ist es bei dir ernst?«, fragte sie.

»Maja ist die erste Frau seit unserer Trennung, die ich in meiner Nähe nicht missen will.«

»Und Ole?«

»Sie verstehen sich gut.«

»Und du hast sie hier im Urlaub kennengelernt?«

»Ja, inklusive ihrer Mutter Didi. Ole himmelt sie an.«

»Wieso das?«

»Du musst sie kennenlernen. Sie ist etwas Besonderes. Sie …« Er brach ab. Schließlich wäre Didi laut Svenjas Definition eher eine *Monstermutter*. Eine, die dem eigenen Kind vorsätzlich den Vater vorenthalten hat.

»Ehrlich? Soll ich? Wann denn?«

Kristof kratzte sich am Kinn. »Tja, das ist alles gerade nicht so einfach. Ich bringe Maja erst einmal bei, dass nun alles anders ist.«

»Klar. Ihr beibringen: Jetzt bleibt die blöde Ex in der Nähe.«

»Da liegst du falsch. So hat sie von dir nie gesprochen. Und ich auch nicht.«

»Entschuldige. Ich bin einfach fix und fertig. Ich habe doch gar keine richtige Zukunft mehr.«

Kristof drückte ihre Schulter. »Jetzt siehst du schwarz.«

»Ich bin so enttäuscht«, flüsterte sie.

»Ich weiß«, sagte er laut und leise zu sich: Ich bin so froh!

Eine Weile saßen sie einfach da und er betrachtete den Silberreif an seinem freien Arm. Shiva tanzte seinen Tanz der Zerstörung und Erneuerung. »Und jetzt?«, fragte er. »Fährst du wieder zurück?« Er rückte ein Stückchen von ihr weg.

»Das schaffe ich nicht an einem Tag. Seit der Diagnose fühle ich mich erst recht erschöpft. Die Seeluft tut mir gut. Vielleicht bleibe ich auf der Insel und hole Ole dann in fünf Tagen ab. Ich nehme mir irgendwo ein Zimmer. Keine Angst, nicht nebenan. Aber vielleicht, wenn es ernst ist, kann ich deine neue Flamme noch kennenlernen. Und diese großartige Didi, von der Ole geschwärmt hat. Ergibt das Sinn?«

»Ich hoffe«, sagte Kristof nur. »Lass mich wissen, wo du untergekommen bist. Soll Ole schon wissen, dass du hier bist?«

»Entscheide du. Schlaf mal drüber. Wir sollten es ihm wieder gemeinsam sagen.«

»Aber ohne zu dritt am Strand zu liegen. Ich will ihm nichts mehr vorgaukeln.«

»In Ordnung.«

Kristof nickte anerkennend. So besonnen und rücksichtsvoll hatte er Svenja schon lange nicht mehr erlebt. Es war ein gutes Zeichen für die Zukunft. Er stand auf und verabschiedete sich von dem Häuflein Elend. Es war nicht ganz einfach, nun wieder nach oben zu gehen zu seinem Doppelglück: Zu Ole, der weiterhin in seiner Nähe aufwachsen würde, und zu Maja, die ihm nach wenigen Tagen schon sagte, dass sie ihn liebte.

Kaum hatte er die Bar verlassen, hatte er es furchtbar eilig. Er nahm die Treppen nach oben, zwei Stufen auf einmal. Vor der Zimmertür hielt er kurz inne. Er musste Trick siebzehn anwenden. Ole durfte, bevor sie zum Strand gingen, von diesem lebensverändernden Gespräch nicht zu früh Wind bekommen. Kristof ging direkt zu ihm, es war leicht, ihn mal wieder mit dem Laptop zu beschäftigen. Dann nahm er Maja beiseite.

Die ganze Zeit schon, seit er so schwungvoll ins Zimmer getreten war, ließ sie ihn nicht aus den Augen. »Deine Ex hat dich überfallen und du bist auf einmal so fröhlich?«

Aus Majas Sicht war das natürlich eine berechtigte Frage. Er küsste sie und drehte sich mit ihr im Arm zu einer unsichtbaren Musik der Freude im Kreis. Sie tanzten. Sie lachte mit, wurde wieder ernst, lachte, wusste nicht, was sie von alldem halten sollte. »Hast du im Lotto gewonnen? Oder bekommt deine Ex in Amerika den Auftrag, Brad Pitt in Hollywood persönlich zu coachen oder besser noch Angelina Jolie und du besuchst sie bald im Privatflieger?«

»Ole geht nicht fort, er bleibt hier«, sagte Kristof feierlich.

Abrupt beendete Maja den Tanz. »Was?«

»Er geht nicht nach Kanada.«

»Svenja geht allein?«

»Sie bleibt auch hier. Das Auswandern ist abgeblasen.« Er lachte zu laut. Majas Gesichtsausdruck fror ein. »Entschuldige«, sagte er. »Du bist nicht ganz so begeistert.«

»Nein ... doch ... ich freue mich. Für dich.« Majas Arme fielen von ihm ab, als würden sie nie wieder für eine Umarmung gebraucht. Es war ein extremer Stimmungswechsel. Er suchte ihren Blick, nahm ihr Gesicht in beide Hände, sie wollte ausweichen, doch mit aller Zärtlichkeit fing er sie ein. »Bist du dir sicher? Ist alles in Ordnung?«

»So eine doofe Frage«, antwortete sie. »Ich kenne dich erst kurz und sie war schon zweimal hier. Überhaupt ist plötzlich alles, was wir uns ausgemalt haben, anders. Geht das dann so weiter?«

Aus dem Nebenzimmer waren die Geräusche eines Computerspiels zu hören.

»Bestimmt nicht«, antwortete er. »Aber Svenja ist krank, chronisch krank, und sie wird nicht mehr gesund. Ich habe das nicht ahnen können, ich erzähle es dir später genauer. Oder willst du alles sofort wissen?«

Maja stellte sich mit dem Rücken zu ihm ans Fenster. »Scheiße. Jetzt kann ich nicht mal richtig sauer sein.« Er wartete auf Fragen, aber es kamen keine, zumindest sprach sie sie nicht laut aus. »Das war's wohl mit der vielen erträumten Zeit zu zweit«, hörte er Maja nur murmeln.

KAPITEL 15

DIDI

Mit einer vagen Hoffnung ging Didi zum Strand. Vielleicht kam Maja zum heutigen Workshop, nachdem der letzte Termin ausgefallen war, weil auch Personen wie Lucia sich plötzlich einmal krank fühlten. Kurz nach ihrer Flucht aus dem Bungalow wäre Maja ohnehin nicht zum Kurs gekommen und sie selbst vielleicht auch nicht. Sie konnte sich nicht erinnern, wann sie das letzte Mal tatenlos herumgesessen hatte, weil sie zu nichts zu gebrauchen war. Jetzt war Geros Auftauchen sechs Tage her. Fast eine ganze Woche, in denen sie nicht zu Maja hatte vordringen können, um sich nochmals zu erklären. Didi verstand den Lauf der Dinge selbst nicht mehr. Auf eine plötzliche Amnesie konnte sie sich nicht berufen. Das glaubte kein Mensch. Dabei stimmte es: Sie war sich neulich wegen Mikes Nachnamen nicht sicher gewesen, weil er während der wenigen gemeinsamen Wochen vor fünfunddreißig Jahren eben keine Rolle gespielt hatte, überhaupt keine! Maja war trotzdem zu Recht verletzt und Geros Kommentar hatte gesessen: Didi hatte Gott gespielt und geglaubt, es sei für alle das Beste. Jetzt grübelte sie von früh bis spät, warum sie damals so gedacht und gehandelt hatte, und das Grübeln tat ihr nicht gut. In sechs Tagen fühlte sie sich um sechs Jahre gealtert.

Der Workshop fand wieder an dem Strandabschnitt zwischen Heringsdorf und Ahlbeck statt. Von den anderen Teilnehmern war noch niemand da und Lucia rückte gerade die schweren Strandkörbe zurecht, als wären sie aus dem federleichten Balsaholz, mit dem Didi manchmal arbeitete.

»Schönes Batikkleid«, sagte sie zur Begrüßung zu Didi. »Aber sonst siehst du furchtbar aus. Es ist etwas passiert.«

»Wie ein Geist sehe ich wahrscheinlich aus«, antwortete Didi. »Ich weiß nicht, ob ich mich jemals so elend gefühlt habe.«

Lucia sah sie mit ihren weisen Augen eindringlich an. »Egal, was es ist. Wir sind alle Menschen. Jahrelang fühlen wir uns halb erleuchtet und fest in unserer Mitte verankert, glauben, wir wüssten vieles besser als andere, und dann passiert etwas Unvorhergesehenes und wir brechen auseinander. Wir werden aus heiterem Himmel krank, so wie ich vor drei Tagen. Vierundzwanzig Stunden außer Gefecht und ich weiß nicht genau, wieso.« Sie strich Didi mit den Fingern über die Stirn, als könnte sie damit einen bösen Zauber vertreiben. »Es ist eine Binsenweisheit: Das Leben hält alles für uns bereit. Mal nagt etwas an uns und zehrt uns aus, dann dürfen wir uns eine Zeit lang nur die Rosinen rauspicken. Schon bei der ersten Vorstellungsrunde hab ich gemerkt, dass etwas in dir vergraben liegt, was dir zu schaffen macht. Du hast zwar gesagt, dir gehe es bestens, aber geglaubt habe ich es dir nicht. Deine Tochter war da viel ehrlicher, als sie sagte, es ginge ihr nicht gut. Und nun will dieses Etwas raus, ist es nicht so?« Didi konnte nur nicken und Lucia fuhr fort: »Wir haben ein paar Minuten Zeit, bis die anderen eintrudeln. Leg dich hin. Du bist viel zu sehr im Kopf, das ist nicht deine Natur, es hilft dir nicht. Ich gebe dir etwas Kraft. Nach dem Yoga sprechen wir in der Runde über das, was uns bewegt. Dann kannst du deins erzählen.«

Sofort fühlte sich Didi verstanden. Das tat gut. Es war manchmal nicht nur für Maja schwer, eine *seltsame* Mutter zu haben. Auch für Didi war es nicht immer einfach, eine Tochter zu haben, bei der sie um Verständnis für *nicht ganz normale* Ansichten und Lebenserfahrungen werben musste. Nach freiem Willen zu leben, kostete Kraft. Noch nie war ihr die Kraft ausgegangen. Eine beängstigende Erfahrung. So also fühlte sich das Altwerden an.

»Hat sich meine Tochter gemeldet? Oder abgemeldet?«, fragte Didi, als sie sich auf eine Decke legte. Von oben schien die Sonne, von unten strahlte der Sand eine angenehme Wärme aus.

Lucia beugte sich über sie und legte ihr eine Hand auf die Stirn und die andere auf die Brust. »Nein. Horch jetzt in dich hinein.« Sie verstärkte den Druck mit den Händen um eine Nuance.

Didi seufzte und empfing weitere Energie, die von Lucias Händen in den ganzen Körper strömte. Die Kraft der Verbundenheit – da war sie ja wieder! Im Gartenhaus und am Strand unter den vielen Menschen hatte sie sich einsam gefühlt. Handauflegen war etwas so Schönes und eine uralte Methode, um sich gegenseitig etwas Gutes zu tun und Leiden zu lindern. Schon in der Bibel heilte Jesus andere, indem er ihnen die Hand auflegte und nichts weiter tat. Es war überhaupt nichts Sonderbares oder »Esoterisches« dabei, wie manche abfällig meinten. Didi kostete die Berührung voll aus, war darin geborgen. Dann klopfte die neue Angst wieder an. Sie sehnte sich nach Nähe. Was, wenn sie plötzlich tatsächlich ganz schnell alt wurde? Blieb ihr für die schönste Sache der Welt, die Liebe, noch Zeit? Lange war sie nicht mehr mit einem Mann zärtlich gewesen. Es fehlte ihr.

Als Lucia die Berührung löste, hatte Didi Tränen in den Augen.

»Spür deinen Schmerz«, sagte Lucia. »Er ist das Tor zur Heilung und zu neuen Wegen. Dein Wunder geschieht, wenn du es wirklich willst. Deswegen bist du hier, deswegen passiert das alles. Wirst sehen.«

Didi blieb noch liegen und betrachtete die bizarren Wolkenformationen über sich. Sie veränderten alle paar Sekunden ihre Gestalt. Da entstand ein Gebirge und daraus wurde ein Hund mit buschigem Schwanz. Der Hund verschwamm und erwuchs zu einem Drachen, aus dessen Maul heraus sich eine Frau formte, die ein Kind in den Armen hielt. Das letzte Bild war ein Herz. Didi stand auf. Die anderen Teilnehmer waren inzwischen da und rollten ihre Matten aus, eine fehlte. Wie schade!

Mit aller Inbrunst vertiefte sich Didi in die Yogastunde, die wohltuenden Übungen, das sanfte Dehnen, den regelmäßigen Atem, die fließenden Empfindungen. In der Pause blieb sie für sich, setzte sich abseits, überflog mit den Augen den Strand. Sie hatte Maja mehrfach angerufen, einen Strauß bunter Sommerblumen auf Kristofs Zimmer geschickt, mit einem handgeschriebenen Kärtchen für Maja dran, und sie in stillen Gebeten um Verzeihung gebeten. Was ihnen beiden helfen würde, um wieder zueinanderzufinden, wusste sie nicht.

Die Pause war zu Ende, sie setzten sich im Kreis zusammen. Heute hatte Lucia nur eine kleine Tasche dabei. Es war immer eine Überraschung, was sie mit ihnen vorhatte. Sie holte einen schmalen Stapel hellgelbes Papier hervor. Ihre Wunschzettel!

»Es stehen keine Namen darauf«, sagte Lucia. »Jeder nimmt sich irgendeinen Zettel und liest ihn vor. Wem zu dem Thema etwas einfällt, der darf gern etwas sagen. Am Ende kann sich der Verfasser oder die Verfasserin melden. Muss aber nicht sein. Vielleicht soll der eine oder andere Wunsch für sich stehen. So funktioniert das Spiel. Weil Maja heute fehlt, mache ich an ihrer Stelle mit. Seid ihr bereit?«

Die meisten Teilnehmer der Gruppe waren sich schon recht vertraut. Didi war gespannt, ob sie Majas Wunsch heraushören würde und was die anderen zu ihrem Wunsch sagen würden. Sie hatte sich beim ersten Treffen vorgenommen, in ihrem Leben künftig ganz und gar ehrlich zu sein, den genauen Wortlaut würde sie gleich noch einmal hören. Niemals hätte sie geahnt, wie schmerzlich der Einschnitt zwischen ihr und Maja aufgrund dieser Ehrlichkeit sein würde. Es war der Preis, den sie dafür bezahlte.

Dieter war wieder der Erste. Auf dem Zettel, den er sich genommen hatte, stand: »Zuversicht, der Krankheit richtig begegnen zu können. Zuversicht auch zur Heilung.«

Es war nicht schwer zu erraten, wer das geschrieben hatte. Hilde erholte sich immer noch von ihrer Krebstherapie, sah aber wesentlich frischer aus als vor zwei Wochen und hatte schon etwas zugenommen. »Es ist viel leichter, Angst zu hegen, als Vertrauen zu entwickeln«, resümierte sie, nachdem jeder sie in den Zeilen erkannt hatte. »Wir Menschen sind schon seltsam.«

Bastian nickte. »Den gleichen Gedanken habe ich auch. Das könnte ebenso ich geschrieben haben.« Er trug ein T-Shirt, die Wunden an Ellenbogen und Armen waren verheilt. »Vielleicht geht's auch bei mir wieder los. Vielleicht auch nicht. Selbst wenn. Ich muss mir selbst vertrauen, dass ich mit beiden Möglichkeiten umgehen kann. Das habe ich in diesem Workshop irgendwie kapiert.«

»So eine Selbsterkenntnis ist die beste Voraussetzung dafür, dass sich eure Wünsche erfüllen können«, kommentierte Lucia.

Didi war an der Reihe und las ihren Zettel vor: »Ich möchte eine Partnerin für eine stabile Beziehung bis ans glückliche Ende des Lebens.« Sie lächelte Dieter an. Der Wunsch passte haargenau zu dem Witwer, mit dem sie sich ein paarmal ausgetauscht hatte. »Irgendwie schade, dass wir nicht ganz zusammenpassen«, sagte sie frei heraus. »Es wäre fast märchenhaft. Stell dir vor, wir reisten von hier zurück in eine gemeinsame Zukunft.«

Dieter sah nicht ganz glücklich aus. »Das habe ich nicht geschrieben.«

»Was?« Didi war es ein wenig unangenehm, gleich so vorgeprescht zu sein. Typisch!, hätte Maja nun gesagt.

Es stellte sich heraus, dass Bastian diesen Wunsch aufgeschrieben hatte. »Bis ans Ende des Lebens? Du bist doch viel freier aufgewachsen als meine Generation. Mit so vielen Möglichkeiten! Die Welt verändert sich immer schneller«, sagte Didi und fügte hinzu: »Irgendwie bewundernswert.«

Weil Bastian nicht gleich antwortete, sagte Dieter zu ihr: »Du hast diese Erfahrung nicht gemacht? Mit meiner Frau wäre ich ewig zusammengeblieben. So was gibt's: den Richtigen oder die Richtige, ganz egal, in welchem Jahrhundert wir leben. Man darf sich nur nicht verpassen oder den anderen gehen lassen, ohne um ihn zu kämpfen.«

»Ich würde mich für die Frau, die mich wählt, entscheiden, ohne Wenn und Aber und gern für immer«, sagte Bastian.

Didi nickte beklommen. Sie fühlte sich ein wenig zurechtgewiesen. »Okay«, sagte sie leise. Vielleicht wussten die anderen tatsächlich etwas, das sie nicht wusste. Zu dumm, dass es sich um die wichtigste Sache der Welt handelte …

Es ging weiter. Eine der Teilnehmerinnen, mit denen Didi nicht so viel zu tun gehabt hatte, las Folgendes vor: »Eine aufregende Braut wie Didi an meiner Seite.«

Einige lachten, auch Didi, aber es war kein freies Lachen. Etwas an dem Ausdruck stieß ihr auf, auch wenn er charmant gemeint war. Dieter sah zu ihr herüber. Diesmal war sie sich sicher, dass er es geschrieben hatte.

Er nickte. »Ja, ich finde du bist etwas Besonderes. Mutig, vital, selbstbewusst, spirituell, freiheitsliebend. Ein bisschen vorlaut, wenn ich das zu einer Dame wie dir sagen darf. Aber nach meinem Geschmack. Leider hast du dein Herz an einen anderen verloren. Da habe ich keine Chance.«

Didi stutzte. »Ich bin seit Jahren Single.«

»Na und?«, fragte Dieter. »Das heißt gar nichts. Du hast mir ein paar Dinge von dir erzählt und ich glaube, du solltest dich auf die Suche nach dem verlorenen Herzen machen. So viel Zeit, wie du denkst, hast du vielleicht auch nicht mehr auf dieser Erde. Vergeude sie nicht.«

Didi schnürte es die Kehle zu. Dieter hatte sie besser durchschaut als sie sich selbst und die Wahrheit traf sie wie ein Blitz. Es war das letzte Teil des Puzzles, von dem sie die Teile hier und da in aller Welt verstreut hatte. In Wirklichkeit war es damals doch so gewesen: Sie hatte sich mehr in Mike verliebt als er sich in sie. Für ihn war ihre Affäre von Beginn an zeitlich begrenzt. Nie zweifelte er daran, dass er seine Weltreise antreten und vielleicht sogar auswandern würde. Sie war verletzt, weil er nicht länger in Berlin bleiben wollte. Sie diskutierten darüber. In seinen Augen bestand wahrscheinlich die »Gefahr«, dass sie von der aufregenden Braut, wie er sie anfangs genannt hatte, zur Durchschnittsfrau werden würde, die eine ganz normale Beziehung wollte, die ihn vielleicht einengte. Das passte nicht zu seinem Lebensplan. Didi ließ Mike gehen. Als sie dann die Schwangerschaft feststellte, war sie zu stolz, um nach ihm zu forschen. Es hätte dann so aussehen können, als wäre sie schwanger geworden, um ihn an sich zu binden: Hätte, hätte, hätte! Kinder waren weder bei ihr noch bei Mike je ein Gesprächsthema gewesen.

Sie bekam kaum mehr Luft, so sehr schmerzte sie die Wahrheit. Sie hatte ihr Herz an Mike verloren und alle Beziehungen danach waren ein Versuch, dies ungültig zu machen. Sogar bei Thomas, den sie zu ihrem Lieblingsmann gekürt hatte, war ihr Herz nicht hundertprozentig bei der Sache gewesen. Sie hatte es sich nur gewünscht und eingeredet, um sich davon abzulenken, wie feige sie sich Mike – und Maja – gegenüber verhalten hatte. So war es bis heute.

Lucia sah ihr die innere Not sofort an, kam zu ihr und setzte sich hinter sie.

Didi lehnte sich mit dem Rücken an sie. In ihrer Brust stach es, als stocherte jemand mit dem Messer darin herum. »Einfach weiteratmen«, sagte Lucia. »Das garantiert ein langes Leben.« Sie lachte leise und warm, die anderen schmunzelten. »Macht ruhig weiter mit den Wunschzetteln«, sagte sie zu ihnen.

Didi hörte bei der nächsten Runde nur halb zu. Sie war zu sehr mit sich beschäftigt. Neu war nicht, dass sie von Mike träumte und sich auch mal danach sehnte, seine sommersprossige Schulter zu küssen. Neu war, dass sie ihre eigene innere Wahrheit so sehr verkannt hatte. Menschen konnten eben gut verdrängen.

Didis Wunschzettel wurde vorgelesen: »Ein neuer Lebensabschnitt für meine Liebsten und mich, der auf Ehrlichkeit gründet.« Keiner wusste ihn zuzuordnen oder etwas Konkretes damit anzufangen. Alle dachten nach.

Didi konnte wieder frei atmen. »Klingt ein bisschen abstrakt«, bemerkte sie. »Und eigentlich sollte diese Ehrlichkeit, von der da die Rede ist, ganz normal sein.« Sie kommentierte es, als hätte nicht sie diese Zeilen geschrieben, sondern jemand anders. Und so war es auch. Als sie es geschrieben hatte, war sie von ihrer wichtigsten inneren Wahrheit getrennt gewesen. Was war ein Mensch ohne Bezug zur eigenen Wahrheit? Ein sich fremder Mensch. Ein schauspielernder Mensch vielleicht. Gerade sie, die immer den Weg des Herzens als den einzig wahren gepredigt hatte.

»Stimmt«, sagte Gudrun. »Ich habe das nicht geschrieben, könnte es aber für mich gut anwenden. Ich stehe auch vor einem neuen Lebensabschnitt. Mein Mann und ich trennen uns offiziell. Soll ich jetzt noch ehrlich zu ihm sein?«

»Was würdest du ihm sagen wollen?«, fragte Lucia, löste sich von Didi und trat wieder in die Mitte des Kreises.

Gudrun zupfte an ihrem Kleid herum. »Ups, ich traue mich kaum. Klingt profan, aber der Sex war nicht gerade toll. Ich habe nichts dafür getan, um es zu ändern. Hab immer gedacht, er muss das doch merken. Aus dieser Unzufriedenheit erwuchs Groll und aus dem Groll heraus wurde ich unterschwellig aggressiv. Keine gute Basis für eine Ehe. Das in etwa würde ich ihm sagen wollen.«

»Wow«, sagte Lucia. »Stark, das heikle Thema anzusprechen. Wenn du ihm das ohne Vorwurf mitteilen kannst, tu das unbedingt. Mit jedem Funken Ehrlichkeit kommt ein bisschen mehr Frieden in diese Welt. Das ist zumindest meine Überzeugung. Die teilt allerdings nicht jeder.«

»Also, jetzt könnt ihr raten, wer auf einen der Zettel einfach nur ›Tollen Sex‹ geschrieben hat.« Alle klatschten und Gudrun lachte befreit.

Jemand las den nächsten Zettel vor: »Ich möchte aufhören, mit meiner Zukunft zu hadern.«

Didi horchte auf. Es war genau der Wunsch, den sie für Maja im Gepäck hatte, mit dem sie in den Urlaub gefahren war.

»Ein gutes Statement«, sagte Lucia. »Statt mit der Zukunft zu hadern, sollten wir die Energie lieber darauf verwenden, im Jetzt anzufangen, die Zukunft zu gestalten. Wer könnte es geschrieben haben?«

Bastian sah zu Didi. Maja. Er formte ihren Namen mit den Lippen. Wahrscheinlich, weil sie nicht anwesend war, sagte er es nicht laut. Er und ihre Tochter hatten sich öfter unterhalten. Didi nickte ihm zu, sie hatte verstanden. Ihr eigener und Majas Wunsch stimmten gut überein. Das war ein wunderbares Zeichen. Sie würde Bastian darum bitten, mit Maja Kontakt aufzunehmen. Didi wollte eine Chance. Beim Feuerritual, dem Abschluss des Kurses in zwei Tagen, musste Maja dabei sein.

Die Kraft war in Didi zurückgekehrt. Ehrlicher Austausch mit anderen war ein ähnliches Lebenselixier wie gute, frische Luft, klares Wasser oder eine liebevolle Umarmung. Ein paar aus der Gruppe wollten zusammen noch etwas trinken gehen, doch Didi lehnte ab. Sie hatte sehr Wichtiges zu tun, möglichst schnell. Sie musste ihr verlorenes Herz wiederfinden. Nur wie? Mit ihren siebzig Jahren war sie reichlich spät dran. Die Hände in den Schoß zu legen bis zum Tod, der gleich oder vielleicht auch erst in ein paar Jahren an die Tür klopfte, war für sie die letzte Option.

Sie ging zurück zum Bungalow, sah unterwegs nur auf den Boden und achtete nicht auf die Menschen um sich herum. Sie verpasste sogar die richtige Abzweigung und lief ein Stück zu weit. Auf der Promenade stieß sie fast mit einem Radfahrer zusammen, der sie mit lautem Klingeln und Fluchen aus ihrer gedanklichen Trance riss. »Passen Sie doch auf!« Heute war sie nicht mehr gesellschaftstauglich …

Am Gartenzaun angekommen, blieb sie stehen. Auf der Terrasse saß eine Gestalt. Sie hatte den Rücken zum Eingang gekehrt und trug trotz der sommerlichen Witterung einen schwarzen Kapuzenpullover, der die Haare komplett bedeckte.

Didi öffnete das leise quietschende Tor und rief: »Hallo?«

Die Gestalt rührte sich nicht. Didis Herz klopfte ein wenig schneller, als sie den Weg zum Haus hinauflief. Doch selbst wenn es der Tod höchstpersönlich war, der schon auf sie wartete: Wenigstens hatte sie vorher ihre Fehler erkannt. Und sie war Lucia für ihren einfachen Hinweis unendlich dankbar: *Wir sind alle Menschen.* Menschen waren fehlbar. So war es nun mal und es passierte allen. Mit zwei Meter Sicherheitsabstand blieb sie stehen und rief noch mal: »Hallo?«

Die Gestalt rührte sich endlich, erhob sich langsam. Sie war schmal und groß. Etwas an der Art, wie sie sich bewegte, kam Didi vertraut vor. Die Gestalt wandte den Kopf und schwarzes, glattes, langes Haar kam zum Vorschein. Dazu ein hübsches Gesicht, aus dem zwei blitzblaue, schwarz geschminkte Mädchenaugen blickten.

»Lilly!« Didi stürzte zu ihr, als könnte sich ihre Stiefenkelin gleich in Luft auflösen, wenn sie sie nicht sofort festhielte.

Im ersten Augenblick machte sich Lilly stocksteif, doch dann knickte sie ein und wurde weinerlich. »Du bist die Einzige, die mich nie verurteilt.« Sie ließ sich halten und den Rücken streicheln und beruhigte sich schnell wieder.

Didi gab ihr ein Taschentuch und sie setzten sich an den Tisch.

Lilly wischte sich über die nun mit schwarzen Schlieren umflorten Augen. »Papa versteht mich nicht und Maja auch nicht, die hat sowieso Besseres zu tun. Gut, dass ich dich erst einmal allein treffe. Oder kommt Mama … äh, Maja, gleich?«

»Sie ist und bleibt deine Mutter«, sagte Didi sanft. »Es tut weh, dass du sie plötzlich ablehnst. Was hat sie dir denn getan, meine Süße?«

Lilly zog die Nase hoch. »Sie hat Papa voll in die Hände gespielt. Beide haben mich zugetextet, ich soll was anderes machen als das, was ich will. Wo ist sie denn?«

»Nicht weit weg, bei einem Freund, ein paar hundert Meter Luftlinie entfernt. Stell dir vor, sie ist sauer auf mich. Ich bin seit Tagen allein.«

Lilly machte große Augen. »Sie hat echt einen neuen Freund? Papa hat von einem Typen mit Schmuck am Arm gesprochen, der sich hier breitgemacht hat, und es klang nicht nett. Und sie ist sauer? Sonst versteht sie doch immer alle und ist für alle da. Das nervt manchmal. Sie will, dass ich wie sie werde, sozial und so. Aber ich bin ich. Deswegen bin ich doch kein schlechter Mensch.«

»Da hast du recht. Du bist du.« Didi nickte anerkennend. »Und um dich soll es jetzt auch gehen. Wie kann ich dir helfen? Warum bist du hier?«

Eben hatte Lilly noch bekümmert ausgesehen, nun nicht mehr. Kein Mensch, den Didi kannte, wechselte so schnell die Gemütsverfassung wie sie.

»Ich bin nicht nur wegen der Schauspielsache hier«, sagte Lilly, umkringelte den Finger mit einer Haarsträhne und setzte ihr Teenager-Grinsen auf, diesen Mix aus frecher Überlegenheit und ein bisschen Unsicherheit. »Du musst dich festhalten. Mama muss sich festhalten.«

Didi war auf alles gefasst. Hatte ihre Enkelin etwa große Reisepläne, hatte sie einen Platz an der Schauspielschule bekommen und wollte damit triumphieren? War sie – hoffentlich noch nicht – schwanger oder wollte sie viel zu früh heiraten, genau wie ihre Mutter?

»Ich habe Opa gefunden.«

Didi sah Lilly so verständnislos an, als hätte sie Chinesisch gesprochen. Gleichzeitig spürte sie, wie ihr das Blut in den Kopf stieg. »Wie bitte?«

Lilly runzelte die Stirn. »Meinen Opa? Genau genommen ist es nur mein Stiefopa, klar. Aber es ist Mamas Vater. Der berüchtigte Mike. Michael Schneider. Schau mich doch nicht so komisch an.«

Es fühlte sich so an wie damals die völlig unerwartete Nachricht, dass sie schwanger war. Eine heiße Welle, die durch den Körper flutete, beängstigend und bittersüß überwältigend zugleich. Damals hatte sie nicht glauben wollen, dass Mike diese unfassbare Neuigkeit bei ihr hinterlassen hatte und diesmal glaubte ihr Verstand genauso wenig, dass Mike auf diese unfassbare Weise auftauchen sollte. »Du machst Witze.«

Dass es kein Witz war, verriet Lilly sofort mit zutiefst beleidigtem Gesicht. »Wenn du mich auch nicht ernst nimmst, kann ich ja wieder gehen«, sagte sie und wollte schon aufstehen.

Didi griff nach ihrem Arm und hielt sich daran fest. Selten hatte sie so schnell und so laut Nein gerufen.

KAPITEL 16

MAJA

Im Stechschritt lief Maja den Strand entlang. Zwei, drei Kilometer in die eine Richtung, dann wieder in die andere. Sie achtete kaum auf die Menschen um sich herum und mied den Abschnitt, wo der Workshop stattfand. Sie wollte Didi nicht treffen, lieber laufen, einfach nur laufen, bis sie sich besser fühlte. Doch dafür musste sie wohl die ganze Erde umrunden. Kurz nachdem Kristof von dem Gespräch mit Svenja wieder nach oben in die Suite gekommen war, hatte Maja sich zu einem Spaziergang verabschiedet. Sie musste allein sein. Längst war es später Nachmittag, seit Stunden war sie unterwegs. Doch sie konnte nicht zu Kristof zurück und ihm gegenübertreten, solange diese ätzende Enttäuschung in ihr brannte. Was war sie für ein Mensch, der sich nicht mit ihm mitfreuen konnte? Großspurig hatte sie verkündet, ihm zur Seite zu stehen, wenn Ole bald nach Kanada ging. Dass es ganz anders kommen könnte, hatte sie nicht geahnt. Sie hatte sich in einen Mann verliebt, der schon ein Kind hatte. Unterm Strich war sie in derselben Situation, die sie mit Gero hinter sich lassen wollte. Kristof würde seine Zeit natürlich zwischen Ole, seinem Beruf und ihr aufteilen müssen. Und sie würde ihn nach ihrer erst kurzen Bekanntschaft wohl kaum dazu verpflichten können, ihr ein weiteres Kind zu versprechen. Selbst wenn er es wollte und es irgendwie klappte – es wäre einfach nicht korrekt, nur unter dieser Voraussetzung mit ihm zusammenzusein. Wie gern hätte sie Kristof erst einmal für sich gehabt. So also fühlte es sich an, etwas nicht teilen zu wollen. Als ob ein Teil des Selbst in Flammen stand: das Ego.

Maja sah auf ihr Handy. Keine Nachricht. Entweder war Kristof über ihre Reaktion genauso entsetzt wie sie. Oder er kümmerte sich im Moment lieber um seine kranke Ex, war mit ihr und Ole unterwegs. Chronisch krank. Maja hatte nicht mal gefragt, was sie hatte, so sehr war sie mit ihren eigenen Problemen beschäftigt. Frustriert steckte sie das Telefon wieder weg. Dann sah sie Didi. Sie kam ihr auf dem breiten Strand mit gesenktem Kopf entgegen. Maja ging hinter einer Strandmuschel in Deckung. Der Uhrzeit nach war der Workshop zu Ende und Didi ging wohl noch ein Stück in die andere Richtung spazieren. In Majas Hals bildete sich ein Kloß, der sich kaum hinunterschlucken ließ. So hatte sie ihre Mutter selten gesehen. Sehr nachdenklich und abwesend. Sie wirkte einsam. Maja kämpfte den Impuls nieder, zu ihr zu gehen, setzte sich in den Sand und ließ ebenso den Kopf hängen. Sie hasste Selbstmitleid. Ihre Gedanken und Gefühle jedoch verbanden sich immer mehr zu einer quälenden Geißel. Sie hatte sich von ihrem Ehemann getrennt. Sie hätte einen Vater haben können, doch Didi hatte sie diesbezüglich ihr ganzes Leben lang angelogen. Ihre geliebte Stieftochter hatte sie als Mutter verstoßen. Kristof hatte Besseres zu tun, als sich bei ihr zu melden. Sie starrte auf ihre Zehen. Alle Brücken zu den ihr liebsten Menschen waren zusammengebrochen. Sie wusste nicht, wohin sie gehen sollte. Aus und vorbei – alles. Maja legte den Kopf auf die Knie, während über ihr eine Tirade von Möwengeschrei erklang, als wollten die Vögel sie auslachen, weil sie ihr sicheres und komfortables Leben mit

Gero in Berlin weggeworfen hatte und nun mutterseelenallein war. Lange saß sie so. Irgendwann nickte sie fast ein.

Das Signal ihres Telefons drang zu ihr durch. Maja schreckte hoch und griff in ihre Tasche. Sie brauchte dringend jemanden zum Reden, ein zugewandtes Wort oder eine Nachfrage, wie es ihr ging. Vielleicht gab es irgendwo jemanden, der ihre Not spürte, und wenn es eine Kollegin war. Majas Herz machte einen Sprung. Die Nachricht kam von Lilly! Sie las die paar Worte und stieß einen kleinen Freudenschrei aus. Lilly war auf Usedom, sie war im Gartenhaus bei Didi, nur wenige hundert Meter entfernt, und sie hatte eine *unglaubliche Überraschung* mitgebracht. Dabei war die Nachricht selbst Überraschung genug!

Maja kam auf die Beine, klopfte sich den Sand ab und stapfte los. Sie nahm den nächsten Pfad durch die Dünen zur Promenade und lief, kaum hatte sie festen Boden unter den Füßen, immer schneller. Ein Stück rannte sie, als könnte Lilly es sich anders überlegen und schon wieder verschwunden sein. Doch das würde Didi nicht billigen. Maja stach es in der Seite, sie blieb stehen und schöpfte ein wenig Atem. So enttäuscht sie von ihrer Mutter war, so sehr konnte sie sich in manchen Dingen auch auf sie verlassen. Didi würde Lilly nicht gehen lassen, sondern dafür sorgen, dass sie sich aussprachen.

Als sie den Garten erreichte, sah sie Lilly mit Didi in der Hängematte liegen. Schwarze Haarsträhnen fielen über den Rand und ein nackter Arm baumelte herunter. Maja entdeckte darauf eine undeutliche Tätowierung, die sie noch nie gesehen hatte. Beide hörten auf zu sprechen, als sie den Weg entlangkam. Sie hatten wohl ein Geheimnis vor ihr und lächelten ihr verklärt entgegen. Sie lagen sich mit den Gesichtern gegenüber, so wie Maja hier auch mit Kristof gelegen hatte. Lilly hing sehr an Didi, sie war stolz auf ihre besondere Omi und gab auch mal gern damit an, dass Didi früher auf den Spuren der Hippies in der halben Welt unterwegs gewesen und »unheimlich cool« drauf sei. Ein Hauch von Neid umwehte Maja. Bei gelegentlichen Streits, die es in Familien nun mal gab, hatten die beiden oft zusammengehalten. So würde es wahrscheinlich auch heute sein, wenn sie über Lillys Wunsch diskutierten, Schauspielerin zu werden. Garantiert war Lilly hier, um bei Didi Unterstützung zu suchen, anders konnte Maja es sich nicht erklären. Oder um ihr Vorwürfe zu machen, dass sie Gero verlassen wollte, falls er es Lilly erzählt hatte. Es war anzunehmen. Maja war für jedes Gespräch bereit. Jetzt aber wollte sie das geliebte Wesen erst einmal begrüßen.

»Lilly!« Endlich war sie bei ihr und beugte sich zu ihr hinunter. Als Antwort schlang Lilly ihr den Arm um den Hals und zog sie ein Stück zu sich. Maja hatte damit überhaupt nicht gerechnet und verlor den Halt, Lilly machte eine erschrockene Bewegung und Maja fiel kopfüber in die Hängematte, die wild zu schaukeln begann. Alle kreischten durcheinander, die Stricke ächzten, Maja zappelte und purzelte auf Lilly, die wiederum versuchte, sich irgendwie zu retten, während Didi durch ihrer beider Gewicht ein gutes Stück nach oben gedrückt wurde wie in einem Schleudersitz. Als säßen sie in einem kleinen Boot auf einer großen Welle, wurden sie durcheinandergerüttelt. »Hilfe!«, rief eine von ihnen. Ihre erste Begegnung endete im Gelächter, bis die Wogen sich glätteten und eine nach der anderen, sich aneinander festhaltend, mit wackligen Beinen aus der Hängematte kletterte.

»Hallo, Liebes«, sagte Didi, als sie sich gegenüberstanden. Lilly fiel Maja in die Arme und sie war selig. Didi sah lächelnd zu, als wäre zwischen ihnen alles gut. Was zum Teil vielleicht auch stimmte. Am Strand, als sie ihre Mutter heimlich beobachtet hatte, war Maja klargeworden, dass sie ihr nicht mehr lange böse sein konnte. Nur ein bisschen noch.

Sie und Lilly hielten sich fest, während Didi ins Haus ging und dabei sagte: »Ich habe Zitronenmelisse aus dem Garten gepflückt. Beruhigung können wir alle gebrauchen.«

»Ist denn was Schlimmes passiert?«, fragte Maja und ließ Lilly los.

»Schlimm ist es nicht. Eher weltbewegend.« Lilly band sich ihre Haare zu einem Zopf und Maja konnte die Tätowierung nun genauer sehen. Es war ein Vogel mit bauschigen Flügeln. Ein ziemlich seltsamer Vogel. Sein Schnabel lachte. Lilly bemerkte, dass sie dorthin sah, und sagte trocken: »Ich bin flügge.«

»Das habe ich gemerkt. Wie bist du überhaupt hergekommen?«

»Ben hat mich gefahren. War krasser Verkehr auf dem Weg hierher. Alle wollen nach Usedom.«

»Dein Freund? Hieß der nicht anders? Wo ist er?«

»Zurück nach Berlin. Er liebt Autofahren. Erzähl ich später. Ich will erst mal mit euch was besprechen.«

»Schade, ich hätte ihn gern kennengelernt. Dein Vater hat sich solche Sorgen gemacht, weil du dich tagelang nicht gemeldet hast. Du bist nach dem großen Streit einfach untergetaucht.«

»Ich war nicht einfach weg, ich wollte Papa nur nicht sehen und auch nicht von ihm gefunden werden. Ich hab Nachrichten geschickt. Ich musste in Ruhe nachdenken.«

»Worüber?«

»Erst nur über mich und meine Zukunft. Dann, als Papa zurückgekommen ist und mir erzählt hat, was hier los war, über euch. Dann auch noch über die ganze Familie.«

»Die ganze Familie?«

»Mike. Ich habe ihn gefunden.«

Maja blinzelte ein paar Mal, als könnte sie dann besser verstehen, wovon Lilly sprach. Sie ließ sich von ihr zum Tisch führen und auf einen Stuhl drücken wie eine, die eben schwer von Begriff war und Hilfe brauchte.

»Ich habe Mike gefunden«, wiederholte Lilly. »Deinen Vater.«

»Ja, klar«, antwortete Maja, etwas anderes fiel ihr nicht ein. Damit sie nicht vom Stuhl fiel, überließ sie zuerst ihrem Verstand die Regie. Aber auch der war überfordert und reagierte mit Ironie. »Wirklich sehr witzig.«

»Aber es stimmt«, sagte Lilly.

Maja schüttelte den Kopf. Ihr Verstand musste liefern, sonst konnte sie sich immer auf ihn verlassen. Sie war diejenige, die sich auf die Suche nach dem Verschwundenen machen wollte. Sie hatte sich vorgenommen, aus Didi mehr Details herauszuquetschen und Mike irgendwie auf die Spur zu kommen, vielleicht sogar mittels eines Detektivs. Es war für nach dem Urlaub geplant gewesen und Lilly hatte sich nie übermäßig für ihren Stiefopa interessiert. Was erzählte sie da?

»Ich habe sogar schon mit ihm gesprochen. Ich habe seine Telefonnummer, seine Adresse und ein Foto.« Lilly holte ihr Handy hervor. »Willst du ihn sehen?«

»Äh, Moment mal«, sagte Maja. »Ich verstehe gar nichts.« Sie hielt sich mit den Händen an der Tischkante fest. *Ihn sehen?*

Lilly ließ das Telefon wieder sinken. »Du starrst mich an, als wäre ich ein Alien. So schwer war es gar nicht, ihn zu finden, hör einfach nur zu. Du bekommst die Kurzversion, bevor du später bestimmt alles haargenau wissen willst.«

Maja hörte ihr Blut in den Ohren rauschen. Sie konnte nicht richtig atmen, ihre Finger glitten von der Tischkante und lagen in ihrem Schoß wie zitternde Fische, die an Land gespült worden waren.

Lilly redete einfach weiter: »Also, Papa kam vor ein paar Tagen ziemlich fertig aus Heringsdorf wieder.«

Maja starrte auf Lillys sprechenden Mund. Sich einfach nur auf ihre Worte konzentrieren. Es war wie im Unterricht. In den ersten Monaten als Lehrerin hatte sie manchmal den Faden verloren und dann immer ihre letzten fünf Worte innerlich wiederholt und daran angeknüpft. »Papa. Du hast ihn getroffen?«

»Ich bin ausnahmsweise ans Telefon gegangen. Er hat mir erzählt, dass er mich bei dir auf Usedom vermutet hat, dann aber was ganz anderes rausgefunden hat. Du hast einen anderen und es ist wohl aus. Stimmt das? Papa tat mir voll leid, also ich bin zu ihm nach Hause.«

»Ja, es stimmt. Mir tut es ebenfalls leid. Auch für dich.«

Lilly legte das Telefon wieder auf den Tisch. »*Ihr* müsst doch in dem Haus miteinander weiter klarkommen. Ich bin fast schon weg.«

Maja nickte nur. Lilly war ein erstaunlicher Mensch und dann auch noch plötzlich erwachsen.

»Endlich mal nicht nur über mich reden! Papa erzählte von einem Kristof, der mit seinem Sohn bei euch gefrühstückt hat, und vom Streit mit Omi und der Sache mit dem Namen und dass du ihn weggeschickt hast. Krasse Sache.« Lilly sah mit gerunzelter Stirn zur Haustür, durch die Didi verschwunden war. »Krasse Oma.«

Maja wurde auf einmal ungeduldig. »Ich dachte, ich bekomme eine Kurzversion. Lass uns endlich über Mike reden.«

»Sorry. Klar. Ich habe nach dem Gespräch mit Papa sofort angefangen, die Michael Schneiders in Berlin abzuchecken.«

»Abzuchecken«, wiederholte Maja und verstand langsam. Einen ersten Schritt zur Recherche hatte sie auch schon getan. Es gab laut Telefonbuch bundesweit über tausend Einträge unter diesem Namen, die sie überprüfen konnte. Aber wer weiß, ob Mike von seiner langen Reise überhaupt je wieder nach Deutschland zurückgekehrt war? »Ich dachte, es gibt viel mehr in Berlin, aber im Telefonbuch war die Zahl nur zweistellig«, sagte Lilly. »Die habe ich easy durchtelefoniert. Ich hatte eine nummerierte Liste. Bei irgendwas mit Nummer dreißig hatte ich ihn schon gefunden.«

241

Maja presste die Hände unter dem Tisch zusammen. »Er wohnt also in Berlin?«

»Ich jedenfalls würde in keiner anderen Stadt wohnen wollen. Wenn er von seiner Weltreise zurückgekehrt ist, dann doch sicher dorthin, von wo aus er gestartet ist. Logisch, da anzufangen, oder?«

»Aber was hast du ihm denn gesagt?« Sie wischte sich die schwitzenden Handflächen am Rock ab und hörte den Stoff auf der Haut kratzen, so hellwach waren ihre Sinne.

»Die Wahrheit. Ich habe ihn gefragt, ob er mal in Westberlin in einer WG gewohnt und dort eine Dörthe oder Didi gekannt hat und dann auf eine Weltreise gegangen ist. Er sagte verblüfft Ja und ich habe den Rest erzählt. Also von dir und davon, wer ich bin.«

Maja lief ein Schauer über die Haut. Es klang plausibel und Achtzehnjährige konnten unglaublich selbstbewusst und direkt sein. Gleichzeitig redete Lilly fast unbeteiligt daher, als handelte es sich bei alldem um alltägliche Dinge: Die Eltern trennen sich und Mike taucht nach über dreißig Jahren aus der Versenkung auf. Alles ganz normal? Sie hatte einen staubtrockenen Mund. Didi kam mit dem Tablett heraus und verteilte schweigend den Tee.

»Was sagst du zu Lillys Geschichte?«, fragte Maja.

»Ich muss mich setzen.«

Sie tranken einen Schluck. Maja blickte die ganze Zeit auf das Telefon, das auf dem Tisch lag. Dort war also ihr Vater drin. Der endgültige Beweis. »Ich will das Foto sehen.«

»Ich auch noch mal«, sagte Didi leise, fast schüchtern. Sie saß etwas gebeugt, als wollte sie in ihre Tasse hineinfallen, ihre Schultern wirkten kantig. Noch nie hatte sie einen so verletzlichen Anblick geboten.

Sie beugten sich zu dritt über das Handy, auf dessen Display ein Foto erschien. Lilly tippte es an und zog es mit den

Fingerspitzen groß. Ein Mann mit grauem Wuschelkopf und einem gepflegten weißen Bart sah durch eine flotte Brille in die Kamera. Seine Augen waren eher blau als grün und er trug ein blaues Hemd, das nicht ganz zugeknöpft war und ein kleines Stück weißes Brusthaar hervorschauen ließ. Lilly zog das Foto wieder klein. Im Hintergrund befanden sich Wald und Wiesen. Der Mann wirkte entspannt und zufrieden und hatte eine drahtige Figur. »Hat er mir gleich geschickt, als ich ihn gefragt habe, wie er aussieht. Ist ganz aktuell.«

Maja nahm ihr das Telefon aus der Hand und zog das Foto wieder groß. Es war gar nicht so einfach mit bebenden Fingern. »Das ist er?« In ihrem Inneren breitete sich Wärme aus. Sie sah genauer hin. Sie sah sich selbst, ohne es genau festmachen zu können. Es war ein Hauch in seinem Ausdruck, ein Abglanz in seiner Haltung, eine Botschaft in seinem Blick. »Ich erkenne ihn wirklich zu hundert Prozent«, sagte Didi.

»Du hast das Bild schon gesehen?«

»Natürlich, sofort. Danach musste ich mich erst mal in die Hängematte legen.« Nun nahm Didi das Handy und strich über das Display. Aber nicht, um das Bild größer oder kleiner zu ziehen. Sie streichelte darüber, sie streichelte Mike. »Er sieht immer noch so gut aus«, sagte sie leise. Ihre Wangen waren auf einmal tränennass. »Bitte verzeiht mir, darum bitte ich euch von ganzem Herzen. Aber ich habe auch mich selbst angelogen.«

Didi und Lilly machten sich an die Vorbereitungen für das Abendessen. Sie brauchten alle eine Stärkung, bevor es mit dem emotional aufgeladenen Gespräch weiterging. Maja setzte sich auf die Wiese und wählte Kristofs Nummer. Das Kräuterbeet duftete intensiv, Insekten schwirrten umher, ein Käfer krabbelte über ihr Bein, es wurde langsam Abend und die Erde drehte sich einfach weiter.

Kristof ging sofort ran. »Gedankenübertragung«, sagte er. »Ich wollte dich gerade anrufen. Habe mir schon Sorgen gemacht und mich gefragt, wo du steckst. Ist alles in Ordnung?«

»In Ordnung? Na ja.« Sie musste lachen. Ordnung hatte es in ihrem Leben zuletzt vor ein paar Wochen gegeben: Da ging sie noch jeden Tag zum Unterrichten oder ins Pflegeheim, Gero kam jeden Abend spät aus der Kanzlei zurück und gab ihr einen Kuss, Lilly machte ihr Abitur und alle überlegten, was der Sommer wohl bringen würde. »Ich bin im Gartenhaus. Ich bleibe erst einmal hier, weil …«

»… du keine Zukunft für uns siehst? Maja, bitte schlaf eine Nacht über alles!« Er klang erschrocken. »Wenn wir bald in verschiedene Richtungen davonfahren, dann um uns wiederzusehen. Gib uns eine Chance. Das, was wir bisher erlebt haben, ist mehr als eine Urlaubsaffäre. Die Nachricht von Svenja war ein Schock für dich, das kann ich verstehen. Aber es ist nichts, was unlösbar wäre, wenn wir beide es wollen.«

»Ich gebe dir recht.« Auf einmal konnte sie die Sache mit anderen Augen sehen, aus einem weiteren Blickwinkel. Weil er so bestürzt reagierte und sich sorgte, passierte etwas in ihr. Sie konnte den Wunsch fühlen, es möge ihm gut gehen. So wie es ihr nun besser ging. Lilly war wieder in ihr Leben getreten und ein – ihr! – Vater war aufgetaucht. Das Leben war eine Blase, die mit Inhalten gefüllt werden konnte. Die Blasen anderer schwebten oft groß und schillernd an einem vorbei und erzeugten viele Reaktionen. Von Freude bis Neid, weil die andere Blase so schön und die eigene eher unscheinbar war. Vorhin, zusammengekauert am Strand, war ihre Blase leer gewesen. Sie hatte Gero und ihre Mutter rausgeworfen, Lilly war ausgestiegen, Kristof und Ole waren herausgefallen. Eifersüchtig hatte sie auf Kristofs Blase geschaut, wo immer noch Ole und Svenja beheimatet waren. Wie albern, Kristof eine leere Blase zu wünschen, weil sie Angst vor ihrer ganz persönlichen Einsamkeit hatte. Verschwunden war das Problem zwar nicht, aber es war kein Weltuntergang mehr. Die Dinge befanden sich wieder in richtiger Relation zueinander, wobei die Sache mit Mike für sich stand. Lilly hatte berichtet, dass er nach einem Moment der Überraschung schnell die Sprache wiedergefunden habe und nun auf einen Anruf von Didi wartete. Am Telefon hatte er sie vor allem über Maja ausgefragt und am Ende gesagt: »Dann haben sich ein paar Gene von mir durchgesetzt.«

»Kristof, ich muss dir was erzählen!« Maja redete ohne Punkt und Komma. Nur dass sie zuvor verzweifelt am Strand entlanggetigert war, behielt sie für sich. Ihr Selbstmitleid war passé.

»Wahnsinn«, sagte Kristof. »Ich darf Ole behalten und du hast plötzlich einen Vater. Hat er eine eigene Familie?«

»Das müssen wir noch herausfinden.«

»Wie geht es dir damit?«

»Ich realisiere es gerade erst noch … es geht mir gut. Sehr gut!«

»Und Didi?«

»Ich weiß nicht genau. Sie muss Mut sammeln, um bei ihm anzurufen. Im Moment kann ich ihr kaum mehr böse sein.«

»Und was erwartet ihr jetzt von diesem Mann, deinem Vater?«, fragte Kristof.

Maja beobachtete den Käfer, der ein paar Anläufe brauchte, um von ihrem Fuß auf einen Grashalm zu wechseln. »Gute Frage. Das steht ganz oben auf der Tagesordnung des Familienrats von drei Generationen, der heute hier tagt. Es wird wohl eine ziemlich lange Nacht werden.«

»Ich wünsche euch eine erfolgreiche Sitzung und bin gespannt auf das Protokoll.« Kristof klang erleichtert und amüsiert zugleich.

»Und ihr? Seid ihr auch zu dritt heute Abend?« Die Frage schoss aus ihr heraus.

»Nein«, antwortete Kristof. »Ich bin mit Ole allein. Er weiß noch nichts von den Neuigkeiten seiner Mutter. Er soll etwas Ruhe haben und nicht zu sehr unter dem Hin und Her leiden.«

»Du bist ein super Vater.« Zum Abschied formte sie mit den Lippen einen Kuss und genau in diesem Moment spürte sie Lillys Blick. Sie stand auf der Terrasse und sah herüber. »Du bist echt neu verliebt?«, fragte sie. »Seit wann eigentlich?«

»Seit ich hier bin.«

»Puh«, machte sie, drehte sich um und ging wieder nach drinnen.

Maja folgte ihr. Didi hatte alle Vorräte, die es im Haus gab, auf dem Tisch ausgebreitet. Lilly griff zum Küchenmesser. Maja stellte das alte Radio an, aus dem ein Popsong erklang, der noch älter war als Maja. Didi begann, mit dem Kochlöffel rhythmisch auf einen Topfdeckel zu klopfen. »Zu so etwas habe ich früher heimlich getanzt«, sagte sie und lächelte endlich wieder.

»Wieso heimlich?«, fragte Lilly.

»Unter Hippies waren seichte Songs nicht ganz so angesagt. Wir hörten Folk- und Rockmusik.«

»Das konnte dir doch egal sein. Du machst doch immer schon, was du willst«, sagte Lilly im Brustton der Überzeugung, als wäre sie damals dabei gewesen.

»Eben nicht. Aber das ist eine längere Geschichte, ich erzähle sie dir nachher«, antwortete Didi. »Jetzt kochen wir erst mal was.«

Draußen deckten sie den Tisch mit dem Sonntagsgeschirr, blütenweißen Stoffservietten, Sekt- und Wassergläsern und stellten eine große Kerze in die Mitte. Noch war es hell. Lilly verteilte Teelichte im Garten. »Für später.«

Didi trug auf. Aus den einfachsten Zutaten hatte sie ein kleines Menü fabriziert: Kräuterreis mit gebratenem Gemüse, würzigem Joghurt-Dip sowie Salat mit Eiern, Croutons und gerösteten Pinienkernen. Sie ließ den Korken knallen und schenkte den Sekt ein.

»Du und Alkohol?«, fragte Lilly. »Ich liebe Sekt, wie cool.«

»Die Flasche habe ich beim letzten Einkauf mitgenommen, obwohl ich so was sonst nie mache. Jetzt weiß ich, wofür. Für euch. Mehr als ein Schlückchen dürft ihr mir nicht geben, hört ihr?«

Lilly kicherte. »Ich pass auf dich auf, Omi, versprochen.«

Sie aßen und tranken, die Stimmung war feierlich, sie redeten nicht viel. Es ging ihnen allen wohl gleich: Sie mussten sich erst wieder aneinander gewöhnen und die neue Situation irgendwie begreifen. Zum Dessert gab es frische Beeren mit Schlagsahne, dann waren sie satt. Es wurde dämmrig und Lilly zündete die Teelichte an, die den Garten mit ihren kleinen Flammen schmückten. Lilly schrieb auf dem Handy ein paar Nachrichten. Didi wirkte müde. Zum ersten Mal sah Maja in ihrer Mutter die ältere Frau, die sie wurde, und nicht die immer kraftstrotzende und leicht verrückte Anders-Mutter, die sie bisher verkörpert hatte. Didis Lebensblase würde platzen wie die all der anderen Menschen auch. Wer wusste schon, wie viel Zeit sie noch miteinander verbringen würden, aus den Jahren herausgelöst und aneinandergereiht vielleicht nur noch ein paar Wochen.

»Fangen wir an«, sagte Maja.

Lilly legte das Telefon weg. Ihr rundes Gesicht wirkte im Kerzenlicht noch weicher.

»Kann ich mit irgendetwas helfen, auch wenn du nicht mehr Mama zu mir sagen willst?«, fragte Maja sie und war schon darauf gefasst, dass Lilly gleich wieder auf die Barrikaden ging wie beim letzten Mal.

Als Antwort purzelten ihr Tränen aus den Augen wie kleine, durchsichtige Steine. »Es war gemein, das so zu sagen. Du bist meine Mutter. Aber auch mal Maja zu sagen, finde ich trotzdem in Ordnung. Du nennst Omi doch auch manchmal beim Vornamen.«

»Wenn es nur deswegen ist, dann habe ich umsonst gelitten«, sagte Maja.

Lilly wischte sich die Tränen weg. »Ich war wütend. Nun will ich gar nicht mehr unbedingt Schauspielerin werden. Oder doch? Ich weiß es nicht. Den Wunsch hatte ich wegen Timo, ich glaube, ich wollte ihn damit beeindrucken. Oder vielleicht wollte ich es auch nur, um mal was ganz Eigenes zu wollen und nicht das, was die Eltern gern hätten. Tut mir leid.«

»Timo? Das ist nicht der, der dich hergefahren hat, oder?«

»Er ist mein Ex. Er bewirbt sich auf dieser Schauspielschule, wo ich auch hinwollte. Aber Ben ist viel netter. Er hat die Sache mit Mike mitbekommen und sofort angeboten, mich zu euch zu bringen.«

»Aha«, sagte Maja und verkniff sich die aufkeimende Frage nach den Freunden und Nicht-Freunden, die Lilly in so kurzer Zeit anscheinend hatte. »Wir haben wohl alle drei ein paar offene Fragen, was unsere Zukunft betrifft«, sagte sie. »Wir könnten versuchen, uns gegenseitig zu unterstützen, anstatt uns böse zu sein.« Maja wunderte sich über sich selbst. Sonst war sie eigentlich kein Fan von weisen Sprüchen dieser Art. In diesem Urlaub hatte sie nicht nur einen Wunderkurs belegt, sondern auch eine rasante Persönlichkeitsentwicklung durchgemacht. Das war wirklich ein kleines Wunder.

Didi räusperte sich. »Dann bitte ich euch um Hilfe. Wie soll ich mich Mike gegenüber verhalten?«

»Du fragst uns?« Lilly runzelte die Stirn.

»Ein paar Jahre zu spät«, sagte Maja.

»O weh«, sagte Lilly. »Oder besser: O Oma. Warum hast du Mike nie richtig gesucht?«

»Ganz ehrlich? Ich war in ihn verliebt und habe es ihm nicht gesagt. Das ist die wahre Geschichte. Ich war zu stolz und dann war er weg und ich war schwanger. Und weil ich so sehr überzeugt war, dass ich ihn nicht brauchte, und ich außerdem Thomas hatte, habe ich ihn nicht gesucht.«

»Ups«, sagte Lilly.

»Wie bitte?« Maja stellte das Glas wieder ab, das sie gerade schon an die Lippen gehoben hatte. »Den Teil hast du mir nie erzählt. Du warst in meinen Vater verliebt? Ich dachte, es war alles ganz locker zwischen euch?«

»Ich habe es mir nicht eingestanden und dann erfolgreich verdrängt«, sagte Didi. »Traurig, aber wahr. Im Wunder-Workshop habe ich diese Wahrheit ausgegraben.«

Eine Weile schwiegen sie. Maja sah in die tanzende Kerzenflamme. Didi, die große Predigerin der Liebe! Jetzt könnte sie aufspringen und zornig sein – oder ruhig bleiben, durchatmen und sich erinnern, was sie eben gerade gesagt hatte. Sie trank einen Schluck. »Was hast du eigentlich auf deinen Wunschzettel geschrieben?«, fragte sie.

»Das kann ich zitieren: Ein neuer Lebensabschnitt für meine Liebsten und mich, der auf Ehrlichkeit gründet.« Didi sah sie an und wartete, ob auch sie ihren Wunsch verraten würde.

Maja tat es: »Ich möchte aufhören, mit meiner Zukunft zu hadern.«

Lilly verdrehte die Augen. »Was redet ihr da?«

Didi legte die Hand auf den Mund und machte große Augen, als hätte sie etwas erschreckt. War sie eben eine alternde Frau gewesen, wirkte sie nun unbedarft wie ein Mädchen. Fast süß.

»Für mich hieße das, mich über Kristof zu freuen, ob mit oder ohne Kind«, sinnierte Maja.

Didi ließ die Hand wieder sinken. »Und für mich, jetzt auch Mike gegenüber ehrlich zu sein, inklusive verspätetem Liebesgeständnis. Da bekomme ich schon beim Gedanken allein Herzklopfen.«

»Ein weiterer inniger Wunsch war, meinen Vater zu finden.« Maja goss sich Sekt nach und betrachtete die kleinen Bläschen, die im Glas nach oben stiegen. »Dass es jetzt auf diese Weise passiert, ist das absolute Superwunder.« Sie sah Lilly an und sagte das große Wort, das längst fällig war: »Danke.«

»Und ich habe mir noch gewünscht, die restliche Zeit, die mir auf der wundervollen Erde bleibt, mit einem passenden Partner zu teilen«, sagte Didi leise.

Maja richtete sich auf und hatte einen unglaublichen Gedanken. »Es interessiert mich brennend, ob Mike vielleicht alleinstehend ist.«

KAPITEL 17

KRISTOF

Lucia begrüßte ihn herzlich wie einen verloren gegangenen Freund. »Ich wusste, dass wir uns wiedersehen«, sagte sie. »Und wir uns auch.« Sie strich Ole über die Wange und schenkte Svenja ihr warmes Lächeln. »Habt ihr gut hergefunden? Dieser Platz ist ein Geheimtipp, abends ist kaum eine Menschenseele hier.«

Kristof sah sich um. Der Strandabschnitt in der Nähe von Ückeritz, ein westlich von Heringsdorf gelegenes, bekanntes Seebad der Insel, war erstaunlich leer. Jemand hatte im Sand eine von Steinen eingefasste Feuerstelle angelegt. Darum standen in zwei Kreisen mindestens zwei Dutzend Holzklötze. Neben der Feuerstelle gab es einen kleinen Stapel Brennholz, nicht gerade viel für ein angekündigtes großes Feuer. Maja, Didi und Lilly waren noch nicht zu sehen. Er erkannte zwischen einer Handvoll unbekannter Gesichter in der beginnenden Dämmerung einen der Kursteilnehmer, Dieter, und hob grüßend die Hand.

Svenja stellte sich vor. »So eine tolle Idee«, sagte sie zu Lucia. »Danke, dass ich mitkommen durfte. Ich habe gleich im Internet über dich recherchiert. Inspirierend. Ich interessiere mich sehr für Yoga, vielleicht wäre es besser als Boxen. Und ich brauche dringend ein Wunder.«

»Super!« Lucia wies mit einer Hand zur Feuerstelle. »Vielleicht wartet es nur auf dich. Den Abschluss des Workshops bildet ein Feuer unter dem Sternenhimmel. Ich habe mir ein kleines Ritual dazu ausgedacht, um alte und bequeme Angewohnheiten loszulassen. Die hindern uns nämlich oft daran, so zu leben, wie wir es eigentlich wollen.«

»Klingt interessant«, sagte Svenja. »Darf ich mitmachen?«

»Natürlich.«

»Wann machen wir das Feuer an?«, fragte Ole, der dicht neben Kristof stand. Obwohl seine Mutter aufgetaucht war, wich sein Sohn ihm den ganzen Tag nicht von der Seite. »Jetzt machen wir es an.« Lucia deutete auf ein Mädchen, das auf einem Holzklotz saß. »Ich warte immer auf mindestens zwei Kinder, die mir helfen.« Das Mädchen mochte so alt wie Ole sein und schaute neugierig herüber.

Ole gab sich einen Ruck, damit war er beschäftigt. Gut so. Kristof wollte Maja und Svenja einander lieber ungestört vorstellen. Es war eine gewagte Idee, seine Ex heute mitzubringen.

Maja hatte toll reagiert. Als sie ihn am Mittag angerufen hatte und ihn überraschend zu einem großen Feuer am Abend einlud, hatte er aus dem Bauch heraus gefragt: »Wie wäre es, wenn Oles Mutter einfach mitkommt? Wäre doch gut, wenn ihr euch kennenlernt.«

Erst zögerte sie und er hatte den Vorschlag verwerfen und sich dafür entschuldigen wollen. Manchmal waren seine Ideen kühn – und Kühnheit war eine ambivalente Charaktereigenschaft, die ins Schwarze treffen oder völlig danebengehen konnte. Sie fragte: »Ole weiß also alles?«

»Wir haben uns zu dritt zusammengesetzt und es ihm gesagt«, hatte Kristof geantwortet.

»Wie hat er reagiert?«

»Nun, er kann bei seinen Freunden und in meiner Nähe bleiben und seine Cousins in den nächsten Ferien besuchen. Für ihn ist das toll. Ich glaube, er versteht erst jetzt, was es überhaupt bedeutet hätte, nach Kanada auszuwandern.«

Kristof hatte Maja erzählt, dass Svenja bis zu seinem Urlaubsende in vier Tagen an der Ostsee bleiben würde, um sich zu erholen. »Sie will sich keinesfalls aufdrängen«, versicherte er. »Aber sie könnte, wenn du magst, morgen Ole zu sich nehmen. Dann … haben wir an deinem letzten Abend die Suite für uns.« Ihn hatte dieses Angebot fast umgehauen. Seine Ex hielt ihm den Rücken frei …?

Maja war auch kurz sprachlos gewesen. Dann sagte sie: »Meint sie das ernst? Bring sie heute Abend mit. Vielleicht schaffen wir es, uns gleich zu mögen.«

Weitere Menschen kamen den Strand entlang, erkennbar nur noch als Silhouetten. Kristof sah sich um. Gleich würde sich zeigen, ob seine Idee so gut gewesen war. Es fiel ihm schwer, normal zu atmen, so nervös war er. Ganz traute er dem Frieden noch nicht, und überhaupt, wäre alles nicht viel zu schön, um wahr zu sein? Svenja war unberechenbar und Maja kannte er viel zu kurz. Vielleicht würden sich die beiden in zwei Furien verwandeln, zwei stutenbissige Frauen, und alles würde eskalieren? Es war so viel passiert in den vergangenen Tagen. Lampenfieber überfiel ihn wie vor einer Präsentation, in der es um ein Riesengeschäft ging. Gern wäre er einen Moment allein gewesen, um seine Gedanken zu ordnen. Daraus wurde nichts: Die sich nähernden Silhouetten bekamen schärfere Konturen und Gesichter und eines davon gehörte Maja. Neben ihr erkannte er Didi mit einer roten Blume im Haar und das große, in Schwarz gekleidete Mädchen musste Lilly sein. Er winkte ihnen zu und sie kamen herüber.

Maja musterte Svenja, Svenja musterte Maja. Sie blieben höflich und distanziert, es war nicht der richtige Moment, um

Maja zu küssen. Stattdessen machten sie alle unverbindlichen Small Talk, lobten den milden Abend, den schönen Strand und die Idee eines Feuerrituals.

Didi sagte irgendetwas Nettes zu Svenja, es wurde kurz gelacht und als eine erste unangenehme Pause entstand, sagte Didi: »Gehen wir doch zu Ole ans Feuer. Ich möchte mich gern setzen.«

Die Erleichterung war allen anzusehen. Feuer! Einfach nur in die Flammen schauen. Gespräche wurden unnötig. Ruhig dasitzen und dem Knistern und Knacken der Flammen und des Holzes zuhören. Den Flug der Funken und die schimmernde Glut betrachten, die Hitze auf der Haut spüren und alle Sorgen einfach das sein lassen, was sie in ihrer Essenz waren: formbare Gedanken und so flüchtig wie der Rauch. Das Feuer loderte, Ole und das Mädchen hielten dünne Zweige mit noch grünen Nadeln hinein und der Qualm verströmte würziges Aroma. Immer mehr Leute kamen, bald waren fast alle Klötze besetzt, die anderen standen um die Feuerstelle herum. Es war eine ruhige und friedliche Stimmung, nur wenige unterhielten sich leise. Auch Didi und Lilly hatten sich gesetzt und steckten die Köpfe zusammen. Kristof stand hinter ihnen, rechts und links von Maja und Svenja flankiert. Sie beobachteten Ole, der mit dem Mädchen seinen Spaß hatte, und schwiegen einvernehmlich – na ja, eher etwas befangen. Ein leises Lachen stieg in Kristof auf. Die andere Möglichkeit wäre, alles bierernst zu nehmen. Beide Frauen sahen ihn von den Seiten an. Am Feuer durfte geschwiegen und auch mal grundlos gelacht werden und schon steckte er die beiden an und sie lachten ein bisschen mit. Svenjas Lachen verwandelte sich in Husten, sie hielt sich den Schal vor den Mund. Sie entschuldigte sich und verließ den Kreis. Maja sah ihr nach. »Was hat sie eigentlich genau? Ich habe noch gar nicht danach gefragt.«

Er erzählte in gedämpften Ton, was er wusste. Er wollte auch die Gelegenheit nutzen und Maja küssen, wollte so viel mit ihr teilen und endlich etwas über ihren Vater wissen. »Sag mal«, begann er, doch im gleichen Moment stellte sich ein jüngerer Mann neben Maja.

Sie begrüßte ihn erfreut. »Bastian!«

»Hey«, erwiderte der jüngere Mann. »Da bist du ja.« Er kam Kristof bekannt vor, so ein Tattoo brannte sich in die Erinnerung ein. Ein Spinnennetz an Hals und im Gesicht. Bastian war nicht allein, gab seiner Begleiterin einen Kuss auf die Wange und stellte sie vor. »Wir haben uns in der Reha kennengelernt«, sagte er zu ihnen. »Weil Lucia meinte, wir dürfen die Menschen, mit denen wir unsere Wünsche und Visionen vielleicht erfüllen können, mitbringen, bin ich nicht allein gekommen.« Er grinste. »Und du?«, fragte er Maja. »Hast du auch jemanden dabei?«

»Freut mich sehr für dich«, antwortete sie. Kristof spürte ihre Hand, die nach seiner tastete, er umfasste sie. »Ich bin mit Didi und meiner Stieftochter hier. Und mit Kristof.«

Bastian stieß einen leisen Pfiff aus. »Ist alles auf einmal passiert? Deine Tochter ist da? So etwas Ähnliches hast du dir doch gewünscht.« An ihn gewandt sagte er: »Du bist der Auserwählte? Du kommst mir bekannt vor. Klar, du hast Maja doch mal vom Kurs abgeholt. Du warst auch in der ersten Stunde und bist dann abgehauen.«

Kristof grinste. Bastians lässige Art gefiel ihm. »Na ja, ich bin eigentlich nur zufällig in euren Kurs hineingeraten, weil ich das Kleingedruckte nicht gelesen habe.«

»Da hast du was verpasst.«

Er winkte ab. »Ich weiß nicht. Wunder passieren bei mir auch so, zumindest in diesem Urlaub.«

Bastian grinste zurück. »Ach ja?«

»Ganz sicher. Eins habe ich an der Hand.« Sie lachten.

Musik ertönte. Lucia, die nun am Feuer saß, hielt eine Gitarre auf den Knien, stimmte ein paar Akkorde an und begann mit voller Stimme zu singen. Zunächst verstand Kristof ihre Worte nicht, die von den Klängen durch die vom Feuerschein durchwobene, immer dichter werdende Dämmerung getragen wurden. Am Horizont waren nur noch wenige helle Streifen des verebbenden Tages zu sehen. Die Gespräche waren verstummt, alle lauschten der Musik. Das Holz knackte und die Wellen rauschten dort, wo Land und Wasser zusammenflossen wie hier bei ihnen das Licht und die Dunkelheit. Der Mond stieg, von Gottes Schwert genau in der Mitte in zwei Teile gespalten, am Firmament auf. Eine Hälfte lag im Dunkeln, die andere strahlte. Nur dem Schein nach war der Mond halb; hell und dunkel gehörten zusammen und bildeten eine Einheit. Was für ein großartiges Sinnbild den Menschen da Tag und Nacht am Himmel aufging. Kristofs Gedanken kamen geradewegs aus seiner kreativen Quelle, die mal mehr und mal weniger stark in ihm sprudelte. Er fantasierte weiter. Hier und jetzt wäre die perfekte Kulisse für einen Spot, der für Frieden in der Welt und Gemeinschaft auf der Erde warb. Menschen jeder Herkunft im Schein des Mondes am Feuer, unter den beiden Hälften des Mondes vereint. Das wäre mal ein toller Auftrag. Ihm fiel ein weiterer Punkt für den Fragebogen zum Kennenlernen ein, der den Kern seiner Dating-App bildete: Wenn einer von zwei möglichen Partnern ein Lagerfeuer nicht als eines der schönsten Dinge ansah, die sie zusammen erleben konnten, dann gab es für die Gesamtwertung, ob beide zusammenpassten, am Ende ordentlich Minuspunkte.

Svenja kam zurück in den Kreis. Ihr Blick wanderte zu seiner Hand, die nun mit Majas verwachsen war. Im Feuerschein konnte er nicht deuten, ob seine Ex nur zaghaft oder schmerzlich lächelte. Hauptsache, sie reagierte irgendwie positiv. Eine gute Weile hörten sie den Liedern zu. Lucia sang auf Spanisch, ein paar Brocken konnte er verstehen. *Cielo* bedeutete Himmel, *noche* hieß Nacht, *fuego* war das Feuer und mit *estrellas* waren die Sterne gemeint. Jemand legte das restliche Feuerholz nach.

Lucia ließ die letzten Akkorde verklingen und stellte die Gitarre zur Seite. Sie sah in die erwartungsfrohen Gesichter. »Das Holz ist fast aufgebraucht«, sagte sie. »Aber ich habe eine gute Axt dabei. Viele von euch sitzen auf einem Holzklotz, der sich leicht spalten lässt und herrlich brennt, es ist eine Kiefer aus der Umgebung, die nun ihren letzten Dienst tut. Jeder kann einen Klotz zerteilen oder von mir zerteilen lassen und dem Feuer schenken. Denkt, wenn ihr die Scheite hineinlegt, an eure brennendsten Wünsche. Gebt sie ins Feuer, lasst eure Wünsche zu Flammen und Wundern werden.« Sie griff nach dem letzten bereitliegenden Scheit, legte es ins Feuer und murmelte leise etwas vor sich hin.

»Wow«, flüsterte Maja. »Was für eine tolle Frau, was für ein schönes Ritual.«

»Finde ich auch«, flüsterte Svenja auf der anderen Seite. Beide beugten sich ein Stück vor und Kristof registrierte die Regung in ihren Gesichtern. Bisher hatte es nur höfliches Geplauder gegeben. Nun fand der erste wirkliche Kontakt zwischen Maja und Svenja statt. Aufmerksam blickten sie sich an.

»Mag jemand anfangen?«, fragte Lucia und holte aus einem Sack eine Axt hervor, deren Klinge im Feuer golden-rötlich funkelte. Hinter ihr stand ein größerer Klotz und sie legte die Axt darauf. Alle verfolgten gebannt, was sie tat, niemand sagte etwas. Sie warf den Kopf zurück und lachte. »Nicht so drängeln«, sagte sie. »Wenn niemand anfangen mag, ist das Feuer bald aus. Das ist zwar nicht schlimm, aber schade wäre es schon. Seid ihr vielleicht zu bequem, um aufzustehen und das Holz zu spalten und euren Sitzplatz zu opfern? Einige von euch bestimmt. Nun, das ist normal. Wo es sich doch so schön an der warmen Quelle sitzen lässt. In dieser Einstellung spiegeln sich eure Gewohnheiten, die euch im Leben womöglich daran hindern, für eure tieferen Wünsche geradezustehen. Steht auf, opfert eure Bequemlichkeit dem Feuer. Gebt eurer Leidenschaft Zunder!«

In der Feuerstelle krachte der kleine Stapel zusammen und ließ eine Funkenfontäne nach oben steigen, als hätte Lucia diesen natürlichen Vorgang per Knopfdruck zu genau diesem Zeitpunkt im Universum in der Lieferabteilung für kleine Wunder bestellt. »Wenn das Feuer nun ausgeht, müssen wir allerdings nach Hause gehen, denn dann wird es hier kühl und duster«, fuhr sie fort. »Also wäre es besser, der Erste gibt sich einen Ruck. Vielleicht wird das Feuer richtig hoch und groß. Wäre doch ein gutes Zeichen für die Zukunft.« Sie hob noch einmal demonstrativ die Axt, dann setzte sie sich wieder, tauschte das Werkzeug gegen die Gitarre und zupfte leise die Saiten. Gedämpft fingen die Gespräche wieder an. Eine Frau, die auf der anderen Seite des Feuers ganz vorne an der Glut saß, stand auf. Eine andere Person erklärte sich bereit, ihren Sitzklotz zu spalten. Es kam Bewegung in die Runde, noch eine Person erhob sich und noch eine. Wenig später hatte sich das Feuer fast verdoppelt und der innere Kreis musste ein Stück zurückweichen, weil es zu heiß wurde.

Lilly stand auf, drehte sich zu ihnen um, sah erst ihn und dann Maja an. »Ist ja ganz nett hier, aber ich mache da nicht mit. Ihr könnt mein Holzstück haben. Ihr wünscht euch doch bestimmt eine tolle Zukunft und ganz viel Glück oder so was.« Sie sagte es leicht spöttisch und sie hatte, was ihn betraf, sogar recht. Würde er mitmachen, könnte er sich nur etwas in Richtung perfekte Liebe wünschen – sonst hatte er plötzlich alles. Lilly beugte sich zu Maja und sagte ihr leise ins Ohr: »Vielleicht wirst du dank des Feuerrituals endlich schwanger.«

Ob Kristof es hören sollte oder nicht, war ihm nicht klar. Mit ihm hatte Majas Tochter bisher kaum ein Wort gewechselt.

Klar, für sie war er »der Neue«, sie brauchte etwas Zeit, um das zu verdauen.

Maja verzog das Gesicht, als hätte Lilly ihr einen Schlag versetzt.

Sie erwiderte nichts und Lilly sagte: »Sorry. Ist mir rausgerutscht. Ich geh runter zum Wasser.« Weg war sie.

Didi hatte die kleine Szene mitbekommen, stand auf und blickte Lilly nach. »Wisst ihr noch, wie das alles mit achtzehn war? Die Umwelt erwartet viel von den Heranwachsenden. Ich habe mit ihr über ihre Probleme gesprochen. Wie es an der Schwelle zum Erwachsenwerden so ist: Lilly trägt eine abgeklärte Fassade mit sich herum und dahinter steckt viel Hilflosigkeit und Angst.«

»Aber vor was denn genau?«, fragte Maja.

»Sie redet sich ein, es mache es ihr nichts aus, dass ihre Eltern auseinandergehen, dabei hat sie schon mal ihre Mutter verloren. Wenn du so direkt fragst ...«

»Ich bin für sie da«, rief Maja und wollte Lilly sofort folgen.

Kristof hielt sie fest, es war ein spontaner Impuls.

»Lass sie doch eine Weile«, sagte er und Didi sprach weiter: »Außerdem gibt es zwei junge Herren und mal ist der eine und mal der andere für Lilly interessanter. Und im Gegensatz zu gestern will sie heute nun doch wieder Schauspielerin werden.« Didi sah in die Richtung, in die Lilly verschwunden war. »Ein bisschen viel, das alles.«

»Sie will Schauspielerin werden?« Svenja hatte bisher still zugehört, nun erwachte ihr Interesse.

»Ja und nein«, sagte Maja. »Es ist nur eine Idee und die hat wohl damit zu tun, dass Lilly jemanden beeindrucken möchte. Ich glaube, sie weiß gar nicht, was sie will. Jemand sollte ihr mal genau erklären, was der Beruf Schauspielerin überhaupt bedeutet.«

»Harte Arbeit und viel Konkurrenz, ein ständiges Auf und Ab zwischen Himmel und Hölle«, sagte Svenja. »Bei mir ist das jedenfalls so. Ich zweifle heute manchmal noch daran, ob ich den richtigen Beruf gewählt habe. Ich hatte mir vieles anders vorgestellt. Ich rede mal mit eurem Spross, wenn niemand etwas dagegen hat. Am besten gleich. Ich kann das.«

Sie ging Lilly hinterher, Kristof hielt sie nicht zurück. Svenja war die Richtige, um mit Majas Stieftochter über ihren Berufswunsch zu reden. Auf einmal konnte er an Svenja wieder gute Seiten sehen. Es passte, wie resolut sie sich einmischte. Maja und Didi schauten ihr verblüfft nach. »Keine Sorge, sie macht das schon«, sagte Kristof.

Am Feuer klatschten ein paar Leute in die Hände. Bastian stand mit seiner neuen Freundin da, gemeinsam legten sie Scheite nach und flüsterten sich gegenseitig Dinge ins Ohr, die ihn in ein schwer verliebtes Honigkuchenpferd verwandelten. Allein das Spinnennetz auf seinem Hals deutete an, dass es ihm im Leben mal nicht so gut gegangen war.

Didi bückte sich und hob einen der Klötze an. »Endlich mal wieder Holz hacken. Ich mache mich ans Werk.«

Endlich war Kristof eine kleine Weile mit Maja allein. Ole und das Mädchen waren immer noch miteinander beschäftigt, noch ein kleines Wunder: Sein Blondie hatte für diesen Abend eine Freundin gefunden, statt die ganze Zeit an ihm zu kleben. Kristof zog Maja ein Stück aus dem Geschehen und nahm ihr Gesicht in beide Hände. »Kann nicht einfach ganz schnell morgen Abend sein?«, fragte er.

»Wünsch es dir doch gleich und stell dir fest vor, es klappt. Du legst deine Scheite rein, es macht laut Puff und wir befinden uns in der Suite und um uns herum regnet es Funken.« Sie lachte und warf den Kopf nach hinten.

Mit Lippen und Zähnen fuhr er über ihren Hals. »Du entkommst mir nicht.« Er imitierte ein Knurren. »Machst du dann auch gleich dein Ritual?«

»Weiß nicht. Mir hat der Workshop viel gebracht, das muss ich meiner Mutter lassen. Als sie mich am Anfang hingeschleppt hat, wäre ich allerdings gern geflüchtet. Am liebsten hätte ich auch Augen und Ohren zugemacht, als Didi gleich so von dir geschwärmt hat.«

»Sie hat von mir geschwärmt?«

»Und du hast von ihr geschwärmt, wie so viele, die sie kennenlernen. Mal ehrlich: Sie wollte mich mit dir verkuppeln, das fand ich grenzwertig. Ich bin in einer Ehe. Oder besser gesagt, ich steckte in der Ehe fest. Wenn dir die eigene Mutter das auf den Kopf zusagt, bevor du es selbst realisierst, ist das nicht besonders angenehm. Liegt wohl in der Natur der Dinge. Wir wollen uns von den Eltern ja nicht ewig sagen lassen, wo es langgeht.«

»Familiengeschichten! Es ist nicht leicht, da bei sich zu bleiben. Ich sehe mal den Vorteil. Hätte sich deine Mutter nicht eingemischt, wären wir beide jetzt nicht hier und hätten erst recht keine Nacht miteinander verbracht.«

»Das lasse ich unkommentiert stehen.«

Sie traten ans Feuer zurück, damit sie mit Ole Blickkontakt hatten, und sahen Didi zu, die dastand und wartete, bis sie ihr Holz spalten konnte.

»Dass sie so lange mit ihrer Lebenslüge zurechtkam, gerade sie«, sagte Maja und nahm den Gesprächsfaden wieder auf, der sich im Feuerschein fast verloren hätte.

»Menschen sind großartig darin, sich selbst zu belügen oder sich etwas vorzumachen. Manchmal ist das auch überlebenswichtig«, sagte Kristof, nachdem sie eine Weile in die Flammen geschaut hatten. Er wollte Didi irgendwie verteidigen, ob mit oder ohne Verfehlung. Er hatte viel über sie nachgedacht.

»Nimm die Generation nach dem Krieg. Unsere Großeltern oder Urgroßeltern, die immer so taten, als wäre alles im Leben endlich in Ordnung. Deswegen waren ihre Wohnungen penibel aufgeräumt, ihre Kleidung immer akkurat. Es gab feste Rituale: Braten am Sonntag, ein Brötchen mit viel Butter am Morgen, eine halbe Stunde Spaziergang am Nachmittag, alles nach Stechuhr. Sicherheit, Arbeit, Regelmäßigkeit, reichhaltiges Essen, das waren die Prioritäten. Deine Mutter grenzte sich radikal ab, sie musste sich ihr Leben lang behaupten.«

»Ja und?«

»Sie hat sich allein auf ihren Weg gemacht und sie hat sich darauf ein Stück weit verlaufen. Jetzt fragt sie dich, ob du ihr zurückhelfen kannst. So sehe ich das jedenfalls von außen und ich sehe es noch viel größer: Alle Generationen vor uns mussten viel kämpfen. Unsere Generation braucht sich nicht mehr zu fragen: Wie kann ich überleben, wie kann ich atmen? Uns beschäftigt die Frage: Bin ich wirklich glücklich? Ganz schöner Luxus.« Kristof hörte sich selbst sprechen wie einen Lehrer, der einen Vortrag über die *Conditio Humana*, die menschliche Natur, hielt. Er kannte es als Teil seines kreativen Wesens, das sich in dieser Nacht ganz in seinem Element fühlte. Wenn er höhere Zusammenhänge erkannte, musste er sie gleich mitteilen oder wenigstens aufschreiben. Das war dann alles andere als *Kreativschrott*. Maja hörte ruhig zu. Das Feuer wurde größer und größer, fast die Hälfte der Anwesenden war schon aufgestanden und am Hackklotz hatte sich sogar eine kleine Schlange gebildet. Kristof deutete dorthin, weil Didi nun die Axt anhob und niedersausen ließ. »Deine Mutter hackt sogar ihr Holz.«

Maja sah ihn wieder an. »Ich kann das auch, sie hat es mir beigebracht. Manchmal hat sie versucht, mir den fehlenden Vater zu ersetzen.«

»Na dann los, stell dich an.«

»Du hast keinen Wunsch für deine Zukunft?«

Er dachte kurz nach. »Wir zwei werden uns auch jenseits des Ostseestrands gut verstehen. Die Dinge gehen ihren Gang, da vertraue ich einfach meinem Gefühl. Sonst fällt mir nichts ein. Mein Blondie ist glücklich und ich bin es auch.«

»Keine weiteren Wünsche?«, fragte sie noch mal und Kristof kombinierte mit seinem geschärften Geist sofort zwei Dinge: Das, was Lilly vorhin ein wenig provozierend zu Maja gesagt hatte, und die Nachfragen jetzt, diese beiden Geschehnisse gehörten zusammen. Er umarmte Maja und murmelte in ihr Haar, das nach Feuer roch: »Ich weiß, was du meinst. Nur möchte ich kein Darsteller in einem Liebesfilm im Vorabendprogramm sein. Ich kann dir nicht versprechen, eine Familie mit dir zu gründen. Nicht jetzt schon, das wäre … unseriös.« Dieses Adjektiv passte zu den Dating-Portalen, die alles versprachen und wenig hinterfragten. »Ein bisschen besser will ich dich schon kennenlernen. Aber wenn du an Lucias Feuerritual glaubst, dann hat es seinen Sinn. Hm?« Er küsste sie auf die Stirn und ließ sie wieder los. Am Feuer wurde gelacht und die Axt spaltete Klotz um Klotz.

Maja reagierte ganz anders. Sie lachte. »Unseriös. Du hast recht. Weißt du was? Setzen wir uns in den Sand. Ich habe eine Decke dabei, lass uns zuschauen. Ich muss mal durchatmen zwischen all dem Wünschen.«

Dort, wo anstelle der Sitzgelegenheiten nun eine freie Fläche war, breiteten sie die Decke aus, und er winkte Ole zu sich, das Mädchen war gegangen. Ole kuschelte sich auf seinen Schoß, während Maja sich an ihn lehnte. Didi trat mit ihrem Stapel Holz auf dem Arm ans Feuer. Sie hielt nach ihnen Ausschau und ihr Blick richtete sich auf Maja. Es war ziemlich klar, welch brennenden Wunsch sie dem Feuer übergeben wollte.

Maja sprach es aus: »Ich sollte ihr alles verzeihen.«

Didi legte ihre Scheite in die Flammen, bewegte die Lippen, kniete sich ans Feuer. Ole fielen beim Zuschauen die Augen zu, er hatte ganz heiße Wangen. Die Funken flogen hoch.

Irgendwann war Didi fertig. Sie kam zu ihnen und setzte sich auf ihr wollenes Schultertuch neben Maja. Svenja und Lilly tauchten wieder auf, sie waren lange fort gewesen. Lilly sah glücklicher aus als zuvor. Svenja sagte ihr etwas ins Ohr, Lilly hörte zu und nickte. Sie schienen sich gut zu verstehen und ließen sich bei ihnen nieder. Ole öffnete die Augen.

»Tausend Millionen«, nuschelte er in seinem Schoß und sah an Kristof vorbei in den Himmel.

»Was sagst du?«

»Sterne«, murmelte Ole.

Die Augen fielen ihm wieder zu, Svenja beugte sich zu ihm, streichelte ihm über den Kopf und sagte: »So viele Buben wie dich gab es vielleicht schon auf der Erde. In deinem Buch steht das so drin. Jeder Stern im Universum steht für ein Lebewesen. Die Sterne, die wir sehen, sind die Menschen auf der Erde, die sich im Moment etwas wünschen. Sowieso hat jeder einen ganz bestimmten Wunsch im Leben frei. Wenn wir schlafen, leuchten unsere Wünsche am Himmel, damit sie vom Schöpfer, der alles erschaffen hat und der sehr beschäftigt ist, nicht vergessen werden. Ich liebe diese Geschichte.« Sie blickte nach oben und die anderen taten es ihr gleich.

Über dem dunklen Strand war in der Halbmondnacht sogar die Milchstraße zu sehen. Dahinter nur Unendlichkeit. Sechs Personen aus zwei Familien, die sich vor drei Wochen nicht gekannt hatten, saßen hier zusammen und wurden unter der Weite des Universums zu einer Einheit. Kristof jedenfalls empfand es so. Bis in jede Zelle und Faser seines Körpers war er von einer unbestimmten Magie durchdrungen. Der brennende Holzstapel fiel Stück für Stück in sich zusammen, viele waren schon gegangen, manche verabschiedeten sich von ihnen, andere standen oder saßen noch bei den letzten wärmenden Flammen. Die Holzklötze waren fast alle zu Asche geworden.

Lucia kam zu ihnen. »Hier sitzt ja noch eine ganze Familie«, sagte sie und streckte Svenja die Hand hin. »Komm, du wolltest dir doch ein Wunder in dein Leben holen.«

»Jetzt noch?«, fragte sie.

»Immer«, antwortete Lucia.

»Mir reicht erst einmal Gesundheit«, sagte Svenja leise und ließ sich auf die Beine helfen.

Demütig hatte Kristof sie noch nie erlebt. Es war eine bemerkenswerte Eigenschaft und keine für den Fragenkatalog. Wer behauptete, demütig zu sein, der war es nicht. Demut konnte nur gelebt werden und der Fragenkatalog würde hier enden. Ein bisschen Überraschung, wenn man sich kennenlernte, musste sein. Es war das Salz in der Suppe.

»Viel Erfolg«, murmelte er, und er wünschte es Svenja von ganzem Herzen.

KAPITEL 18

DIDI

Die Einfahrt des Zuges wurde angesagt. Laut hallte es in den Ohren, sie spürte schon den Wind, dabei war der Zug nicht mal zu sehen. Auch alle anderen Geräusche und Bewegungen waren ungewohnt intensiv. So alt sich Didi vor Kurzem noch gefühlt hatte, so lebendig fühlte sie sich nun. Sie hakte sich bei Maja unter. Ihr Herz klopfte stark und schnell. Im Scherz hatte sie zu ihrer Tochter und zu Lilly gesagt, sie bekomme beim Gedanken an Mike Herzklopfen, aber es war kein Scherz gewesen.

»Jetzt wird's spannend«, sagte Lilly. »Er kommt.«

Sie standen da in Reih und Glied. Ein Empfangskomitee aus drei Generationen. Didi wäre lieber allein gegangen, aber Maja vertraute ihr nicht ganz. »Vielleicht ist das Wiedersehen gar nicht schön, ihr streitet euch, er reist wieder ab oder der Himmel fällt auf euch runter, alles ist möglich«, hatte sie gesagt. »Ich komme mit. Ich will meinen Vater sehen. Auf diesen Moment habe ich mein ganzes Leben lang gewartet.«

Und ich mein halbes, dachte Didi.

Lilly hatte sich bereit erklärt, zwei Stunden nach Mikes Ankunft den Zug nach Berlin zu nehmen, damit die Erwachsenen allein sein konnten. Didi hatte ihr einen Zug früher vorgeschlagen, ihre Stiefenkelin wollte davon nichts wissen.

»Ich habe ihn aufgespürt. Ihn wenigstens kurz kennenzulernen, ist eine Art Finderlohn«, sagte sie selbstbewusst. Gero würde Lilly nachts um halb zwölf vom Bahnhof abholen. Diesmal wusste er, wo sie sich aufhielt, und war froh, dass seine Tochter erst einmal wieder zu Hause wohnen würde.

Am Morgen hatte Didi Mikes Nummer gewählt.

Er sagte sofort zu, hatte schon auf ihren Anruf gewartet. »Wenn ihr wollt, komme ich noch heute. Ich habe bestimmt nichts Wichtigeres vor.« Unkompliziert wie früher! Sie konnte sich gut an diesen Wesenszug erinnern. Mike hatte nach ein paar stressigen Berufsjahren als Lehrer aus einer Reisetasche gelebt, sein Auto verkauft und die eigene Wohnung aufgegeben. Er wollte frei sein, die Welt sehen, hier und da leben und nur so viel arbeiten, wie es nötig war. Als Handwerker oder eben als Pädagoge, was so gebraucht wurde. Was daraus wohl geworden war?

Der Zug wurde langsamer, die Bremsen quietschten. Didi versuchte, ihn hinter den Scheiben bereits auszumachen, ein Hineinsehen war aber nicht möglich, nur ein Hinaussehen. Sollte Mike das gerade tun und sein Blick auf sie fallen, sah er eine silbergrauhaarige Frau, die eine weiße Rose in der Aufsteckfrisur und ein langes, lilafarbenes Kleid trug, unter dem ihr die Knie zitterten. Daneben eine große Frau mit rotblonden Locken in Jeans und schlichter Blümchenbluse und ein ebenso großer Teenager, ganz in Schwarz gekleidet. Unterschiedlicher konnten sie drei nach außen hin nicht sein, und sie waren es auch innerlich. Das würde Mike ziemlich schnell merken.

Der Zug stand fast schon still. Am Telefon hatten sie nichts weiter vereinbart. Er würde kommen, fertig, aus. Brachte er jemanden mit? War er verheiratet oder hatte er eine Lebenspartnerin? Am Morgen hatte Didi es nicht zu fragen gewagt. Zurückhaltung war völlig untypisch für sie.

»Ach Omi«, hatte Lilly nach dem Telefonat gemault, während dem sie und Maja so dicht neben ihr gestanden hatten wie hier auf dem Bahnsteig. »Erst willst du keinen Anruf mit Bild machen und dann fragst du einfach gar nichts. Sonst willst du immer alles wissen und wenn es richtig spannend ist, kneifst du.«

Das Herz schlug ihr bis zum Hals. Die Hand, mit der sie sich bei Maja lässig eingehakt hatte, verkrampfte sich. Vielleicht hatte Mike nur so freundlich und verständnisvoll getan. Vielleicht gab es jetzt statt eines bewegenden Wiedersehens furchtbaren Streit, in dem die anderen sich mit Mike gegen sie verbündeten. Dann würden sie vor Herrn Richter und dem letzten Tribunal gegen sie aussagen, und sie, Didi, würde einen Herzinfarkt bekommen, so fühlte es sich gerade an. Urteil: eine schlechte Mutter. Strafe: lebenslängliche Reue, falls sie den Infarkt überlebte.

Der Zug bremste. Sie konnte kaum mehr atmen. Das, was sie anderen in so einer Situation predigen würde, kam ihr selbst wie blanker Hohn vor. Sie murmelte es vor sich hin wie ein Mantra: »In schwierigen Situationen tief durchatmen, lächeln, sich das beste Ergebnis genau vorstellen. Das Herz offen halten und vertrauensvoll in die Welt schauen. Lächeln, durchatmen, offen bleiben.«

Vor lauter Aufregung visualisierte sie völligen Unsinn: Mike stieg aus, erkannte sie sofort, kam mit einem Strauß roter Rosen auf sie zu, warf die Blumen in die Luft, um die Hände für Didi frei zu haben, und Blütenblätter regneten herunter, während sie sich endlich wieder in die Arme schließen konnten, und auch Maja und Lilly kamen hinzu und sie umarmten sich alle, sie lachten, sie jubelten, Reisende klatschten im Blütenregen Beifall …

Der Zug stand still. Der Bahnsteig war belebt, Menschen drängelten sich aneinander vorbei und an den sich öffnenden Türen bildeten jene, die einsteigen wollten, kleine Menschentrauben. Die Ansage über die Ankunft des Zugs aus Berlin zur Weiterfahrt nach Irgendwo – sie verstand die krächzende Lautsprecherstimme vor Aufregung nicht – hallte über den Bahnsteig. Es wimmelte nur so vor Personen mit grauen Haaren, die ankamen oder irgendwohin wollten. Usedom, das Paradies für Rentner. Graue Locken, grauer Bart, Brille, helle Haut, groß … da war er, er stieg aus dem übernächsten Waggon, das musste er sein, sonst sah sie niemanden mit all diesen Merkmalen. Der eine war viel zu dick, der andere zu klein, wieder ein anderer hatte eine Glatze, der nächste keine Brille. »Dort«, sagte sie und deutete auf den Mann, der – zumindest von hier gesehen, wo sie stand und Details in der Menge verschwammen – infrage kam. An seinem Arm hielt sich eine Frau fest, die sich auf der anderen Seite auf einer Krücke abstützte. Sie hatte weißblondes Haar, trug eine auffallend große Sonnenbrille und besaß ein paar frauliche Kurven mehr als Didi. Das Laufen schien ihr schwerzufallen und er half, so gut er konnte, war ganz mit ihr beschäftigt. Didi schluckte die Enttäuschung hinunter. Natürlich war ein Mann wie Mike nicht alleinstehend, natürlich kam er mit einer recht attraktiven – wahrscheinlich seiner – Frau, um ihr gleich seine Tochter vorzustellen, natürlich kam er auch wegen Lilly, um so ein cleveres Mädchen kennenzulernen. Ganz bestimmt kam er nicht, um auf sie, die schlechte Mutter, Rosenblätter regnen zu lassen. »Ach«, sagte sie nur und starrte die beiden an, die gemächlich auf sie zukamen. Der Mann hob den Kopf, gleich würde er sie ansehen und erkennen, allein schon, weil sie ihn so fixierte. Durchatmen, lächeln, das Herz offen halten …

Von hinten legte sich sanft eine Hand auf ihre Schulter. »Hallo, meine Liebe.« Sie drehte sich um und prallte mit dem Blick aus einem Paar blaugrüner Augen zusammen, darüber bauschten sich schlohweiße Augenbrauen. Mikes Locken standen vom Kopf ab und waren füllig, er trug einen gestutzten Bart und die Brille vom Foto, die zu einem ehemaligen Lehrer passte. Sein Lächeln war umwerfend und er kam allein. Didi war so erleichtert, dass sie sofort die Arme öffnete. Er tat es ihr gleich. Es war eine vorsichtige Umarmung, sie dauerte nur ein paar Sekunden, ohne Pathos, von Mensch zu Mensch und ein bisschen vielleicht auch von Mann zu Frau, von Frau zu Mann. Zumindest roch sie an ihm und auch er atmete etwas tiefer ein, sie wussten beide, dass sie es von selbst taten, und sahen sich, als sie einen kleinen Schritt voneinander zurücktraten, aus von vielen kleinen Falten umrandeten Augen mit einigem Erstaunen an. »Hallo, mein Lieber«, antwortete Didi.

Erst jetzt kapierten auch Maja und Lilly, die noch einen Tick länger in die andere Richtung geschaut hatten, wer da von hinten gekommen war.

»Hey«, rief Lilly, als begrüßte sie einen Bekannten, auf den sie lange gewartet hatte, beugte sich vor und hauchte zwei Küsschen vor Mikes Gesicht in die Luft.

Maja hatte vor Aufregung rote Wangen. Mike sah sie aufmerksam an, fast so, wie sich Lucia in der Workshop-Runde Zeit genommen hatte, jedem in die Seele zu schauen. Könnte man zwischen den Beteiligten sehen, wie Blicke ausgetauscht wurden, als Lichtstrahl vielleicht, dann würde es zwischen Mike und Maja mit jeder Sekunde heller leuchten. Maja brachte kein Wort heraus. Auch Mike hatte es die Sprache verschlagen.

Sein Adamsapfel hüpfte mehrfach auf und ab, bevor er etwas sagen konnte: »Stimmt das wirklich? Du bist meine Tochter?«

»Wenn du mein Vater bist …«

Sie gaben sich die Hand und hielten sie fest.

»So dämlich es klingt. Ich bin wohl die Einzige, die beides bestätigen kann«, sagte Didi und wischte sich eine abtrünnige Träne fort. Seelenwasser. Sie hatte es bei Mikes Ankunft zusammenhalten wollen. In diesem Urlaub hatte sie so oft geweint wie in den vergangenen zehn Jahren zusammen.

»Ich finde, man sieht das total.« Lilly stemmte die Hände in die Hüften und musterte die beiden wie eine kleine Sensation. Nun war Didi doch froh, dass sie hier war. Mit ihrer unbefangenen Art lockerte Lilly die Situation etwas auf. »Was machen wir jetzt?«, fragte sie in die Runde und an Mike gewandt erklärte sie: »Ich muss heute noch mit dem Zug nach Berlin, aber ich habe zwei Stunden Zeit. Habe ich extra so eingefädelt.«

Mike lachte, es war ein tiefes, warmes Grummeln, Didi hatte den besonderen Klang fast vergessen. Fast. Sie hatte nicht nur seine Sommersprossen auf den Schultern, sondern auch das bärige Lachen geliebt. Sie hatten in ihrer WG-Zeit viel zusammen gelacht. »Du bist also Majas Tochter?«

Lilly zögerte. »Nicht seit Geburt, aber ja, Maja ist meine Mutter«, sagte sie. »Auch wenn ich mal was anderes behauptet habe.«

Durch den Lautsprecher wurde zum Einstieg in den Zug gebeten, das Chaos auf dem Bahnsteig lichtete sich. Didi hatte ihre Fassung wiedergefunden. Und ihre Intuition. Es stand keine Katastrophe bevor und sie würde nicht vors Gericht kommen. Nicht bei diesem Wiedersehen. »Wir könnten uns einen gemütlicheren Ort suchen«, sagte sie und holte ihre Idee hervor. »Warum gehen wir nicht zu Lorenzo? Bei ihm bekommen wir immer einen Tisch, das hat er versprochen. Es sind nur fünf Minuten Fußweg von hier.«

»Ich bin völlig platt, drei so wundervolle Frauen vor mir zu haben«, sagte Mike und bot ihr den Arm. »Ich mache alles mit.«

Didi spürte ihre Augen aufleuchten. Stimmt, da war noch das: Mike war immer höflich und charmant gewesen. An seinem Arm ließ es sich herrlich gehen und der Small Talk mit ihm war leicht wie der Sommerwind. Über das Wetter, das in Berlin richtig heiß war und den Städtern zu schaffen machte. Dieser

Sommer, der an der See hingegen so angenehm war. Die Insel, die er auch schon mal besucht hatte, aber es war länger her. Wo sie wohnten und welcher der geheime Lieblingsstrand war. Die vielen Menschen hier! Jedes Jahr wurde es voller ... Als hätten sie nicht fast fünfunddreißig Jahre lang jeder für sich ihr ganz eigenes Leben gelebt, als gäbe es keine wichtigen Fragen. Maja und Lilly gingen neben ihnen, ebenso einander untergehakt, und warfen hier und da eine Kleinigkeit ein. Didi konnte ihre Blicke im Rücken spüren, wenn sie sich zwischendurch hinter ihnen hielten, weil ihnen auf dem Gehweg andere Passanten entgegenkamen. Auf der Terrasse des Italieners war viel los und sie gingen hinein. Lorenzo begrüßte Didi und Maja herzlich, machte vor Lilly eine kleine Verbeugung – »Signorina!« – und zollte Mike – »der Herr, il gentiluomo!« – seinen Respekt. Das Schild, das den schönsten Tisch in der Ecke als reserviert auszeichnete, verschwand. Als sich die anderen setzten, blieb Didi noch stehen und raunte Lorenzo zu: »Du wolltest meine Familie kennenlernen. Das ist sie.«

Entgegen ihrer Erwartung reagierte er überhaupt nicht verschworen. »Tuo marito? Dein Ehemann?«, fragte er viel zu laut und wie gewohnt zweisprachig.

»Äh ...«

Drei Augenpaare blickten sie vom Tisch fragend an.

»... äh, nein. Ich bin nicht verheiratet, war es nicht und werde es nie sein. Meine Tochter Maja kennst du schon. Die hübsche junge Dame ist meine Stiefenkelin und nun ist auch der Vater meiner Tochter zu Besuch gekommen.«

»O si, o ja.« Lorenzo zwinkerte ihr zu. »Ich bringe die Speise- und die Weinkarte?«, fragte er.

»Also für mich keinen Alkohol«, antwortete Didi. Einvernehmliches Kopfschütteln. Stillschweigend dachten sie wohl alle, dass es nicht wirklich etwas zu feiern gab, zumindest nicht sofort. Sie würden auch nicht nur plaudern, als wäre nichts

272

geschehen. Didi wollte das auch gar nicht. Lorenzo brachte Wasser, eine große Cola für Lilly und Kaffee für Mike, Maja und sie, dazu eine Portion Tiramisu mit vier Gabeln. »Dono della casa: unsere Spezialität und ein Geschenk des Hauses.« Die Süßspeise war sahnegekrönt, mit einem Kakaoherz bestäubt und blieb zunächst unberührt. Sie tranken, sie räusperten sich, Eiswürfel klirrten in Lillys Glas.

Didi hatte den ganzen Morgen gegrübelt, wie sie den Kern der Sache am besten fassen sollte. *Die Sache mit deinem Vater.* So hatte sie sich Maja gegenüber immer ausgedrückt. Sie fand dennoch den Einstieg nicht.

Mike gab den Startschuss. »Also«, sagte er zu Didi. »Jetzt mal ganz langsam und von vorn. Ich wäre nicht überrascht gewesen, hätten wir beide uns zufällig in Berlin auf der Straße getroffen. Aber nun sitzen wir hier zu viert. Wie kommt das?«

Didi holte Luft. »Ich bin kurz vor deiner Abreise schwanger geworden«, sagte sie. Sie hatte es oft nachgerechnet. »Etwa eine Woche vorher muss es passiert sein. Als sich das Ergebnis bestätigte, warst du schon weit weg. Du wolltest erst nach Bangkok, von dort aus weiter übers Land, Ziel unbestimmt. Ich habe nie wieder etwas von dir gehört. Dabei war ich in dich verliebt. Ich wollte es mir nicht eingestehen.«

Mike hob die Augenbrauen. »Was? Verliebt? Nie hast du das erwähnt.«

»Ich weiß. Ich fragte dich während unserer kurzen gemeinsamen Zeit in der WG, ob du nicht etwas länger in Berlin bleiben willst, aber deine Reise bedeutete dir alles. Du wolltest dringend eine Weile raus, vielleicht ganz neu anfangen, irgendwo, und das schnell. Da behielt ich meine Wahrheit lieber für mich. Unausgesprochen haben Dinge oft weniger Macht. Als du fort warst, habe ich mich gleich neu verliebt. Dadurch konnte ich dich schneller vergessen und Thomas fand meine Schwangerschaft gut. Das ist die Geschichte.«

Mike schüttelte den Kopf. »Aber das ist doch irre. Ich habe mir verboten, mich bei dir zu melden, während ich durch die Straßen Bangkoks lief und mich durch den Dschungel schlug. Obwohl du mir gefehlt hast.«

Didi schüttelte den Kopf. »Ist nicht wahr.«

»Unsere kurze Beziehung, die wir in Berlin hatten, war dermaßen schön und auch abgeklärt, da hat mich meine späte Erkenntnis, dass ich dich vermisse, fast vom Weg abgebracht. Ich dachte, wenn es dir ähnlich geht, dann wählst du die Nummer, die ich hinterlassen habe. Ich hoffte, du würdest es tun. Ich hoffte, du würdest es nicht tun. Ich war ziemlich zerrissen. Hätte ich gewusst, dass ich Vater werde, ich wäre sofort gekommen.« Mikes Stimme wurde beim Sprechen tiefer, kratziger, traurig. »Noch in Thailand hätte ich ein Rückflugticket gebucht, ohne auch nur mit der Wimper zu zucken.«

Es war nicht nur ein bitterer Tropfen, es war ein ganzer bitterer Trunk, den sie schlucken musste. Didi leerte ihre Tasse. Sonst bestellte sie selten Kaffee, und wenn, dann nahm sie ihn ohne Zucker und Milch zu sich. Dieser hier war stark, schwarz und so herb wie die Erkenntnis, dass hier zwei Menschen ihr halbes Leben lang aneinander vorbeigelebt hatten. Zu Lasten ihrer Tochter, vielleicht auch zu ihren eigenen.

»Was für eine Nummer?«, fragte Maja.

»Ich schrieb sie ins Gemeinschaftsbuch«, sagte Mike, als wäre es für die nachfolgende Generation selbstverständlich, was das war.

Didi musste tief in den Spiegel der Vergangenheit blicken. »Das Buch! Wir hatten ein dickes Notizheft in der Küche, da wurden Dinge des täglichen Lebens reingeschrieben. Wer was einkauft und bezahlt, Termine, die alle angehen, ein schönes Tagesmotto oder eben auch mal eine Telefonnummer. Beim Auszug ein Jahr später habe ich sie mir nicht abgeschrieben. Ich war zu dieser Zeit glücklich mit meiner Kleinfamilie, ich

dachte, das bleibt für immer so, das habe ich mir gewünscht.«
Sie wandte sich an Mike. »Dir war es so wichtig, frei zu sein.
Nächtelang haben wir darüber gesprochen, was das ist: Freiheit.
Für dich war es diese Reise und alles Bürgerliche hinter dir zu
lassen. Ich wollte dich nicht unfrei machen. Geld wollte ich
auch nicht, das hätte wieder Abhängigkeit bedeutet.«

»Und du hast unter Freiheit ... *was* verstanden?«, fragte
Mike.

»Mir war es immer wichtig, mich in jedem Moment neu
entscheiden zu können. Dich zurückzuholen, weil ich schwanger war? Das war nicht frei. Mich für Thomas zu entscheiden,
das war frei. Jeden Tag neu bis zu unserer Trennung.«

Sie schwiegen bedrückt. Ein Anruf nur und sie hätten vielleicht eine Familie gebildet. Sie dachten wahrscheinlich alle diesen Gedanken. Didi streifte Maja mit einem scheuen Blick.

Lilly regte sich als Erste, nahm eine Gabel, versenkte sie
im Tiramisu und schob sich ein Stück in den Mund. »Mmh«,
machte sie. »Probiert mal.« Niemand reagierte und sie wiederholte es: »Ihr müsst das probieren. Das hilft.« Sie schob den
Teller zu Didi.

Sie gehorchte und nahm die Gabel, allein weil sie nun
etwas brauchte, das über ihre Bestürzung hinweghalf. Sie
erstach ein Stück der Süßspeise und im Mund explodierte ein
sahniges Feuerwerk aus Zucker, Schokolade und von Amaretto
durchtränktem Biskuit. »Mmh«, machte auch sie. Sie schob
den Teller zu Maja, die ebenso kostete und den Teller zu Mike
schob, der bestimmt kein Spielverderber war. Einvernehmlich
reihum vertilgten sie das Stück, begleitet von leisen Tönen des
Wohlgefallens. Es schmeckte nun mal himmlisch.

Mike bekam nach einer weiteren Runde des Tellers das
letzte Stück und legte die Gabel hin. »Ist das ein besonderer
Brauch bei euch, raucht ihr so eure Friedenspfeife?«

»Siehste.« Lilly grinste. »Es war eine gute Idee.«

Didi konnte nur schwach lächeln. Sonst war sie diejenige, die stockende Unterhaltungen weiterzuführen wusste. Ihr Kopf war leergepustet vom Sturm der Erkenntnis, was sie vielleicht vermasselt hatte. »Wenn du nichts dagegen hast, Mama, stelle ich jetzt meine Fragen«, sagte Maja und atmete tief durch. Didi nickte und Maja wandte sich an Mike. »Habe ich Halbgeschwister? Wo ist deine Familie? Was hast du beruflich gemacht? Und was …«

»Stopp, stopp«, sagte er und hob eine Hand. »Ich erzähle es gern und ich will das alles auch von euch wissen. In kurzer Zeit ist das aber nicht zu schaffen.«

»Musst du denn heute wieder zurück?«, fragte Didi.

»Nein. Ich bin frei und das übrigens genau so, wie es deiner Auffassung von Freiheit entspricht. Ich kann bleiben, wo immer ich will, und tun und lassen, was auch immer ich will.«

»Fang einfach an«, bat Maja.

Mike nahm die Brille ab, rieb sich die Augen und setzte sie wieder auf. »Ich denke immer noch, ich träume. Tja, Männer wissen das wohl nie so genau, ob sie nicht irgendwo Kinder in die Welt gesetzt haben, das erfahre ich gerade am eigenen Leib. Ich bin jedenfalls geschieden und habe einen Stiefsohn und außer dir keine weiteren Kinder, zumindest nicht, dass ich von ihnen wüsste. Nachdem ich auf meiner Weltreise so viele Menschen leiden und in Not gesehen hatte, habe ich den Schwächsten von ihnen später all meine Kraft gewidmet. Ich hatte beruflich immer mit Kindern und Jugendlichen zu tun.« Beim Erzählen sah er vor allem Maja an. »Vielleicht konnten wir uns gegenseitig ein klein wenig trösten. Vielleicht, nein, ziemlich sicher haben andere Kinder davon profitiert. Hätte ich dich mitgroßgezogen, hättest du eine gehörige Portion meiner Zuwendung ganz für dich allein gehabt, das ist sicher.«

Didi musste die Augen schließen, als würde sie von schmerzendem Licht geblendet. Und wie sie es vermasselt hatte!

Gleichzeitig gab es diesen Trost: Seine Liebe war der Welt nicht verloren gegangen, sie hatte sich nur anderes verteilt. Unter dem Tisch berührte Mikes Bein ihres. Es war eine zufällige Berührung. Während er lang ausholte und von sich berichtete, tat keiner von ihnen etwas, um die Wärme und Energie, die zwischen ihnen zu fließen begann, zu stoppen.

KAPITEL 19

MAJA

Lilly war längst fort, sie hatten eine Kleinigkeit gegessen und es wurde langsam dunkel. Didi hatte Lillys Platz am Tisch eingenommen und Mike und sie waren mit jeder vergehenden Stunde ein wenig mehr zusammengerückt, so kam es Maja vor. Sie lehnte sich zurück. Für heute hatte sie genug erfahren. Zeit zu gehen. Ganz sicher würde sie ihren Vater in Berlin bald wiedersehen und sich weiter mit ihm austauschen. Vielleicht sogar mehr als das – er hatte ihr ein überraschendes Angebot gemacht, über das sie in Ruhe nachdenken wollte.

Sie sah zum Eingang des Lokals. Kristof kam, um sie abzuholen.

Mike drehte sich um und sah zur Tür. »Ist er das?«

»Ja.« Maja stand auf, winkte Kristof heran und stellte die beiden einander vor. Kristof gab Mike die Hand, dann hatte sie das Bedürfnis, Kristof fest zu umarmen, und tat es. Dabei sagte sie in sein Ohr: »Jetzt können wir unseren Ostsee-Abschiedsabend zelebrieren und Didi und Mike ihren Wiedersehensabend.«

Freude und Schmerz, Schmerz und Freude. Gehörte das auch zusammen? Dieser sympathische Mann mit dem grauen Wuschelhaar war ein bewundernswerter Mensch. Sie hatte viel verpasst, weil sie nicht an seiner Seite groß geworden war. Zum

Heulen. Gleichzeitig hätte sie schreien können vor Glück, ihn gefunden zu haben. Manche Dinge passierten im Leben gleichzeitig und sie waren widersprüchlich.

Ihr Vater stand zum Abschied auf. Es war ihre erste Umarmung. Sie küsste ihn auf die stoppelige Wange und ließ ihn gleich wieder los, damit er gar nicht erst auf die Idee kommen konnte, sie länger festzuhalten. Sonst hätte sie wirklich noch geweint und genau das hatte sie sich die letzten Stunden verkniffen. Sie wünschte Didi und Mike einen wunderschönen Abend, fragte erst gar nicht, was sie noch vorhatten, und ging schnell mit Kristof an der Hand aus dem Lokal.

»Signora!«, hörte sie Lorenzo noch rufen. »Una grappa!«

»Grazie, vielen Dank für alles! Buona notte!«, rief sie zurück. Sie musste jetzt wirklich weg, sie lief schnell.

Ein paar Meter hielt Kristof mit ihr Schritt, dann stoppte er sie, stellte sich ihr in den Weg und hielt sie fest. Da war ihr Gesicht schon nass.

Der Sommerabend war fast windstill und Kristof führte sie hinunter zum Strand. Er hatte eine große Tasche dabei. Sie gingen ein Stück durch den Sand, begleitet vom Rauschen der Brandung, in der die im Zwielicht bläulich schimmernden Wellen schäumten, als würden sie sich stürmisch umarmen. Irgendwo im Halbdunkel breitete Kristof die Decke aus. Er stellte zwei Windlichter auf, in denen er Kerzen entzündete, holte eine Flasche Rotwein hervor und zwei langstielige Gläser. Sie stießen an und tranken. Maja stellte das Glas in den Sand und ließ sich zurücksinken. Noch waren nicht viele Sterne zu sehen, aber ein paar winkten hinunter. Ihre mussten erloschen sein, ihre beiden Wünsche hatten sich erfüllt. Eben hatte sie ihren Vater umarmt und dann Kristof, und in der Zukunft kamen beide vor. »Weißt du, was mich bei der Begegnung mit meinem Vater am meisten umgehauen hat?«, fragte sie.

Kristof legte sich zu ihr und sie schmiegte sich an ihn. »Lass mich raten. Oder nein, ich glaube, ich weiß es: Du hattest nicht erwartet, dass er so unglaublich nett ist, stimmt's?«, fragte er und grinste. Sie antwortete nicht gleich und Kristof gab einen langen Brummton von sich, als sie sich noch fester an ihn drückte. Er war so anders als Gero. Der wollte auf seine Fragen immer sofort Antworten haben. Korrekte Antworten, begründete Antworten, zuverlässige Antworten. Es war nicht unbedingt etwas Schlechtes, nur hatte er ihr oft zu wenig Raum gelassen. Dabei existierten noch so viele andere Möglichkeiten, sich auszutauschen, und eine davon fand gerade statt. Stilles Abwarten, das Interesse signalisierte. Sie seufzte tief. Es war ein Stoßseufzer ins Universum. Kristof brummte gleich noch mal.

»Mein Vater brummt auch gern«, sagte Maja.

Kristof lachte laut. »Das ist es, was dich umgehauen hat?«

»Quatsch.« Sie lachte mit, es kam aus Bauch und Herz und war eine riesige Erleichterung. Fröhlich waren sie nicht unbedingt gewesen am Tisch beim Italiener. Immerhin gab es aber bis auf diese Kontaktnummer, die Didi ignoriert hatte, keine weiteren Leichen aus ihrem Keller zu holen. Nur viel zu erfahren, zu bedauern und betrauern. Maja hob den Kopf. »Mein Vater ist mir so ähnlich. Das finde ich unglaublich.«

»Äußerlich auf jeden Fall, das ist mir sofort aufgefallen.«

»Nicht nur das. Wir sind seelenverwandt. Ich habe etwas Wichtiges von ihm geerbt, nämlich seine soziale Ader. Obwohl wir uns vorher nie begegnet sind. Unglaublich, oder? Ich kümmere mich wirklich gern um Menschen, die Pflege und Hilfe brauchen, und ich unterrichte Menschen darin, genau das zu tun. Er tat und tut etwas ganz Ähnliches. Er war lange in der Welt unterwegs und hat angefangen, in Projekten zu arbeiten, um armen Kindern und Familien zu helfen. Mit etwa vierzig – ich muss etwa vier gewesen sein – ist er nach Berlin zurückgekehrt, hat sich weitergebildet und immer im pädagogischen Bereich gearbeitet. Bis vor Kurzem noch.«

»Und er hat nie nach deiner Mutter gesucht?«

»Nein, warum auch? Die Sache war aus, die Wohngemeinschaft gab es nicht mehr. Er hatte für den Fall der Fälle zwar die Nummer seiner Schwester dort hinterlassen, aber Didi hat sich nie bei ihm gemeldet. Ich war für sie kein Fall der Fälle, sondern ein Wunderkind, das in ihr Leben kommen wollte und das sie auch ohne den leiblichen Vater großziehen konnte. Beide haben allerdings verpasst, sich zu sagen, dass sie mehr voneinander wollten, als unverbindlich das Bett zu teilen. Ich glaube, es ist einer der größten Irrtümer, der Liebenden passieren kann: Ich sage nichts, solange du mir nichts sagst. Dabei hatten sie das große Ideal von Freiheit und Unabhängigkeit vor Augen.«

Sie spürte Kristofs Zustimmung, ohne ihn anzusehen. »Was hat er in Berlin gemacht?«, fragte er nach einer Weile.

»Eine Menge. Er hat Streetworker ausgebildet, er war Rektor einer integrativen Schule und zuletzt war er als Direktor in einem Kinderheim tätig. Er hat sich um andere gesorgt. Als ich von meinen Berufen erzählte, fühlte es sich an, als sei er mächtig stolz auf mich.«

»Er war die ganze Zeit in deiner Nähe. Wahnsinn.«

»Vielleicht sind wir sogar ein paarmal aneinander vorbeigelaufen.« Sie nahm einen Schluck, der viel zu groß für den superben Wein war. Wut kam ihr hoch. Seit Didi ihr erzählt hatte, was wirklich passiert war, stiegen immer wieder solche emotionalen Wellen in ihr auf. »Weil meine Mutter in ihrer Scheißblase gelebt hat, ohne mal weiterzudenken! Ich verstehe es immer noch nicht ganz. Sie aber wohl auch nicht. Ich habe sie noch nie sooft das Wort ›Entschuldigung‹ sagen hören und sie hat den ganzen Abend fast nur zugehört und wenig gesagt.«

»Vielleicht schaffen die beiden es, diesen großen Irrtum wenigstens aus ihrer Welt zu schaffen. Werden sie sich eher streiten oder versöhnen, was meinst du?«

»Pf«, machte Maja. »Das ist ihre Sache.«

»Wirklich? Wie wäre es denn, wenn die beiden vielleicht, also ich meine – das wäre verrückt.«

»Verrückt genug ist meine Mutter auf jeden Fall. Meinen Vater kann ich noch nicht ganz einschätzen. Morgen Vormittag hole ich im Bungalow meine Sachen, bevor mein Zug geht. Bin gespannt, ob er dann dort ist.«

»Und wenn sie nicht gestorben sind«, hauchte Kristof ihr ins Ohr.

Eine Weile lagen sie noch nebeneinander auf dem Rücken und sahen dem nächtlichen Schauspiel über ihnen zu. Ein Stern nach dem anderen trat auf und Maja überkam eine ungreifbare Sehnsucht. Sie stimmte mit der Geschichte in Oles Buch nicht ganz überein. Jeder Mensch musste mehrere Wünsche frei haben. Manche kamen immer wieder, oder vielleicht vergingen sie auch nie: wie die Sehnsucht von Frau und Mann, eins zu sein. »Es wird kühl«, sagte sie. »Lass uns zurückgehen.«

Der Moment war da. Die Einfahrt. Vier Stunden brauchte der Zug für die Strecke von Usedom nach Berlin. Vier Stunden Kopfkino, ein irrer Film. Da waren Szenen der vergangenen Liebesnacht, bei denen sich die Härchen auf ihrer Haut aufrichteten, wenn sie zu intensiv an sie dachte. Maja versuchte, sich nicht darin zu verlieren, versuchte, sich an das letzte intime Zusammensein mit ihrem Ehemann zu erinnern, aber es kamen ihr keine Details in den Sinn. Sie versuchte, sich auf das bevorstehende Gespräch mit Gero zu konzentrieren und zerbrach sich den Kopf über den schwierigsten Satz ihres Lebens: Den, mit dem sie ihm gegenübertreten wollte. Dann dachte sie wieder an den Abschied von Didi und Mike am Morgen. Von ihren Eltern. Sie hatte *Eltern*! Das war die andere neue Realität neben der, dass sie Gero nun nicht in die Arme fallen würde. Zumindest nicht so, wie sie es fast fünfzehn Jahre lang getan hatte.

»Wir erreichen jetzt Berlin Hauptbahnhof.« Die Computerstimme war bestimmt schon unzähligen Dramen oder bevorstehenden herzerwärmenden Szenen vorangestellt gewesen. Die nüchterne Ankündigung machte Maja irgendwie Angst. Da half auch keine Autosuggestion nach dem Motto »alles ist gut, alles wird gut, alles wird immer gut sein«, wie sie es sich immer wieder aufgesagt hatte. Die Welt auf Usedom war weit weg. Nun sprang ihr die Wirklichkeit des Augenblicks ins Gesicht. Sie spürte ein starkes Stechen im Kopf.

Die Reisenden standen schon seit Minuten mit ihren Taschen und Koffern da und verstopften den Gang. Sonst gehörte sie auch immer zu jenen, die ganz vorn sein wollten, wenn die Türen aufgingen, als könnte das Leben an ihr vorbeirauschen wie eine verpasste Station auf der Zugstrecke. Heute wartete sie lieber und hatte die Finger auf dem Schoß ineinander verknotet. Auf dem Bahnsteig standen eine Menge Menschen. Irgendwo unter ihnen war Gero. Vielleicht wartete er auch draußen im Auto? Sie hatten nichts Genaues ausgemacht, nur die nötigste Information ausgetauscht: ihre Ankunftszeit.

Die Türen gingen auf, die Reisenden setzten sich in Bewegung, rückten Stück für Stück voran. Jetzt. Sie stand auf, griff nach ihrer Reisetasche in der oberen Ablage und reihte sich in die aussteigenden Fahrgäste ein. Ihr großer Rollkoffer war der letzte, der im Gepäckbereich in der Mitte des Waggons noch auf seine Abholung wartete. Die Finger fühlten sich auf dem Plastikgriff glitschig an. Sie rückte weiter vor, spürte schon die Bahnhofsluft hereinwehen, durchtränkt mit all ihren Geräuschen und Gerüchen. Sie spähte hinaus. Das Gleis war nicht schwer zu finden, doch sie hatte Gero die Wagennummer nicht genannt. Aber er hatte auch nicht gefragt. Ein Vorbote der vielen Dinge, die ab heute zwischen ihnen anders sein würden als bisher. Sie wuchtete den Koffer die Stahlstufen hinunter, keiner half ihr, keiner beachtete sie. Es war nicht heiß, darüber war sie froh. Sonst wäre sie jetzt schweißüberströmt. Sie setzte die Füße auf den Boden, sah nach links und rechts. Nun war sie wieder Teil des riesigen Organismus der Großstadt. Hier herrschten Tempo und Bewegung, alle wollten schnell irgendwohin. Bis auf diesen Mann, der da am Treppengeländer auf dem Boden kauerte, einen Pappbecher vor sich aufgestellt. Hinter ihm strömten die Massen die Stufen hinunter, andere kamen mit der Rolltreppe herauf, niemand nahm von ihm Notiz. Wahrscheinlich ein Obdachloser. Sein Hemd hatte Flecken und war an den Ärmeln ausgefranst, als Schuhe dienten ihm alte Gummilatschen. Sein Blick ging mal mit diesem, mal mit jenem vorbeihastenden Beinpaar ein paar Meter mit, dann starrte er wieder vor sich hin.

Eine Welle von Mitleid überkam Maja. Sie suchte in ihrer Tasche nach Kleingeld, fand ein Zweieurostück. Sie zog den Koffer hinter sich her, während die Reisetasche schwer an ihrer Schulter hing, und beugte sich ein Stück zu dem Mann hinunter. »Bitte«, sagte sie und ließ die Münze in den Becher fallen. Niemals gab sie wortlos Geld. Der Mann hob den Kopf und etwas in seinen Augen flackerte auf. Da war Lebenswille – und Dankbarkeit. »Ich wünsche – Ihnen – einen – schönen Tag«, sagte er krächzend und stockend, als hätte er länger nicht mehr gesprochen und es fast verlernt. »Danke«, erwiderte Maja und richtete sich wieder auf. Sie machte einen Schritt, wusste nicht, wohin. Gero war also nicht auf dem Bahnsteig, denn er kam immer pünktlich. »Können Sie mir vielleicht helfen?«, fragte sie den Mann auf dem Boden. Vielleicht fragte sie ihn, weil sie sich in ihrer Einsamkeit mit ihm verbunden fühlte.

Auf einmal wirkte er ganz aufmerksam und fokussiert. »Ja?«

»Soll ich nach links oder nach rechts gehen, was meinen Sie?«

Er lachte auf. »Madame! Gehen Sie nach links. Ich mache das immer so und glauben Sie mir, ich weiß oft nicht, wohin ich gehen soll.«

»Danke«, sagte Maja nochmals. »Ihnen auch einen schönen Tag.« Sie nahm die vorgeschlagene Richtung und als sie ein paar Sekunden später den Kopf hob, war Gero da. Eine Rolltreppe spuckte ihn direkt vor ihr aus. Sie erschrak ein bisschen. Während sie – wie Lilly ihr erst am Tag zuvor versichert hatte – vom Urlaub tatsächlich erholt aussah, schien sein Gesicht schmaler geworden zu sein. Er war so bleich, als habe es keinen Hochsommer gegeben. Ränder unter den Augen und ein etwas ungepflegter Stoppelbart machten aus ihm eine ungewohnte Erscheinung. Mit den Händen in den Hosentaschen kam er auf sie zu. Er bewegte sich steif. Wahrscheinlich hatte er mal wieder seine schlimmen Rückenprobleme. Sie hätte ihn am liebsten in die Arme geschlossen, damit es ihm sofort besser ging.

Sie blieben voreinander stehen. »Hallo«, sagten sie gleichzeitig und konnten beide sehen, was das Gegenüber dachte, aber nicht sagte. Er: Du siehst gut aus. Sie: Du siehst schlecht aus.

Sie schluckte ein paarmal. Es wurde höchste Zeit für den ersten Satz. Sie hatte ihn vorhin im Kopf gehabt, gleich mehrere Variationen davon, doch nun kam diese Phrase aus ihr heraus: »Gero, es tut mir so leid.«

Er kratzte sich am Kinn. »Frag mich mal. Du glaubst nicht, wie wütend ich bis eben war. Ich wollte nicht mal auf den Bahnsteig kommen, sondern im Auto auf dich warten, aber dann war mir das doch zu heftig.«

»Bis eben? Bist du jetzt nicht mehr wütend?«

»Na ja. Ich habe dich schließlich gerade beobachtet.«

»Beobachtet?«

»Maja, die gute Seele. Steigt aus und sieht als Erstes den Bettler. Als Einzige von allen, die an dem Mann vorbeigegangen sind, hast du ihn beachtet. Du bist zwar keine Heilige, wie ich jetzt ganz sicher weiß. Aber als ich dich gerade sah, ist meine Wut ein Stück weit verraucht. Dabei wollte ich dir den ersten Augenblick nicht zu einfach machen.« Gero griff nach ihrem Koffer. »Darf ich? Lass uns hier irgendwo etwas trinken gehen. Ich will ein paar Sachen von dir wissen.«

Sie nahmen die Rolltreppe nach unten und gingen in eine Kaffeebar. Es war nicht besonders gemütlich.

»Hier«, sagte Gero und deutete auf einen freien Tisch, der wenigstens etwas geschützt in der Ecke stand. »In irgendein schickes Lokal zu gehen, das passt jetzt nicht. Ich hole uns einen Cappuccino. Bin gleich zurück. Dann interessiert mich brennend, wie es deiner Meinung nach hier in Berlin weitergehen soll. Das wäre Frage Nummer eins.« Er drehte sich um und ging zum Tresen.

Sie spürte wieder das Stechen im Kopf. Gleich also begann das Verhör.

Maja betrachtete ihren Ehering. Sie hatte ihn zu keiner Zeit abgenommen, es war der letzte Schritt und ein tiefer Schnitt. Es käme ihr falsch vor, wenn sie es vor einer Aussprache mit Gero täte, auch wenn ihr Entschluss feststand. Die Ehe gemeinsam zu besiegeln, war ein erhabenes Gefühl gewesen. Sie gemeinsam aufzulösen, war bestimmt nicht toll, aber sie wünschte sich, dass es einvernehmlich geschah. Sie glaubte an die Gründe dafür. Als Gero zurückkam und die Tassen auf den Tisch stellte, suchte sie den Ring an seinem Finger vergeblich.

Er kapierte sofort. »Nach dem letzten Saunabesuch habe ich ihn nicht mehr angelegt. Es fühlte sich fremd an. Sorry, wenn du einen anderen Mann gevö … hast, dann bist du nicht mehr die Frau, die ich geheiratet habe.«

»Das weißt du schon sicher? Und das ist der einzige Grund?«

Seine Zornesfalte erschien. Sie war tiefer geworden. »Maja, so geht das nicht. Du bist fremdgegangen. Du!«

»Ich denke anders. Es war schon vorbei, bevor ich wegfuhr. Wenn ich an unsere Auseinandersetzungen denke ...«

»Ha! Das sagen alle, die es sich einfach machen wollen: Es war doch sowieso aus. Ist doch klar, dass ich dann gleich in ein anderes Bett springe. Die Argumentation läuft bei mir nicht.«

Maja verschränkte die Arme vor der Brust. »Welche Argumentation schlägst du denn vor? Sich Vorwürfe machen, sich gegenseitig beleidigen, fragen und nicht zuhören? Auf diesem Niveau brauchen wir uns nicht zu unterhalten.«

»Ach nein? Welches Niveau hätten Sie denn gern?«

Maja zuckte zusammen. »Genau das meine ich. Es reicht, dass du Kristof explizit gesiezt hast. Deine Art ist manchmal ekelhaft. Ich bin hier nicht vor Gericht. Ich bin keine Klientin, der du nicht glaubst, sondern eine Frau, die all die Jahre ihr Bestes für dich und Lilly gegeben hat. Ja, ich habe mich verliebt. Weil mir etwas fehlt in der Ehe und zwar viel mehr als ein eigenes Kind.«

Seine Zornesfalte verschwand wieder. »Hat er dir ein Kind versprochen, ist es das?«

Maja machte eine unwillige Bewegung und stieß an den Tisch. Etwas Cappuccino schwappte über. »Herrgott, darum geht es doch gar nicht. Ja, nein, vielleicht, ich weiß es nicht.«

Geros Ausdruck wechselte von unglücklich zu einem riesengroßen Fragezeichen, das ihm nun ins Gesicht geschrieben stand. »Du willst mich nicht deswegen verlassen?«

»Zum Glück nicht.«

»Ich verstehe nur Bahnhof.«

»Dann sind wir ja am richtigen Ort.« Eine Durchsage hallte im Hintergrund, fast konnten sie zusammen lachen. Leider nur fast.

»Kristof hat ein Kind, einen Sohn, du hast Ole ja kurz gesehen, als du mich auf Usedom – sagen wir mal – aufgesucht hast.«

»Ich verstehe es nicht. Was willst du dann von dem Kerl?«

»Es geht mir nicht ums Wollen. Es geht ums Fühlen. Ich weiß noch nicht genau, was werden wird.«

Er stöhnte und hob die Hände. »Jetzt mal konkret.«

»Ich möchte mich wieder mit ihm treffen.« Sie brauchte für diesen Satz all ihren Mut. Anwaltschaft hin oder her, Gero hatte recht: Sie musste es laut aussprechen. »Die Liebesbeziehung zwischen dir und mir ist vorbei.«

Er rührte in der Tasse und legte den Löffel wieder hin. »Damit habe ich mich schon abgefunden.«

»Dann liege ich doch richtig: Es war mit uns schon so gut wie vorbei.«

»Lieg richtig, wo du willst, aber du liegst garantiert nicht mehr neben mir.« Sein Sarkasmus war sein Panzer. Unmöglich, zu ihm durchzudringen.

Sie gab es auf. »Ist Lilly zu Hause? Ich schlafe dann im Gästezimmer, falls du nichts dagegen hast.«

»Gut.« Seine Zustimmung klang spitz und kalt und das letzte haarfeine Band ihrer Liebesbeziehung wurde damit entzweigehackt. Es hätte ihrem Ego geschmeichelt, wenn er um sie gekämpft hätte. Aber er ließ sie einfach gehen …

Gero schob die halbvolle Tasse von sich. Sie hätte sich nicht gewundert, wäre der Cappuccino unter seinem eisigen Blick gefroren. »Lilly. Wir konnten noch gar nicht viel sprechen. Gestern war es Mitternacht, wir waren beide müde. Das Frühstück hat sie verschlafen, ich musste zu einem Termin. Ich weiß bis jetzt nur, dass sie in den zwei Tagen auf Usedom nicht nur deinen Vater, sondern auch eine Schauspielerin kennengelernt hat, die ihr ein wenig die Augen geöffnet hat. Sie will vielleicht erst einmal so eine Art Praktikum machen. Hast du damit was zu tun?«

»Indirekt. Die Schauspielerin ist Svenja, die Mutter von Ole. Lilly kann sie in Hamburg besuchen und ins Metier reinschnuppern. Svenja ist die Ex, Schauspielerin und Coach.«

»Die Ex von deinem Neuen hast du auch schon getroffen? Geht das nicht alles ein bisschen schnell?« Gero schüttelte den Kopf. »Für mich ist eine Fremde zurückgekommen.«

»Nein. Eine Fremde war ich schon, als ich gefahren bin.«

Am Nebentisch hatte ein junges Pärchen Platz genommen. Verliebt sahen sie sich an und begannen, sich zu küssen. Auch Gero sah zu den beiden hinüber. »Wie wir damals.«

»Alles ändert sich irgendwann«, sagte sie.

»Den Spruch hast du von Didi. Beim Heiraten verspricht man sich das Gegenteil. Nun hat sie dich ja überzeugt.«

Maja hatte später über Didi reden wollen, aber Gero war selbst schuld, wenn er sie gleich erwähnte. Schließlich war da noch etwas offen. »Du liegst falsch. Meine Mutter hat sich in diesem Urlaub von ihrem Sockel gestürzt. Ich weiß selbst, was ich tue. Bei ihrem Fall hast du übrigens einen Riesenkratzer abbekommen.«

»Die Sache mit deinem Vater?«, fragte Gero.

»Es gibt keine Sache mit meinem Vater mehr. Mike gibt es ab jetzt wirklich. In meinem Leben. Michael Schneider. Und es hätte ihn viel früher geben können.« Den Rest des Vorwurfs sprach sie nicht aus.

Gero sackte ein Stück in sich zusammen. »Das freut mich für dich. Wirklich. Tut mir leid. Ich dachte damals, der ist auf und davon. Mit Didi wollte ich mich nie groß auseinandersetzen. Sie hat es uns nicht gerade leicht gemacht mit ihren Ansichten. Ich war außerdem nie ihr Traumschwiegersohn. Wir haben uns wegen dir arrangiert, das ist kein Geheimnis.«

Nebenan küssten und küssten sie sich. »Gehen wir«, sagte Maja. Im Bahnhofscafé noch mehr abzuhandeln, war zu viel.

»Eine Frage noch«, sagte Gero und Maja ächzte innerlich. Zu früh gefreut.

»Wie ist dein Vater? Wie ist Mike?«

Sie lächelte Gero an. Ein echtes, warmes Lächeln. Nicht nur leicht gebräunt und erholt, auch positiv gestimmt hatte sie zurückkehren wollen. Es war ihr gelungen. »Ich glaube, er ist großartig«, sagte sie.

Sie standen auf und sie nahm ihr Lächeln mit zum Wagen.

Wenig später konnte sie Lilly umarmen. Direkt, wie ihre Herzenstochter war, fragte sie ziemlich schnell: »Wie geht's jetzt bei dir und Papa weiter? Bleibst du trotzdem hier?«

»Ich schlafe im Gästezimmer.«

»Und dann ziehst du bald zu Kristof?«

»Quatsch. Wir lernen uns erst einmal kennen. Außerdem muss ich arbeiten, nein, ich will es. Ich freue mich auf meine Kolleginnen und Kollegen, auf meine lieben alten Menschen und sogar auf meine Klasse. Ich habe sie vermisst. Aber wochenlang werde ich wohl nicht im Gästezimmer bleiben.«

»Wo dann?«

Maja zwinkerte Lilly zu. »Schon vergessen? Du hast meinen Vater aufgespürt. Er hat eine große Wohnung und wir meinen beide, wir haben ein bisschen was nachzuholen.«

EPILOG

Lilly parkte den Wagen und löste die Hände vom Lenkrad, das sie etwas verkrampft festgehalten hatte. Manchmal wurde es auf den schmalen Straßen der Insel im Reiseverkehr ganz schön eng. Sie nahm die Sonnenbrille ab. »Geschafft.«

Svenja klatschte Beifall und Ole auf der Rückbank klatschte mit. »Ziemlich gut für deine erste längere Fahrt«, sagte sie.

»Von Hamburg ist es noch einen Tick weiter als von Berlin«, antwortete Lilly. »Wusste ich vorher gar nicht.«

Sie stiegen aus. Gute Küstenluft, ein paar Wölkchen am Himmel, warmer Wind auf der Haut und das ferne Krächzen der Möwen. Auf Usedom anzukommen, war toll. Diesmal sogar ein bisschen aufregend. Lilly war gespannt auf die Neuigkeiten. Das Datum – auf den Tag genau vor einem Jahr war Mike mit dem Zug nach Heringsdorf gekommen – ließ sie das eine oder andere vermuten. Auch sie hatte eine Überraschung im Gepäck.

Svenja nahm den Blumenstrauß von der Rückbank, Lilly warf einen Blick auf ihr Handy, noch war von *ihm* keine Nachricht gekommen. Eine kurze Pause hatten sie sich versprochen, damit sie sich aufs Fahren konzentrieren konnte. Sie steckte das Telefon zurück in ihre Handtasche. »Dann los.«

Sie gingen zum Gartentor. Beim Öffnen und Schließen quietschte es, wie es, seit sie denken konnte, schon immer gequietscht hatte. Ole lief den Weg entlang und rief: »Didi, Didi! Wir sind da, wir sind da!«

Auf der Terrasse war die Kaffeetafel gedeckt, sieben Gedecke standen bereit und selbst gebackener Kuchen. Etwas zusammengerückt passten sie alle gut an den Tisch. Die Tür stand weit offen, Ole verschwand im Haus und kam sofort wieder heraus. »Niemand da«, sagte er.

»Was?«, fragte Lilly und wollte schon selbst nachschauen, da hörte sie leises Kichern und ein tiefes Prusten. Ole kapierte gleich, woher es kam, und sprang zur Hängematte, die tief und schwer wie eine riesige gekrümmte Raupe zwischen den beiden Obstbäumen hing. »Ihr habt euch im Raumschiff versteckt!«

In der Hängematte öffnete sich langsam ein Spalt, als glitte wirklich eine Art Tür auf. Didi und Mike hatten den Stoff oben zusammengehalten, nun steckten sie die Köpfe heraus. Beide lachten und amüsierten sich wie zwei Kinder. Lilly grinste. Typisch Omi und Mike war auch ein origineller Typ.

Wenig später trafen Maja und Kristof ein. Es gab ein freudiges Hallo, sie setzten sich, aßen und tranken und plauderten. Die Sonne schien. Es war ein schöner Tag.

»Wie sind die Zimmer?«, fragte Lilly. Sie würde mit Svenja und Ole im gleichen Hotel übernachten wie Maja und Kristof, die schon eingecheckt hatten. Es war ein teurer Laden, weil die Idee, sich auf Usedom zu treffen, recht kurzfristig geboren worden war. Nur ein Miniurlaub, drei Nächte. Größere Ferien gab es erst im August. Sie würden wegfahren, nur sie und *er*. Sie fühlte sich erwachsen, fast jedenfalls. Der Umzug von Berlin nach Hamburg, das Probesemester an der Schauspielschule und der Führerschein, für all das hatte sie sich allein entschieden, wenn auch nicht alles allein bezahlt.

»Das Hotel ist komfortabel«, antwortete Maja und sah sie neugierig an. »Sag mal, wie geht es nun an der Schule weiter? Hast du dich schon entschieden?«

Niemand redete mehr. Gut. Dann war sie eben die Erste, die von sich erzählen würde. Sie setzte sich aufrecht hin. »Äh, ja. Also ich bin euch wahnsinnig dankbar, dass ihr mir«, sie sah zu Maja und Mike, »gemeinsam mit Papa das Probesemester finanziert habt. Und natürlich ein riesiges Danke an dich, Svenja, für das tolle Zimmer bei dir, für die vielen Gespräche, Einblicke, Ideen und die Hilfe, für mich etwas ganz Wichtiges herauszufinden.« Lilly nahm einen Schluck Kaffee und machte eine bedeutungsvolle Pause. Auch so etwas hatte sie an der Schauspielschule gelernt: eine Rede zu halten. Die Spannung stieg. Alle warteten. »Ich …«« – noch eine dramaturgische Pause – »… werde … doch lieber etwas anderes studieren. Etwas mit Sozialpädagogik.«

»Was?« Maja lachte auf. »Wie kommst du denn jetzt darauf?«

»Wirklich?«, fragte Didi.

Lilly erzählte von ihren Gedanken und Plänen. Klar, sie hatte auf der Bühne Talent, sie wollte es auch nicht ganz aufgeben und sich als Kleindarstellerin anbieten. Dafür gab es spezielle Agenturen, sie konnte sich etwas dazuverdienen. Doch als Hauptrolle konnte sie sich den Beruf nicht vorstellen. Mikes Berichte – er hatte kleinere Bildvorträge gemacht und leidenschaftlich von seinen Projekten und Erfahrungen erzählt – erreichten sie woanders. Tiefer und ernster. Es war ja so gewesen, dass sie in Berlin auf dieselbe Schule wie ihr damaliger Schwarm gehen wollte, um ihn zu beeindrucken. Dann hatte sie Ben kennengelernt, sie hatte sich ein bisschen verliebt, doch sie war trotzdem nach Hamburg gegangen. Svenja hatte angeboten, ihr zu helfen. Sie konzipierte für Lilly und andere Interessierte einen Workshop, der einen Einblick in den Beruf einer Schauspielerin gab. Durch eine gelungene Aufnahmeprüfung schaffte es Lilly in das begehrte Probesemester. An der Schule hatte sie sich neu verliebt, diesmal richtig, in einen Schüler der fortgeschrittenen

Klasse. Aber wegen ihm an der Schule bleiben? So dachte sie längst nicht mehr. Sie wollte etwas anderes machen. Ja, etwas … Soziales.

»Dein Vater wird erfreut sein«, sagte Didi.

Mike nickte. »Ich jedenfalls finde es großartig.«

»Gehst du wieder nach Berlin?«, fragte Ole enttäuscht.

Lilly und Svenja schüttelten gleichzeitig den Kopf. Oles Mutter war natürlich schon in ihren Sinneswandel eingeweiht, sie hatten viel darüber gesprochen. Seit dem ersten Abend am Feuer hatten sie sich super verstanden. Sie hatte Svenja als Mentorin adoptiert und sie waren wie Freundinnen miteinander.

»Ich möchte in Hamburg bleiben«, sagte Lilly und zuckte leicht zusammen, weil in ihrer Handtasche gleich drei oder mehr Nachrichten ankamen. Das war typisch. Eine war nicht genug. Zwischen ihnen war es noch frisch, sie würde es erst einmal für sich behalten, nicht mal seinen Namen nennen. »Ich bin superdankbar für die Möglichkeit, bei euch zu wohnen.«

»Sehr gern«, sagte Svenja. »Irre, wie sich die Dinge manchmal ergeben. Dank dir hatte ich die Idee mit dem Schnupperkurs-Workshop. Das baue ich weiter aus. Das bekomme ich gesundheitlich gut hin.«

Lilly hätte vor Glück platzen können. So fühlte es sich also an, auf dem richtigen Weg zu sein und andere dabei auch noch ein Stück mitzunehmen. Sie redeten noch ein bisschen weiter über ihre neuen Pläne, während sich erst Didi davonschlich und dann Mike. Drinnen knallte ein Korken, dann kamen Didi und Mike mit feierlichem Schritt und einem Tablett voll gefüllter Sektgläser wieder heraus. Ole bekam ein Glas Limo.

»Wir wollen mit euch auf das Leben anstoßen. Und auf unsere tolle Stiefenkelin natürlich.« Didi blickte Lilly mit ihrer verschmitzten Art an. Ein ganz bestimmtes Lächeln, als wäre sie selbst noch jung. Im Haar trug sie eine rote Rose.

»Das ist bestimmt noch nicht alles«, sagte Lilly. »Ich kenn dich, Omi! Was habt ihr vor? Wollt ihr etwa doch noch heiraten?«

Didi lachte. »Du hast eine blühende Fantasie, mein Kind. Nein, ratet, es ist etwas anderes.«

»Du fährst nach Amerika«, sagte Ole wie aus der Pistole geschossen.

Didi sah Mike an. Er trug ein ärmelloses Shirt und sie küsste seine Schulter. »So ähnlich. Wir haben uns gut kennengelernt im Lauf des Jahres und sind bereit für ein gemeinsames großes Abenteuer.«

Mike nickte. »Wir machen eine Weltreise ohne Limit.«

»Wow«, sagte Lilly.

»Ohne Limit?«, fragte Maja plötzlich ernst. »Was soll das heißen? Klingt gefährlich.«

»Eher abenteuerlich«, sagte Didi. »Wir behalten nur das Zimmer in meiner Wohngemeinschaft und reisen los. Wie lange, wissen wir noch nicht. Wohin die Route uns führen wird, wer weiß.« Sie hob ihr Glas. »Heutzutage ist das ja anders. Wir bleiben in Kontakt, schreiben uns Nachrichten, schicken uns Bilder. Trinken wir darauf?«

Sie stießen an, aber es war eine unsichtbare Wolke über ihnen aufgezogen. Die Sonne schien nicht mehr so hell. Die Vögel sangen nicht mehr so fröhlich und die Blumen dufteten weniger intensiv. Majas Lippen bildeten einen schmalen Strich, statt zu lächeln. Lilly konnte nicht anders als direkt zu fragen: »Dir gefällt die Idee nicht so gut?«

»Die Idee ist schön. Passt zu früher. Einfach losziehen und in Freiheit und Liebe leben. Meine Hippie-Eltern.«

»Aber? Irgendwas ist doch?«, fragte Didi.

»Ja. Nein.« Maja stellte ihr Glas ab und blieb einsilbig. Kristof legte den Arm um sie. »Was ist denn los?«, fragte auch er.

»Nichts.«

»Liebes«, sagte Didi. »Nun sag schon.«

Maja blickte in ihre Kaffeetasse. »Wir haben auch Neuigkeiten. Kristof und ich wollen zusammenziehen.«

»Das ist doch wundervoll!« Didi strahlte.

»Von Berlin aus kann ich genauso gut arbeiten wie von jedem anderen Ort auch. Ole hat natürlich ein eigenes Zimmer, wenn er bei uns ist«, ergänzte Kristof. »Ich bräuchte erst einmal gar nicht zu arbeiten. Die Dating-App ist ein Riesenerfolg. Ehrlichkeit liegt im Trend.« Er grinste.

»Aber ein riesiges Zimmer«, sagte Ole und Svenja knuffte ihn spielerisch in die Seite. Offenbar war sie auch darin schon eingeweiht.

»Nun, ich ziehe aus meiner viel zu großen Wohnung aus. Ich will auch nicht mehr zurück«, schmunzelte Mike. »Wo Maja sowieso schon ein Jahr dort mit mir lebt und es ihr so gut gefällt. Platz für eine ganze Familie ist jedenfalls vorhanden.«

Sie lachten, nur Maja lachte wieder nicht richtig mit. Lilly fand das langsam doof. »Mama, was ist dein Problem? Es stimmt doch mal alles. Hast du gehört? Ihr habt richtig viel Kohle! Selbst mit Papa läuft es doch passabel.«

Maja schüttelte nur den Kopf.

»Störrisch wie eine Eselin«, sagte Didi sanft. »Müssen wir es erraten?«

Kristof lächelte in die Runde. »Ich vermute da was. Darf ich es sagen?«

Maja zuckte mit den Schultern. »Klar. Ehrlichkeit liegt doch im Trend.«

»Es könnte sein, dass wir uns noch vergrößern«, sagte er.

Didi sah Maja immer noch an. Mit diesem ganz bestimmten Mutterblick. »Mein Goldstück! Ich wünsche es dir sehr.« Dann veränderte sich ihr Gesichtsausdruck und der Schatten der vorbeiziehenden Wolke huschte darüber hinweg. »Und du hast mir noch nicht ganz verziehen, es fehlt immer noch ein Stückchen. Aber ich verspreche dir: Wenn es so weit ist oder wann immer du deine Eltern brauchst, dann kommen wir zurück, egal ob aus Neuseeland, Nepal oder sonst woher. Wir sind für dich da. Beide und für immer. Auch für den Nachwuchs.«

Mike gab sein grummeliges Lachen von sich. »Diese – deine – Geschichte wird sich nicht mehr wiederholen«, sagte er. »Versprochen.«

Lillys Telefon tönte noch mal und noch mal. »Bin gleich wieder da.« Maja und Didi umarmten sich am Tisch und sie stand auf. Lilly war schon fast im Haus und blickte noch einmal zu ihnen. Ihre Mutter und Großmutter umarmten sich jetzt richtig fest. Da passte kein Lufthauch dazwischen, kein Millimeter und keine Weltreise. Etwas wurde wieder ganz heil, und sie ging hinein, um in Ruhe ihre neueste Liebespost zu lesen. Draußen klirrten die Gläser, und allmählich verklang der Tag.

Hat Ihnen dieses Buch gefallen?

Möchten Sie informiert werden, wenn Julia C. Werner ihr nächstes Buch veröffentlicht? **Dann folgen Sie der Autorin auf Amazon.de!**

1) Suchen Sie auf Amazon.de oder in der Amazon App nach dem eben gelesenen Buch.

2) Klicken Sie auf den Namen der Autorin, um auf die Autorenseite zu gelangen.

3) Klicken Sie auf den »Folgen«-Button.

Noch schneller gelangen Sie zur Autorenseite, indem Sie diesen QR-Code mit Ihrem Smartphone oder Tablet scannen:

Wenn Sie dieses Buch auf einem Kindle eReader oder in der Kindle App lesen, wird Ihnen automatisch angeboten, der Autorin zu folgen, sobald Sie die letzte Seite des Buches erreicht haben.

FSC
www.fsc.org
MIX
Papier | Fördert
gute Waldnutzung
FSC® C083411

Zeitfracht Medien GmbH
Ferdinand-Jühlke-Straße 7
99095 Erfurt, Deutschland
produktsicherheit@kolibri360.de

Druck:
CPI Druckdienstleistungen GmbH
im Auftrag der
Zeitfracht Medien GmbH
Ein Unternehmen der Zeitfracht - Gruppe
Ferdinand-Jühlke-Str. 7
99095 Erfurt